EINE GEFÄHRLICHE BRAUT

Die Kriegerinnen von Rivenloch, Band 1

EINE GEFÄHRLICHE BRAUT
Copyright © 2006, 2012 von Glynnis Campbell

Ausschnitt aus EIN HERZ IN FESSELN
Copyright © 2006, 2012 von Glynnis Campbell

ISBN: 978-1-63480-120-1

Glynnis Campbell – Verlag
P.O. Box 341144
Arleta, California 91331
Kontakt: glynnis@glynnis.net

Übersetzung: Angelika Dürre
Bucheinbanddesign von Richard Campbell
Formatierung von Author E.M.S.

Alle Rechte vorbehalten. Kein Teil dieser Veröffentlichung darf in irgendeiner Form verwendet, reproduziert oder übertragen werden, sei es elektronisch, gedruckt oder anderer Art, ohne die vorherige schriftliche Erlaubnis der Autorin, mit Ausnahme von kurzen Zitaten, die in Artikeln oder Rezensionen eingebettet sind.

ANMERKUNG DES VERLAGS: Dies ist ein Roman. Namen, Personen, Orte und Ereignisse sind entweder ein Produkt der Phantasie der Autorin oder werden fiktiv verwendet. Eine Ähnlichkeit mit tatsächlichen Ereignissen, Schauplätzen oder Personen, lebendig oder tot, ist rein zufällig.

Erfahren Sie mehr über Glynnis Campbell und ihre Bücher auf www.glynnis.net

WEITERE BÜCHER VON GLYNNIS CAMPBELL

Die Kriegerinnen von Rivenloch
Schiffbruch (*The Shipwreck*) [Novelle]
Eine gefährliche Braut (*Lady Danger*)
Ein Herz in Fesseln (*Captive Heart*)
Des Ritters Belohnung (*Knight's Prize*)

Die Ritter von de Ware
Das Verlöbnis (*The Handfasting*) [Novelle]
Mein Ritter (*My Champion*)
Mein Krieger (*My Warrior*)
Mein Held (*My Hero*)

Geächtete im Mittelalter
Die Viehdiebin (*The Reiver*) [Novelle]
Ein gefährlicher Kuss (*Danger's Kiss*)
Die Zuflucht der Leidenschaft (*Passion's Exile*)
Die Erlösung des Verlangens (*Desire's Ransom*)

Die schottischen Frauen
Der Verdammte (*The Outcast*) [Novelle]
MacFarlands Frau (*MacFarland's Lass*)
MacAdams Frau (*MacAdam's Lass*)
MacKenzies Frau (*MacKenzie's Lass*)

DANKSAGUNGEN

Herzlichen Dank an

Gail Adams, Debi Allen, "America", Kathy Baker,
Carolyn Burns Bass, Dick Campbell, Dylan Campbell,
Richard Campbell, Carol Carter, Jane Chung,
Cherie Claire, Lynette Gubler-McKinley, Susan Haney,
Josh Holloway, Karen Kay, Jill Long,
Meghan McKinney, Lauren Royal, Michelle Squyars,
Linda Stearns, Maura Szigethy, Betty und Earl Talken,
Shirley Talken, Michelle Thorne, Uma Thurman,
Charles und Nancy Williams, Michelle Yarned,
Und an alle, die „Diabolo" spielen

WIDMUNG

*Für alle jungen Frauen ohne Furcht und Tadel,
aber insbesondere für meine fantastische Tochter,
Bryana,
die bei Herausforderungen erst richtig aufblüht
und immer triumphiert.*

*Ein besonderer Dank geht an
Melanie, Helen und Lori,
die fest an mich geglaubt haben.*

KAPITEL 1

DIE GRENZREGION ZWISCHEN SCHOTTLAND UND ENGLAND
SOMMER 1136

So. Wo ist denn das dritte Weib?", murmelte Sir Pagan beiläufig und fühlte sich alles andere als wohl, während er und Colin du Lac sich hinter dem schützenden Heidekraut versteckten und zwei wunderschönen Mädchen zuschauten, wie diese im Teich weiter unten badeten.

Colin erstickte fast an seiner Ungläubigkeit. „Bei Gott, Ihr seid aber ein gieriger Kerl", zischte er. „Reicht es nicht, dass Ihr Euch eine der Schönheiten da unten aussuchen dürft? Die meisten Männer würden ihren rechten Arm dafür geben – "

Die beiden Männer erstarrten, als die blonde Frau im gleißenden Sonnenlicht Wasser über ihre cremefarbene Schulter sprühte und dann so weit aus dem Wasser kam, dass sie ein Paar perfekte Brüste zeigte.

Das Blut wich aus Pagans Gesicht und lief direkt in seine Lenden, wo es einen heftigen Schmerz auslöste. Bei Gott, er hätte es gestern Abend in der letzten Stadt mit der lüsternen Dirne treiben sollen, bevor er hierherkam, um über Dinge zu verhandeln. Das hier war so töricht, wie Proviant mit einer vollen Börse und einem leeren Magen zu kaufen.

Aber irgendwie schaffte er ein unbeteiligtes Knurren trotz des überwältigenden Verlangens, dass seine Gedanken störte und seinen Körper verformte. „Colin, ein Mann kauft niemals ein Schwert", sagte er heiser, „ohne alle Schwerter in dem Laden zu überprüfen."

„Das stimmt, aber ein Mann streicht auch niemals mit dem Daumen über die Klinge eines Schwertes, das ihm der *König* geschenkt hat."

Da hatte Colin Recht. Wer war denn schon Sir Pagan Cameliard, als dass er ein Geschenk von König David infrage stellen würde? Außerdem wählte er ja keine Waffe aus. Es ging ja nur um eine Ehefrau. „Pah!" Er strich einen irritierenden Zweig des Heidekrauts aus seinem Gesicht. „Ich nehme an, dass eine Frau im Wesentlichen wie die nächste ist", knurrte er. „Es ist einerlei, welche von ihnen ich nehme"

Colin prustete vor Lachen. „Das sagt Ihr *jetzt*", flüsterte er und warf einen lüsternen Blick auf die Badenden, „jetzt, wo Ihr einen Blick auf die reiche Auswahl geworfen habt." Er pfiff leise, als die kräftigere der beiden Frauen unter die glitzernden Wellen tauchte und sie einen Blick auf ihre nackten, geschmeidigen Pobacken werfen ließ. „Glückspilz."

Pagan hielt sich in der Tat für einen Glückspilz.

Als König David ihm zuerst einen Landsitz in Schottland und dazu eine Ehefrau angeboten hatte, hatte er fast eine Burgruine erwartet und dazu ein altes, verwelktes Weib. Ein Blick auf die imposanten Mauern von Rivenloch hatten seine Ängste in dieser Hinsicht gelindert. Und er war erstaunt, dass die vorgesehenen Bräute köstliche Törtchen waren, die der König ihm auf einem Teller serviert hatte. Seine erregten Lenden waren der Beweis dafür.

Und doch verunsicherte ihn die Aussicht auf eine Ehe ungemein.

„Bei Gott, ich kann mich nicht entscheiden mit welcher ich es lieber treiben würde", überlegte Colin, „die Schöne mit den sonnengebleichten Haaren oder die Kurvige mit den wilden Locken und riesigen ..." Er seufzte schaudernd.

„Keine von beiden", murmelte Pagan.

„Beide", entschied Colin.

Deirdre von Rivenloch warf ihr langes blondes Haar über eine Schulter. Sie konnte die Blicke der Eindringlinge auf sich spüren und das schon seit einiger Zeit.

Es machte ihr nichts aus, dass sie beim Bad erwischt worden war. Die Schwestern litten weder unter übertriebener Sittsamkeit noch Scham. Wie könnte man sich dessen schämen, das zu haben, was *alle* Frauen hatten oder auch noch stolz darauf sein? Wenn ein verwirrter Junge sie zufällig lüstern anschaute, war das nur eine Dummheit seinerseits.

Deirdre strich sich mit den Fingern durch die nassen Locken und schaute verstohlen den Hügel hinauf in Richtung des dichten Heidekrauts und der Trauerweiden. Die Augen, die sie gerade betrachteten, gehörten wahrscheinlich zu ein paar neugierigen Jugendlichen, die noch nie eine nackte Frau gesehen hatten. Aber sie traute sich nicht, Helena von ihrer Gegenwart zu erzählen, weil ihre ungestüme Schwester wahrscheinlich zuerst das Schwert ziehen und dann erst fragen würde, was sie denn wollten. Nay, Deirdre würde sich später selbst darum kümmern.

Jetzt musste sie erst mal eine ernsthafte Angelegenheit mit Helena besprechen. Und sie hatte nicht viel Zeit.

„Hast du Miriel aufgehalten?", fragte sie und strich eine Handvoll Seife aus Schafstalg über ihren Unterarm.

„Ich habe ihre *Saigabel* versteckt", vertraute ihr Helena an, „und dann habe ich ihr erzählt, dass ich zuvor einen Stalljungen in der Nähe ihres Zimmers gesehen hätte."

Deirdre nickte. Damit würde ihre jüngste Schwester eine Zeit lang beschäftigt sein. Miriel erlaubte niemandem, ihre kostbaren Waffen aus dem Orient zu berühren.

„Hör zu, Deirdre", warnte Helena, „ich werde es nicht zulassen, dass Miriel sich opfert. Es ist mir gleich, was Vater sagt. Sie ist zu jung um zu heiraten. Zu jung und zu ..." Sie seufzte voller Verbitterung.

„Ich weiß."

Beide erwähnten nicht, dass ihre jüngste Schwester nicht aus dem gleichen Holz geschnitzt war wie sie. Deirdre und Helena kamen nach ihrem Vater. Sein Wikingerblut floss in ihren Adern. Sie waren alle groß und stark und hatten einen eisernen Willen. Sie waren im ganzen Grenzland bekannt als die Kriegerinnen von Rivenloch und führten das Schwert, als seien sie damit geboren worden. Ihr Vater hatte sie zu Kämpferinnen erzogen, damit sie vor keinem Mann Angst haben müssten.

Sehr zum Ärger des Lords war Miriel jedoch zart und nachgiebig wie ihre längst verstorbene Mutter. Ihr kriegerischer Geist war von Lady Edwina unterdrückt worden. Sie hatte darum gebeten, dass Miriel von dem, was sie die Perversion ihrer Schwestern nannte, verschont blieb.

Nachdem ihre Mutter verstorben war, hatte Miriel versucht, ihren Vater auf ihre eigene Art und Weise zu erfreuen, indem sie eine beeindruckende Sammlung an exotischen Waffen von reisenden Händlern zusammentrug; allerdings hatte sie weder das Verlangen noch die Stärke, diese zu benutzen. Kurzum, aus ihr war die demütige, milde, folgsame Tochter geworden, die ihre Mutter sich gewünscht hatte. Und so hatten Deirdre und Helena Miriel ihr ganzes Leben lang vor ihrer eigenen Hilflosigkeit und der Enttäuschung ihres Vaters beschützt.

Jetzt war es an ihnen, sie vor einer unerwünschten Ehe zu retten.

Deirdre reichte ihrer Schwester die Seife. „Nun glaube mir, ich habe nicht die Absicht, das Lamm zur Schlachtbank zu führen."

Helenas Augen funkelten streitlustig. „Also fordern wir diesen normannischen Bräutigam heraus?"

Deirdre runzelte die Stirn. Sie wusste, dass das Schlachtfeld nicht immer der beste Ort war, um einen Streit beizulegen, auch wenn dies ihrer Schwester nicht so klar war. Sie schüttelte den Kopf.

Helena fluchte leise und schlug enttäuscht auf das Wasser. „Warum nicht?"

„Dem Normannen zu trotzen ist, wie wenn man dem König trotzt."

Hel zog eine Augenbraue herausfordernd hoch. „Und?"

Deirdres Stirnrunzeln wurde noch ausgeprägter. Helenas Verwegenheit würde eines Tages ihr Niedergang sein. „Das ist Hochverrat, Hel."

Helena atmete verärgert laut aus und streckte ihren Arm. „Es ist wohl kaum Hocherrat, wenn wir von unserem eigenen König verraten wurden. Dieser Eindringling ist ein Normanne, Deirdre ... ein *Normanne*." Sie sagte das Wort, als wäre es eine Krankheit. „Pah! Ich habe gehört, dass sie so weich wären, dass sie sich noch nicht mal richtige Bärte wachsen lassen könnten. Und einige sagen, dass sie sogar ihre Hunde in Lavendel baden lassen." Sie schauderte angewidert.

Deirdre musste der Frustration ihrer Schwester und auch ihren Behauptungen zustimmen. Tatsächlich war sie genauso erzürnt gewesen, als sie erfuhr, dass König David die Vogtei von Rivenloch nicht an einen Schotten, sondern an einen seiner normannischen Verbündeten gegeben hatte. Aye, man sagte, dass der Mann ein kühner Krieger sei, aber er wusste bestimmt nichts über Schottland.

Die Angelegenheit wurde noch komplizierter, weil ihr Vater keinen Widerspruch eingelegt hatte. Aber der Lord von Rivenloch war schon seit Monaten nicht mehr bei vollem Verstand. Deirdre ertappte ihn oft, wenn er allein vor sich hinsprach, sich mit ihrer toten Mutter unterhielt und sich dauernd in der Burg verlief. Er schien in einer idyllischen Zeit in der Vergangenheit zu leben, in der seine Herrschaft außer Frage stand und sein Land sicher war.

Aber im Laufe der unsicheren Herrschaft Stephens hatten gierige englische Barone die Grenzregion verwüstet und in dem folgenden Chaos so viel Land an sich gerissen, wie sie konnten.

Also hatten die Schwestern im vergangenen Jahr die Krankheit ihres Vaters so gut wie möglich verheimlicht, um die Illusion von Stärke zu erhalten und zu verhindern, dass Rivenloch als leichte Beute angesehen würde. Deirdre hatte die Verwaltung des Besitzes übernommen und diente auch als Hauptmann der Wache; Helena war ihre Stellvertreterin und Miriel hatte sich um den Haushalt und die Buchhaltung gekümmert.

Sie waren ganz gut zurechtgekommen. Aber Deirdre war schlau genug zu wissen, dass sie mit einer solchen List nicht ewig durchkommen könnten. Vielleicht war das der Grund für die plötzliche Ernennung durch den König. Vielleicht hatten sich die Gerüchte über die Schwachsinnigkeit ihres Vaters verbreitet.

Eine gefährliche Braut

Deirdre hatte lange über die Angelegenheit nachgedacht und sich schließlich mit der Wahrheit abgefunden. Obwohl die Ritter auf Rivenloch mutig und fähig waren, hatten sie seit ihrer Geburt in keiner richtigen Schlacht mehr gekämpft. Und jetzt wurde die Grenzregion von landgierigen Kriegstreibern bedroht. Erst vor 14 Tagen hatte ein schurkischer englischer Baron auf unverschämte Art und Weise die schottische Burg bei Mirkloan angegriffen; diese lag keine 50 Meilen entfernt. Vielleicht wäre es gut für Rivenloch, wenn sie einen kampferprobten Krieger als Berater hätte, der sie bei ihrem Kommando anleiten könnte.

Aber die Nachricht mit dem Siegel König Davids, die letzte Woche eingetroffen war, und von der sie nur Helena erzählt hatte, enthielt auch den Befehl, dass eine der Rivenloch Töchter den Vogt heiraten sollte. Offensichtlich hatte der König die Absicht, dem normannischen Ritter eine dauerhaftere Stellung zu geben.

Die Nachricht traf sie wie eine Keule in den Magen. Angesichts der Verantwortung, die Burg zu verwalten, hatte keine der Schwestern auch nur im Entferntesten an Heirat gedacht. Dass der König eine von ihnen an einen Ausländer verheiraten würde, war unvorstellbar. Zweifelte David an Rivenlochs Loyalität? Deirdre konnte nur beten, dass diese Zwangsehe ein Versuch seinerseits war, den Landsitz zumindest zur Hälfte in den Händen ihres Clans zu belassen.

Sie wollte das glauben, musste es glauben. Ansonsten wäre sie versucht, selbst zum Schwert zu greifen und mit ihrer heißblütigen Schwester ein normannisches Blutbad zu veranstalten.

Helena war in das Wasser eingetaucht, um ihren Zorn abzukühlen. Jetzt sprang sie plötzlich prustend hoch, schüttelte ihren Kopf wie ein Hund und versprühte Tropfen in alle Richtungen. „Ich weiß es! Was, wenn wir diesen normannischen Bräutigam im Wald überfallen?", sagte sie eifrig. „Ihn überrumpeln. In Streifen schneiden. Die Banditen für seinen Tod verantwortlich machen?"

Einen Augenblick lang konnte Deirdre ihre blutrünstige kleine Schwester nur stumm anstarren, weil sie Angst hatte, dass diese es ernst meinen könnte. „Du würdest einen Mann überrumpeln und töten und einen gemeinen Dieb für seinen Mord anklagen?" Sie schaute böse und griff wieder nach der Seife. „Vater hat dir den richtigen Namen gegeben, Hel wie Hölle, denn du bist auf dem Weg dahin. Nay", beschloss sie, „es wird niemand umgebracht. Eine von uns wird ihn heiraten."

„Warum sollten wir ihn heiraten müssen?", sagte Hel schmollend. „Ist es denn nicht widerwärtig genug, dass wir dem Mistkerl unsere Burg übergeben müssen?"

Deirdre ergriff ihre Schwester am Arm und schaute sie an. „Wir werden nichts übergeben. Außerdem, du weißt ja, wenn eine von uns ihn nicht heiratet, wird Miriel sich opfern, ob wir das wollen oder nicht. Und Vater *wird* es erlauben. Das können wir nicht zulassen."

Deirdre schaute ihrer Schwester ernst in die Augen und sie blickten einander an und waren sich einig, ohne ein Wort zu sagen, so wie es schon in ihren Kindertagen gewesen war; der Blick, der besagte, dass sie alles tun würden, um die hilflose Miriel zu beschützen.

Helena fluchte resigniert und murmelte dann: „Dummer Normanne. Er hat noch nicht mal einen richtigen Namen. Wer würde denn ein Kind auf den Namen Pagan taufen?"

Deirdre machte sich nicht die Mühe, ihre Schwester daran zu erinnern, dass sie auf den Namen Hel hörte. Selbst Deirdre musste jedoch zustimmen, dass Pagan kein Name war, der

Visionen einer verantwortungsvollen Führung aufsteigen ließ. Oder von Ehre. Oder von Gnade. Tatsächlich hörte er sich eher an wie der Name eines barbarischen Wilden.

Helena seufzte schwer, nickte dann und nahm die Seife wieder. „Dann werde ich es wohl sein. Dann werde ich diesen Möchtegern-Vogt heiraten."

Aber Deirdre konnte das mörderische Glitzern in Hels Augen sehen und wenn es nach ihr ging, würde der neue Ehemann die Hochzeitsnacht nicht überleben. Und auch wenn Deirdre nicht über das Ableben des ungebetenen Normannen trauern würde, wollte sie trotzdem nicht, dass ihre Schwester vom König für seinen Mord gestreckt und geviertteilt wurde. „Nay", sagte sie, „das ist meine Pflicht. Ich werde ihn heiraten."

„Nun sei nicht töricht", entgegnete Hel, „ich bin entbehrlicher als du. Außerdem", sagte sie mit einem gerissenen Grinsen, während sie die Seife von einer Hand in die Andere warf, „werde ich den Mistkerl in Sicherheit wiegen und in der Zwischenzeit kannst du die Truppen für einen Überraschungsangriff zusammenrufen. Wir erobern Rivenloch zurück, Deirdre."

„Bist du verrückt?" Deirdre bespritzte ihre waghalsige Schwester mit Wasser. Sie hatte kein Verständnis für Helenas blindes Draufgängertum. Manchmal prahlte Hel wie ein Highlander und glaubte, dass ganz England von nur einem Dutzend kräftiger Schotten erobert werden könnte. „Es ist König *Davids* Wille, diesen Normannen mit einer von uns zu verheiraten. Was wirst du tun, wenn *seine* Armee kommt?"

Hel dachte schweigend über ihre Worte nach.

„Nay", sagte Deirdre, bevor Hel sich den nächsten waghalsigen Plan ausdachte, „ich werden den Mist ... den Normannen heiraten", sagte sie.

Helena schmollte einen Augenblick lang und versuchte dann eine neue Taktik, wobei sie gerissen fragte: „Was, wenn er mich lieber mag? Ich habe schließlich mehr von dem, was ein Mann mag." Sie erhob sich aus dem Wasser und stellte sich provokativ hin als Beweis für das, was sie gesagt hatte. „Ich bin jünger. Meine Beine sind schöner geformt. Meine Brüste sind größer."

„Dein Mund ist größer", entgegnete Deirdre und war unbeeindruckt von Hels Versuch, sie zu reizen. „Kein Mann mag eine Frau mit einer zänkischen Zunge."

Hel runzelte die Stirn. Dann leuchteten ihre Augen wieder auf. „Also in Ordnung. Ich kämpfe mit dir um ihn."

„Mit mir kämpfen?"

„Die Gewinnerin heiratet den Normannen."

Deirdre biss sich auf ihre Lippe und dachte ernsthaft über die Herausforderung nach. Die Chancen, Hel zu besiegen waren gut, weil sie viel kontrollierter kämpfte als ihre jähzornige Schwester. Und Deirdre hatte keine Lust mehr auf Hels Torheiten und war bereit die Herausforderung sofort anzunehmen und die Sache ein für alle Mal beizulegen. Fast.

Aber auf dem Hügel waren immer noch Spione, mit denen sie sich befassen musste. Und wenn sie sich nicht irrte, eilte Miriel gerade über die Wiese direkt auf sie zu.

„Pssst", zischte Deirdre, „Miriel kommt. Wir sprechen nicht mehr darüber." Deirdre drückte das Wasser aus ihrem Haar. „Die Normannen sollten in ein oder zwei Tagen ankommen. Ich treffe meine Entscheidung bis heute Abend. In der Zwischenzeit halte Miriel hier auf. Ich muss mich um etwas kümmern."

„Die Männer auf dem Hügel?"

Deirdre blinzelte. „Du weißt es?"

Süffisant hob Hel eine Augenbraue. „Wie könnte ich das

nicht? Ihr Sabbern würde die Toten zum Leben erwecken. Bist du sicher, dass du keine Hilfe brauchst?"

„Es können nicht mehr als zwei oder drei sein."

„Zwei. Und sie sind sehr abgelenkt."

„Gut. Sieh zu, dass sie so bleiben."

„Der Herr sei gelobt", sagte Colin leise, „hier kommt die dritte." Er nickte in Richtung einer zarten, dunkelhaarigen Gestalt, die über eine abschüssige Wiese zum Teich hinunterlief, wobei sie sich auf dem Weg dahin ihrer Kleidung entledigte. „Oh Gott, sie ist aber eine Hübsche: süß und klein wie eine saftige kleine Kirsche."

Pagan hatte vermutet, dass der letzten Schwester vielleicht ein Körperteil, einige Zähne oder ihr Verstand fehlen könnte. Aber obwohl sie zarter und weniger imposant als ihre kurvigen Schwestern aussah, besaß auch sie einen Körper, der eine Göttin beschämt hätte. Er konnte nur verwundert den Kopf schütteln.

„Heilige Maria, Pagan", sagte Colin mit einem Seufzer, als das dritte Mädchen in den Teich sprang und sie zusammen mit dem Wasser spritzten wie sich vergnügende Sirenen. „Welchen Arsch habt Ihr geküsst? Den des Königs persönlich?"

Pagan runzelte die Stirn und bog einen Zweig des Heidekrauts zwischen seinen Fingern. Was *hatte* er getan, dass er es verdiente, sich eine dieser Schönheiten auszusuchen? Aye, er hatte David mehrere Male in Schlachten gedient, aber er hatte den König in Schottland nur einmal bei Moray getroffen. Scheinbar konnte David ihn recht gut leiden und Pagan hatte an jenem Tag einige der Männer des Königs vor dem Hinterhalt der Rebellen gerettet. Aber das war sicherlich nicht mehr, als jeder Hauptmann getan hätte.

„Warum sollte David einen solchen Preis verschenken?", überlegte er laut. „Und warum an mich?"

Colin schmunzelte amüsiert. „Komm schon, Pagan, seid Ihr so wenig an Glück gewöhnt, dass Ihr es wegwerfen würdet, wenn es in Euren Schoß fällt?"

„Irgendetwas stimmt nicht."

„Aye, irgendetwas stimmt nicht", sagte Colin und wandte seine Aufmerksamkeit endlich weg von den drei Mädchen, um sich auf Pagan zu konzentrieren. „Du hast den Verstand verloren."

„Habe ich das? Oder habe ich Recht zu glauben, dass in diesem Garten eine Schlange sein könnte?"

Verrucht kniff Colin die Augen zusammen. „Die einzige Schlange ist die, die sich unter Eurem Schwertgurt windet, Pagan."

Vielleicht hatte Colin Recht. Es war schwer, vernünftig zu denken, wenn seine Unterhosen zum Zerreißen gespannt waren. „Erzähle mir noch einmal, was genau Boniface gesagt hat?"

Pagan ritt niemals blind auf das Schlachtfeld. Das hatte ihn in vielen Dutzend Kriegen am Leben erhalten. Zwei Tage zuvor hatte er Boniface, seinen getreuen Knappen als Jongleur verkleidet vorausgeschickt, um so viel wie möglich über Rivenloch zu erfahren. Boniface hatte ihn über die Absicht der Töchter informiert, dass sie an diesem Morgen im Teich baden wollten.

Colin rieb sich nachdenklich das Kinn und erzählte, was der Knappe berichtet hatte. „Er erzählte, dass der Lord den Verstand verloren hatte. Er habe eine Schwäche für das Würfelspiel, würde hoch wetten und oft verlieren. Und aye", schien er sich plötzlich zu erinnern, „er sagte, dass der alte Mann keinen Verwalter hat. Scheinbar hat er vor, die Burg an seine älteste Tochter zu vererben."

„Seine *Tochter*?" Das war Pagan neu.

Eine gefährliche Braut

Colin zuckte mit den Schultern. „Sie sind Schotten", sagte er, als wenn das alles erklären würde.

Pagan runzelte nachdenklich die Stirn. „Wenn Stephen Anspruch auf den englischen Thron erhebt, braucht König David starke Armeen in den Grenzgebieten", überlegte er, „und keine *Weiber*."

Colin schnippte mit den Fingern. „Das war also der Grund. Wer könnte Rivenloch besser befehligen als der berühmte Sir Pagan? Es ist weithin bekannt, dass es keine Besseren als die Cameliard Ritter gibt." Colin wandte sich um und wollte gerne wieder spionieren.

Im Teich unten schüttelte das vollbusige Weib spielerisch ihren Kopf, spritzte ihre kichernde Schwester nass und wackelte mit ihren schweren Brüsten auf eine Art und Weise, die Pagan sofort eisenhart werden ließ. Neben ihm stöhnte Colin, aber er wusste nicht, ob es vor Glück oder Schmerz war.

Als ihm die Bedeutung des Stöhnens bewusst wurde, knuffte Pagan an ihn an der Schulter.

„Wofür war das denn?", zischte Colin.

„Das ist dafür, dass Ihr nach meiner Braut gegiert habt."

„Welches ist Eure Braut?"

Sie wandten beide ihre Blicke wieder auf den Teich.

Pagan würde für immer entsetzt darüber sein, wie sein kriegerischer Instinkt in jenem Augenblick ausgesetzt hatte. Aber als er die leisen Schritte hinter sich hörte, war es schon zu spät, irgendetwas zu unternehmen. Colin hatte überhaupt nichts gehört. Er war zu sehr mit dem Fest für seine Augen beschäftigt.

„Wartet. Ich sehe jetzt nur zwei. Wo ist die Blonde?"

Hinter ihm sagte eine weibliche Stimme deutlich: „Hier."

KAPITEL 2

Pagan traute sich nicht, sich umzudrehen, um nachzusehen. Ihr Schwert war fest gegen eine pulsierende Vene in seinem Hals gedrückt. Neben ihm hustete Colin überrascht und stolperte nach hinten, um zu ihr hoch zu starren und wenn Pagan nicht so wütend auf sich selbst gewesen wäre, weil er nicht aufgepasst hatte, hätte er über den Anblick gelacht.

„Seid ihr Männer nicht ein bisschen zu alt, um Mädchen bei ihrem Bad zuzuschauen?" Ihre Stimme war heiser und höhnisch. „Ich dachte, ich würde kleine Jungen hier oben finden, und keine erwachsenen Männer."

Das kluge Weib musste unten um den Hügel herum gegangen, hochgeklettert und dann hinter ihnen heruntergekommen sein. Beschämung brannte in seinen Ohren und es wurde noch verschlimmert durch die Tatsache, dass anstatt ihm zu Hilfe zu kommen, sich Colin mit ehrfürchtiger Miene auf die Ellbogen gestützt hatte; er vermutete daher, dass die Blonde aus der Nähe noch schöner war und überlegte, ob sie wohl immer noch nackt war.

„Ihr seid nicht von hier", überlegte sie laut. „Was macht ihr hier auf diesen Ländereien?"

Eine gefährliche Braut

Pagan weigerte sich zu antworten. Er war der Frau keine Erklärung schuldig. „Diese Ländereien" würden schon bald ihm gehören.

Aber Colin, der Verräter, gab sein Schweigen schnell auf. „Wir wollten Euch nicht beleidigen, Mylady", sagte er, als er wieder bei Verstand war, „das versichere ich Euch." Er grinste und seine smaragdgrünen Augen tanzten auf eine Art und Weise, welche die Weiber immer wieder entzückte. „Wir sind Freunde von Boniface, dem Jongleur."

Während Colin sie beschäftigte, nutzte Pagan die Ablenkung, um seine Hand langsam nach unten entlang seiner Wade gleiten zu lassen. Er könnte den Dolch aus seinen Stiefel holen.

Colin hob unschuldig die Augenbrauen und schwatzte weiter: „Ein Gastwirt erzählte uns, dass er hier unlängst entlanggekommen sei. Wir wollten uns nur mit ihm treffen. Wir wollten nicht hier hereinplatzen –"

Die Schwertspitze bohrte sich plötzlich in das Fleisch an Pagans Hals und bildete einen starken Kontrast zu der trällernden Frauenstimme, die wie Honig über ihm ausgeschüttet wurde. „Ihr wollt euch besser nur kratzen."

Er ballte die Hand zur Faust. Verdammt! Er war ein Krieger, ein Hauptmann über Ritter. Und hier wurde er von einem *Weib* mit dem Schwert bedroht ... Bei Gott, es war beschämend. Und zweifellos würde Colin es ihn nie vergessen lassen. „Was wollt ihr?", knurrte er.

„Was ich will?", überlegte sie. „Hmm. Was *will* ich wohl? Ich glaube ..." Sie nahm das Schwert herunter, um Pagan wenig ehrfürchtig mit der flachen Seite auf die Oberschenkel zu schlagen. Aber bevor er reagieren konnte, hielt sie es wieder an seinen Hals. „Eure Hosen."

Ersticktes Lachen kam aus Colins Ecke.

Sie lachte leise. „Eure auch."

Colins Lächeln gefror auf seinem Gesicht. „Ich? Ihr wollt, dass ich meine Hosen ausziehe?"

„Aye."

Zorn stieg in Pagan auf. „Tölpel!", bellte er Colin an, der diese Unterhaltung tatsächlich zu genießen schien. „Nehmt ihr Schwert. Verdammt, sie ist nur eine Frau, ein zartes Ding. Willst du da hocken wie ein –"

Colin lachte. „Sie ist überhaupt kein zartes Ding, oder was meint Ihr, Mädchen? Außerdem, wenn die Dame meine Unterhosen haben möchte, werde ich sie ihr gerne geben." Colin stand auf, lies seinen Schwertgurt fallen, zog seine Stiefel aus und begann, die Bänder an seiner Hose zu öffnen. „Es ist schließlich nur gerecht. Ich habe auch *ihre* besten Teile gesehen."

Colins Enthusiasmus, mit dem er seine Hose und seine Unterhose auszog, stachelte Pagans Zorn nur noch mehr an. Als Colin schließlich schamlos vor ihr stand und sein Gemächt sein langes Hemd wie der zentrale Pfosten in einem Pavillon abstehen ließ, waren sie beide überrascht, dass die Frau von der männlichen Zurschaustellung kaum beeindruckt war.

Mit ihrer freien Hand hob sie seinen abgelegten Schwertgurt auf und warf ihn den Hügel hinunter, wo er sich in den Disteln verfing. „Jetzt ihr", sagte sie und zeigte auf Pagan mit ihrem Schwert.

Pagan wollte es nicht. Colin konnte ja gern das Schoßhündchen der Dame spielen und wie ein Tölpel grinsen, während er nichts außer seinem Hemd trug, aber Pagan würde keiner Frau nachgeben, über die er schon bald Herr sein würde.

„Nay", sagte er.

„Nun macht schon", drängte sie ihn. „Es ist eine angemessene Bezahlung für euer Spionieren."

„Es ist kein Verbrechen, das auszuspionieren, was so offenherzig gezeigt wird", tadelte er sie. Sie hatte seinen ritterlichen Stolz schon verletzt. Er hatte nicht vor, Sie den geistigen Wettstreit auch gewinnen zu lassen.

Ihre Stimme wurde hart. „Zieht eure Hosen aus. Jetzt."

„Nay", sagte er genauso stur.

Obwohl sie das Schwert nicht einmal von seinem Hals nahm, bewegte sich die Frau hinter ihm und beugte sich herab, um ihm ins Ohr zu flüstern. „Ihr seid gefährlich arrogant, Sir." Ihr warmer Atem ließ ihn erschaudern und der Duft ihrer frisch gewaschenen Haut war gefährlich verwirrend. Aber er weigerte sich, sie anzuerkennen.

Angesichts seines Schweigens trat sie vor ihn und duckte sich, bis sie in seinem direkten Blickfeld war. Er hatte keine andere Wahl, als sie anzuschauen. Was er sah, ließ sein Herz stolpern und seinen Mund trocken werden.

Gott sei Dank war sie nicht mehr nackt, denn sonst hätte die Lüsternheit seinen Willen ganz zerstört. Sein Zorn schmolz sofort dahin und es fiel ihm schwer, Gedanken zu formen oder überhaupt Worte zu finden.

Sie war so schön wie ein Sommermorgen. Ihr Haar bildete beim Trocknen wellige Strähnen und schien vom Sonnenschein gemalt worden zu sein und ihre Augen schienen klar und blau wie der Himmel. Ihre Haut war goldfarbenen und sah aus als würde sie sich warm bei einer Berührung anfühlen und ihre Lippen waren blassrosa, so dass Pagan sich danach sehnte, Ihnen mit seinen Küssen mehr Farbe zu verleihen. Er senkte seinen Blick auf die süße Kluft zwischen ihren Brüsten. Ein silberner

Thorshammer hing dort an einer Kette in rauem Kontrast zu ihrem zarten Fleisch.

Ihre Stimme war jetzt weich. „Ist es wirklich euer Leben wert?" In ihren Augen war ein seltsames Flattern, als wenn sie nicht ganz glauben könnte, dass er ihre Forderungen verweigern würde.

Er schluckte schwer. Wenn Sie vorhatte, ihn mit ihrer Schönheit zu entwaffnen, dann war das eine rühmenswerte List. Und bis zu einem gewissen Grad funktionierte es auch. Aber während er in ihr zartes, schönes, feminines Gesicht schaute, wurde ihm eine bedeutende Wahrheit klar und er erhielt einen flüchtigen Blick auf eine Schwachstelle in ihrer Rüstung. Trotz ihrer Kühnheit und barschen Worte war sie jedoch nur eine Frau. Und das Herz einer Frau war liebevoll und barmherzig.

Die Klinge an seinem Hals war nur ihr Spielzeug. Sie würde sie nie tatsächlich an ihm benutzen. Sie war ein Weib, nicht gefährlicher als ein kleines Kätzchen und zu einer solchen Grausamkeit gar nicht in der Lage.

„Ihr werdet mich nicht umbringen", keuchte er und blickte sie an.

Sie runzelte die Stirn. „Ihr wärt nicht der Erste."

Pagan glaubte ihr nicht einen Augenblick.

Colin war besorgt von der plötzlichen Ernsthaftigkeit ihrer Unterhaltung und unterbrach sie mit einem Lachen. „Friede, meine Freunde. Wir müssen die Angelegenheit nicht zu ernst nehmen. Kommt schon, nun zieht Eure Hosen aus wie ein guter Junge, Pagan."

Bei seinen Worten war im Gesicht des Mädchens ganz kurz Angst zu sehen, die aber so schnell verschwand wie ein Blitz und Pagan überlegte, ob er sie wirklich gesehen hatte.

Eine gefährliche Braut

Sie stellte sich dann wieder aufrecht hin und ragte über ihm wie ein Eroberer. Colin hatte Recht. Sie war wohl *kaum* ein zartes Ding. Tatsächlich war sie wohl fast so groß wie er. Und ihre Stimme war so eindrucksvoll wie ihre Größe.

„Eure Hosen, Sir. Jetzt!"

Mit zusammengekniffenen Augen schaute Pagan auf ihre Hüften, um die der schwere, lederne Schwertgürtel eines Ritters lag mit einer eisernen Schnalle; aber gekleidet war sie in einem weichen, blauen Kleid.

„Nein", entgegnete er herausfordernd.

Lange Zeit war es still zwischen ihnen und die Luft war voller Spannung wie vor einem Sturm.

Und dann schlug der Blitz zu.

Es kam so unerwartet und so schnell, dass Pagan es zuerst gar nicht gemerkt hatte.

„Heilige Mutter Maria!", keuchte Colin.

Ein Augenblick später spürte Pagan ein scharfes Stechen auf seiner Brust.

Es war unmöglich. Unfassbar.

Überrascht hob er die Finger an die Stelle. Sie waren blutig.

Das Weib hatte ihn geschnitten. Das Weib mit dem süßen Gesicht, der weichen Stimme und den blauen Augen hatte ihm ins Fleisch geschnitten.

Bevor er überhaupt zur Besinnung kam, um einen Gegenangriff zu starten, legte sie die Klinge wieder an seinen Hals und er war gezwungen, wie ein verwundetes Tier dort zu knien, während das Blut aus der nicht so tiefen Schnittwunde in seine durchschnittene Jacke sickerte.

Er hatte sie falsch eingeschätzt. Völlig falsch. In ihrem kühlen Blick war keine Reue zu sehen. Kein Mitleid. Keine Gnade. Sie würde ihn töten, ohne mit der Wimper zu zucken.

Er hatte noch nie solch einen starken Willen bei einer Frau gesehen. Und nur bei den rücksichtslosesten Kriegern hatte er jemals solch eine eisige Entschlossenheit gesehen. Es beeindruckte und erzürnte ihn zugleich. Hilflos kauerte er dort und starrte sie zornig an und konnte sich nicht entscheiden, welches Gefühl er für sie hegte: Bewunderung oder Hass.

„Heilige Maria!", sagte Colin mit heiserer Stimme zu der Frau, „wisst Ihr, was Ihr da getan habt?"

Sie wandte den Blick nicht einmal ab. „Ich habe ihn gewarnt."

„Oh, Mylady", sagte Colin und schüttelte den Kopf, „jetzt habt Ihr den Bären geweckt."

„Es ist nur ein Kratzer", sagte sie und schaute Pagan mit zusammengekniffenen Augen an und fügte hinzu: „Um ihn zu erinnern, wer hier der Herrscher ist."

„Aber Mylady", beharrte Colin, „wisst ihr, wer –?"

„Lasst sein", unterbrach Pagan, erwiderte ihren Blick und erlaubte sich ein hintergründiges, verruchtes Lächeln. „Ich komme den Wünschen der Dame nach."

Jetzt noch, dachte er. Aber in ein paar Tagen, nay, schon am nächsten Morgen, würde er Rivenloch als sein Eigentum beanspruchen. Er hatte seine Braut jetzt gewählt. Am nächsten Tag würde er die dritte Schwester heiraten – das kleine, zarte, unterwürfige Mädchen, das aussah, als könnte sie keiner Fliege etwas zuleide tun. Was dieses Weib betraf, so würde er sie für ihre Frechheit einsperren. Er konnte es gar nicht abwarten zu sehen, wie ihre eiserne Haltung bröckelte, wenn er ihr mitteilte, dass sie den nächsten Monat im Kerker von Rivenloch verbringen würde.

Eine gefährliche Braut

Deirdres Herz schlug heftig, aber sie zwang sich, nicht zu zittern. Das leichteste Zittern in ihrem Blick könnte sich als tödlich erweisen. Sie war so weit gekommen und nun, da sie wusste, wer ihr gegenüberstand, traute sie sich nicht nachzugeben, damit der Normanne nicht annahm, dass sie die Art von Frau war, der er Angst machen konnte.

Trotzdem wünschte sie sich, dass sie mit seinem Widerstand diplomatischer umgegangen wäre. Mit einem solchen Schlag zu reagieren, war unter ihrer Würde. Es war die Art von Brutalität, die eher zu der jähzornigen Helena passte. Deirdre schämte sich, dass sie zugeben musste, dass sie die Beherrschung verloren hatte. Aber es war ein Schock gewesen, den Namen Pagan in Verbindung mit dem Mann zu hören, den sie nur für einen harmlosen, frechen Knappen gehalten hatte. Und sein furchtloser, frecher und kühner Blick aus diesen glühenden Augen hatte sie völlig verunsichert. Aus Angst hatte sie zugeschlagen.

Sie war darauf aus gewesen, sich der Spione schnell und einfach zu entledigen. Bei ihrer ersten Annäherung hatte sie richtig angenommen, dass der grinsende, schwarzhaarige Knappe gutmütig war und daher hatte sie ihr Schwert auf den gefährlicher aussehenden Mann gerichtet. Aber sie hatte das ganze Ausmaß seiner Gerissenheit unterschätzt. Und obwohl sie lieber gestorben wäre, als es zuzugeben, war sie doch mehr als nur ein wenig aufgerüttelt von der Tatsache, dass er der schönste Mann war, den sie jemals gesehen hatte. Tatsächlich hatte sie erwartet, dass der normannische Vogt viel ... offizieller daherkommen würde. Und dass er nicht so jung und so gutaussehend sein würde.

Selbst jetzt war es schwierig ihn anzuschauen, wie er nur eine Schwertlänge entfernt vor ihr stand, ohne das graugrüne Glitzern in seinen Augen zu bemerken, seine zerzausten dunkelblonden Locken, sein markantes Kinn und der geschwungene Mund, der sie lockte, faszinierte und sie einlud ...

Sie zwang sich, wieder auf seine Augen zu schauen. Oh Gott, an was dachte sie bloß? Es war nicht von Belang, dass er gut aussah. Dies war ihr Feind. Dies war der normannische Mistkerl, der gekommen war, um ihre Burg und ihre Ländereien zu beanspruchen. Ein heißes Zittern ging ungewollt durch ihren Körper, als sie sich daran erinnerte, was er noch für sich beanspruchen wollte.

Sie zwang sich zu einem eiskalten Blick. Hatte er ihre Ablenkung bemerkt? Das Wanken in ihrer Entschlossenheit? Tatsächlich war jetzt eine gewisse Durchtriebenheit in seinem Blick zu sehen. Es könnte auch Amüsiertheit sein. Oder Zufriedenheit. Keines davon war ein gutes Vorzeichen.

Sie stählte sich, als er seine Stiefel auszog, seinen Gürtel ablegte und mit Gelassenheit an seiner Hose zog. Verflucht, ihre Handflächen wurden feucht. Der Griff des Schwerts wurde schlüpfrig in ihrer Hand. Wenn Sie nicht aufpasste, würde es ihr aus der Hand gleiten.

„Beeilt euch", murmelte sie.

Mit unverfrorener Unverschämtheit senkte er den Blick, als er seine Hose auszog. „Nur Geduld, Mylady", entgegnete er.

Sie sehnte sich danach, ihn noch einmal zu schlagen, kämpfte aber gegen diesen Drang an. Er durfte nicht erfahren, wie er sie provozieren konnte; ansonsten hätte sie keine Macht über ihn. Jemals.

Und gegen ihren Willen gingen ihre Augen immer wieder zurück zu seinen Fingern, die nun gewandt die Bänder seiner Hosen lösten. Die Knöchel auf seinen

Händen waren voller Narben von diversen Schlachten, aber trotzdem bewegten sich seine Hände mit einer sicheren Anmut und Zielstrebigkeit, die ihre Knie weich werden ließen.

Und dann, bevor sie sich wappnen konnte, zog er seine Hosen runter.

Sie schluckte. Es war ja nicht, als hätte sie nicht schon Dutzende nackter Männer gesehen. Da sie viel Zeit in der Waffenkammer verbrachte, war dies unerlässlich. Aber selbst nur ein kurzer Blick auf seine entblößten unteren Teile brachte sie durcheinander, denn obwohl er großzügig gesegnet war, war er auch völlig schlaff, was bewies, dass er nicht wie andere Männer sonst von ihrer Schönheit beeindruckt war. Das bedeutete, dass sie eine Waffe weniger in ihrem Arsenal hatte.

Verflucht.

Seine Augen funkelten gefährlich und ähnelten Sonnenstrahlen auf unruhiger See. „Und jetzt?", fragte er leise und hielt seine Hosen hoch. „Wollt Ihr sehen ob sie *Euch* passen?"

Wenn er dachte, dass er sie beleidigen würde, irrte er. Von der Zeit an, als Deirdre ihr erstes Schwert geschwungen hatte und ihr erstes Kettenhemd trug, hatten sich Männer wie auch Frauen über sie lustig gemacht. Mit den Jahren hatten die Beleidigungen sie abgehärtet und zuerst hatte sie diese mit der Klinge beantwortet und später mit Gleichgültigkeit.

Sie streckte die Hand aus, um seinen abgelegten Schwertgürtel näher an sich heranzuziehen und warf ihn dann auch in die Büsche.

„Kommt, Mylady", sagte sein Begleiter und warf seine Hose auf den Boden vor ihr hin.

„Verzeiht meinem Freund. Er hat einen langsamen Verstand und eine schnelle Zunge. Ihr habt unsere Waffen genommen. Ihr habt unsere Hosen. Ihr habt den Tagessieg davongetragen. Ich bitte Euch, lasst uns in Frieden weiterziehen."

Trotz der Tatsache, dass sie tatsächlich den Tagessieg davongetragen hatte, sie beide besiegt hatte und Vergeltung geübt hatte, indem sie beide zu einem schmachvollen Nachmittag verdammt hatte, an dem sie nun nur mit ihren Jacken bekleidet durch die Gegend wandern mussten, wurde Deirdre das Gefühl nicht los, dass sie selbst bei dieser Begegnung nur eine Schachfigur war.

Der Normanne schaute sie immer noch mit seinem glühenden Blick an und es machte nichts aus, dass sie ihm die Klinge an den Hals hielt, dass er mit nackten Beinen vor ihr stand und dass er von ihrer Klinge gezeichnet war. Er sah siegesgewiss aus und sie hatte noch nie einem beeindruckenderen Feind gegenübergestanden.

Oh Gott, was würde passieren, wenn er entdeckte, wer sie war? Was stand Rivenloch bevor, wenn dieser Rohling kam, um seinen rechtmäßigen Platz in der großen Halle ... und in ihrem Bett zu beanspruchen ...

Bevor ein Zittern dieser bösen Vorahnung sie verraten konnte, ergriff sie Pagans Hosen und die seines Begleiters mit ihrer freien Hand und schwang sie über ihre Schulter. Dann nickte sie den Männern kurz zu und eilte den felsigen Hügel hinauf.

Sie war halb oben, als Pagan rief.

„Hab Ihr etwas vergessen Fräulein?"

Immer wachsam drehte sie sich mit ihrem Schwert kampfbereit um. Zu spät. Etwas pfiff an ihrem Ohr vorbei und blieb im Baumstamm neben ihr stecken. Der Dolch aus seinem Stiefel.

Sie keuchte. Die Klinge hatte sie nur um wenige Zoll verfehlt. Und dann trafen sich ihrer und Pagans Blick. Er stand da in zorniger Missachtung und sie wusste sofort, dass er sie absichtlich verfehlt hatte. Was noch bedrohlicher war.

Seine Nachricht war eindeutig. Er hätte sie töten können. Er hatte einfach beschlossen, es nicht zu tun.

Seine Nasenflügel bebten, sie steckte das Schwert ein und marschierte mit so viel Ruhe davon, wie sie vortäuschen konnte, wobei sie auf dem ganzen Weg nach Hause den Normannen verfluchte.

„Was zur Hölle ist gerade passiert?", wollte Colin wissen, als das Mädchen hinter dem Gipfel verschwand.

Pagan ärgerte sich immer noch über Colins Verrat. „Dank Euch haben wir unsere Hosen verloren."

„Unsere Hosen? Pagan, Ihr seid verrückt geworden." Colin stampfte den Hügel hinunter auf die Disteln zu, wo ihre Waffen lagen. „Wenn ihr eine Braut im Ausschlussverfahren wählen wollt, hättet ihr mir das sagen können. Ihr braucht die anderen beiden nicht töten. Ich hätte Euch gerne eine davon abgenommen."

Pagan stampfte hinter ihm her. „Ich wollte sie nicht töten."

„Nay?" Colin fluchte, als eine Distel in seinen nackten Fuß stach.

„Nay." Pagan kniff die Augen zusammen. „Ich habe etwas viel Schlimmeres für sie geplant."

„Sagt es mir nicht", sagte Colin und hüpfte auf einem

Fuß während er den Dorn aus dem anderen zog. „Ihr werdet sie heiraten."

„Jetzt seid ihr wirklich verrückt geworden." Pagan konnte nicht leugnen, dass der Gedanke, bei dem Weib zu liegen, teuflisch verlockend war. Tatsächlich hatte ihre Schönheit ihn erregt, obwohl er entschlossen war, es nicht zu zeigen. Aber da war noch etwas. Die meisten Weiber sorgten dafür, dass er sich für besser, stärker, schlauer und klüger hielt, aber diese hier stellte seine Dominanz infrage. Zum ersten Mal in seinem Leben hatte er das Gefühl, physisch und mental auf der gleichen Stufe wie eine Frau zu stehen und die Vorstellung, neben einer solchen Frau zu liegen …

Aber in nur einem Augenblick hatte sie mit einem Schwerthieb ihr kaltes Herz gezeigt.

„Nay", sagte er verbittert zu Colin. „Ich werde sie in Ketten legen, ihr Temperament brechen und sie Gehorsam lehren."

„Aye, wie ich schon sagte", sagte Colin mit einem Schulterzucken, „Ihr werdet sie also heiraten."

„Ich werde die Jüngste heiraten", erklärte er, obwohl ihm der Gedanke nur wenig Freude bereitete. „Sie wird zweifellos eine pflichtbewusste, dankbare und angepasste Ehefrau werden und mir meine Wünsche nur zu gern erfüllen. Und das zarte Ding sieht nicht so aus, als könnte sie überhaupt ein Schwert heben und mich schon gar nicht mit einem angreifen."

KAPITEL 3

"Noch einmal!" Deirdre hob ihr Schwert und forderte ihre Schwester auf, noch einmal anzugreifen.

Hel preschte mit einem wilden Grinsen nach vorn und ihre Klingen trafen klirrend aufeinander, wobei Funken sprühten.

Die Heftigkeit war erlösend und gab Deirdre Kraft nach der aufregenden Begegnung am Morgen. Sie duckte sich vor Hels heftigen Schlägen und konnte sich schon fast vorstellen, wie ihr Herz heftig von der Aufregung einer Schlacht schlug. Sie hatte keine Angst.

Sie hatte nicht mit ihren Schwestern über das Treffen mit den Normannen gesprochen und hatte auch nicht die Absicht, dies zu tun. Dieses Wissen behielt sie lieber für sich. Zumindest Helena und Miriel sollten ihre letzten Stunden als Vogte von Rivenloch in seliger Unwissenheit verbringen.

Plötzlich schlug Hels Schild gegen Deirdres und stauchte ihre Knochen. Deirdre schob sie weg und erwiderte den Angriff mit einem horizontalen Schlag ihres Schwertes, der jeden Anderen in zwei Hälften gespalten hätte. Aber Hel war schnell und Deirdre kannte die Fähigkeiten ihrer Schwester gut. Keuchend sprang Hel zurück, machte dann eine Rolle vorwärts und tauchte unter Deirdres Klinge auf.

„Ha!", rief sie und hielt die Spitze ihres Schwertes an Deirdres Kinn; ihre Augen strahlten vor Freude über den Sieg.

Aber selbst die Freude im Gesicht ihrer Schwester, das staubig von dem feinen Sand des Übungsfelds war, verringerte das Gefühl des kommenden Unheils, das Deirdre belastete, nicht.

Er war auf dem Weg. Vielleicht kam er nicht heute Abend. Vielleicht noch nicht einmal morgen. Aber bald. Er kam wegen ihr.

Deirdre hatte es in dem Moment gewusst, als sie Blickkontakt mit Pagan aufnahm, dass auch ihm klar war, dass sie die Tochter sein müsste, die ihn heiraten sollte. Miriel könnte es nicht sein, weil sie unter dem erdrückenden Schatten des Mannes verschwinden würde. Hel könnte es nicht sein, weil einer von ihnen vor Ende der Hochzeitsnacht tot sein würde und sie befürchtete jetzt, dass es vielleicht nicht der Normanne sein würde.

Nay, Deirdre würde sich opfern müssen.

Sie war sich sicher, dass es eine höllische Ehe werden würde, aber sie würde es aushalten. Für Miriel. Für Helena. Für Rivenloch.

Helena unterbrach ihre Gedanken und tätschelte Deirdres Wange mit einer behandschuhten Handfläche. „Du musst an deiner Geschwindigkeit arbeiten, du Faulpelz", höhnte sie. „Dieser normannische Mistkerl soll seiner Braut zumindest nachjagen müssen."

Hels Worte hallten in ihrer Seele wie Glocken im

Missklang. Es würde keine Jagd geben. Nicht mit Pagan. Er würde kommen und sie beanspruchen. Einfach. Schnell. Unwiderruflich.

Sein Bild war wie das Muster seines Dolches, unauslöschlich in ihrem Kopf und er stieg wieder vor ihr auf mit seiner stolzen Haltung, seinem höhnischen Lächeln und seinem verächtlichen Blick und ihr Puls ging immer schneller.

Bei Gott, was war bloß los mit ihr? Sie war kein zartes Mädchen, das sich vor Gefahren duckte. Sie war Deirdre von Rivenloch. Sie hatte Diebe verjagt, wilde Tiere gezähmt und Banditen umgebracht. Sie würde sich von einem Normannen mit teuflischem Blick nicht einschüchtern lassen.

Sie errötete vor Zorn. Mit ihrem Schild schob sie Hels Schwert beiseite. „Noch einmal!"

Als ihre Schwerter wieder aufeinanderschlugen, sprühte es wieder Funken. Hel drehte sich und sprang und schwang ihr Schwert als sei es nur ein Spielzeug. Deirdres Schild war immer da, um jeden Schlag zu parieren und während Hel sich mit ihren Possen aufrieb, konterte Deirdre kraftvoll mit ihrem eigenen Schwert und schlug Hel mit ihrer größeren Stärke und wilden Entschlossenheit, die keine Niederlage zuließ, zurück.

Tatsächlich wollte sie nicht ihre Schwester besiegen, sondern die Dämonen, die ihre Gedanken quälten.

Das, dachte sie, als sie diagonal nach unten schlug, *ist dafür, dass Ihr mich wie ein Stalljunge beobachtet habt. Und das* ... Sie stieß nach vorn und verpasste Hel nur um einige Zoll. *... ist dafür, dass Ihr mich mit eurem Dolch verhöhnt habt.* Sie lenkte Hels Klinge ab, als diese in Richtung ihres Kopfes kam. *Und das hier* ... Sie drang unaufhörlich nach vorne und schlug in schneller Reihenfolge nach rechts und nach links, bis sie Hel gegen den Zaun des Übungsplatzes gedrängt hatte. *Das ist dafür, dass Ihr mich mit Euren unnachgiebigen, schalkhaften, verletzenden und atemberaubenden Augen so anzüglich angeschaut habt.*

„Deirdre! Helena!", Miriel schimpfte vom Tor des Turnierplatzes und riss Deirdre aus ihren Gedanken. Ihre kleine Schwester hob ihre Röcke, um das ebene Feld zu überqueren. Deirdre und Hel hielten lange genug in ihrem Kampf inne, um zu sehen, dass wie immer Sung Li unterwürfig hinter ihr hereilte. Miriel hatte die alte Dienerin vor Jahren zusammen mit einigen weiteren scharfen Waffen aus dem Orient geholt.

Hel nutzte die Ablenkung, um Deirdre zu entkommen; sie eilte an ihr vorbei und schlug ihr mit der flachen Klinge auf den Hintern. Deirdre drehte sich um und stürzte vor, aber Hel sprang mit einem Freudenschrei außer Reichweite.

„Was macht ihr beiden da?", fragte Miriel und hatte die Hände in die Hüften gestemmt. Hinter ihr äffte die Dienerin ihre Haltung nach.

Da sie Miriels Missbilligung gewohnt waren, ignorierten Deirdre und Hel sie. Deirdre griff an und zielte auf Hels Knie. Hel sprang sauber über die Klinge hinweg und parierte mit einem Schlag, der Deirdre geköpft hätte, wenn sie sich nicht geduckt hätte.

„Hört auf!", verlangte Miriel und stampfte halbherzig mit ihrem Fuß auf.

Deirdre übernahm Hels Taktik, griff an und warf ihre Schwester in den Dreck auf dem Boden.

Miriel knurrte angewidert. „Warum habt ihr Euch die Mühe gemacht zu baden? Jetzt seid ihr beide schmutzig!", beschwerte sie sich. „Es war pure Verschwendung guter Seife."

Die Dienerin klackte mit ihrer Zunge.

Hel rollte sich zurück, streckte sich, sprang auf und war bereit, weiterzukämpfen. Deirdre rappelte sich auf, warf den Zopf nach hinten über die Schulter und griff an, aber Hels Klinge parierte und drehte ihre weg.

„Bitte hört auf, Schwestern", flehte Miriel.

Deirdre blockierte Hels nächsten Schlag und rief über ihre Schulter. „Geh wieder nach drinnen, Miriel. Hier machst du dir nur deine Röcke schmutzig." Sie schob Hel zurück mit ihrem Schild und ging dann in die Hocke, um anzugreifen.

„Aber Vater hat mir aufgetragen, Euch zum Abendessen zu rufen."

„Abendessen?" Deirdre schwang zweimal und schaute dann ganz kurz auf die Sonne. Sie stand bereits tief am Himmel. Die Zeit war wie im Flug vergangen.

„Aye", sagte Miriel. „Es wird schon spät."

„Nur noch eine Runde", beharrte Hel und nahm das Schwert in die linke Hand, um Deirdres Schlag abzuwehren. „Mach dir keine Sorgen. Wir kommen gleich."

„Aber Vater hat gesagt, dass ihr *jetzt* kommen sollt. Der neue Vogt ist angekommen. Er ist schon seit fast einer Stunde da und ihr seid noch nicht einmal ordentlich gekleidet."

Pagan war hier? Jetzt schon? Miriels Worte erschraken Deirdre und diese kurze Unaufmerksamkeit kostete sie einen winzigen Schnitt auf der Wange von Hels Klinge. Sie zuckte zusammen und atmete tief durch.

Miriel keuchte.

„Oh Deirdre!", Hel nahm ihr Schwert sofort herunter. „Es tut mir leid."

Deirdre schüttelte den Kopf. Es war wohl kaum der erste Kratzer, den die Schwestern einander zugefügt hatten. „Meine Schuld."

„Vielleicht sollten wir wirklich hineingehen", sagte Hel und nickte Deirdre zu. „Du musst mit dem Essen nicht warten, Miriel. Wir waschen uns und kommen sofort."

Miriel betrachtete sie voller Zweifel und überlegte wahrscheinlich, ob sie jemals wieder sauber werden würden. „Dann beeilt Euch", bat sie die beiden. „Sir Pagan scheint äußerst begierig zu sein, Euch kennen zu lernen." Mit ihrer Dienerin im Schlepptau eilte sie davon.

„Äußerst begierig", murmelte Hel, als Miriel weg war. „Zweifellos, dieser lüsterne Mistkerl." Sie zog ihre Handschuhe aus. „Dann lass uns gehen, bevor der alte Esel die Hunde auf uns hetzt."

Aber Deirdre war viel zu abgelenkt, um Hels Sarkasmus zu schätzen. Furcht überkam sie. Die Stunde der Abrechnung war gekommen.

Sie fand, dass der Mann keine Zeit verschwendet hatte. Sie hatte gehofft, dass sie ein oder zwei Tage Zeit hätte, damit sich sein Zorn abkühlen konnte. Denn wenn er entdeckte, wer sie tatsächlich war …

Aber Deirdre weigerte sich, ihren weiblichen Ängsten nachzugeben. Sie war schließlich eine Kriegerin. „Aye, es ist schon spät." Sie steckte ihr Schwert ein und wischte das Blut von ihrer Wange mit der Rückseite ihres Gambesons. Sie stellte sich gerade hin. Es war Zeit, dem Teufel, der schon bald ihr Ehemann sein würde, gegenüberzutreten.

„Dann ist es also abgemacht", murmelte der gehetzte Schreiber.

Eine gefährliche Braut

Pagan beobachtete, wie der Mann das gekritzelte Dokument schnell vom Tisch nahm, bevor der alte Lord sein Essen darauf kleckern konnte; dann blies er auf das Wachssiegel, um das Siegel von Rivenloch zu härten. Zweifellos war der Diener genervt, dass er auf diese Art und Weise belästigt wurde. Aber Lord Gellir hatte darauf bestanden, dass die Dokumente sofort erstellt werden sollten, obwohl alle am Essen waren.

Der Lord lächelte flüchtig und entließ den Schreiber mit einer Bewegung seiner knochigen Hand aus der großen, lauten Halle und dann widmete er seine Aufmerksamkeit wieder dem gebratenen Kaninchen auf dem Teller vor ihm.

Pagan stocherte nur in seinem Abendessen. Er konnte nicht anders als den alten Lord von Rivenloch zu bedauern. Er war sicherlich in jungen Jahren ein hervorragender Krieger gewesen, denn das große Zweihänder-Schwert hing an der Wand über einem Dutzend Schilde von besiegten Rittern. Er war groß und hatte breite Schultern sowie Finger, die so lang waren, dass er einen Mann mit einer Hand hätte erwürgen können. Die letzten seiner noch verbleibenden Haarsträhnen waren weiß und seine Augen leuchtend blau, was auf seine Wikingerherkunft hindeutete. Aber die Zeit hatte ihn abgenutzt wie ein Fluss einen Stein und seine Statur weicher gemacht und leider auch nicht vor seinem Hirn Halt gemacht.

Es wurde deutlich, dass der König Rivenloch weniger als Geschenk, sondern eher als Pflicht an Pagan übergeben hatte. Denn in den Händen eines hirnlosen Lords mit drei Töchtern, und Rittern, die durch den Frieden eingerostet waren, und ohne die Cameliard Kampfkraft für seine Verteidigung würde Rivenloch sicherlich von den Engländern erobert werden. Und das wäre eine Tragödie.

Die Burg war großartig und ihr Standort beneidenswert.

Als sie ankamen, hatte Pagan die jüngste Tochter und ihre alte Dienerin mit den weißen Zöpfen gebeten, ihnen den Besitz zu zeigen.

Als er natürlich genauer hinsah, wurde ihm klar, dass einige Änderungen vorgenommen werden müssten. Einige der Außengebäude waren kaputt und müssten repariert werden. Es gab nicht genug Lagerfläche. Und die Ringmauer, die um die Burg und den weitläufigen Burghof führte, könnte eine Verstärkung gebrauchen.

Aber die Mauern umschlossen alles, was man brauchte, um im wilden Schottland zu überleben. In der Mitte des Burghofs befand sich eine stabile Kapelle mit einem Brunnen daneben. Ein großer Obstgarten lieferte Äpfel, Walnüsse, Pflaumen und Kirschen und im Gemüsegarten wuchs allerlei Gemüse. Zahlreiche Werkstätten, wie beispielsweise zwei Küchenhäuser und eine Waffenschmiede waren an die Ringmauer angelehnt. Hinter der Burg waren, Hunde, Pferde und Falken untergebracht. Am hintersten Ende des Weges entlang der Mauer befand sich ein weitläufiger Turnierplatz. Von der Spitze ihrer vier Türme bis hin zu den gut gesicherten Kellern war dies eine Burg, die einen jeden Mann stolz gemacht hätte. Ein Preis, der eine Ehe wert war.

„Aye, dann ist es besiegelt", wiederholte der Lord und grinste Pagan verstört an, während er seiner jüngsten Tochter liebevoll den Kopf tätschelte.

Die arme Dienerin war so weiß wie die Wand geworden. Pagan überlegte, ob irgendjemand sich überhaupt die Mühe gemacht hatte, dem Mädchen zu sagen, dass sie für eine Eheschließung im Gespräch war. Aber er schaffte es nicht, sie beruhigend anzulächeln. Die Entscheidung belastete ihn mit einer krankhaften Schwere, die ihm plötzlich auch den Appetit raubte.

Um sie herum ging das lärmende Abendessen weiter, als wenn keine schwerwiegende Entscheidung getroffen worden wäre.

„Ihr werdet Eure Entscheidung nicht bereuen", sagte Colin freundlich zu der jungen Frau und versuchte, ihre Ängste mit einem freundlichen Wort und einem Zwinkern zu zerstreuen. „Obwohl so manches Mädchen traurig sein wird, wenn sie erfährt, dass Sir Pagan Cameliards Herz nun vergeben ist."

Das Mädchen schluckte schwer und senkte den Blick auf den Krug Bier, der vor ihr stand und den sie noch nicht angerührt hatte.

„Auf Eure Gesundheit", rief ihr Vater und erschreckte das arme Mädchen; er hob seinen Becher so schnell, dass das Bier über den Rand auf den Tisch schwappte.

Die Bewohner der Burg, die an Bocktischen in der großen Halle saßen, kannten den Grund für den Ausruf des Lords nicht, jubelten ihm aber halbherzig zu.

Pflichtbewusst hob Pagan seinen Becher, obwohl auch er mit dem Herzen nicht bei diesem Trinkspruch war. Er wusste nicht, warum er unzufrieden war. Hatte er nicht bekommen, was er wollte? Der Lord von Rivenloch hatte ihn wohl willkommen geheißen und wie Pagan bereits angenommen hatte, war das jüngste Mädchen nicht nur hübsch, sondern auch unterwürfig und niedlich. Aye, sie würde eine zufriedenstellende Ehefrau abgeben, angemessen treu, charmant, naiv und eine Frau, die ihm gerne Kinder schenken und keine Fragen wegen seiner Geliebten stellen würde.

Und doch zögerte er, einen Anspruch auf sie zu

erheben. Die Tatsache, dass Pagan Lord Gellirs Besitz praktisch an sich riss, schien als Schlag in das Gesicht des alten Mannes zu reichen. Aber sich auch noch eine seiner Töchter anzueignen ...

Letztendlich beschloss Pagan edelmütig zu sein und ließ den Vater wählen, welches der Mädchen er zur Heirat aufgeben wollte.

Bevor der Lord sich entscheiden konnte und die anderen beiden trödelnden Schwestern zum Abendessen erschienen, hatte sich die Jüngste zu seiner Überraschung still und demütig angeboten.

Pagan war kein Narr. Er konnte an dem Beben in ihrer Stimme und den Tränen in ihren Augen sofort sehen, dass sie sich nicht aus Verlangen nach ihm anbot, sondern als eine Art ehrbares Opfer. Es war tragisch, aber es blieb ihm nichts anderes übrig, als das Opfer anzunehmen. Es nicht zu tun, wäre nicht nur eine Beleidigung, sondern würde auch ihre großartige Geste mindern.

Ihr Vater stimmte der Verbindung natürlich zu. Der Lord konnte seine jüngste Tochter am ehesten entbehren. So war es auch in den normannischen Häusern. Der Erstgeborene wurde zum Herrschen erzogen, der Zweite, um zu kämpfen und der Dritte konnte nur auf einen Platz in der Kirche oder eine profitable Ehe hoffen. Eine Ehe mit Pagan würde sicherlich profitabel für sie sein.

Trotzdem war Pagan weniger als glücklich, während er das ernste Mädchen anschaute, das Angst hatte, seinem Blick zu begegnen, und den geistlosen Lord, über dessen Lippe noch der Bierschaum hing und die Schotten in der Halle, die ihn mit einer Mischung aus Furcht und Misstrauen anschauten.

Nur Colin schien sich unter den Burgbewohnern

Eine gefährliche Braut

wohlzufühlen. Aber er fühlte sich scheinbar überall wohl. Der charmante Knappe konnte sich mit einer Adelsdame wie auch mit einer Magd unterhalten und schaffte es, dass ihm beide noch vor Ende des Abends aus der Hand fraßen.

Auch Pagan mangelte es nur selten an der Zuneigung einer Frau. Aber das lag an seiner Stärke und Tapferkeit sowie seinem guten Aussehen und nicht an seinem Charme.

Dieses Mal schafften es diese zuverlässigen Eigenschaften nicht, das Entsetzen in den Augen von ... verschwinden zu lassen. Wie war noch ihr Name? Er schaute böse. Zum Teufel, wenn er das Entsetzen der jungen Dame verringern wollte, sollte er sich besser an ihren Namen erinnern.

„Nun kommt schon", neckte Colin und stieß ihm den Ellbogen in die Rippen. „Schaut nicht so finster, Pagan! Ihr macht Miriel Angst."

Miriel. Das war es. Seit er sich heute Morgen mit der großen Blonden gemessen hatte, war er so verwirrt wie eine verliebte Kuh.

„Tatsächlich", fuhr Colin fort, „ist er ein freundliches Wesen, Mylady. Trotz seiner finsteren Blicke ist er berühmt für seine Liebe zur Harfe und seinem liebevollen Umgang mit kleinen Tieren und Babys."

Pagan schaute noch finsterer. Was für einen Unsinn versprühte Colin jetzt? Kleine Tiere fand er nur zum Essen gut und was die Harfe betraf ...

„Pah! Ihr kommt verspätet!", bellte Lord Gellir plötzlich.

Pagan schaute von seinem gebratenen Kaninchen hoch. Bei Gott, es wurde aber auch Zeit. In aller Ruhe schritten Miriels Schwestern mit stolzen und schönen Gesichtern über die Binsen. Wenn sie so spät zum Abendessen kamen, wenn er der Lord war, würde er ihnen nichts geben.

Pagan hatte geglaubt, dass sich das Gesicht der Blonden in sein Hirn eingebrannt hatte, aber er sah, dass seine Erinnerung ihr Unrecht tat. Sie war nicht nur schön. Sie war atemberaubend. Herrschaftlich und elegant in einem Kleid aus himmelblauer Seide glitt sie mit der sicheren Anmut einer Katze über den Steinboden. Ihre Schwester folgte ihr gekleidet in einem Kleid in einem hellen Safranton; sie schaute sich argwöhnisch um, damit sie bei der passenden Provokation auf einen der Tische springen könnte.

Selbst Colins Geschwätz wurde weniger, als die großartigen Schwestern die Halle durchquerten.

Pagans Puls wurde schneller und er spürte, wie die Wunde, die ihm die Blonde zugefügt hatte, unter seiner Jacke pulsierte.

Stundenlang hatte er sich ihr schockiertes Gesicht vorgestellt, wenn sie schließlich seine Identität entdeckte, und er wollte ihre Demütigung genießen, wenn ihr klar wurde, wie töricht sie gehandelt hatte, indem sie ihren zukünftigen Lord angegriffen hatte.

Aber sein Durst nach Demütigung sollte nicht gelöscht werden. Als sie ihn ruhig anschaute, war ihr Blick eiskalt. Nicht nur schien sie nicht überrascht zu sein von seiner Gegenwart, sie zeigte auch keinerlei Reue. Das freche Weib! Hatte sie die ganze Zeit gewusst, wer er war? Wenn ja, dann waren ihre Aktionen kalt und kalkuliert gewesen. Die Hexe hatte ihn absichtlich provoziert.

Als sie sich näherte, funkelten ihre Augen wie eiskalte Sterne und die Erwartung süßer Rache ließ sein Herz heftiger schlagen. Während der Schnitt geblutet und der Wind seine nackten Beine verhöhnt hatte, hatte er sich den ganzen Nachmittag vorgestellt, wie er dieses vorlaute Weib zähmen würde. Er hatte daran gedacht, sie im Turm bei

Eine gefährliche Braut

Brot und Wasser einzusperren. Er hatte überlegt, sie im Kerker nur mit einem Hemd bekleidet einzusperren. Außerdem hatte er sich überlegt, jeden Tag einen Zoll ihrer wertvollen goldenen Locken abzuschneiden, bis sie ihm nachgab. Und nun, da seine Rache nah war, war es nur natürlich, dass er sie genießen würde, wie einen seltenen spanischen Wein.

Aber irgendwie, als er sie näherkommen sah und ihr offenes Haar im Kerzenlicht schimmerte, ihre Brust gegen den tiefen Ausschnitt ihres Kleides drückte und ihre Lippen voll und rosig waren, nahmen die Gedanken an diese Strafen etwas eindeutig Sinnliches an. Visionen von ihr, wie sie Brot aus seiner Hand knabberte, während sie angekettet im Turm kniete, überkamen ihn. Er stellte sie sich vor im Kerker, wie sie in ihrem Hemd zitterte und der Wind es in sündiger Transparenz gegen ihre Kurven wehte. Er sah, wie seine Hände in ihre seidenen, von der Sonne erleuchteten Locken tauchten, während er das Messer zog, um sie Zoll um Zoll abzuschneiden.

Verflucht sollten diese abwegigen Gedanken sein; sie erhitzten sein Blut und weckten sein Gemächt. Verdammt! Es gab nur eine Sache, die schlimmer war, als von einer Frau mit einer Waffe geknechtet zu werden, beschloss er und das war, wenn man von seiner eigenen Lust nach ihr geknechtet wurde.

„Das sind meine älteren Töchter", stellte Lord Gellir sie vor und zeigte mit einem Beinknochen von dem Kaninchen auf sie.

Pagan traf den Blick der Blondine ganz kurz und nickte ihr vorsichtig zu. Scheinbar wollte sie ihr vorheriges Treffen nicht offenbaren. Dann würde er es auch nicht machen. Aber er bemerkte, dass sie seit ihrem letzten

Treffen einen winzigen Kratzer auf ihrem Wangenknochen erhalten hatte. Er überlegte, wo sie den wohl her hatte.

„Entschuldigung Vater", sagte die zweite Schwester und setzte sich neben Merewyn ... Mildryth ... Margaret ...

Herrgott, warum konnte er sich den Namen seiner Braut nicht merken?

„Wir waren auf dem Turnierplatz", fügte sie hinzu und blickte Colin und ihn herausfordernd an.

„Ach so", sagte der Lord und kaute auf einem Stück Fleisch. „Wer hat gewonnen?"

„Helena hat gewonnen, Vater", antwortete die Blonde und schlüpfte auf die Bank zwischen ihre Schwestern. „Ich habe sie natürlich gewinnen lassen."

„Mich gewinnen lassen?", brauste Helena auf. „Auf keinen Fall. Ich—"

„Helena!", griff die jüngste Schwester leise ein. „Wir haben ... Gäste."

„Ach", sagte Helena und musterte beide von oben bis unten, als würde sie sich ein Kriegspferd anschauen. „Aye."

„Dies ist Sir Colin du Lac", fuhr Pagans Braut höflich fort, „und dies ..." Es schauderte sie zwar nicht, aber er spürte ihr Missfallen, als sie ihn vorstellte. „Dies ist Sir Pagan Cameliard. Sir Colin, Sir Pagan, dies sind meine Schwestern, Lady Helena und Lady Deirdre von Rivenloch."

Deirdre. Oh. Angesichts des Thorshammers, der um ihren Hals hing, hatte er erwartet, dass sie einen Wikingernamen tragen würde – irgendetwas Hässliches wie Grimhilde oder Gullveig. Er senkte seinen Blick. Das Stück lag dort auf dem süßen, weichen Fleisch ihres ...

Colin sprach als erster: „Es ist eine Freude, Euch kennen zu lernen."

Helena verzog das Gesicht in falscher Höflichkeit, nahm

dann eine Serviette und legte sie über ihren Schoß. Sie stieß ihre Schwester mit dem Ellbogen an und nörgelte: „Du weißt, dass ich besser bin als du. Deirdre. Von wegen mich gewinnen lassen."

„Gewinnen?" Colin nahm den Köder als erstes auf. „Was gewinnen, Myladys?"

Helena wandte sich zu ihm mit voller Aufmerksamkeit, als wenn sie nur auf diese Gelegenheit gewartet hätte, ihn zu schockieren und sie sagte deutlich: „Unseren Schwertkampf."

„Euren Schwertkampf?", fragte Colin mit einem zweifelnden Lächeln. Er glaubte zweifellos, dass „Schwertkampf" irgendein schottisches Spiel war. Pagan hegte einen anderen Verdacht.

Helena grinste Colin hinterlistig an. Pagan runzelte die Stirn und ihm gefiel weder ihre Gerissenheit, noch ihre Keckheit. Dies waren Verhaltensweisen, gegen die er sich in der Zukunft wappnen müsste. Zumindest schien Deirdre trotz des Eises in ihren Adern ehrlich und unverblümt zu sein.

Helena wandte sich dann zu ihrem Vater, obwohl sie offensichtlich eher so sprach, dass Colin sie hören würde. „Ihr hättet es sehen sollen, Vater. Deirdre kam auf mich zu und hätte mir den Kopf abgeschlagen. Aber ich wehrte ihren Angriff zur Seite ab, schlug nach links und stieß rechts, rollte nach vorn, setzte sie am Zaun fest und hielt meine Klinge an ihren Hals."

Zum ersten Mal in seinem Leben war Colin sprachlos. Aber Pagans Verdacht war fast bestätigt und er schaute zu Deirdre. Sie lächelte in selbstgefälliger Sicherheit. Oh, aye. Es stimmte. Die beiden Mädchen waren beide versierte Schwertkämpferinnen.

Und bei dem Kribbeln im Nacken fing er an zu verstehen, warum der König ihm, Sir Pagan Cameliard, Hauptmann der am höchsten respektierten normannischen Kampftruppe, diese besonderen Leckerbissen angeboten hatte. Sie waren mit einem Gift gewürzt, dass nur der stärkste Mann überlebte. Nur der klügste, fähigste und beste Befehlshaber von Männern könnte jemals hoffen, diese Kriegerinnen zu zähmen.

KAPITEL 4

„Ihr habt noch nie von den Kriegerinnen von Rivenloch gehört?", fragte Helena zwischen zwei Mund voll Rüben.

Pagans Mund verzog sich auf einer Seite zu einem süffisanten Lächeln. „Die Nachricht von Euren Heldentaten hat sich in der entfernteren Welt noch nicht herumgesprochen", sagte er gedehnt.

Deirdre hob ihren Becher zu einem scharfsinnigen Salut. Sein Stich war gut gesetzt.

Helena jedoch nahm ihm die Beleidigung übel. „Nun, wir haben auch noch nie von den Rittern von Cameliard gehört."

Colin schien wirklich überrascht. „Nay?"

Pagan hob eine Augenbraue. „Rivenloch liegt ziemlich ... abseits."

Deirdre merkte, wie Helenas Faust sich um ihr Messer legte und legte eine Hand auf den Unterarm ihrer Schwester, um sie zu besänftigen.

Tatsächlich konnte sie nicht anders, als den Normannen zu bewundern. Er war schlagfertig und schlauer als die meisten anderen. Tatsächlich begann sie zu überlegen, ob die Kampftruppe, derer er sich rühmte, überhaupt existierte. Wahrscheinlich reisten die beiden allein durch das Land, nannten sich die „Ritter von Cameliard" und ersannen Geschichten über wagemutige Abenteuer.

Ihr Blick fiel auf Pagans seltsames Gewand. Der Mann war scheinbar so erfinderisch wie er auch schlagfertig war. Er hatte einen Vorteil aus dem gezogen, was eine sehr demütigende Episode hätte werden können. Sein Begleiter und er hatten irgendwo ein Paar karierte Tücher gefunden, sie über die Schulter gelegt und an der Hüfte im schottischen Stil festgeheftet, wobei sie nicht nur das Fehlen ihrer Hosen verbargen, sondern sich auch bei den Leuten von Rivenloch einschmeichelten, indem sie sich ähnlich wie sie kleideten.

Zumindest, überlegte Deirdre, würde sie einen Mann mit Verstand ehelichen.

Während Helena ihre Gäste weiter quälte und versuchte, sie mit schaurigen Geschichten ihrer vergangenen Kämpfe zu schockieren und zu entsetzen, nippte Deirdre an ihrem Bier und musterte den Mann, der schon bald ihr Ehemann sein würde.

Er sah unglaublich gut aus. Sein Haar hatte die Farbe von mit Gold bestäubten Kastanien und es fiel ungezähmt über seine Ohren, seinen Hals und über seine Stirn. Seine von der Sonne gebräunte Haut schien im Licht des Feuers zu glühen. Die Knochen in seinem Gesicht waren stark und breit und sein unrasiertes Kinn trug Narben am Rand, die von einer Klinge stammen konnten. Seine Augen, die nun intensiv auf Helena fokussiert waren, erinnerten sie an die Wälder der Highlands im Nebel, grau und grün und trügerisch. Eine Frau könnte sich in den Wäldern verlaufen, rief sie sich ins Gedächtnis und riss ihren Blick los, um sich mit dem Bier in ihrem Becher zu befassen.

„Er kleidet sich ganz in schwarz", erzählte Hel Colin du Lac und nahm sich ein zweites gebratenes Kaninchen. „Die Leute nennen ihn den *Schatten*. Er versteckt sich in Bäumen und wartet auf seine Opfer und bislang hat es noch keiner geschafft, ..."

Deirdre ließ ihren Blick zurück zu Sir Pagan Cameliard schweifen. Während er Hels Geschichte über den lokalen Banditen lauschte, war er wahrscheinlich ebenso amüsiert über ihren gesunden Appetit, wie über ihre Geschichte und abwesend fuhr er mit dem Mittelfinger über den Rand seines Bechers. Deirdre war wie gebannt von der Bewegung. Seine Hände sahen grob und schwer aus und trugen Narben und Schwielen, schienen aber zu solch feinen Gesten in der Lage zu sein.

Ihr Herz flatterte auf unerklärliche Art und Weise.

Während Hel weiter von dem mysteriösen Dieb, der im Wald wohnte, erzählte, sah sie, wie Pagans Mund sich fast unmerklich verzog. Was als grimmige Linie der Missbilligung begonnen hatte, wurde jetzt weicher, bis sein Mund sich nach oben verzog.

Deirdre hob überrascht den Blick. Bei Gott, der Mann starrte sie an. Und lächelte. Ein geheimnisvolles, wissendes Lächeln voller schlimmer Versprechen und fühlbarer Bedrohung.

Sie schaute weg, umfasste ihren silbernen Becher so fest mit der Faust, dass sie das weiche Metall spürte. Vielleicht müsste sie den Mann heiraten, aber sie würde ihn nie glauben lassen, dass er irgendeine Kontrolle über sie hatte.

Außerdem würde sie ihm niemals offenbaren, dass sie

die Idee, ihn zu heiraten, gar nicht so furchtbar widerwärtig fand.

Nay, sie musste die Zügel jetzt in die Hand nehmen, bevor er die Initiative übernahm und sie zu einem dunklen Versteck wegtrug, um Rache an ihr zu üben.

Sie atmete tief durch, setzte ihren Becher auf dem Tisch ab und unterbrach Hels bildliche Erzählung, bei der die arme, schwache Miriel weiß wie eine Wand wurde.

„Also Vater", sagte sie ohne Einleitung. „Habt Ihr die Heiratsdokumente schon aufsetzen lassen?"

Er nickte. „Oh aye", sagte er mit vollem Mund, "aufgesetzt, vereinbart und unterschrieben."

Deirdre schaute Hel stirnrunzelnd an. „Vereinbart?"

„Unterschrieben?", fragte Hel und verschluckte sich fast an einem Stück Fleisch.

„Aye", verkündete er glücklich. „Macht Euch keine Gedanken, Edwina. Ich habe den Priester schon rufen lassen; wir werden morgen Hochzeit feiern."

Deirdre zuckte zusammen, als sie hörte, dass er sie mit dem Namen ihrer Mutter rief. „Morgen? Aber Ihr habt uns nicht gefragt, Vater. Welche von uns—"

„Ich habe zugestimmt, ihn zu heiraten", verkündete Miriel eilig.

Einen kurzen Augenblick lang konnten Deirdre und Hel ihre kleine Schwester nur anstarren.

„Was?", konnte Deirdre nur ungläubig flüstern. „Aber Miriel … da muss ein Feh-"

Hel schlug so fest mit der Faust auf den Tisch, dass das Geschirr klapperte. „Nay!" Sie wandte sich zu Pagan. „Verfluchter Normanne.!Konntet Ihr nicht warten, bis Ihr uns alle drei kennengelernt hättet? Musstet Ihr so hastig wählen?"

Eine gefährliche Braut

Miriel legte die Finger sanft auf Hels Unterarm. „Helena, sei nicht böse auf ihn. Es war nicht seine Wahl", sagte sie leise, „es war *meine*."

Es war still, während Miriels Worte sackten.

„Deine Wahl", wiederholte Hel schließlich erstaunt.

Deirdre schwieg. Ihr war plötzlich schlecht, als wenn alles in ihrer Welt schiefgegangen wäre. Ein Blick in Miriels große blaue Augen sagte ihr, dass ihre bebenden Lippen die Wahrheit sagten. Ihre kleine Schwester hatte sich geopfert, bevor Deirdre überhaupt die Gelegenheit dazu hatte.

Hel drehte ich zu ihrem Vater und zischte: „Wie konntet Ihr sie das tun lassen?"

„Helena!", schimpfte Deirdre ihre ungezogene Schwester. Auch wenn der alte Mann in letzter Zeit unverantwortlich handelte, so war er doch immer noch ihr Herr. Er verdiente ihren Respekt. Deirdre sprach so ruhig wie möglich mit ihm. „Das Verlöbnis ist also unterschrieben und besiegelt?"

„Oh aye, alles erledigt", antwortete ihr Vater heiter und schien ihren Kummer gar nicht zu bemerken. „Morgen früh wird Hochzeit gefeiert."

Sie blickte grimmig zu Helena, deren Augen wie Kohle glühten und sagte zu ihr: „Was passiert ist, ist passiert."

Nachdenkliches Schweigen folgte und wurde nur vom Geklapper der Becher und Messer und dem Geschwätz der einfachen Leute an den unteren Tischen unterbrochen. Sie aßen weiter und wussten nichts vom Drama, dass sich unter den Adligen abspielte, mit Ausnahme von Sung Li, die, wie Deirdre bemerkte, alles aus der Entfernung mit einer schon fast gespenstischen Intensität beobachtete.

Hel und Deirdre schwiegen weiter. Pagan hatte der Verbindung offensichtlich zugestimmt. Schließlich war es ein Vorteil für ihn, die sanftmütige Miriel zu heiraten, denn sie war ein junges Mädchen, die seine Autorität niemals in Frage stellen würde.

Aber Deirdre hatte nicht die Absicht, das passieren zu lassen. Obwohl sie nach außen gelassen wirkte, grübelte sie. Als das Essen beendet war, hatte sie sich einen Plan zurechtgelegt.

„Bei allen Heiligen. Ich werde es nicht zulassen", lallte Helena und verlieh ihren Worten Ironic, indem sie von Deirdres Bettkante rutschte und mit einem dumpfen Knall auf dem mit Binsen ausgelegten Fußboden im Schlafzimmer landete.

Deirdre rettete Hels halbleeres Glas Wein, bevor sie es verschütten konnte, ergriff ihre Schwester unter den Armen und setzte sie wieder aufrecht auf das Bett.

Hel wankte einen Augenblick lang und fuhr dann mit ihrem Geschimpfe fort. „Wir müssen etwas unternehmen, Deirdre. Wir müssen uns um diesen armseligen Mist ... Mist ... kümmern."

„Mistnormannen?", vollendete Deirdre und füllte Helenas Becher wieder auf.

„Aye", höhnte Hel, ergriff zornig ihren Becher und trank einen großzügigen Schluck. Sie wischte sich mit der Rückseite ihres Ärmels den Mund ab und Deirdres Augen weiteten sich, als sie sah, dass der lange seidene Zipfel gefährlich nah an die große Kerze neben ihrem Bett kam.

Deirdre hob ihren noch vollen Becher. „Aye, auf die Kriegerinnen von Rivenloch Auf das wir immer triumphieren mögen!"

Hel nickte und ihr Kinn bebte vor Stolz, als sie mit

Deirdre anstieß. Sie tranken beide, aber Helena leerte ihren Becher und Deirdre trank nur einen kleinen Schluck. Sie brauchte einen klaren Kopf heute Nacht.

Hel verdrehte betrunken die Augen und sie ließ ihren leeren Becher auf das Bett fallen. Deirdre hoffte, dass ihre Schwester an Ort und Stelle einschlafen würde. Aber Hel war in der Lage, die meisten Männer unter den Tisch zu trinken. Einen Augenblick später seufzte Hel und fing wieder an zu murmeln, wobei sie furchtbare Schimpfwörter für die Normannen erfand.

Deirdre blickte aus ihrem Schlafzimmerfenster. Noch stand der Vollmond recht tief, bewegte sich aber stetig nach oben. Sie musste Helena weiter antreiben. Es blieb nicht viel Zeit.

Sie schnappte sich Hels Becher und füllte ihn wieder. „Lass uns auf Miriel trinken."

„Arme Miriel", klagte Hel. „Ich sage dir Deirdre, wenn der verfluchte Knappe sie jemals anrührt, schwöre ich ... schwöre ich ..."

„Aye, dann lass uns jetzt schwören. Wenn er sie anrührt ..." Sie hob ihren Becher.

„Bringen wir ihn um", fauchte Helena. Sie nahm einen großzügigen Schluck und knallte den Becher dann auf die Truhe am Fußende des Bettes.

Deirdre wartete und trank dann nachdenklich einen kleinen Schluck. Pagan würde Miriel niemals anrühren. Deirdre würde ihm dazu keine Gelegenheit geben.

„Huch", rief Helena und drückte eine Hand zwischen ihre Beine, da sie wahrscheinlich dringend einen Nachttopf brauchte. „Ich gehe besser." Sie rülpste, kicherte dann und erhob sich vom Bett. Sie wankte einen Augenblick lang, bis sie sich orientiert hatte und schleppte sich dann zur Tür.

„Gute Nacht. Und vergiss nicht, Deirdre. Du hast geschworen. Du hast geschworen."

Das letzte, was Deirdre von Helena sah, war, wie sie wankend und stolpernd den Flur entlang zu ihrem eigenen Zimmer ging, wo sie hoffentlich den Nachttopf rechtzeitig finden würde. Mit ein bisschen Glück würde sie in ihrem Rausch auf ihr Bett fallen und die Hälfte des Morgens verschlafen.

Jetzt musste Deirdre sich um ihre jüngste Schwester kümmern.

Miriel von ihrer lästigen Dienerin zu trennen würde am schwierigsten werden. Die seltsame kleine Dienerin folgte ihr wie ein Küken seiner Mutter überall hin.

Aber sie hatte keine Zeit zu verschwenden. Deirdre ergriff die kleine Tasche mit Proviant und machte sich auf den Weg zu Miriels Zimmer. Auch wenn es an ihrem Ehrgefühl zehrte, glaubte Deirdre, dass sie ihre kleine Schwester hinters Licht führen müsste. Es war zu ihrem eigenen Vorteil.

Deirdre stand vor der Tür mit erhobener Hand und zögerte. Handelte sie richtig? Vielleicht wäre Miriel zufrieden mit Pagan als Ehemann. Vielleicht würde ihre Lieblichkeit ihn zu einem anständigen Mann machen. Vielleicht würde sie ihn liebgewinnen und er würde sich ihrer zarten Natur beugen.

Dann erinnerte sie sich an das böse Lächeln, das Pagan ihr beim Abendessen zugeworfen hatte – ein Lächeln voller Bedrohung. Nay, der Mann war zu schlau und zu hinterhältig, um diese Art von Unschuld überhaupt zu verstehen. Wenn man ihm erlaubte, Miriel zu heiraten, würde er ihr Herz so gedankenlos zerdrücken wie einen Nachtfalter in seiner Faust.

Eine gefährliche Braut

Entschlossen klopfte sie an die Tür.

Miriel war noch nicht für die Nacht umgezogen, aber so vorhersehbar wie der Sonnenuntergang legte Sung Li gerade das Leinennachthemd bereit, das Miriel immer trug. Deirdre erkannte am faltigen Schmollmund der alten Frau, dass sie sich über die Störung ärgerte.

„Deirdre, komm herein." Miriel öffnete die Tür, um sie hereinzulassen.

Deirdre war versucht, sie einfach zu schnappen und wegzulaufen. Es wäre viel direkter und ehrlicher als diese ganzen Hinterlistigkeiten. Aber bei all ihrer Unterwürfigkeit war Sung Li doch in der Lage, einen großen Aufruhr zu machen, wenn sie es wollte und es wäre dann lauter, als wenn ein Fuchs vor dem Hühnerstall lauerte. Sie schwatzte weiter in ihrer seltsamen, schnellen Sprache. Deirdre hatte Angst, dass sich eine ganze Herde Diener um sie versammeln würde.

„Ich bringe dir eine Nachricht von deinem ... von Sir Pagan", log Deirdre. „Er ... " Verlangt nach deiner Anwesenheit? Nay, das hörte sich zu grob an. „Bittet um deine Gesellschaft."

„Jetzt?" Miriel runzelte verwundert die Stirn.

Deirdre spürte Sung Lis misstrauischen Blick auf ihr ruhen. Sie war noch nie eine gute Lügnerin gewesen. Sie nickte. „Ich soll dich zu ihm bringen."

Miriel schluckte sichtbar und zögerte offensichtlich, was Deirdre in ihrem Entschluss bestärkte, ihren Plan durchzuführen. Das arme Kind hatte wirklich Angst vor dem Vogt. Deirdre erwies ihr einen Dienst.

Sie lächelte ihre Schwester beruhigend an. „Es ist schon in Ordnung. Er will dir nichts Böses. Vielleicht will er dich nur ein bisschen besser kennenlernen, bevor ihr heiratet."

Miriel nickte. Dann traute sich Deirdre, Sung Li anzuschauen und erwartete schon fast, dass die Frau laut schimpfend protestieren würde. Aber die Dienerin war seltsam still, senkte den Blick und strich mit ihrer faltigen Hand liebevoll über den Stoff von Miriels Nachthemd.

„Sung Li", rief Miriel, „kommt Ihr?"

Bevor Deirdre einschreiten konnte, schüttelte die Dienerin den Kopf. „Zu beschäftigt. Zu beschäftigt. Zu viel zu tun für die Hochzeit. Geht Ihr."

Sie eilte im Zimmer herum, stocherte im Feuer, strich die Bettlaken glatt und schüttelte die Falten aus Miriels Surcot aus. Zweifellos hatte die eifersüchtige Dienerin vor, alle Hochzeitsvorbereitungen selbst vorzunehmen. Aber es war selten, dass Sung Li Miriel irgendwohin allein gehen ließ.

Miriel kniff die Augen in Richtung der neugierigen Dienerin zusammen. Vielleicht war die alte Frau weise genug, dass sie erkannte, dass Miriels Loyalität jetzt ihrem Bräutigam gehörte. Mit ein bisschen Glück würde sie es nicht hinterfragen, dass Miriel heute Nacht nicht in ihr Schlafzimmer zurückkehren würde.

Miriel schwatzte den ganzen Weg die Treppe hinauf nervös, was Deirdres Aufgabe erleichterte, weil sie gar nicht darauf achtete, wo Deirdre sie hinbrachte. Als sie an die Tür zum Turm kamen, verlor Deirdre schon fast den Mut angesichts dessen, was sie vorhatte; sie zog den Eisenschlüssel heraus und schloss auf. Erst dann runzelte Miriel verwirrt die Stirn.

„Er wollte mich hier treffen?"

Ohne eine Antwort zu geben, stupste Deirdre sie leicht aber bestimmt durch die Tür in das leere Turmzimmer mit seinen beiden schmalen Fenstern.

„Aber wo ist er?", fragte Miriel. „Wo ist Pa-"

Bevor sie ein schlechtes Gewissen bekam, warf Deirdre schnell die Tasche in das Zimmer und fing an, die Tür zwischen ihnen zu schließen.

„Deirdre?"

Die Bestürzung in Miriels Augen ging Deirdre sehr zu Herzen. Aber sie konnte sich jetzt keine Gnade leisten.

„Deirdre? Nay!"

Das Zuschlagen der Eichentür schnitt ihren Schrei ab. Aber das dicke Holz konnte Miriels Schläge gegen die Tür nicht dämpfen. Sie hörten sich an wie ein panischer Herzschlag. Deirdre kämpfte gegen die überwältigende Reue, während sie mit dem Schlüssel herumfummelte, bis das Schloss endlich einrastete.

Einen Augenblick lang konnte sie nur auf die verschlossene Tür starren und versuchte, die dumpfen Schläge zu ignorieren. Sie wünschte, dass sie die Zeit gehabt hätte, die arme Miriel zu beruhigen und ihr zu zeigen was sie für sie in die Tasche gepackt hatte – einen Umhang, einen Nachttopf und genug Proviant für zwei Tage. Außerdem hätte sie ihr gern erzählt, dass sie sie freilassen würde, wenn die Tat vollbracht wäre. Aber ihre kleine Schwester würde das nicht verstehen. Und jetzt glaubte sie, dass Deirdre sie verraten hatte.

Mit einem schmerzenden Herz stieg Deirdre die Treppe wieder hinab und versuchte sich zu trösten, während die Stärke der Schläge geringer wurde. Es war sicherlich zum Besten so. Auch wenn Miriel es in den nächsten Tagen oder Wochen oder Jahren nicht verstehen würde, hatte Deirdre ihre Schwester in dieser Nacht gerettet. Vielleicht sogar vor dem Teufel persönlich.

KAPITEL 5

Pagan träumte von Frauen – schönen, nackten Frauen, die in einem Teich badeten, lächelten und ihn einluden, ihnen Gesellschaft zu leisten. Er lächelte zurück, zog sich aus und watete in das warme Wasser. Eine der Frauen streichelte ihn an der Schulter und er wandte sich um und sah eine große Göttin mit weichen blauen Augen und langen goldenen Haar vor sich stehen, die ihren lieblichen Mund für ihn öffnete ...

Ein schwerer Schlag auf den Bauch riss ihn unsanft aus dem Sonnenlicht in seinen Träumen und brachte ihn in die kalte Nacht zurück. Er stöhnte vor Schmerz und instinktiv griff er nach seinem Schwert, das neben ihm bereit lag.

Er brauchte einen Moment, um zu sich zu kommen. Er wusste, dass er auf einem Bett in einem von Rivenlochs Schlafzimmern lag, aber in dem gedämpften Licht des heruntergebrannten Feuers konnte er nicht sehen, was ihn gepackt hatte und keuchte wie ein gestürztes Pferd. Und da er von seinem Gewicht behindert wurde, konnte er die prügelnde Last weder schlagen, noch loswerden. Plötzlich nahm er den starken Geruch von Wein wahr.

„Ich habe es Euch gleich gesagt, Pagan!" Colins Stimme

kam vom Fußende des Bettes, während er versuchte, das wilde Tier, das sich auf Pagans Schoß windete, in den Griff zu bekommen. „Ich habe ihr von Anfang an nicht getraut."

Ihr? Pagan hörte einen gedämpften, zornigen Schrei, während Colin den Störenfried schließlich von ihm zog, wobei die Felldecke gleich mit weggezogen wurde.

„Dann wollen wir mal sehen, was Ihr im Schilde führt, meine Säuferin?", zischte Colin und seine Stimme war äußerst angespannt. „Würdet Ihr das Feuer bitte schüren, Pagan?"

Pagan schüttelte seinen Kopf, um wach zu werden, stolperte zum Kamin und stocherte nackt mit dem Schwert in der Hand in der Kohle herum, um sie wieder zum Leben zu erwecken.

Der Anblick vor ihm hätte komisch sein können, wenn die Umstände weniger ernst gewesen wären. Colin hielt sich hartnäckig an einem großen, pelzigen, sich windenden und schlagenden weiblichen Ungeheuer fest. Er erstickte ihre wütenden Schreie mit einem Knäuel der Decke, aber das schien das Feuer puren Hasses, das ihre Augen versprühten, nicht zu ersticken.

„Tsa, tsa, tsa", schimpfte Colin gesellig, obwohl er seine ganze Kraft brauchte, um sie festzuhalten. „Ihr wart aber ein böses Mädchen? Was habt Ihr da in der Hand?"

Bei dem aufflackernden Licht sah Pagan, dass es Helena war, die mittlere Tochter des Lords und sie war so betrunken wie eine Schankwirtin. Wie Colin gedacht hatte, war ihr plötzliches Schweigen beim Abendessen nach der Verkündung der Heirat doch seltsam unheilvoll gewesen, ähnlich wie die Ruhe vor dem Sturm. Colin hatte ein falsches Spiel erwartet und glücklicherweise darauf beharrt, in Pagans Zimmer zu nächtigen.

„Nun komm schon", lockte Colin das Mädchen und drückte fester auf ihren Unterarm. „Ich will Euch nicht das Handgelenk brechen. Lasst es los, Mädchen."

Einige Zeit später verzog sie das Gesicht vor Schmerz, schrie auf und etwas fiel klirrend zu Boden.

Colin fluchte leise.

Ein Dolch funkelte golden im Licht des Feuers. Scheiße!! Die Teufelin hatte ihn erstechen wollen.

Bei ihrem giftigen Blick verschwand Collins gute Laune vollständig. „Ihr seid eine blutrünstige, kleine Närrin", knurrte er. „Würdet Ihr einen Mann des Königs ermorden?" Er schüttelte sie zur Strafe. „Das ist Hochverrat! Bei Gott! Dafür könntet Ihr gehängt werden. Ihr *solltet* dafür hängen."

Ihr Widerstand wurde geringer, als ihr die Möglichkeit einer Hinrichtung klar wurde.

Pagan wusste natürlich, dass Hunde die so laut bellten, nicht bissen. Die Schwester seiner Braut, die Tochter des alten Lords hinzurichten wäre eine sichere Art und Weise, einen Aufstand in Schottland zu provozieren.

Trotzdem wäre es eine Dummheit, die Frau im Glauben zu lassen, dass sie ein so ungeheuerliches Verbrechen begehen könnte, ohne bestraft zu werden. Es wäre besser, sie das Fürchten zu lehren.

Colin musste seine Gedanken gelesen haben. Er seufzte verblüfft. „Ich kümmere mich darum", sagte er zu Pagan mit ernster Stimme.

Helena protestierte quiekend und wehrte sich gegen Colin, der sie immer besser in den Griff bekam und es sah nicht danach aus, dass er sie wieder loslassen würde.

Pagan nickte. „Aber nicht heute Nacht. Wir sperren sie besser ein, bis die Hochzeit vorbei ist. Danach könnt Ihr mit ihr machen, was Ihr wollt."

„Es wird mir ein Vergnügen sein", spottete er. „Was ist mit der Anderen?" Er wusste, dass Colin Deirdre meinte. Es erschien logisch, dass, wenn eine Schwester ihn töten wollte, die andere dies auch vorhaben könnte. „Werdet Ihr mit ihr fertig?" Colin sah aus, als könnte er kaum mit seiner Gefangenen fertig werden, die sich heftig gegen seinen Griff wehrte.

„Sie ist ganz anders als ihre Schwester", sagte Pagan und schaute Helena mit zusammengekniffenen Augen zornig an. „Falls Deirdre kommt, um mich zu töten, wird sie mich nicht im Schlaf überraschen. Sie wird mir dabei in die Augen sehen müssen."

Wie ein in die Enge getriebenes Wildschwein, schaute Helena Pagan bedrohlich mit einem finsteren Blick an. Solange Colin jedoch die Arme um sie gelegt hatte, konnte sie nicht angreifen.

Colin wandte seine Aufmerksamkeit nun seinem kämpfenden Opfer zu. „So, kleines Höllenfeuer, was soll ich mit Euch tun?"

Sie erstarrte.

„Soll ich Euch vielleicht einsperren", überlegte er, „wo Euch niemand schreien hört? Oder Eure wilde Art mit der Peitsche brechen? Euch an die kurze Leine legen, um sicherzustellen, dass Ihr zu keinen weiteren Fehleinschätzungen kommt?"

Sie windete sich in seinen Armen und er lachte grimmig. „Ach Mädchen, wenn Ihr wüsstet, was all das Winden mit meinen unteren Teilen macht ..."

Das ließ sie sofort innehalten.

In der Zwischenzeit überlegte Pagan weiter. „Sperrt sie in einen der Keller unter der Burg ein." Trotz Colins düsterer Drohungen vertraute Pagan seinem Mann, dass er das widerspenstige Mädchen mit Weisheit und Geduld behandelte. Colin würde vorsichtig in ihrer Gegenwart sein und sie würde sicher in seiner Obhut sein. „Wenn jemand bei der Hochzeit fragt, wo sie ist, sagen wir einfach, dass sie an den Auswirkungen von zu viel Alkohol leidet."

Aber eine Sache machte Pagan immer noch Sorgen und er musste dies klarstellen, bevor Colin das Fräulein wegbrachte. Helena hatte ihn töten wollen, aber Pagan hatte genug von der Loyalität auf Rivenloch gesehen, dass er jetzt ihr Motiv erkennen konnte. Sie versuchte, Miriel zu beschützen.

„Hört mir gut zu", sagte er leise zu ihr. „Ihr braucht keine Angst um Eure Schwester zu haben. Ich bin ein Ehrenmann, ein Ritter, der geschworen hat, Euer Geschlecht zu beschützen. Ich habe noch nie in meinem Leben einer Frau etwas zuleide getan. Ich schwöre Euch, dass Miriel nichts zustoßen wird und ich werde mich ihr in keinster Weise aufzwingen."

Er konnte nicht sehen, ob sie ihm glaubte oder nicht. Aber zumindest hatte er ihr sein Ehrenwort gegeben.

Er entließ sie mit einem Nicken und dann nahm Colin seinen zögerlichen Preis mitsamt der Decke und stahl sich aus dem Zimmer in den Flur und die Treppe hinunter.

Pagan starrte in den glühenden Kamin, in dem die Kohlen schon wieder zu Asche wurden. Er wusste, dass er in dieser Nacht nicht mehr schlafen würde.

Am nächsten Morgen würde er heiraten. Absolut, vollständig und unwiderruflich verheiratet werden. Und obwohl es das Mädchen seiner Wahl war, ein wunderschöner Schatz mit weichen Kurven und weichem dunklen Haar und großen blauen Augen, war es doch nicht

Miriels Gesicht, dass er sich vorstellte, wenn er an seine Hochzeitsnacht dachte.

Er warf sein Schwert aufs Bett und die Bewegung zog an dem Verband über seiner Brust. Aye, dachte er, Deirdre von Rivenloch hatte ihr Zeichen sowohl auf seinem Körper als auch auf seiner Seele hinterlassen.

Deirdre blickte am nächsten Morgen aus dem Fenster auf die tiefhängenden, dunklen Wolken, die voller Sommerregen waren. Sie fand, dass das Wetter passend für ein solch trauriges Ereignis war. Der Himmel würde an diesem Tag mittrauern.

Trotz des schweren, braunen Umhangs, den sie über ihrem einfachen, himmelblauen Kleid trug, zitterte sie. Es war wohl kaum die richtige Kleidung für eine Braut, aber dies war ja auch kein freudiges Ereignis. Außerdem hatte sie nicht die Absicht, ihren Umhang überhaupt abzulegen.

Sie beobachtete, wie die Burgbewohner sich im Burghof versammelten, wobei einige Blütenblätter auf die Treppen von Rivenlochs kleiner Kapelle streuten. Es war jetzt fast an der Zeit. Sie atmete die feuchte Luft tief ein und murmelte ein Gebet, dass ihre Schwestern ihr vergeben würden.

Sie hatte nur das getan, was getan werden musste, rief sie sich ins Gedächtnis. Es würde besser sein, mit der Schuld zu leben, dass sie sie verraten hatte, als für immer zu bereuen, dass sie nicht eingeschritten war. So war es am besten. In einer Stunde würde die Zeremonie vorbei sein und dann blieb ihr noch ein Leben lang, um diese Niederträchtigkeit wiedergutzumachen.

Sie betete jetzt nur, dass diese Täuschung auch funktionieren würde. Deirdre war einen halben Fuß größer als Miriel und hatte viel breitere Schultern. Sie würde sich bücken müssen, um kleiner zu wirken. Hoffentlich würde der unförmige Umhang helfen, ihre Größe zu verbergen.

Sie bezweifelte, dass ihr Vater den Unterschied bemerken würde. Bei Gott, die meiste Zeit rief er Deirdre mit dem Namen seiner Frau und dachte, Miriel sei eine Dienerin. Es wäre ein Wunder, wenn er sich überhaupt erinnerte, dass heute eine Hochzeit stattfinden sollte.

Es war in der Tat ein Segen, dass die Hochzeit so schnell und zu einer so frühen Stunde vereinbart worden war. Die chaotischen Hochzeitsvorbereitungen würden als Entschuldigung für vieles dienen – das Zuspätkommen von Miriels Schwestern, dass die Braut kein richtiges Hochzeitskleid trug und dass Pagan nicht merkte, dass er die falsche Schwester heiratete. Aber Deirdre wollte ihrer Täuschung noch ein wenig Glaubhaftigkeit verleihen – Sung Li. Sie ließ ihre Knöchel knacken. Es würde einfach werden, die Kooperation der kleinen alten Frau zu gewinnen.

Aber sie würde sich beeilen müssen. Zweifellos würde die Dienerin schon bald in der Burg herum flattern wie eine Mutter Henne, die auf der Suche nach ihren Küken ist.

Als Deirdre die Tür zu Miriels Kammer aufriss, hatte sie erwartet, dass Sung Li panisch dort auf und ab laufen würde. Aber die alte Frau stand ganz ruhig mit gefalteten Händen neben dem Bett und starrte stoisch vor sich hin, als hätte sie auf Deirdre gewartet. „Was habt Ihr mit Miriel gemacht?"

Deirdre war misstrauisch angesichts der seltsam ruhigen Stimmung der alten Frau und informierte sie: „Sie ist in Sicherheit." Sie schloss die Tür und ging zielstrebig auf die dürre Dienerin zu, bis sie sie bedrohlich überragte.

Eine gefährliche Braut

„Und sie wird in Sicherheit bleiben, solange Ihr genau das macht, was ich sage."

Unbeeindruckt verschränkte Sung Li ihre Arme und klackte mit der Zunge. „Wenn wir hier stehen und schwätzen, kommen wir zu spät zur Hochzeit."

Deirdre ärgerte sich über die Frechheit der Dienerin. „Jetzt hört mir genau zu, Ihr aufgeblasener, faltiger Zwerg. Ich werde den Normannen heiraten und ihr begleitet mich. Ihr werdet allen glauben machen, dass ich Miriel bin. Und wenn Ihr irgendjemand auch nur ein Sterbenswörtchen davon erzählt, werde ich Euch die Arme abreißen und Euch damit schlagen."

Die kleine Dienerin wandte ihren Kopf dann langsam zu ihr und musterte sie von oben bis unten und Deirdre hätte schwören können, dass in ihren Augen eine gewisse Amüsiertheit war. „Das könntet ihr nicht."

Deirdre zog die Augenbrauen hoch. War die Frau verrückt geworden? Das Letzte, was sie jetzt gebrauchen konnte, war, dass ihr eine törichte Dienerin in die Quere kam. Bei allen Heiligen, aber für so etwas hatte sie jetzt keine Zeit.

„Beeilt Euch jetzt", drängte Sung Li, „die echte Miriel würde nicht zu spät kommen."

Deirdre schaute herab auf die weise alte Frau und ihr wurde etwas klar. Natürlich. Die schlaue Frau wollte ihr helfen. Sung Li wollte genau wie Deirdre nicht, dass Miriel diese ungewollte Ehe durchleiden müsste.

Die Dienerin stellte sich gerade hin und streckte ihr hageres Kinn vor. „Und sie geht nirgendwo ohne mich hin."

Sie schauten einander verschwörerisch an und Deirdre nickte ihr zustimmend zu. Dann atmete sie tief durch und ging in Richtung Tür auf ihr Schicksal zu.

Sie wusste, dass ihre Familie ihr mit der Zeit verzeihen würde. Und sie würden schließlich akzeptieren, dass Deirdre in ihrem Interesse gehandelt hatte.

Aber Pagan ... sie hatte keine Ahnung, wie er reagieren würde. Sein ganzer Zorn könnte sich über sie ergießen. Oder er würde es schulterzuckend als unwichtig abtun. Vielleicht bestrafte er sie auch mit lebenslangem Kummer. Oder er behandelte sie vielleicht mit Gleichgültigkeit. Dies nicht zu wissen, ließ Deirdres Herz flattern, während sie die Kapuze enger um ihr Gesicht zog, die Tür nach draußen öffnete und sich darauf vorbereitete, ihren ahnungslosen Bräutigam zu treffen.

Ihre Ankunft wurde durch Donner angekündigt und plötzlich ergoss sich ein Wolkenbruch, der sie mit dicken Tropfen durchnässte, die Erde aufweichte und den hellen Stein von Rivenloch mit Pünktchen versah. Deirdre erlaubte sich ein geheimes Lächeln der Zustimmung. Der Sturm war willkommen. Wenn die Zeugen der Hochzeit gezwungen waren, in dem strömenden Regen die Augen zusammenzukneifen, würde die Täuschung umso einfacher sein. Keiner würde nachfragen, warum die Braut ihr Gesicht in der Kapuze ihres nassen Umhangs verbarg.

„Kleine Schritte", erinnerte Sung Li sie.

Deirdre lugte durch die Falten des Umhangs und zwang sich, den Weg zur Kapelle in hundert anstatt von fünfzig Schritten zurückzulegen.

Pagan war bereits angekommen. Colin und er standen auf der Treppe der kleinen Kapelle und sprachen mit dem Priester. Er hatte sich nicht die Mühe gemacht, etwas anderes anzuziehen. Vielleicht, dachte sie zornig, war er nur ein armer, wandernder Ritter, der keine andere Kleidung besaß. Tatsächlich schien er überhaupt keine weiteren Habseligkeiten mitgebracht zu haben. Kein Wunder, dass er es eilig hatte zu heiraten. Zweifellos hatte er sich bereits über ihre Mitgift gefreut.

An dem Knie, das er auf der obersten Stufe abgestellt hatte, erkannte sie, dass seine Beine sehr muskulös waren. Sie wankte ein wenig und stellte sich vor, dass diese starken Beine heute Nacht um sie geschlungen sein, sie gefangen halten und sie zur Aufgabe zwingen würden.

Sie biss die Zähne zusammen, um ihre Entschlossenheit zu stählen und ging weiter, wobei sie sich zwang, Miriels Gang zu imitieren.

Als sie näherkam, wandte sich Pagan als erster um, als hätte er ihre Annäherung gespürt. Sie zog sich in ihre Kapuze zurück wie eine erschrockene Schildkröte und schaute ihn durch den engen Schlitz an. Bei Gott, der Anblick seines Gesichts raubte ihr den Atem. Alles an dem Mann strahlte Selbstsicherheit aus. Er stand unerschrocken da ohne Kopfbedeckung, als würde ihm das Wetter nichts ausmachen und die nassen, dunkelblonden Locken ließen ihn nur noch wilder aussehen.

Einer nach dem anderen wandten sich die Leute von Rivenloch ihr zu, lächelten ermutigend und blinzelten wegen des Regens, wobei sie sich zweifellos wünschten, dass diese ganze Angelegenheit vorüber wäre und sie sich wieder in ihre warmen Häuser zurückziehen könnten. Ihr Vater stand neben Pagan und hatte ihre Mitgift dabei, ein Beutel voller Silbermünzen, die Miriel am Abend zuvor sorgfältig abgezählt hatte. Sein zufriedenes Gesicht war wie eine Maske und er schaute zum Himmel, als wenn er überlegen würde, woher die Tropfen kämen.

Es gab einen schrecklichen Moment, als Deirdre glaubte, dass ihre Täuschung entdeckt worden sei, als

Pagan die Augen zusammenkniff und es schien, als würde sein Blick durch ihren Umhang brennen und bis in ihr verräterisches Herz gehen. Aber sie senkte ihren Kopf wie jede schüchterne Braut es tun würde und Sung Li tätschelte beruhigend ihre Hand und dann war der Augenblick vorbei. Als er schließlich die Hand zu ihr ausstreckte, um ihr die Treppen hinauf zu helfen, lächelte er einladend und freundlich.

Es war Brauch, dass der erste Teil des Eheversprechens vor der Kapelle gesprochen wurde. Aufgrund des schlechten Wetters würde es eine kurze Zeremonie werden, was Deirdre gut passte. Je schneller sie dieses falsche Spiel hinter sich brachte, desto besser. Trotzdem hörte sie die Worte des Priesters kaum, da das Blut laut in ihren Ohren rauschte. Sie achtete darauf, ihre Knie zu beugen, damit sie nicht so groß erschien und sie flüsterte sanftmütig. Als der Priester sie um ihre Hand bat, streckte sie ihm nur die Spitzen ihrer schwieligen Finger entgegen und hielt den Blick weiter gesenkt, wie Miriel es immer tat.

Leider hatte Pagan keine Zeit gehabt, einen ordentlichen Ring machen zu lassen und so steckte er ihr seinen eigenen Siegelring, der lose an ihrem Finger saß, an.

Und dann begaben sich alle in die Kapelle und standen Schulter an Schulter für die Segnung der Ehe. Ein Gebet nach dem anderen wurde gesprochen, während Deirdre und Pagan vor dem Altar knieten und sie fühlte sich immer schuldiger. Eine Täuschung war schlimm genug, aber solche Lügen im Haus des Herrn von sich zu geben ...

Obwohl der Priester sehr gründlich war, fand Deirdre, dass sie noch nie eine so kurze Messe gehört hatte. Bevor sie sich für die Entschleierung wappnen konnte, näherte sich die Zeremonie dem Ende zu. Der Priester segnete ihre

Eine gefährliche Braut

Verbindung, lächelte sie fröhlich an und forderte sie auf, sich zu küssen.

Deirdre hielt die Luft an. Es war ja nicht, als wäre sie noch nie geküsst worden. Aber die meisten Männer, die dumm genug gewesen waren, dies zu versuchen, hatten ein blaues Auge oder einen verletzten Kiefer davongetragen.

Bei Gott, sie hatte sich noch nie mehr nach ihrem Schwert gesehnt als jetzt. Wie befriedigend wäre es, wenn sie den Umhang abnehmen könnte, ihr Schwert ziehen und ihrem Mann mit einer nackten Klinge gegenübertreten könnte, während er vor Schreck zurückwich.

Aber sie hatte klugerweise auf ihre Waffe verzichtet. Sie hatte gewusst, dass dieser Moment kommen würde und ihr war klar, dass sie ihn mutig meistern musste. Ohne eine Waffe. Sie richtete sich zu ihrer vollen Größe auf, wandte sich um und schaute Pagan an.

Er streckte beide Hände nach ihrer Kapuze aus und zog den nassen Stoff langsam zurück. Als ihr Gesicht offenbart wurde, keuchten alle einschließlich des Priesters vor Überraschung. Aber während alle überrascht spekulierten, verrieten Pagans Gesichtszüge zu ihrem Leidwesen keine Überraschung. Stattdessen verzog sich sein Mund zu dem wissenden Lächeln, dass sie inzwischen verabscheute und er legte einen Finger unter ihr Kinn, um es für den Kuss anzuheben.

Ihr erster verrückter Instinkt war, einen Fluchtweg zu suchen. Ein harter Stoß in den Magen und danach ein Schlag auf den Kopf würden reichen. Oder ein Knie im Unterleib und ein Schlag ans Ohr. Ein Tritt ans Knie und dann ein Kinnhaken.

Sie drückte ihre Augen fest zu und versuchte den überwältigenden Drang zu unterdrücken. Ihr wurde klar, dass er es gewusst hatte. Der Teufel hatte ihre List die ganze Zeit durchschaut. Und doch hatte er nichts gesagt.

Vielleicht macht es ihm ja auch nichts aus. Solange ihm Rivenloch gehörte, war es ihm einerlei, welche der Schwestern er heiratete.

„Angst?" Sein höhnisches Flüstern war so leise, dass selbst der Priester es nicht hatte hören können und doch schwang eine Herausforderung darin mit, auf die sie reagieren musste.

Sie zwang sich, die Augen wieder zu öffnen und schaute ihn direkt an. Nay, sie hatte keine Angst. Obwohl sie es als störend empfand, zu einem Mann hochschauen zu müssen. Deirdre war es gewohnt, Männern mit ihrer Größe Angst zu machen.

Diesem Mann würde sie niemals Angst machen. Sein Blick war ruhig und entschlossen, obwohl die Farbe seiner Augen sich wie Sturmwolken von graugrün zu silbern änderte. Sein Blick fiel auf ihren Mund und plötzlich fiel es ihr schwer zu atmen.

Ein Blitz leuchtete durch das bunte Kirchenfenster und spiegelte sich in seinem Blick und Regentropfen fielen von seinen nassen Locken auf seine dunklen Augenlider und liefen dann wie Tränen über seine Wangen, als er sie an sich heranzog.

In dem Augenblick, als sich ihre Lippen berührten, gab es einen Donnerschlag. Aber Deirdre wurde von einer Flut unbekannter Gefühle davongetragen und bemerkte ihn kaum. Sein Mund war nass vom Regen, aber warm und unerwartet zärtlich. Die Finger unter ihrem Kinn hielten sie fest und es war klar, dass er keinen Widerstand dulden würde, aber es fehlte ihr auch der Wille dazu. Er roch nach einer faszinierenden Mischung aus Waldmeister, Rauch und Gewürzen – ein Duft, der sich wie eine trügerische Erinnerung in ihrer Nase einprägte.

Es war gar nicht so schrecklich, fand sie. Sein Kuss war angenehm und seine Berührung war sanft. Sein Benehmen war freundlich und höflich und sie spürte, dass er sich ihr nicht aufzwingen würde. Aye, sie könnte eine Ehe ohne Liebe mit einem solchen Mann ertragen.

Das glaubte sie zumindest. Bis er den Kurs vertiefte.

Die Finger unter ihrem Kinn ergriffen nun auch ihren Kiefer und neigten ihren Kopf zu seinem Vergnügen, während seine andere Hand sich auf ihren Rücken legte und sie näher an ihn heranzog. Abwehrend hob sie ihre Hände und sie berührten das unnachgiebige Hindernis seiner Brust. Er neckte ihre Lippen mit seiner Zunge und erschrocken über dieses Gefühl öffnete sie den Mund. Und dann war seine Zunge in ihrem Mund, schmeckte sie, verschlang sie und obwohl eine kleine Stimme in ihr sie warnte, dass sie gegen ihn ankämpfen müsste, fand sie es unmöglich, Widerstand zu leisten. Eine sinnliche Flut von Regen und Feuer verschlang sie und ihr Körper regte sich, als wenn eine geheimnisvolle Frau in ihrem Inneren aus einem langen Schlaf erweckt würde.

Dann stöhnte er leise und der Klang hallte in ihrem eigenen Mund und ein Gefühl wie ein Blitz schlängelte sich durch sie hindurch, ließ ihr Herz schneller schlagen und erhitzte ihre Haut.

Seine Hand wanderte zu ihrem Po und er hob sie an sich heran gegen den Teil von ihm, der nun in offensichtlicher Lüsternheit angeschwollen war und sich gegen ihren weiblichen Hügel drückte. Als wenn er sie für sich beanspruchen wollte. Als wenn er mit seiner Eroberung angeben wollte.

Als ihr das klar wurde, fand Deirdre die Kraft, sich aus dem Strom des Verlangens zu befreien und ihr Kopf wurde wieder klarer. Sie löste ihren Mund von seinem und drückte mit all ihrer Kraft gegen seine Brust. Vergeblich.

Ohne Rücksicht auf die Zeugen um sie herum und wütend auf sich selbst, weil sie die Kontrolle verloren hatte, zog sie ihre Faust nach hinten und hatte vor, dieses verliebte, selbstzufriedene Lächeln aus seinem Gesicht zu schlagen.

Aber er ergriff ihre Faust und seine großen Finger umfassten irgendwie ihre ganze Hand und er klackte mit der Zunge. Dann murmelte er: „Das ist jetzt mein Recht ... Frau."

KAPITEL 6

Deirdre hielt einen zornigen Schrei zurück. Sie hätte auf Pagans Fuß stampfen können oder ihm ein Knie in den Unterleib rammen können, um Wut abzulassen, aber im nächsten Augenblick hielt er sie schon fest unter seinem Arm. Und bevor sie sich herauswinden konnte, drehte er sie beide zur Gemeinde hin.

„Lächle, meine Braut", sagte er leise und winkte der Menge zu, „dies sollte ein glücklicher Moment sein."

„Ich bin in keinster Weise glücklich", sagte sie bissig.

„Ihr werdet lächeln", zischte er grinsend, „oder ich beende das, was ich begonnen habe und nehme Euch hier an Ort und Stelle auf dem Altar."

Sie erstarrte. „Das würdet ihr nicht wagen."

Er lächelte weiterhin. „Seltsam. Genau das habe ich gestern gedacht, als Ihr mich mit Eurem Schwert bedroht habt." Als er auf sie hinabschaute, glühten seine Augen voller Verheißung. „Ich habe die Wette verloren. Was meint ihr? Möchtet Ihr auf meine Drohungen wetten?"

Sie runzelte die Stirn. Sie glaubte ihm jedes Wort. Aber sicherlich würde ein gottesfürchtiger Ritter niemals eine solche Entweihung vornehmen. Aber die Lüsternheit in seinem Blick war nicht zu leugnen und ein winziger Zweifel ließ ihr Herz flattern. Sie wandte sich ab und zwang sich, mit zusammengepressten Lippen zu lächeln.

Schließlich war es ja nicht, als würde sie für *ihn* lächeln. Es war für ihren Clan, um ihnen zu versichern, dass sie immer noch an der Macht und die Burgherrin war.

„Gebt mir Eure Hand", flüsterte er.

„Ich glaube nicht", sagte sie und winkte der Menge zu.

Er beugte sich näher zu ihr. „Gebt mir jetzt sofort Eure Hand."

Sie ignorierte ihn. Er konnte sie zu dieser Schau falscher Heiterkeit zwingen, aber ...

Seine Hand rutschte heimlich unter ihren Umhang und blieb zwischen ihren Schulterblättern liegen. Dann glitt sie langsam nach unten und zeichnete die Schnürung ihres Surcots nach. Keine zwei Schritte vom Priester entfernt und während Deirdre den Zuschauern zunickte und lächelte, ließ der schamlose Hundesohn seine Hand wandern, bis sie auf ihrem Po zum Liegen kam. Dann drückte er ihn. Sie atmete erschrocken ein, wagte es aber nicht, ihren Schreck zu zeigen. Mit einem angespannten Lächeln hielt sie die Luft an, während seine Finger zur Seite schlüpften und den Stoff ihres Kleides suchten und ihn in die Ritze zwischen ihren Pobacken drückten.

Während er zu ihrem intimsten Bereich vordrang, konnte sie es nicht mehr ertragen. Mit einem übermäßig strahlenden Lächeln streckte sie ihre Hand nach seiner aus.

Er nahm seine Finger sofort weg und ergriff ihre Hand mit einem wissenden Grinsen und platzierte einen Kuss auf ihre Fingerknöchel. Dann ging er los.

Sie war versucht stehenzubleiben, um Pagan zu zwingen, sie den Gang entlang zu ziehen. Aber sie wagte es nicht. Wer wusste denn, welchen furchtbaren Akt er in der Kapelle vollführen würde, wenn sie sich ihm verweigerte?

Wütend vor Frustration biss sie auf die Zähne und er trug sie den langen Gang durch die Menge, wobei ihre Hand gefangen war wie eine Maus in den Fängen eines Falken.

Aber in dem Augenblick, als sie draußen waren, schloss sie schnell die Tür zur Kapelle hinter ihnen und vor Colin und Sung Li und allen anderen, die nach draußen wollten, riss ihre Hand los und wandte sich zu ihm. „Gebt Acht auf meine Worte, Sir", zischte sie mit zusammengebissenen Zähnen. „Ich bin kein Hund, den man an die Leine legt und zum Vergnügen herumführt. Glaubt ja nicht, dass ihr mich unterworfen habt, denn ich weigere mich, zu Euren Füßen zu winseln."

Er starrte sie mit unbewegter Miene schweigend an, während der Regen von seinem Haar auf seine Jacke tropfte. Es war unmöglich, etwas in seinem Gesicht zu lesen. Deirdre dachte einen Augenblick lang, dass sie ihn überrascht hatte, wie es häufig vorkam bei Männern, die ihre Selbstsicherheit unterschätzten. Sie hatte Unrecht.

Im nächsten Augenblick ergriff er die Korsage ihres Surcots und zog sie zu sich heran, bis ihre Nasen sich berührten. „Jetzt gebt Ihr gut Acht, meine Liebe." Er sprach leise und ein Lächeln umspielte seine Lippen, aber seine Worte und das gefährliche Funkeln in seinen Augen waren so bedrohlich wie der Donner in der Ferne. „Ich bin Euer Ehemann, Euer Lord und Euer Herr. Dem habt Ihr zugestimmt, als Ihr beschlossen habt, den Platz Eurer Schwester einzunehmen. Es ist mein Recht, mit Euch zu machen oder Euch anzutun, was ich will."

Er zwinkerte, ließ sie dann plötzlich los und sie stolperte gedemütigt nach hinten.

Noch nie hatte ein Mann sie auf so unverschämte Art und Weise ergriffen. Normalerweise beugten sich Männer in ihrer Gegenwart oder Sie lagen ihr zu Füßen. Aber dieser Mann fasste sie an, als wäre sie sein Besitz.

Oh Gott! Was hatte sie nur getan? Den Normannen zu heiraten, war ihr als richtig erschienen, die *einzige* Möglichkeit. Aber jetzt wurde ihr klar, dass sie den Mann, den sie geheiratet hatte, noch nicht einmal kannte. Er schien ein Ungeheuer, ein Teufel zu sein. Und Gott sei ihr gnädig, aber sie hatte ihm Gehorsam geschworen. Was für eine heimtückische Art der Sklaverei die Ehe doch war!

Die Gemeinde mit Colin und Sung Li verließ nun angeführt von Lord Gellir die Kapelle und Deirdre ergriff die Gelegenheit einer Pause von ihrem elenden Ehemann. Sie eilte zu ihrem Vater, hakte sich bei ihm ein und lächelte Pagan vernichtend an, als wollte sie sagen: *Hier* ist mein Lord und Herr.

Ihr Sieg war nicht von langer Dauer. Pagan war ein beeindruckender Gegner.

„Wenn ich darf, Mylord?", sagte er mit einer leichten Verbeugung zu ihrem Vater. „Ich glaube, dass es Glück bringt, wenn der Bräutigam die Braut über die Schwelle trägt."

„Nay!", platzte Deirdre heraus. Angesichts des überraschten Raunens der Menge, fuhr sie etwas leiser fort. „Nay, lieber Mann, ich könnte Euch nicht bitten, mich durch den ganzen Schlamm und Matsch zu tragen." Sie klammerte sich fester an ihren Vater.

„Mein liebes Herz", sagte er sanft und kam näher, um mit dem Finger zärtlich über ihre Nase zu streichen, „was sind schon Schlamm und Matsch? Ich würde Euch durch Fluten und Feuer tragen."

Sie nahm ihm seine herablassende Geste fast so übel

wie die leisen „Achs" der Frauen in der Menge, die seine Worte wertschätzten und seiner rührseligen Erklärung glaubten. Aber als ihr Vater ihren Arm löste und sie zu ihm hinschob, blieb ihr nichts anderes mehr übrig.

Mit einem verruchten Lächeln hob Pagan sie von der Treppe in seine Arme.

Sie machte sich steif und wollte es ihm so schwer wie möglich machen.

Sie hoffte, dass sie schwer wäre.

Sie hoffte, dass er im Schlamm ausrutschen würde.

Sie hoffte, dass sich der Himmel öffnen und es wie aus Eimern regnen würde.

Aber nichts davon passierte. Er trug sie, als wäre sie so leicht wie eine Feder. Er hatte den sicheren Tritt eines Ochsen. Zu ihrem Ärger hörte der Regen augenblicklich auf und die Sonne brach durch die Wolken und zauberte einen Regenbogen in den Himmel.

„Das ist ein Zeichen, Mylady", sagte jemand. „Eure Ehe muss wahrlich gesegnet sein."

Deirdre starrte niedergeschlagen über den Burghof. Gesegnet? Sie hatte sich in ihrem ganzen Leben noch nie mehr verflucht gefühlt.

Pagan atmete tief durch in der frischen Luft, während er seine frisch angetraute Frau über den matschigen Boden trug und dem Schlafzimmer, das sie in dieser Nacht teilen würden, näherkam. Deirdre roch nach feuchter Wolle, Erde und Zorn, aber es war ein Duft, der ihn trotzdem erregte. Ihr Körper fühlte sich stark und eigensinnig wie mutige Beute in seinen Armen an und das erfüllte seine Adern auch mit erregender Hitze. Tatsächlich befürchtete er ein heftiges

Pulsieren zwischen seinen Beinen, das unverborgen von seinen normalen Hosen ein augenscheinlicher Beweis seiner Lüsternheit war.

Bei Gott, was war bloß los mit ihm? Er hatte sich die halbe Nacht und den ganzen Morgen vor diesem Augenblick und dem Gedanken an das Hochzeitsessen mit Miriel an seiner Seite gefürchtet, da der Clan zweifellos den unterworfenen Ehemann und seine unwillige Braut verhöhnen würde; er hatte sogar die Hochzeitsnacht gefürchtet, wo er wusste, dass er sich den Ängsten, Tränen und der Reue einer Jungfrau gegenübersehen würde.

Aber in dem Augenblick, als er die Gestalt, die dick genug für einen Hagelsturm eingewickelt war, auf sich zu tippeln sah, hatte er falsches Spiel vermutet. Und dann sah er den silbernen Thorshammer unter ihrem Umhang blitzen und wusste, wer als seine Braut gekommen war. Zu seinem Leidwesen schmolz seine Befürchtung dahin wie Butter auf warmem Brot und sein Herz begann wie beim Rausch einer Schlacht heftig zu schlagen.

Wenn sie dachte, dass ihre Täuschung ihn in Verlegenheit bringen würde, hatte sie sich geirrt. Er hatte nie behauptet, dass er die Schwestern auseinanderhalten könnte. Es machte ja auch nichts aus. Wenn Sie dachte, dass sie den Heiratsvertrag außer Kraft setzen könnte, irrte sie sich da auch. Er hatte gelobt, „*eine* Tochter von Rivenloch" zu heiraten, nicht mehr und nicht weniger. Und wenn sie glaubte, dass er ihre Hand ablehnen würde, wenn sie sich offenbarte, hatte sie sich gewaltig geirrt.

Und so war er während der ganzen Zeremonie von entzückenden Bildern seiner lüsternen Rache abgelenkt gewesen. Erst einmal würde Deirdre ihm durch ihr eigenes Verschulden gehören.

Eine gefährliche Braut

In jeder Beziehung.

Auf ewig.

Seine Lenden spannten sich an, als er sich vorstellte, wie sie um Gnade winseln würde, während er sie verführte, indem er ihre Hände mit einer Faust festhielt und er sie Zoll um Zoll auszog; er stellte sich das entzückende Entsetzen in ihren Augen vor, während er schreckliche Dinge in ihr Ohr flüsterte und sah ihre hungrige Erwartung voraus, wenn er seinen Fingern freien Lauf auf ihren Kurven ließ und diese sie streichelten, quälten und in sie eindrangen.

Verdammt! Vielleicht hatte er seinen Verstand verloren. Sein Herz schlug viel zu heftig. Seine Atmung war zu flach. Sein Körper schmerzte vor Sehnsucht. Er wollte Deirdre jetzt sofort.

Als er über die Schwelle der großen Halle trat, schaute Pagan zu der Treppe, die zu ihrem Schlafzimmer führte und er wog die Konsequenzen ab, wenn er das Festmahl ausließ und sie gleich dorthin brachte, um seine ehelichen Rechte sofort einzufordern.

Colin rettete ihn vor dieser ungezogenen Leidenschaft.

„Pagan", bellte er freundschaftlich und schlug ihm zwei Mal auf die Schulter und zwar so fest, dass er ihn von den Toten erweckt hätte. „Lasst Eure Braut gehen, dass sie sich für das Fest vorbereiten kann. Kommt und trinkt mit mir hier am Feuer auf Eure Ehe."

Die Idee schien bei allen Anklang zu finden. Sie jubelten und strömten in die große Halle und Deirdre versuchte, sich von ihm zu befreien. Aber Pagan zögerte und war unwillens, sie aus seinen Armen oder seinen Augen zu lassen.

„Sie wird keine Probleme machen", murmelte Colin beruhigend und zog dann die Augenbrauen hoch in

Richtung Deirdre. „Ihr macht keine Probleme, nicht wahr, Mädchen? Schließlich werdet Ihr heute Nacht mit Pagan allein im Schlafzimmer sein. Ihr und Pagan. Allein."

Wieder erstaunte sie Pagan. Anstatt vor Angst zu schlottern, lächelte sie Colin grimmig an. „Dann passt er besser auf seine Rückendeckung auf."

Colin schmunzelte überrascht. „Gut gesagt! Aber ich glaube, dass Ihr viel zu weise seid für eine solche Sabotage. Ihr wisst doch sicherlich, dass Ihr nur den Zorn des Königs auf Euren Clan zieht, wenn Ihr Euren Ehemann tötet."

„Ich würde ihn nicht töten", sagte sie. „Ich würde ihn nur verstümmeln."

Pagan konnte leicht erraten, welchem seiner Körperteile sie den Schaden zufügen wollte. „Vielleicht habt Ihr Recht, Colin", überlegte er laut und nickte nachdenklich. „Ich sollte nicht allein mit ihr sein. Vielleicht sollten wir beide ihr Bett heute Nacht teilen."

Das riss sie schnell aus ihren bedrohlichen Gedanken. Ungläubig schaute sie von einem zum anderen.

Colin stimmte erfreut zu. „Oh aye, ich würde mich geehrt fühlen, Mylord", sagte er und er ließ seinen Blick lüstern über ihren Körper wandern.

„Was? Nay!", rief sie und war sich nicht sicher, ob sie es ernst meinten. „Das würdet Ihr nicht tun", sagte sie und schaute beiden Männern in die Augen auf der Suche nach der Wahrheit.

Colin zuckte mit den Schultern. „Ihr lasst mir keine andere Wahl. Ihr habt das Leben meines Lords bedroht. Ich bin mit meiner Ehre verpflichtet, ihn zu beschützen."

Ihre Verzweiflung war äußerst amüsant. „Ich werde ihn nicht töten. Das schwöre ich."

„Und ihn auch nicht entstellen?", fragte Colin.

Eine gefährliche Braut

Sie vermutete, dass sie sie nur ärgern wollten und seufzte widerwillig. "Ihn auch nicht entstellen."

"In Ordnung." Colin nahm zwei Becher Bier von einer vorbei gehenden Dienerin und musterte das Mädchen so eingehend, dass sie anfing zu kichern. "Dann muss ich einen anderen Schlafplatz finden." Er verabschiedete sich und folgte dem errötenden Weib zum Kamin.

Zögerlich ließ Pagan Deirdre los. Aber bevor sie weglaufen konnte, ergriff er sie am Arm. "Versucht nicht, wegzulaufen, Frau oder ..."

Pagan hatte schon von Bräuten gehört, die sich lieber das Leben genommen hatten als sich dem Entsetzen des Ehebetts zu stellen.

"Weglaufen?" Sie streckte sich stolz. "Dies ist meine Burg, Sir. Und ich bin kein Feigling."

Ihre Worte erleichterten Pagan auf seltsame Art und Weise. Aye, sie war mit Sicherheit kein Feigling. Vielleicht würde dieser Abend nicht so ein schmerzhaftes Martyrium werden, wie er gedacht hatte.

"Außerdem", sagte sie zum Abschied, "einer muss Euch ja lehren, wie man eine Burg verwaltet."

Sie wandte ihm den Rücken zu, bevor er die Beleidigung erwidern konnte. Stattdessen schüttelte er den Kopf und seufzte, als er sah, wie sie provozierend ihre Hüften schwang, während sie die Treppe mit Miriels Dienerin im Gefolge erklomm. Bei den Eiern Satans, aber mit seiner Frau würde er alle Hände voll zu tun haben. Trotzdem musste er zugeben, dass er lieber mit einem willensstarken Weib verheiratet sein wollte als mit so einem ängstlichen, zarten Geschöpf.

Deirdre spürte Pagans erhitzten Blick den ganzen Weg die Treppe hinauf und zum ersten Mal brachte seine

Aufmerksamkeit sie aus der Fassung. Sie errötete und wäre an der letzten Stufe gestolpert, aber Sung Li, die dicht hinter ihr war, fing sie auf.

„Der, der Angst hat zu fallen, fällt am heftigsten." Die kleine Dienerin war stärker als sie aussah und half ihr, ihr Gleichgewicht wieder zu finden.

Deirdre runzelte bei ihrer kryptischen Bemerkung die Stirn. Die meiste Zeit verstand sie Sung Li nicht, selbst wenn diese kein Chinesisch sprach. Trotzdem war die Frau ihr heute eine große Hilfe gewesen und Deirdre stand tief in ihrer Schuld.

„Hier." Sie öffnete ihre kleine Börse, die an ihrem Gürtel befestigt war und nahm den Schlüssel zum Turm und eine Silbermünze heraus. „Miriel ist im Südturm. Befreit sie. Erklärt ihr alles."

Sung Li presste die Lippen zusammen. Sie behielt den Schlüssel, gab die Münze aber zurück. „Meine Loyalität kann man nicht kaufen." Stolz hob sie den Kopf, wandte sich um und wackelte davon.

Deirdre konnte gar nicht schnell genug in ihre Kammer kommen. Als sie erst einmal sicher dort war, schlug sie die Tür hinter sich zu und lehnte sich dagegen, wobei sie die robuste Barriere zwischen sich und ihrem neuen Bräutigam als tröstlich empfand.

Gott, sie war so nervös wie eine einzelne Maus in einem Stall voller hungriger Katzen.

Deirdre war es gewohnt, den Ton anzugeben. Jahrelang hatte sie Männer mit ihrer imposanten Gestalt und ihrem adligen Stand als Tochter des Lords verhöhnt. Ihre Clans-Leute befolgten ihre Anweisungen, ohne diese in Frage zu stellen. Und Fremde lernten schnell, sie mit dem gebotenen Respekt zu behandeln.

EINE GEFÄHRLICHE BRAUT

Dieser Normanne brachte ihr jedoch gar keine Achtung entgegen. Nicht als adlige Erbin. Nicht als Verwalterin von Rivenloch. Noch nicht einmal als Frau. Wie könnte sie die Kontrolle über ihre Burg, ihr Land, ihre Leute behalten, wenn sie noch nicht einmal diesen einen Mann unter ihre Kontrolle bekam?

Sie hängte ihren Umhang auf und ging dann hinüber, um sich gegen den Fensterladen zu lehnen. Der stürmische Regen war wieder da und sie zitterte, allerdings nicht vor Kälte. Sie legte die Hände auf ihre Stirn und schaute frustriert hinaus auf die nebligen Hügel und die nassen Bäume von Rivenloch.

Sie war Pagans Gefangene. Als der Priester sie zu Mann und Frau erklärt hatte, hatte er sie irgendwie geschickt versklavt, bei ihrem Kuss seine Finger in ihrem Haar vergraben, ihre Hand gefangen gehalten, während sie durch die Kapelle gingen und ihren Körper besitzergreifend umarmt, während er sie zur Burg trug. Und heute Nacht würde er sie in einem endgültigen Akt in Besitz nehmen.

Sie schluckte schwer. Sie hatte nicht wirklich Angst. Sie hatte schon genug Diener beim Beiliegen erwischt und wusste, dass es sich nur um ein widerwärtiges Stoßen und Stöhnen handelte, das in wenigen Augenblicken vorbei war. Und doch spürte sie an der Art, wie ihr Herz heftig geschlagen hatte, als Pagan sie geküsst hatte, der Art, wie das Blut ihr in die Wangen gestiegen war, ihr vor Verwirrung schwindelig geworden war, dass es irgendwie gefährlich sein könnte, bei ihm zu liegen.

Aber wie könnte sie es vermeiden? Sie hatte geschworen, ihm nicht zu schaden, obwohl das nie ihre Absicht gewesen war. Sie nahm an, dass sie eine Krankheit oder Müdigkeit vortäuschen könnte, aber Täuschung lag ihr nicht.

Außerdem würde so etwas das Unausweichliche nur hinauszögern. Selbst wenn sie seinen Wein jeden Abend mit einem Schlafmittel versetzte.

Durch das Fenster wurde sie von einem flackernden Licht in der Ferne abgelenkt. Sie kniff die Augen zusammen. Was war das? Noch ein Flackern. Sie hob den Kopf und schaute nach der Quelle der Spiegelung in einer Lücke zwischen zwei Tannen auf dem Hügel. Da war es wieder, ein schnelles Funkeln, wo ein einzelner Sonnenstrahl auf etwas leuchtete.

Plötzlich flackerte es immer mehr und ihr Herz schlug ihr bis zum Hals. Ritter. Vier, fünf, sechs, vielleicht sogar mehr, die den Hügel hinabkamen. Ihre Helme funkelten in der Sonne. Während sie atemlos zuschaute, flatterte eine Fahne vorbei, die nicht größer als ein Nachtfalter und zu klein war, um sie zu identifizieren.

„Verdammt", fluchte sie leise.

Sieben, acht, neun ...

Sie schlug mit der Faust gegen den Fensterladen. Sie hatten nun abgedreht und kamen direkt den Hügel hinab.

Bei Gott! Das mussten die Engländer sein. Sie waren gekommen, um sich Rivenloch zu holen.

KAPITEL 7

Sie hatte keine Zeit zu verlieren.

Die Wachen auf der Burgmauer hatten die Ritter inzwischen entdeckt und gaben die Nachricht über die Eindringlinge weiter.

Ihr Herz pochte so heftig wie die Hufe eines Schlachtrosses und Deirdre schlug den Fensterladen zu und verriegelte ihn. Sie schaute auf ihre Rüstungstruhe. Später. Später würde sie sich bewaffnen. Zuerst musste sie die Burg auf die Schlacht vorbereiten.

Das hatte sie noch nie getan. Sie hatte es noch nie tun müssen. Rivenloch lag abgelegen und weit genug von der Grenze entfernt, so dass die Engländer normalerweise ebenso wenig eine Bedrohung darstellten, wie Highlander, die auf Raubzug waren. Sie hatte ihre Clans-Männer noch nie für einen Krieg vorbereitet, aber wegen der kürzlich stattgefundenen Angriffe in der Grenzregion, hatte sie den Ablauf schon hundert Mal in ihrem Kopf durchgespielt und die Krieger waren von Helena in defensiver Taktik geschult worden, bis sie diese im Schlaf beherrschten.

Helena! Bei Gott! Was, wenn sie immer noch betrunken war?

Sie hatte keine Zeit, sie zu wecken. Zuerst mussten die Burgmauern verstärkt werden. Sie würde nach Helena schicken, wenn die Burg außer Gefahr war.

Ihr Puls raste, sie rannte zur Tür hinaus, hob ihre Röcke und eilte die Treppe hinunter in die große Halle, wo das Hochzeitsfest bereits begonnen hatte.

„Clans-Männer!", rief sie mit fester Stimme trotz des Pochens in ihren Adern. „Hört mir zu!"

Der Raum wurde langsam ruhig.

„Eine Armee kommt auf Rivenloch zu", verkündete sie. Als sie keuchten, hob sie ihre Hand, um für Ruhe zu sorgen. „Es besteht kein Grund, in Panik zu verfallen. Ihr seid für diesen Fall ausgebildet worden. Ihr wisst alle, was zu tun ist."

Obwohl sie besorgt miteinander schwatzten, beobachtete sie zufrieden, dass sie sich zielgerichtet der Aufgabe zuwandten, die ihnen zugewiesen worden war.

Aber plötzlich trat Pagan vor sie und versperrte ihr mit seiner breiten Brust die Sicht. „Wartet!", bellte er über seine Schulter.

Und zu Deirdres Entsetzen taten sie das auch.

„Wie groß ist die Truppe?", fragte er sie.

Sie biss die Zähne zusammen. Was machte das schon aus? Merkte der Narr nicht, dass Eile geboten war. „Ich weiß es nicht", brummte sie ungeduldig. „Da waren Ritter. Ein Dutzend ... vielleicht mehr." Sie beugte sich um seine breite Schulter und brüllte: „Junge! Schnell! Bring das Vieh hinter die Mauern!" Sie versuchte, an Pagan vorbeizukommen, aber er blockierte wieder ihren Weg.

„Aus welcher Richtung?", fragte er.

„Würdet Ihr bitte weggehen?", knurrte sie. „Ihr, Ihr und Ihr!", befahl er und zeigte auf ihre besten Bogenschützen. „Hoch auf die Festungsmauer!"

Über seine Schulter rief er „Feuert nur auf meinen Befehl."

Deirdre erstickte fast an ihrem Zorn. „Euren Be- ... Dies ist meine Burg, Sir! Glaubt ja nicht, dass ..."

„Aus welcher Richtung kommen sie?", fragte er noch einmal.

„Süden", zischte sie. „Wie könnt Ihr es wagen, meine Autorität zu untergraben! Ich verteidige diese Burg schon seit Jahren. Ihr seid mal gerade erst seit einem Tag da. Ich werde es nicht zulassen, dass Ihr meine Befehle rückgängig macht!" Um dies zu untermauern, gab sie einen weiteren Befehl. „Angus! Wenn das Vieh drin ist, lasst das Fallgitter herunter!" Zumindest hatte die Hochzeit ein Gutes gehabt – die Burgbewohner waren schon sicher innerhalb der Mauern versammelt.

„Sind es die Engländer?", fragte Pagan.

Sie versuchte wieder, sich an dem Rohling vorbei zu schieben, aber er war so unbeweglich wie eine tief wurzelnde Eiche.

Er ergriff sie an den Schultern und hielt sie ruhig, obwohl er sie ehrlich gesagt mehr mit seinem wilden Blick als mit seinen Händen festhielt. „Sind es ... die Engländer?", fragte er, als würde er mit einer Schwachsinnigen sprechen.

„Aye", log sie und es war ihr völlig einerlei, ob die Eindringlinge Engländer waren oder nicht; sie wollte nur diesen aufdringlichen Normannen aus dem Weg schaffen. „Aye, es sind die Engländer."

„Seid Ihr sicher?"

Jetzt war sie mit ihrer Geduld am Ende. Aus diesem Grund schickte man keinen Normannen, um einen schottischen Besitz zu verteidigen. Wenn Pagan einige Zeit in der Grenzregion verbracht hätte, wüsste er, dass die

Highlander, ihr einziger anderer Feind, zu Fuß und mit Schafspelzen bekleidet kämpften und nicht hoch zu Ross mit Rüstung. Sie schüttelte seine Hände ab. „Wenn Ihr jetzt nicht sofort den Weg freigebt, schwöre ich bei allem, was mir heilig ist ..."

„Wie viele Schlachten haben Eure Männer geschlagen, Mylady?"

„Was? Ich habe keine Zeit für Euer Gerede, Sir! Versteht Ihr denn nicht? Wir werden angegriffen! Lasst mich ..." Sie versuchte, ihn wieder aus dem Weg zu schieben, aber es war vergebens. Wenn sie doch nur ihren Dolch dabei hätte, um ihn wegzustoßen ...

„Antwortet mir. Wie viele Schlachten?"

Sie versuchte stattdessen, ihn mit Blicken zu töten. „Meine Männer üben die ganze ..."

„Wie viele *echte* Schlachten haben sie geschlagen?"

Die Frage ließ sie innehalten. Sie presste die Lippen zusammen und zögerte mit ihrer Antwort. „Das ist nicht von Belang." Sie wollte lügen und ihm sagen, dass sie schon in Dutzenden Kriegen gekämpft hätten, aber sie konnte es nicht.

„Wie viele?"

„Keine, aber ..."

„Und wie oft seid Ihr belagert worden?"

„Noch nie", gab sie zu, „aber meine Leute sind gut ausgebildet. Sie wissen, was sie ..."

„Ich habe Truppen in Dutzenden Schlachten befehligt", gab er an. „Und ich habe einmal eine Belagerung ein halbes Jahr lang überlebt. Ich weiß, was zu tun ist."

Sie wusste nicht, warum sie ihm glauben sollte. Sie hegte immer noch den Verdacht, dass er ein wandernder Ritter ohne Landbesitz war. Trotzdem war die kühle

Eine gefährliche Braut

Selbstsicherheit in seinen Augen, auch wenn sie nervig und überheblich war, auch beruhigend. Pagan würde Rivenloch nicht aufgeben.

Aber was sie gesagt hatte, stimmte auch. Er war erst seit einem Tag da. Sie kannte die Burg und Land und Leute. Sie könnte sie besser einsetzen.

Bevor sie es erklären konnte, tauchte Colin auf und räusperte sich. „Mylady, habt Ihr", fragte er und hob ungezwungen die Augenbrauen, „zufällig das Wappen der Truppe erkennen können?"

„Es war zu weit weg."

Er nickte. „Ähm."

„Warum?"

Er kratzte sich am Kinn. „Ich bin auf die Burgmauer gestiegen, um nachzuschauen. Irgendetwas an den Farben schien mir bekannt vorzukommen." Er tauschte einen komischen Blick mit Pagan aus.

Aber Deirdre hatte keine Zeit für Colins Überlegungen. Es würde noch Zeit sein, genau zu erforschen, wer die Ritter waren, wenn die Burg gesichert war.

Zwischen Colin und dem Kamin sah sie eine müßige Magd. „Ihr! Holt Lady Helena! Sie ist in ihrem Zimmer. Sagt Ihr …"

„Nay!", rief Colin. „Nay. Das mache ich. Ich bin sicher, dass die Magd etwas Wichtigeres zu tun hat. Außerdem", sagte er und faltete die Hände mit einem Klatschen zusammen, „habe ich dann das Gefühl, dass ich mich nützlich mache."

„Dann sagt ihr, dass es dringend ist", trug sie ihm auf. „Sagt Ihr, dass die Krieger auf ihre Befehle warten."

Colin staunte mit offenem Mund. „Sie befehligt die Krieger?"

Deirdre seufzte genervt. „Wollt Ihr nun helfen oder nicht?"

Ohne ein weiteres Wort machte Colin eine übertriebene Verbeugung und machte sich auf den Weg durch die Halle.

„Wartet!", rief sie. „Wo wollt Ihr hin? Ihr Zimmer liegt nicht in der Richtung."

Er schaute einen Augenblick verwirrt und stotterte dann: „Ich gehe nur in den Keller, um ihr Frühstück zu holen. Man kann Krieger nicht mit einem leeren Magen befehligen."

Sie runzelte die Stirn und wandte ihre Aufmerksamkeit dann wieder Pagan zu. Er schaute sie irgendwie seltsam an, als wollte er ihren Wert abschätzen oder über ihre Zukunft entscheiden.

„Sind Eure Bogenschützen erfahren? Sie würden doch nicht zu früh feuern?"

„Nay", versicherte sie ihm selbstgefällig. „Sie feuern nur auf *meinen* Befehl." Zufrieden stellte sie fest, dass er dieses Mal nicht mit ihr stritt.

Pagan hoffte, dass sie Recht hatte. Es wäre schließlich ziemlich unglücklich, wenn einer ihrer Rivenloch Bogenschützen einen seiner Cameliard Ritter tötete.

Er nahm an, dass er sie aufklären und ihr sagen sollte, dass Colin die Truppe als Pagans eigene Ritter erkannt hatte. Aber er war neugierig darauf, zu sehen, wie sie die Burg und ihre eigenen Ritter befehligte. Wenn es natürlich ein echter Angriff wäre, würde er sie niemals den Befehl übernehmen lassen. Er hätte sie zu den anderen Frauen und Kindern auf Rivenloch in die innersten Kammern der Burg in Sicherheit geschickt oder gegebenenfalls auch gezerrt.

Er überlegte, was Colin wohl mit Helena vorhatte. Er wollte die Giftnudel doch sicherlich nicht freilassen. Wenn es aber so war, dass sie Deirdres rechte Hand war ...

Er wandte sich um, um zu beobachten, wie die Menschenmenge hin und her durch die große Halle lief. Jeder schien zu wissen, was er tat und niemand verfiel in Panik. Aber in der Mitte des geordneten Chaos stand der Lord von Rivenloch verwirrt, als würde er in einem Meer von Clans-Männern segeln.

Pagan wandte sich wieder zu Deirdre und sagte: "Euer Vater ist verwirrt. Geht zu ihm. Achtet darauf, dass er in Sicherheit ist. Ich rufe die Krieger zusammen, während Colin Eure Schwester holt."

Sie ärgerte sich über seinen Befehlston. Es war offensichtlich, dass das sture Weib die Oberhand behalten wollte. Er konnte sich nicht entscheiden, ob dieser Wesenszug nervtötend oder unterhaltsam war. Seine Gedanken wanderten zu dem Ehebett, das sie heute Nacht teilen würden und er überlegte, ob sie auch dort darauf bestehen würde, die Oberhand zu behalten. Es war eine faszinierende Möglichkeit.

Deirdres Gesicht wurde weicher, während sie ihren Vater beobachtete und Pagan sah, dass die ganze Verantwortung auf ihren Schultern lastete. Es war zweifellos belastend, sich um ein krankes Elternteil kümmern zu müssen. Pagan kannte dies nicht. Seine Eltern waren vor vielen Jahren plötzlich an der Pest gestorben. „In Ordnung", gab sie nach. „Macht das."

Er beobachtete, wie sie zum Lord ging und ihn liebevoll die Treppen zu seinem Zimmer hinaufführte. Seine neue Braut war ein Rätsel, einen Augenblick so grob wie ein Schankweib und im nächsten so liebevoll wie eine Nonne.

Pagan zog die Schultern hoch und machte sich auf dem Weg zur Waffenkammer, wo die Ritter ihre Kettenhemden anzogen und ihre Schwerter und ihre Piken, ihre Bögen und Streitkolben holten. Es war an der Zeit zu sehen, was für eine Kampftruppe Rivenloch hatte.

Als Deirdre sicher war, dass es ihrem Vater gut ging und er in seinem Zimmer mit einem Knappen zur Gesellschaft untergebracht war, fing ihr Herz wieder an, heftig zu schlagen. Aye, sie musste sich jetzt um eine Sache weniger sorgen, aber da waren noch hunderte andere Dinge. Auch wenn es ihr gegen den Strich ging, dies zu sagen, so war sie doch froh, Pagans Hilfe zu haben. Zumindest hatte er Erfahrung in der Kriegsführung, was keiner ihrer eigenen Männer von sich behaupten konnte. Am meisten Sorgen bereitete ihr aber die Tatsache, dass Rivenlochs Mauern noch nie ernsthaft geprüft worden waren. Natürlich war es Helenas Aufgabe, die Verteidigungsanlagen zu erhalten und sie auf Schäden zu überprüfen. Aber keine Brandfackel oder Rammbock oder Spaten hatte je versucht, diese Mauern zu durchbrechen. Es könnte durchaus sein, dass die Mauern schon bröckeln würden, wenn man nur mit einem Besenstiel dagegen stieß.

Deirdre schüttelte den Kopf und verwarf den Gedanken. Im Augenblick hatte sie zu viele andere Sorgen.

Im Flur schnappte sie sich einen Knappen, der ihr mit ihrer Rüstung helfen sollte. Je schneller sie geschützt war, um auf die Burgmauer zu gehen, desto schneller würde sie sehen, was für Männer ihre Gegner waren und wie sie die Burg am besten verteidigen könnte.

Während der Knappe ihren Gambeson zusammenband und ihr in das Kettenhemd und den Helm half, öffnete Deirdre den Fensterladen einen winzigen Spalt und schaute zu der ankommenden Truppe. Die Gestalten waren noch recht weit entfernt, aber es war jetzt klar, dass es sich um mindestens ein Dutzend Ritter hoch zu Ross und mehreren Kriegern zu Fuß handelte. Außerdem waren da einige schwer beladene Wagen. Deirdre stellte sich vor, dass diese mit Waffen, Proviant und Material für die Zelte gefüllt waren, falls es auf eine Belagerung hinauslief.

Während der Knappe ihr das Kettenhemd überzog, blähte der Wind die Fahne der Eindringlinge in der Ferne auf und sie konnte das Wappen erkennen, irgendein silbernes Tier vor einem schwarzen Hintergrund. Wie Colin schon angemerkt hatte, kam ihr das Muster auch bekannt vor.

„Ian, schaut Euch diese Fahne an", bat sie den Knappen. „Wo habt Ihr die schon mal gesehen?"

Mit zusammengekniffenen Augen schaute er und biss sich auf die Lippe. „War das nicht auf der Jacke des Jongleurs, der vorgestern beim Abendessen ..."

„Verdammt." Langsam wurde ihr alles klar. „Verdammt!"

Sie schaute auf ihren Hochzeitsring. Ein blasses Einhorn auf schwarzem Grund. Bei Gott, dies waren Pagans eigene Ritter!

„Dieser Mistkerl ..." Sie schlug die Fensterläden zu.

Er war also gar kein wandernder Ritter. Er hatte eigene Truppen, die er befehligte. Er hatte Boniface, den Jongleur, wohl als Spion vorgeschickt und dann seinen Rittern befohlen, ihm zu folgen, für den Fall, dass Pagans Werbung verweigert wurde. Es war eine brillante Strategie. Aber das minderte Deirdres Zorn hinsichtlich seiner Täuschung nicht. Warum hatte er nicht ihre Identität offenbart? Warum hatte er nicht gesagt, dass sie Freunde und keine Feinde waren? Hatte er gehofft, sie zum Narren zu halten?

Eher würde es in der Hölle schneien, bevor er das schaffte. Sie war vielleicht unerfahren, aber gut vorbereitet. Und sie hatte mehr Verstand als er glaubte. Wollte er sie demütigen oder zurechtweisen? Dann würde sie ihm zeigen, dass sie das auch könnte.

Pagan versuchte, nicht enttäuscht auszusehen, als er die Reihen der schottischen Soldaten durchging. Obwohl sie bewundernswert diszipliniert und mutig zu sein schienen, waren sie doch ein zusammengewürfelter Haufen von Rittern, wie er ihn noch nie gesehen hatte. Dies waren vielleicht die Besten Schottlands, aber sie waren noch nicht einmal geeignet, die Eisenschuhe der Ritter von Cameliard zu polieren. Sechs von ihnen behaupteten, ausgebildete Reiter zu sein und obwohl ihre Bewaffnung in Ordnung zu sein schien, sah sie aus, als stamme sie aus dem letzten Jahrhundert. Bei weiteren Dutzend Kriegern war die Bewaffnung mangelhaft und sie besaßen nur eine oder zwei Waffen pro Mann. Die drei Bogenschützen, die er bereits auf die Mauer geschickt hatte, schienen die einzigen versierten Bogenschützen auf Rivenloch zu sein. Und der Rest der seltsamen Gesellschaft bestand aus Männern mit weißen Bärten, dünnen Jungen und einem kleinen Mädchen, das er mit einem Klaps auf den Po wegschickte; sie sahen aus, als wären sie kaum in der Lage, Honigwaben vor Ameisen zu beschützen und schon gar nicht einen Preis wie Rivenloch.

Es war wirklich gut gewesen, dass der König Pagan geschickt hatte, um Rivenloch als Vogt zu übernehmen. Wenn die großartigen Ritter von Cameliard unter ihnen lebten, könnten diese einfachen Schotten wieder zu ihrem normalen tagtäglichen Lebenswandel zurückkehren – Landwirtschaft oder Fischen oder Possen mit ihren

Eine gefährliche Braut

Schafen treiben – während seine Männer die Burg verteidigten.

Aber Pagan war klar, dass er sie besser nicht beleidigte. Ein Hauptmann musste diplomatisch sein und seine Männer inspirieren, selbst, wenn sie zehn zu eins unterlegen waren. Er musste ihnen auch noch Hoffnung geben, wenn es keine mehr gab.

„Wer ist der beste Reiter hier?", fragte er.

Es gab keine Diskussionen. Einer der bewaffneten Männer trat vor.

„Und der beste Schwertkämpfer?"

Dieses Mal gab es ein unbehagliches Gescharre. Schließlich fragte ein Mann: „In Bezug auf Kraft oder Schnelligkeit?"

„Beides."

„In Bezug auf Kraft wäre das Will", sagte er und zeigte mit dem Daumen auf den Mann mit dem größten Leibesumfang. „In Bezug auf Schnelligkeit—"

„Wäre das Helena", warf eine weibliche Stimme ein.

Pagan schaute hoch, um zu sehen, welche Frau ungebeten in die Waffenkammer gekommen war. Es war Deirdre, aber sie hatte sich verwandelt. Sie war nicht mehr die schöne, in Seide gekleidete Göttin, die er geheiratet hatte; sie war nun ein von oben bis unten in ein Kettenhemd gekleideter Krieger mit einem Breitschwert.

Während er überrascht mit offenem Mund dastand, ging sie an ihm vorbei und sprach den Mann an, der sich als bester Reiter ausgegeben hatte. „Sind die Chargenpferde gesattelt?"

„Aye, Mylady."

„Sind Eure Klingen scharf?", fragte sie Will.

„Aye."

Völlig schockiert merkte Pagan, dass ihn seine Diplomatie verließ. „Was zum Teufel wollt Ihr hier, Weib?"

Sie ignorierte ihn. „Ist Helena noch nicht da?", fragte sie die Krieger. Sie schüttelten die Köpfe und Deirdre wandte sich vorwurfsvoll zu ihm um. „Wo bleibt Euer Mann?"

Pagan hatte nicht vor, sich Fragen stellen zu lassen, insbesondere nicht von einem Weib, welches das eigentliche Wesen der Ritterlichkeit durch ihre Anwesenheit in der Waffenkammer verhöhnte. „Ihr habt meine Erlaubnis, nachzusehen, wo er bleibt", sagte er mit einer ausladenden Bewegung seines Arms, „und überlasst mir jetzt meine Befehlsgewalt."

„Ihr habt Euren Zweck erfüllt", entgegnete sie. „Ich übernehme jetzt."

„Wirklich?" fragte er und hob eine Augenbraue. „Und werdet Ihr auch mit Euren Männern in die Schlacht reiten?"

„Wenn es sein muss!"

Nur über meine Leiche, dachte er, sagte aber nichts. Wenn es eine echte Bedrohung gegeben hätte, hätte er ihr die Rüstung ausgezogen und sie einem fähigeren Burschen gegeben, der vielleicht noch einen oder zwei Feinde mit in den Tod nehmen könnte. Seine Frau würde er mit ihrer Schwester notfalls im Keller einsperren. Aber da es nur eine Übung war, beschloss er, abzuwarten, wie weit sie gehen würde, bevor ihre weibliche Natur die Oberhand gewann und sie sich heulend vor weiblicher Angst hinter fähigeren Kriegern versteckte.

In der Zwischenzeit musste er sicher sein, dass kein übereifriger Schotte einen verfrühten Pfeil abschoss, denn die Vergeltung der Ritter von Cameliard würde schnell und vollständig sein. Und tragisch.

„Ich steige hoch auf die Mauer", sagte er zu ihr, „um zu

sehen, mit wem wir es zu tun haben."

Obwohl sie bemerkte, dass er keine Rüstung trug, sagte sie nichts dazu. Zweifellos hoffte sie, dass er getötet würde und sie ihren ungewollten Ehemann loswurde.

Er schaute sie noch einmal an, als er die Waffenkammer verließ. Es war seltsam, dies zuzugeben, aber er fand sie selbst in ihrer vollen Rüstung verführerisch. Irgendetwas an der Art, wie ihre Beinlinge eng an ihr anlagen und wie das Kettenhemd über ihre Brüste fiel und das Schwert an ihrer Hüfte hing, war äußerst verführerisch.

Als er die Ringmauer erklommen hatte, waren seine Männer nah genug herangekommen, dass jeder erkennen konnte, dass dies keine Armee, sondern eine Entourage mehrerer Familien war. Aye, seine Ritter trugen Rüstung und waren bewaffnet, aber nur als Vorsichtsmaßnahme. Hinter ihnen ritten Damen auf Maultieren, Dienerinnen stapften durch den Schlamm und Kinder rannten nimmermüde umher. Krieger und Knappen bildeten die Nachhut und bewachten ein halbes Dutzend Karren beladen mit Möbeln, Proviant und Waffen.

Pagan beschloss, sich mit dem Bogenschützen auf dem vordersten Turm zu unterhalten. „Sie sehen nicht sehr bedrohlich aus, oder?"

„Nay, Mylord."

„Eher wie Reisende als eine Armee."

Der Bogenschütze spannte sich an und hielt seinen Bogen angriffsbereit zwischen zwei Zinnen auf der Mauer. Er wollte sich offensichtlich nicht von seiner Loyalität gegenüber seiner Herrin abbringen lassen, ganz gleich, was er von den Fremden hielt. Das war in der Tat eine bewundernswerte Eigenschaft.

Pagan schlenderte hinüber zum zweiten Bogenschützen,

der auf der rechten Seite stand. „Sie scheinen friedliche Absichten zu haben, dass sie sich der Burg so offen nähern."

„Wenn Ihr entschuldigt, Mylord", murmelte der Mann, wobei seine Augen auf die Gesellschaft gerichtet und seine Finger locker um die Bogensehne gewickelt waren; er hatte bereits einen Pfeil eingelegt. „Ich möchte mich lieber nicht unterhalten, während ich etwas im Visier habe."

Pagan nickte. Dieser Mann war ebenfalls sehr diszipliniert. So schlecht sie auch ausgerüstet waren, er musste zugeben, dass diese Schotten scheinbar wussten, was sie taten. Irgendjemand hatte sie gut ausgebildet.

Er trat zurück und näherte sich dem dritten Bogenschützen, einem Jungen, auf dessen Oberlippe Schweißtropfen standen und dessen Arme zitterten, während er versuchte seinen Bogen an der Zinne ruhig zu halten. Er war derjenige, auf den Pagan achten musste.

„Ruhig, Junge", flüsterte Pagan.

„Heilige Mutter Maria!", rief der Junge und war so erschrocken, dass er fast direkt einen Pfeil abgefeuert hätte.

Sein Herz schlug ihm bis zum Hals, und Pagan legte eine Hand auf die Schulter des Jungen, um einen Unfall zu vermeiden. „Ruhig. Ihr wollt doch nicht eines der Kinder treffen?"

Der Junge schüttelte den Kopf.

„Habt Ihr je zuvor einen Pfeil abgeschossen?", fragte er.

„Aye. Ich bin der beste Jäger im Clan und treffe einen Hirsch auf fünfzig Schritte. Aber—", der Junge schluckte.

„Ihr habt noch nie einen Mann erschossen."

Der Junge biss sich auf die Lippe.

Pagan traute sich nicht, seinen Griff an dem Bogen loszulassen. „Ich schon. Möchtet Ihr, dass ich Euren Posten übernehme?"

„Nay", sagte der Junge nachdrücklich. „Nay. Dieser Posten wurde mir anvertraut und ich werde ihn nicht verlassen." Er schien Kraft aus seinen eigenen Worten zu schöpfen.

Pagan musste den Mut und das Pflichtgefühl bewundern, obwohl ihm viel wohler gewesen wäre, wenn der Junge ihm die Waffe gegeben hätte. „In Ordnung." Zögerlich lockerte er seinen Griff. „Aber achtet darauf, erst zu feuern, wenn Ihr den Befehl dazu erhalten habt."

„Vorbereiten zum Feuern!", ertönte ein Ruf hinter ihm.

KAPITEL 8

Pagan schlug das Herz bis zum Hals. „Nay!", brüllte er. Deirdre stand da im Glanz ihrer Rüstung mit erhobenem Schwert und war bereit, den Befehl zum Schießen zu geben. Wie ein Mann legten die Bogenschützen an und zielten.

„Wartet! Wartet!", sagte er und bemühte sich um eine ruhige Stimme, ging aber mit Riesenschritten auf sie zu. „Nicht schießen!"

„Müsst Ihr alle meine Befehle widerrufen, Sir?", schnauzte sie ihn an und hielt die Klinge weiterhin hochgestreckt. „Oder ist das die Art und Weise, wie *normannische* Soldaten kämpfen?"

Pagan konnte kaum Luft holen, während er beobachtete, wie die Bogenschützen auf seine Leute zielten. Aber er musste diesen Wahnsinn aufhalten. „Könnt Ihr es denn nicht erkennen?", fragte er. Er griff nach ihrem Schwert, aber sie zog es zurück außerhalb seiner Reichweite. „Das sind keine Soldaten. Das sind nur unschuldige Frauen und Kinder und ..." „Der mit der Streitaxt", sagte sie, nickte in die Richtung der Ritter und hob ihr Schwert noch ein wenig höher, „der ist nicht unschuldig. Was meint Ihr? Sollen wir den zuerst ins Visier nehmen?"

„Nay!", Pagans Augen weiteten sich. Bei Gott, Sir Rauve d'Honore war einer seiner besten Ritter.

„Was ist mit dem Mann, der die Standarte trägt?", überlegte sie. „Es ist äußerst niederschmetternd, wenn die Standarte mit dem Wappen frühzeitig fällt."

„Nay." Lyon trug die Standarte und war noch ein junger Mann, der erst seit zwei Jahren verheiratet war und ein kleines Baby hatte. „Bei der Gnade Gottes", sagte er ungläubig, „Ihr wisst noch nicht einmal, wer diese Leute sind."

„Ich weiß, dass sie sich auf meinem Land befinden", sagte sie kühl.

„Vielleicht führen sie gar nichts Böses im Schild."

„Das Risiko möchte ich nicht eingehen", sagte sie entschieden und hob die Klinge erneut.

„Wartet!" Dieses Mal hatte er Erfolg und ergriff sie am Handgelenk und zog sie zu sich heran. Er blickte auf ihr schönes Gesicht, ihre glatte Stirn, ihre erröteten Wangen und ihren entschiedenen Mund. Dann runzelte er die Stirn. In den kühlen, blauen Augen lauerte etwas verschlagenes, gefährliches, ein Funken Schalk.

„Vielleicht sollten die Bogenschützen die hübsche Rothaarige mit dem blauen Umhang ins Visier nehmen", murmelte sie nachdenklich und ihre Lippen verzogen sich zu einem ganz leichten Lächeln. „Eine Frau zu erschießen würde für Unruhe in ihren Reihen sorgen."

Dann erkannte er die Wahrheit. Das verdammte Weib täuschte ihn dreist.

Er kniff die Augen zusammen. „Ihr wisst es", warf er ihr vor.

Sie lächelte schief. „Oh, aye."

Er atmete auf, ließ ihr Handgelenk aber nicht los. „Und seit wann wisst Ihr es bereits?"

„Fast so lange wie Ihr."

„Colin." Der Verräter musste es ihr gesagt haben. Er schlug sich immer auf die Seite des schönen Geschlechts.

„Nay." Sie wackelte mit ihrem Zeigefinger.

„Ach so." Kluges Weib. Klug und vertrackt. „Nun, meine schlaue Dame, werdet Ihr Eure Bogenschützen jetzt zurückrufen?"

„Das kommt drauf an."

Er hatte keine Ahnung, warum die Frau sich im Vorteil wähnte. Ihre Männer würden vielleicht den ersten Pfeil schießen, aber dann würden die Ritter von Cameliard innerhalb kürzester Zeit ein Blutbad in Rivenloch anrichten.

„Kommt auf was an?", fragte er.

„Auf Euren Grund dafür, dass Ihr mir nicht gesagt habt, dass Eure Männer kommen würden."

Das war ein berechtigter Einwand. „Zieht Eure Bogenschützen zurück und dann sage ich es Euch."

„Lasst mich los und dann tue ich es."

Die beiden hatten sich nun festgefahren, er hielt ihre Klinge in Schach und sie hatte ihre Bogenschützen, die bereit waren, zu schießen. Einer von ihnen musste nachgeben. Pagan ließ ihr Handgelenk los. Sie senkte das Schwert.

„Bogenschützen, Ruhe", befahl sie. Sie senkten ihre Bögen. „Also?"

„Ich wollte sehen, wie angriffsbereit Eure Männer sind", gab er offen zu.

„Und?"

„Sie brauchen noch viel mehr Ausbildung und Übung. Sie sind zu wenige und ihre Waffen sind arg reparaturbedürftig."

Sie reagierte gereizt. „Ich will Euch sagen, dass ..."

„Aber", unterbrach er sie, „sie sind organisiert und gut geordnet. Sie haben Disziplin und Herz – Eigenschaften, die man nur durch starke Loyalität erhält."

Seine Ergänzung schien Deirdre ein wenig zu besänftigen. Eine seltsame Wärme stieg in ihm auf, als er sah, wie stolz sie auf die Männer ihres Clans war, auch wenn diese armselig aussahen und unerfahren waren. Es war wirklich schade, dass sie eine Frau war. Er stellte sich vor, dass sie einen hervorragenden Hauptmann abgeben würde.

„Nun da Ihr den Wert meiner Leute eingeschätzt habt," sagte sie ein wenig irritiert, „wie lange werden Eure bleiben?"

Er schaute böse. Wusste sie es nicht? Der König hatte ihn nicht nur geschickt, damit er sich eine Braut nehmen sollte. Pagan war gekommen, um die Burg für sich zu beanspruchen. Seine Ritter und ihre Familien waren mit ihm gekommen. „Rivenloch wird jetzt ihr Zuhause sein."

Ihre Augen weiteten sich. „Was?" Sie trat an den Rand der Ringmauer und starrte hinunter auf die sich nähernde Horde. „Alle? Das sind zu viele. Rivenloch kann unmöglich so viele Leute versorgen ..."

„Macht Euch keine Gedanken. Ich habe ausgebildete Jäger, Köche und eine oder zwei Bierbrauerinnen in den Reihen. Ich habe schon geplant, die Burg zu vergrößern, einen Keller hinzuzufügen, die Küchen zu verdoppeln, die Ställe zu vergrößern ..."

Irgendetwas von dem, was er gesagt hatte, erzürnte das

Weib, aber er konnte sich keinen Grund dafür vorstellen. Schließlich bot er ja nur an, die Burg zu verbessern. Aber sie seufzte nur gereizt, wandte sich um und marschierte die Stufen hinunter, als würde sie diese mit ihrem Stampfen unterwerfen.

Er beobachtete sie und beschloss ein wenig verspätet, dass er ihr besser folgen sollte. Er konnte es nicht zulassen, dass sie die Tore von Rivenloch in voller Rüstung gekleidet und mit gezogenem Schwert öffnete.

Steif hob Deirdre ihren Becher mit dem letzten Honigmet. Es hätte ebenso gut Schafspisse sein können, so wenig achtete sie darauf. Um sie herum speisten, lachten und scherzten fremde Leute und mischten sich unter die Bewohner Rivenlochs. Deirdre fand, dass sie wie listige Füchse in einem Taubenschlag waren.

„Deirdre", flüsterte Miriel neben ihr.

„Was ist?", bellte sie, woraufhin Miriel ein langes Gesicht zog und Deirdre sofort bereute, dass sie sie so angefahren hatte. „Es tut mir leid."

„Der Wein wird knapp", sagte sie leise.

Deirdre biss die Zähne zusammen und knurrte: „Dann sollen sie doch das Wasser aus dem Teich trinken."

Miriel seufzte und sprach so leise, dass Pagan, der auf der anderen Seite Deirdres saß, nicht mithören konnte. „Ach Deirdre, du hättest mich ihn heiraten lassen sollen. Dann wärst du nicht so traurig."

„Nay, nay." Sie umklammerte die Hand ihrer kleinen Schwester. „Denke noch nicht einmal daran." Sie zwang sich zu lächeln und tätschelte Miriels Hand beruhigend. „Es ist nur, dass ich ein wenig überwältigt bin."

Eine gefährliche Braut

Miriel zuckte als Entschuldigung zusammen. „Und ich komme, um dich wegen des Weins zu fragen. Es ist nicht so wichtig. Morgen schicke ich einen Jungen zum Kloster, um mehr zu holen. In der Zwischenzeit ..." Nachdenklich tippte sie sich ans Kinn. „Hole ich den Heidekraut-Hypocras aus dem Keller."

„Den was?"

Aber Miriel zwinkerte ihr nur zu, grinste und ging weg, um ein kleines Wunder zu vollbringen.

Deirdre konnte nicht anders, als ihr Lächeln zu erwidern. Miriel war brillant und einfallsreich, wenn es darum ging, Vorräte einzuteilen und Geld zu sparen. Aber obwohl sie das Weinproblem vielleicht gelöst hatte, bemitleidete Deirdre den armen Koch, der die unmögliche Aufgabe hatte, ein einziges gebratenes Wildschwein so zu strecken, dass es für über 100 Personen reichte.

Deirdre hatte gezählt, dass sich die erhebliche Anzahl von mindestens zwei Dutzend Rittern in der Gruppe befand. So ungern sie es auch zugab, aber sie war beeindruckt. Der König hatte sie also doch nicht an einen armen Abenteurer verheiratet. Pagan befahl eine recht große Kampftruppe. Aber diese wurde von Ehefrauen, Kindern und Dutzenden von Knappen, Dienern und Jagdhunden begleitet. Und jetzt waren die Halle und Ställe von Rivenloch so eng gepackt wie Heringe in einem Fass.

„Macht Euch keine Gedanken", murmelte Pagan neben ihr, als wenn er ihre Gedanken gelesen hätte. „Rivenlochs Vorräte werden wieder aufgefüllt. Morgen schicke ich meine Männer zur Jagd und die älteren Jungen können im See fischen."

„Bis dahin sind sie vielleicht zu betrunken, um stehen zu können", murrte Deirdre.

Verdammter aufdringlicher Normanne. Rivenloch war *ihre* Verantwortung. Was wusste er schon über die Kleinbauern oder das Land oder den See? Er hatte wahrscheinlich noch nie einen Winter in Schottland verbracht. Wie wollte er verhindern, dass die Leute hungerten? Verflucht, er hatte zu viele Mäuler mitgebracht, die gestopft werden mussten.

Sie schaute auf den Holzteller, den sie erwartungsgemäß mit ihrem neuen Ehemann teilen sollte. Er hatte kaum etwas angerührt und sein Becher mit Met war noch halbvoll. Es war offensichtlich, dass Pagan an diesem Abend zumindest nicht dazu beitrug, die Vorräte von Rivenloch zu plündern.

Das konnte man von seinen Rittern allerdings nicht behaupten. Einer von ihnen, Sir Rauve d'Honore, war offensichtlich betrunken und stand unsicher auf. „Ein Salut auf Lord Pagans Preis", lallte er, „die schönste Braut in Schottland."

Um sie herum wurde gejubelt, aber Deirdre seufzte angesichts des oberflächlichen Kompliments. Bei den Heiligen, was machte Schönheit schon aus? Außerdem war es Unsinn. Sie war nicht annähernd so schön wie Miriel und Helena war viel üppiger ...

Helena.

Sie runzelte die Stirn. Wo war Helena? Und wo war Pagans Begleitung? Er war schon vor Stunden losgegangen, um sie zu holen. Sie wollte aufstehen, aber Pagan ergriff ihren Arm und schaute sie fragend an.

Sie beschloss, seinen besitzergreifenden Griff zu übersehen. „Wo ist meine Schwester?"

„Miriel?"

„Helena."

Er ließ sie los. „Es geht ihr gut. Setzt Euch."

Da war etwas in seinen Augen, eine Schuld hinter seiner Selbstsicherheit und Misstrauen ließ ihr Herz aussetzen. „Was ist passiert? Was habt Ihr gemacht? Wo ist sie?"

„Sie ist bei Colin. *Setzt* Euch."

„Und wo ist Colin?", fragte Deirdre ein wenig zu laut und erschreckte die Gäste neben sich.

„Aye, Colin", echote jemand von einem der unteren Tische. „Wo ist Colin?"

„Bei Gott, wo ist der Halunke hin?"

Schon bald fragten sämtliche Ritter Pagans nach dem Mann.

„Colin?" Pagan lächelte zur Beschwichtigung. „Ähm ... Colin ist unterwegs, um ... mehr Bier aus dem Keller zu holen."

Die Ritter jubelten und tranken mit noch mehr Begeisterung, wenn das denn möglich war.

Deirdre schaute finster. Pagan konnte auch nicht besser lügen als sie. Und er hielt sie wieder fest, als wäre sie ein Streitross, das jeden Augenblick durchgehen könnte. Sie ballte die Hände zu Fäusten, biss die Zähne zusammen und setzte sich schließlich. „Ihr sollt verdammt sein, wo ist sie?"

„Als ich sie das letzte Mal kurz nach Mitternacht sah", brummelte Pagan, „war sie so betrunken, dass sie kaum noch kriechen konnte."

Deirdre errötete vor Schuldgefühlen. Hatte er Helena also gesehen? Aber wie? War sie nicht direkt in ihre Kammer gegangen? Sicherlich hatte sie die Nacht durchgeschlafen.

Als er ihre Gesichtsfarbe bemerkte, beugte sich Pagan zu ihr und murmelte: „Was ist los, Frau? Eure Röte verrät Euch." Sein Griff an ihrem Arm wurde fester. „Wisst Ihr etwas über ihre teuflischen Taten der letzten Nacht?"

Deirdre weigerte sich, ihn anzuschauen. Teuflische Taten? Lieber Gott, was hatte ihre leichtfertige Schwester jetzt gemacht?

Pagan fluchte leise und sein Atem fühlte sich rau an ihrer Wange an. „Verdammt, habt Ihr sie geschickt?"

Deirdres Gedanken schwirrten zu schnell, als dass sie hätte antworten können.

„Habt Ihr sie geschickt, um mich zu töten?", fragte er beißend.

Sie zuckte zusammen. Ihn töten? Oh Gott! Hatte Helena ihren schwesterlichen Schwur einlösen wollen? Hatte sie versucht, Pagan zu töten?

Nay, das konnte nicht sein. Schließlich war der Normanne jetzt hier anwesend, lebte und war unversehrt.

Pagans Finger gruben sich schmerzhaft in ihren Arm. „Ihr habt sie geschickt", zischte er jetzt in ihr Haar. Für alle anderen schien es, dass er ihr Liebesschwüre zuflüsterte. „Ihr seid eine falsche Schlange. Ich habe Euch für ehrenvoller gehalten."

Das rüttelte sie wach und holte sie aus ihren Tagträumen. Sie schaute ihn direkt an. Er hatte Recht. Sie war ehrenvoll. „Ich schwöre, dass ich sie nirgendwo hingeschickt habe. Was auch immer sie getan hat, es war ihre Idee. Aber sagt mir doch. Ihr habt sie doch nicht verletzt, oder?" Sie kniff die Augen zusammen, zum Teil aus Angst und zum Teil als Drohung. „Oder?"

Er schien von ihrer Frage beleidigt zu sein, obwohl er sie sofort losließ, als wäre ihm seine eigene Kraft plötzlich bewusst geworden. „Nay. Es liegt nicht in der Art eines normannischen Ritters, Gottes schwächere Kreaturen anzugreifen."

Eine gefährliche Braut

Schwächere Kreaturen? Jetzt beleidigte er sie, aber sie war zu erleichtert, als dass sie ihn deswegen zur Rede gestellt hätte. „Dem Herrn sei Dank."

„Dankt Colin", brummte er. „Ansonsten hätte ich unsere Hochzeit verpasst, meine liebe Ehefrau."

„Was habt Ihr mit ihr gemacht?"

„Für den Augenblick ist sie in Sicherheit."

„Tut Ihr nichts", forderte sie. „Ich kümmere mich selbst um ihre Strafe."

„Wirklich? Und welche Strafe wollt Ihr Eurer Schwester für Mord und Hochverrat erteilen? Wollt Ihr ihr auf die Finger klopfen?"

Deirdre errötete. Sie fing an, Pagans Schlagfertigkeit zu hassen. In erster Linie, weil sie in diesem Fall gerechtfertigt war.

Pagan hob seinen Becher und trank von seinem Met. Es war schwierig, seine schwieligen Fingerknöchel zu übersehen und nicht darüber nachzudenken, welchen Schaden sie anrichten könnten, ob es nun in der *Art eines normannischen Ritters* lag oder nicht. Aber Deirdre konnte nicht untätig danebenstehen, während Helena für ihren Fehler leiden musste.

„Hört mir zu", sagte sie, „ich mache einen Handel mit Euch. Das hier ist die Wahrheit. Es war meine Schuld. Ich habe angenommen, dass Helena etwas ... Unbesonnenes plante, um die Hochzeit aufzuhalten. Also habe ich sie betrunken gemacht, damit sie schlafen würde, um genau diese Art von Missgeschick zu verhindern."

Er schmunzelte ohne Heiterkeit. Offensichtlich erachtete er Hels Angriff als weit mehr als ein Missgeschick.

Deirdre setzte sich gerade hin und schaute ihm in die Augen. „Bestraft mich. Bestraft mich statt ihrer."

Das wäre am besten. Sie war stärker als Helena. Sie könnte Schmerzen ertragen, ohne einen Laut von sich zu geben. Hel würde ihre Strafe nur noch verschlimmern, indem sie ihn mit Flüchen malträtierte.

„Ihr würdet für ihre Sünden büßen?", fragte er leise.

„Sie ist meine Schwester. Ihr wisst, dass sie keinen Hochverrat begehen wollte. Sie wollte Miriel nur davor bewahren ..."

„Dass sie mich heiraten müsste." Seine Stimme war leidenschaftslos. „Aber *Ihr* habt es ja geschafft, sie stattdessen zu retten." Seine Worte hörten sich ein wenig hämisch an und er hob wieder seinen Becher mit Met. „Ich spende Euch Beifall für Euer edles Opfer." Er leerte den Becher in einem Zug und seufzte dann. „Wisst Ihr, in meiner Heimat haben sich schöne Weiber um meine Gunst gerissen. Dann komme ich nach Rivenloch und alle halten mich für einen Teufel." Er schüttelte den Kopf. „Was ist los? Sind mir plötzlich Hörner gewachsen?"

Deirdre gab es nur ungern zu, aber selbst mit Hörnern wäre er der schönste Mann, den sie je gesehen hatte. Stattdessen erklärte sie: „Ihr seid ein Normanne."

Er hob eine Augenbraue. „Ihr wisst doch wohl, dass die Normannen Eure Verbündeten gegen die Engländer sind."

„Wir befinden uns nicht im Krieg mit England."

„Noch nicht."

Seine Worte beunruhigten Deirdre. Rivenloch war immer als eine unbedeutende Ecke Schottlands erschienen, die zu klein und abgelegen war, um für Eindringlinge von Interesse zu sein. Aber es stimmte, dass Berichte von Überfällen abtrünniger englischer Lords auf schottische Burgen in letzter Zeit zugenommen hatten.

„Ihr braucht keine Angst zu haben. Die Ritter, die Ihr

hier seht", sagte er und zeigte auf die Männer um ihn herum, „sind die besten Krieger im ganzen Land. Sobald sie Eure Männer in den Feinheiten der Kriegsführung ausgebildet haben ..."

„Meine Männer ausbilden?", sagte Deirdre gekränkt. „Meine Männer brauchen keine Ausbildung von Euren ... Euren ..."

„Lord Pagan!", rief jemand. „Welche Versprechen flüstert Ihr Eurer Braut ins Ohr, dass sie derart errötet?"

„Zweifellos gibt er mit der Länge seines Breitschwerts an!", rief ein anderer.

„Warum Worte verschwenden, Mylord?", höhnte ein weiterer.

„Aye, zeigt dem Mädchen, aus was Stahl gemacht ist!"

Plötzlich wurde die Halle erfüllt vom Krach von Bechern, die auf die Tische geknallt wurden und Sprechchören: „Pagan! Pagan! Pagan!"

Deirdre fühlte sich plötzlich erstickt. Wieder überkam sie das überwältigende Verlangen, ihr Schwert in Reaktion auf den barbarischen Krach zu ziehen. Aber Pagan, der ihr Unbehagen vielleicht spürte, legte eine beruhigende Hand auf ihre Schulter, stand auf und hob die andere, um seine Männer zu besänftigen.

„Lasst es gut sein, Ihr ängstigt sonst meine Braut", sagte er. „Die Frauen sollen sie nach oben begleiten und vorbereiten. Ich bleibe und trinke noch einmal mit Euch."

Bevor Deirdre protestieren konnte, umgaben sie ein Dutzend Dienerinnen von Rivenloch und aus der Normandie. Sie kämpften, ihren unbeholfenen Körper hochzuheben. Glücklicherweise hatte sie ihre Rüstung ausgezogen, ansonsten wären sie unter ihrem Gewicht zusammengebrochen. Unter aufgeregtem Keuchen und

Stöhnen und Kichern schafften sie es schließlich, sie auf ihre Schultern zu setzen und die Wendeltreppe zu ihrem Zimmer hochzutragen.

Es war eine Torheit, dachte sie, während sie die Bettvorhänge zurückbanden, sie auszogen und Rosenblütenblätter auf dem Laken ihres Bettes verteilten, Lavendelöl an ihren Hals tupften und die Kerzen anzündeten, die jemand im ganzen Zimmer verteilt hatte. Es war eine alberne Verschwendung von Arbeit, Zeremoniell und Kerzen. Pagan hatte es ja selbst schon gesagt – er war es gewohnt, dass schöne Frauen um seine Gunst buhlten. Was wollte er also mit einer übergroßen Kriegerin wie ihr?

Ihr Puls raste, während sie den Frauen erlaubte, sie schon fast erwartungsvoll zum Bett zu führen. Sie deckten sie zu, öffneten ihren Zopf und legten das blonde wellige Haar über ihren Busen, aber sie weigerte sich, sich den Thorshammer von ihrem Hals abnehmen zu lassen.

Der Krach der betrunkenen, johlenden Männer löste bei den Dienerinnen nervöses Gelächter aus und ihre Aufregung ließ sie erschaudern. Sie erschrak, als plötzlich an die Tür geklopft wurde und sie runzelte die Stirn über ihre eigene Nervosität.

Dies war lächerlich. Sie war schließlich kein Feigling, der vor Angst zusammenzuckte. Trotzig schüttelte sie den Kopf, warf die Decke ab und setzte sich stolz auf, um der eindringenden Horde zu begegnen.

Sie war auf derbe Scherze gefasst. Sie war auf unzüchtige Gesten, anzügliche Blicke und trunkene Ausbrüche gefasst, als sie die Tür öffneten.

Aber sie war nicht auf plötzliche Stille vorbereitet.

KAPITEL 9

Pagan stand da mit offenem Mund. Ungebeten fiel sein Blick auf die üppigen Konturen des Körpers seiner Braut und folgte den anmutigen Wellen ihres vom Feuer erleuchteten Haars, das über ihre breiten und doch zierlichen Schultern fiel und nur zum Teil ihre eleganten Brüste bedeckte und ihren flachen Bauch mit seinem einladenden Nabel frei ließ.

Ihm stockte der Atem.

Er hatte gewusst, dass Deirdre schön war. Aus der Ferne hatte er sie kurz nackt gesehen, als sie badete. Und er hatte sie sowohl in weiche, fließende Seide, wie auch in ein enganliegendes Kettenhemd gekleidet gesehen. Aber diese Perfektion hatte er nicht erwartet. Und er hätte nie gedacht, dass das Wissen, dass sie ihm gehörte, ihre Schönheit noch verbesserte.

Eine andere Frau hätte erschrocken gekeucht und sich bedeckt. Aber Deirdre machte keine Anstalten, sich vor ihm zu verstecken und ihre Selbstsicherheit erregte ihn ungemein. Plötzlich strömte das Blut in seine Lenden und erschütterte ihn bis ins Mark.

Dann bemerkte er, dass seine Männer, die hinter ihm

drängten, um einen Blick zu erhaschen, auch sprachlos waren und dass auch sie die Wirkung von Deirdres unbeschämter Schönheit spürten. Seine Lust wurde schnell besitzergreifend und er wollte sie loswerden. Alle. Jetzt sofort.

Aber trotz seines wahnsinnigen Verlangens bemerkte er einen Hauch von Angst in Deirdres Augen, als er ihrem kühnen Blick begegnete. Wie ein in die Enge getriebenes wildes Tier, setzte sie ein mutiges Gesicht auf und hielt ihre Stellung, auch wenn sie sich stattdessen wahrscheinlich lieber in einen sicheren Bau zurückgezogen hätte.

Und dieser Mut ließ ihn auch noch etwas anderes, ihm völlig Fremdes spüren. Es war eine Art Bewunderung und Besitz, ein seltsamer Respekt, aber auch das Verlangen, sie zu beschützen.

Irgendwie fand er dann seine Stimme wieder und die Geduld, sich zurückzuhalten und sie alle wieder nach unten und weg von seiner Braut zu kommandieren.

„Leute von ..." Er *dachte*, er hätte seine Stimme wiedererlangt. Er fürchtete, dass das verräterische Krächzen seine Verunsicherung verriet. Die Männer in der Tür atmeten mit einem erleichterten Schmunzeln durch.

Er begann er erneut. „Leute von Rivenloch, Ritter von Cameliard, Ich danke Euch, dass Ihr unseren heiligen Bund bezeugt habt." Er blickte auf Deirdres Hände. Sie waren ein klares Anzeichen ihrer Anspannung. Obwohl sie eine gelassene Haltung aufrechterhielt, waren sie in ihrem Schoß zu Fäusten geballt. Er verspürte einen mächtigen Drang, sie für sie zu lösen. „*Diese* Verbindung jedoch sollte nur Gott bezeugen."

Wie üblich protestierten die Männer lautstark, zogen sich dann aber gehorsam aus der Tür zurück. Die Frauen

Eine gefährliche Braut

wünschten Deirdre viel Glück und ließen sie allein.

Nur Sir Rauve war so betrunken, dass er brüllte: „Wir kommen Morgen wieder und holen die blutigen Laken. Enttäuscht uns nicht!"

Die anderen eiferten ihm mit heiteren Drohungen nach, aber Pagan schloss die Tür. Er atmete tief durch und wandte sich zu seiner Frau um.

Sie hatte sich nicht von der Stelle bewegt. Sie saß mitten auf ihrem mit Pelzen bedeckten Bett und sah aus wie ein Heilige vor dem Martyrium. Ihre Augen leuchteten mutig, ihr Bauch hob und senkte sich bei jedem Atemzug und ihre Finger umklammerten das Bettzeug. Sie tat ihm schon fast leid.

Bis sie sprach:

„Wenn Ihr mich anrührt, wird Euer Blut auf dem Laken sein."

Ihre Worte löschten seine Lust wie ein Eimer kaltes Wasser. Wenn Deirdre einem verängstigten wilden Tier ähnlich war, dann war sie auf jeden Fall eins mit Klauen. Und er hatte bereits einen ihrer schmerzhaften Kratzer aushalten müssen. Er wollte es nicht noch einmal machen.

Er brauchte einen Augenblick, um nachzudenken, um zu überlegen, wie er sich diesem gefährlichen Tier am besten näherte.

Während sie ihn misstrauisch beobachtete, schaute er sich in der Kammer um. Abgesehen von den Rosenblütenblättern auf dem Bett und dem frischen mit Heidekraut vermischten Schilf auf dem Boden war sie nicht passend für eine Dame eingerichtet. Auf dem einzigen Tisch, der neben dem Bett stand, befanden sich keine Parfums, keine Bänder oder Tand, sondern nur eine Feder, ein paar Bögen Pergament und ein Tintenfass. An einer

Wand stand eine schwere Eichenkommode und unter den beiden geschlossenen Fenstern befand sich eine zweite Kommode aus Kiefernholz. Am Kamin, in dem ein bescheidenes Feuer stetig brannte, stand ein abgenutzter Stuhl. An einem Haken an der Wand hing ihr Umhang und darunter lagen ihre hellen Lederschuhe. Das quadratische Aussehen ihres Bettes wurde durch Bettvorhänge aus blauem Samt gemildert, was die Kammer aber nicht weiblicher machte. Keine aufgemalten Girlanden zierten die einfach verputzten Wände und statt Wandteppichen hingen dort ein paar Schilde und ein halbes Dutzend Schwerter und Dolche. Es war die schlichte, ungeschmückte Kammer eines Kriegers.

Er fand, dass Deirdre wie ihre Kammer war – geradlinig und unverblümt. Sie zeigte ihre Waffen offen, dass alle sie sehen konnten, täuschte nichts über ihre Person vor und verschwendete keinen Platz für Frivolität. Er musste ebenso unverblümt ihr gegenüber sein.

Er näherte sich dem Bett und löste seinen Gürtel mit zielgerichteter Muße. Dann wickelte er das Leder um seine Faust und ließ seine Hand an seine Seite fallen; sie schaute flüchtig hin und überlegte offensichtlich, was er vorhatte. Er ließ sie nachdenken. Es war am besten, den Feind im Unklaren zu lassen.

Er ragte über dem Bett und schaute auf sie herab. „Vielleicht habt Ihr mich beim ersten Mal nicht verstanden, Weib. Vielleicht hört Ihr mir jetzt besser zu. Ihr seid meine Ehefrau. Ihr habt mich freiwillig geheiratet. Ihr tragt meinen Ring und Eure Lippen gaben das Eheversprechen." Er sah, wie ihre Hände sich unruhig unter der Bettwäsche bewegten. „Ich werde mir mein Recht nicht verweigern lassen."

Eine gefährliche Braut

Er wollte fortfahren und ihr sagen, dass er trotz dieses Rechts ihrer Schwester ein Versprechen gegeben hatte und in Übereinstimmung mit seiner Ehre als Ritter würde er Deirdre nicht gegen ihren Willen nehmen. Trotz der Lüsternheit, die in ihm tobte, würde er nachgeben, wenn sie sich ihm verweigerte.

Aber sie gab ihm keine Gelegenheit, auch nur ein Wort zu sagen.

So flink wie ein Fuchs auf der Jagd griff sie unter das Kissen auf ihrem Bett und zog einen Dolch hervor.

Gott sei Dank stürzte sie sich nicht auf ihn. In dem Fall hätte er instinktiv mit der Faust zugeschlagen und ihre Hand gebrochen, wobei ihr Messer in der gegenüberliegenden Wand gelandet wäre. Glücklicherweise schwang sie die Waffe nur vor sich und ihr Blick war eine stille Drohung, die so kalt wie der Stahl der Klinge war.

So überrascht er von ihrer heftigen Reaktion auch war, änderte er doch seine Bewegungen schnell zu Unbekümmertheit, als würde sie eine Feder schwingen und er fuhr fort, das Leder um seine Faust auf- und abzuwickeln.

„Ich meine mich zu erinnern, dass Ihr zuvor in der großen Halle einen Handel vorgeschlagen habt – die Bußstrafe Eurer Schwester auf Euch zu nehmen."

Sie schwieg, aber er bemerkte ein unsicheres Flackern in ihren Augen.

„Und doch seht Ihr äußerst unwillens aus, diese Bußstrafe jetzt über Euch ergehen zu lassen." Er blickte kurz auf die glänzende Klinge. „Tatsächlich scheint Ihr mit der bescheidenen Jungfrau, die mit mir vorhin gehandelt hat, die mich anflehte, ihr Opfer anzunehmen und die bereit war, ihren eigenen Körper zu opfern, damit ihre Schwester nicht leiden müsste, nicht mehr viel gemein zu haben.

Stimmt das? Möchtet Ihr Euer Angebot zurückziehen? Soll ich Helena bestrafen?"

„Nay! Nay." Sie runzelte die Stirn und lockerte ihren Griff am Dolch. „Aber warum wollt Ihr mich dann jetzt in unserem Ehebett bestrafen?"

Er hob eine Augenbraue. „Es ist offensichtlich, dass Ihr hier nichts *anderes* wünscht." Er schaute direkt auf ihre Waffe.

Ganz langsam senkte Deirdre ihren Dolch, aber er konnte den inneren Kampf in ihren Augen sehen. Wie es sie frustrierte, ihm nachgeben zu müssen. Aber schließlich hatte sie sich mit ihrem eigenen Wort gebunden und so gab sie schließlich nach.

Aber er war kein Mann, der sich zwei Mal stechen ließ. Er streckte seine Hand nach ihrem Dolch aus. Zögerlich drehte sie die Waffe in ihrer Hand und streckte sie ihm mit dem Griff zuerst hin.

„Ich vertraue darauf, dass Ihr keine weiteren in Reichweite habt", sagte er.

Sie schüttelte den Kopf.

Er nahm den Dolch und mit einer schnellen Bewegung aus dem Handgelenk warf er ihn quer durch die Kammer. Mit einem dumpfen Schlag blieb er in der Eichenkommode stecken.

Aus dem Augenwinkel sah er, dass sie zusammenzuckte, nicht sehr, aber genug, um ihn wissen zu lassen, dass sie ihren Schutzschild noch nicht ganz abgelegt hatte. Sie blickte verstohlen auf den Gürtel, der um seine Hand gebunden war und er wusste, dass sie erwartete, dass er seine Fäuste schon bald an ihr gebrauchen würde.

Colin hätte bei der Vorstellung gelacht. Pagan hatte noch nie in seinem Leben jemand geschlagen. Er hatte es

Eine gefährliche Braut

nie gemusst. Seine düsteren Blicke reichten aus, dass Diener davon eilten, um seinen Wünschen nachzukommen und Soldaten in ihren Stiefeln zitterten. Aber das wusste Deirdre nicht. Und vielleicht war es am besten, sie im Zweifel zu lassen.

Trotz ihrer grausigen Erwartungen zitterte sie nicht vor Angst oder verlor ihre Würde, sondern gab ihm nur diesen direkten Rat: „Macht, was Ihr wollt. Aber achtet darauf, Sir, nicht Eure Beherrschung zu verlieren und Eure Kraft zu vergessen. Eine tote Ehefrau nützt Euch nichts."

Angesichts dieser Direktheit und ihrem erstaunlichen Mut, konnte Pagan seine Vortäuschung von Bedrohung nicht aufrechterhalten. Seine neue Braut war ungewöhnlich heldenhaft und sein Herz wurde von einem seltsamen Gefühl des Stolzes erfüllt. Und so absurd der Gedanke auch schien, er überlegte wieder, was für ein großartiger Soldat sie sein würde.

Aber als sein Blick dahin viel, wo ihre goldenen Locken sich verschoben hatten, um die zarte, rosa Spitze ihrer Brust zu offenbaren, verschwanden alle Gedanken an Schlachten wie Asche im Wind. Langsam wickelte er das Lederband ab und legte es auf den Tisch am Bett.

Nay, er hatte an eine andere Art von Strafe gedacht, eine Strafe, die ihm zuerst eingefallen war, als er die Schnittwunde, die sie ihm mit ihrem Schwert zugefügt hatte, verband und dann hatte er sie in der Kapelle perfektioniert, als er seine Lippen auf ihre bei der ersten Inbesitznahme legte. Das einzige Leiden, das sie in dieser Kammer würde aushalten müssen, würde von ihrer eigenen Leidenschaft herrühren.

„Oh, Mylady, in dieser Nacht teile ich nicht den Tod aus", sagte er kryptisch, „sondern das Leben."

Während sie ihn misstrauisch anschaute, öffnete er seinen Plaid an der Schulter und warf ihn über den Stuhl. Er bemerkte, dass die Knöchel an ihren Händen weiß waren, da sie die Decke fest umklammerte und er runzelte die Stirn. Aye, er wollte sie für ihre Missachtung bestrafen, wollte sie lehren, wer der Herr war. Aber er wollte dies mit seiner eigenen Art der Folter erreichen und nicht mit Angst oder Schmerzen. Es würde ihm keine Freude machen, wenn sie nicht in Bestform war.

„Ihr habt Angst vor mir", stachelte er sie an.

„Nay", sagte sie. „Ich verachte Euch."

„Lügnerin."

Sie schaute finster an ihm vorbei, als wollte sie Löcher in die Wand bohren. „Macht kein Spiel aus dieser Sache. Tut es. Macht, was Ihr wollt."

„Ihr werdet nicht kämpfen?"

Sie schüttelte den Kopf einmal.

„Und auch nicht um Hilfe schreien?"

„Ich schreie nicht."

Pagans Lippen verzogen sich zu einem leichten Lächeln. Er würde sie zum Schreien bringen. „Und auch nicht ängstlich ausweichen?"

„Ich habe es Euch doch gesagt. Ich habe keine Angst."

„Und doch stranguliert Ihr die arme Decke mit Euren Fäusten."

Sie ließ den Stoff sofort los.

Er setzte einen Stiefel auf das Bettende, um die Schnüre aufzumachen und er schmunzelte, als sie schnell die Augen abwendete. Er hatte sich noch nicht daran gewöhnt, keine Hose zu tragen, fand aber einige Aspekte der freizügigen schottischen Kleidung recht unterhaltsam.

Als seine Stiefel auf den Boden fielen, zog er seine Jacke

aus und löste die Bänder an dem langen Leinenhemd darunter. Und während er dies tat, schaute Deirdre ihn verstohlen an im Glauben, dass er ihre Blicke nicht bemerken würde und das erfreute ihn ungemein. Sie war nicht so vor Angst betäubt, dass sie ihrer eigenen Neugier über den Mann, den sie geheiratet hatte, nicht nachgeben konnte und das war gut. Er beschloss, ihr ihre Neugier zu lassen und ließ sein Hemd an. Dann zog er einen hohen Kerzenständer zum Bett hin. Für das, was er plante, brauchte er warmes, helles und erleuchtendes Licht.

Deirdre wünschte sich, dass er endlich anfangen würde. Verdammter Wüstling! Was hatte er vor? Es war die reinste Qual, sich auf Leiden gefasst zu machen und dabei nichts über ihre Art zu wissen. Sie konnte Schmerzen aushalten, aber diese Erwartung machte sie wahnsinnig.

Das Schlimmste war, dass es ihr gegen den Strich ging, freiwillig solche Misshandlung auszuhalten. Sie war es gewöhnt zu kämpfen und nicht nachzugeben. Es würde ihrer ganzen Willenskraft bedürfen, dem *Widerstand* zu widerstehen.

Jetzt war er bis auf das Hemd ausgezogen und zog den Kerzenständer heran. Oh Gott! Was für eine Abartigkeit sollte das sein? Wollte er sie mit heißem Wachs foltern? Oder brauchte er das Kerzenlicht, um die von ihm zugefügten Wunden bewundern zu können? Heilige Maria, sie wünschte sich, dass sie ihren Dolch nicht aufgegeben hätte.

„Eure Hände sind ineinander verkrallt", murmelte er und beugte sich nahe zu ihr.

Dieses Mal konnte sie sie nicht einfach lösen. Jeder Nerv war so fest angespannt wie eine Bogensehne. Selbst ihre Stimme war trotz der kühnen Worte angespannt.

„Welche Abscheulichkeit Ihr auch vorhabt", krächzte sie, „bringt sie zu Ende. Ihr haltet mich von meinen Pflichten ab."

Daraufhin lachte er von ganzem Herzen und obwohl es ein angenehmer Klang war, sträubten sich ihre Ohren.

„Ihr habt nur mir gegenüber eine Pflicht heute Nacht", sagte er.

Oh Gott, sie hasste es, wie seine Augen funkelten und er selbstgefällig grinste, während er an ihrem Bett stand. Sie machte die Augen fest zu, um diesen Anblick nicht mehr sehen zu müssen und machte sich bereit für den ersten Schlag.

Fast sofort landete seine Handfläche auf ihrer Wange, aber nicht als Ohrfeige. Stattdessen streichelte er ihren Mundwinkel und strich mit einer Fingerspitze über ihr Ohrläppchen. „Öffnet Eure Augen", bat er sie. „Ich möchte, dass Ihr seht, wer Euch dies fühlen lässt."

Bei Gott, er *war* verkommen. Sie hatte schon von grausamen Männern gehört, welche die Leiden anderer genossen. Sie hätte sich nie vorgestellt, mit einem solchen verheiratet zu sein. Sie zwang sich, ihre Augen zu öffnen und fühlte sich durch ihre Entschlossenheit gestärkt, ihm keine Befriedigung zu geben. Schließlich würde es schon bald vorbei sein und sie musste sich nur ins Gedächtnis rufen, dass sie diese Hölle einzig für ihre Schwester aushielt.

Er nahm die Hand von ihrer Wange. „Ich glaube ... aye." Dann ging er an das Fußende des Bettes. „Ich werde mit Euren Füßen beginnen."

Trotz ihrer Entschlossenheit, ruhig zu bleiben, stiegen Bilder von Dutzenden furchtbaren Foltermethoden in ihr hoch. Würde er auf ihre Fußsohlen einschlagen? Ihre Zehen brechen? Eine Kerze an sie halten?

Langsam zog er die Decke nach unten. Sie hatte sich noch nie so nackt und verletzlich gefühlt.

„Legt Euch hin", sagte er.

Dafür brauchte sie jedes Gramm Selbstbeherrschung, denn auf dem Rücken liegend fühlte sie sich doppelt so hilflos, aber sie tat es. Sie presste die Lippen zusammen und hoffte, dass das ausreichen würde, um ihre Schreie zu stoppen.

Seine Hand legte sich um ihre Ferse und er hob sie leicht an. „Schön", sagte er und streichelte den Fußrücken mit seiner anderen Hand.

Seine Handfläche war warm auf ihrer eisig kalten Haut und sein Streicheln schon fast wohltuend. Aber sie würde sich nicht von seiner Zärtlichkeit ködern lassen. Sie würde nicht von Dauer sein.

„Aber so kalt", murmelte er und nahm ihren Fuß ganz in seine Hände.

Sie hielt die Luft an und wartete, dass er ihre Knochen drücken würde bis sie brachen, oder er ihren Knöchel heftig verdrehen würde. Aber er tat weder das eine noch das andere.

Stattdessen drückte er seine Daumen in ihre Fußwölbung und bewegte sie nach oben, wobei er sie auseinander strich, als er ihren Fußballen erreichte. Ein seltsamer Wärmeschauer rann an ihrem Bein hinauf. Er wiederholte die Bewegung und strich dieses Mal über die Unterseite ihrer Zehen.

„Atmet", sagte er leise. „Ich werde Euch nicht wehtun."

Sie war nicht so naiv, als dass sie ihm geglaubt hätte und sie hoffte fast, dass sie vor Luftmangel ohnmächtig werden würde und so der Qual, die er geplant hatte, entgehen könnte.

Er hörte auf, ihren Fuß zu massieren. „Deirdre, atmet. Ich will Euch nichts Böses. Ich schwöre es auf meine Ehre als Ritter."

Vielleicht sagte er ja die Wahrheit. Ein vertrauter Ritter des Königs würde seine Schwüre der Ritterlichkeit nicht auf die leichte Schulter nehmen. Sie atmete tief durch.

Und was war mit Helenas Bußstrafe? Hatte er nicht gesagt, dass Deirdre dafür ihr eigenes Fleisch als Lösegeld einsetzen könnte?

Als wenn er ihre Gedanken gelesen hätte, murmelte er: „Ich habe vor, meinen Willen heute Nacht mit Euch zu haben so wie jeder andere Mann mit einer neuen Braut. Und Ihr, meine liebe Ehefrau, habt geschworen, keinen Widerstand zu leisten. Was Bußstrafen angeht, so wette ich, dass dies viel schlimmer für Euch wird als Schläge."

Gefühle durchströmten sie so schnell, dass sie kaum Zeit hatte, sie zu spüren. Erleichterung. Erstaunen. Entsetzen. Schock. Demütigung. Zorn.

Der normannische Mistkerl sollte verflucht sein! Er hatte Recht. Sie gab es nur ungern zu, aber er hatte Recht. Seine Streicheleien, seine Zärtlichkeit, seine Verführung ohne Protest auszuhalten würde die reinste Qual werden. Nichts war ihr wichtiger, als selbst die Kontrolle zu haben – über ihre Burg, ihren Körper und über ihre Gefühle. Pagans Vorspiel bedrohte diese Kontrolle. Und doch hatte sie geschworen, es ihm zu erlauben. Verdammt, er hatte sie mit den Banden ihres eigenen Versprechens gefesselt.

Als sie zu Pagan schaute, sah sie wieder das selbstzufriedene Grinsen, den wissenden Blick und sie sehnte sich danach, ihm diese Miene ein für alle Mal aus dem Gesicht zu schlagen. Aber sie hatte ihr Wort gegeben, sich nicht zu wehren.

Eine gefährliche Braut

Aber es gab mehr als einen Weg, seinen Sieg zunichte zu machen. Sie war unterlegen, aber sie würde seine Eroberung nicht leicht für ihn machen. Wenn sie Schmerzen stoisch ertragen konnte, dann konnte sie das auch bei Vergnügen.

„Mit der Zeit werdet Ihr meine Berührung vielleicht willkommen heißen."

Niemals, dachte sie, ignorierte ihn und starrte an die Decke, wobei sie entschlossen war, an etwas anderes als dieses Martyrium zu denken. Im Geiste begann sie, das Alphabet durchzugehen.

Pagan griff wieder nach ihr und seine Hand umfasste zärtlich die Innenseite ihrer Fessel. A wie achtsames Lockern der Muskulatur ihrer Fessel.

Sie biss die Zähne angesichts des Gefühls zusammen. B wie Bastard, dachte sie. Und Bestie und ...

Berauschendes Wonnegefühl.

Denn irgendwie und trotz seiner ... C wie chronische Schwielen, waren seine Hände unglaublich zart, während sie die winzigen Muskeln zwischen den empfindlichen Ballen ihrer Zehen lockerten.

Einen Augenblick verlor sie die Konzentration und runzelte dann die Stirn, um sie zurückzugewinnen. D für doch sollte er verdammt sein. Dreckiger Teufel. Dämon.

Deliziöses Verlangen.

Nay, nicht Verlangen.

E für Entfliehen und entfleuchen.

F für ... für ...

„Kämpft nicht gegen mich, Deirdre. Kämpft nicht gegen Euer eigenes Vergnügen." Seine geschickten Finger schienen den Willen aus ihr heraus zu kneten.

Fechten.

Fallen.

Famoses Scheitern.

Ihre Augenlider senkten sich, als er sich zu ihrem anderen Fuß bewegte und seine Zauberkunst auch dort vollführte.

G... ihr fiel nichts mehr ein. Sie konnte überhaupt nicht mehr denken. Niemand hatte sie je zuvor so berührt – auf eine Art und Weise, bei der die Wärme wellenartig durch ihr ganzes Bein strömte.

Seine Hände bewegten sich dann hoch zu ihren Waden und drückten ihre schmerzenden Muskeln dort. Aber der leichte Schmerz war lindernd, als wenn seine Berührung dazu diente, sie zu heilen.

„Tut das weh?", fragte er.

Sie schaute finster. Nay. Es war ... himmlisch, H. Aber das würde sie ihm nicht sagen.

Es war faszinierend, wie er den richtigen Druck, der angewendet werden musste, schätzen konnte, gerade genug, um Funken, aber keine Schmerzen auf ihrer Haut zu verursachen.

Als er mit ihren Waden fertig war, arbeitete er sich hoch zu ihren Oberschenkeln und drückte mit seinen Händen langsam gegen die langen Muskeln, bis diese unter seinem beständigen Druck zu schmelzen schienen. Immer wieder strich er mit der Hand nach oben und obwohl seine Berührung sie schlaff machte, war sie doch seltsam energiespendend.

Erst als er aufhörte, merkte sie, dass ihre Augen halb geschlossen waren. Sie riss sie weit auf.

Dann ergriff er eine ihrer Hände und sie fing an, diese wie zur Verteidigung zurückzuziehen.

„Kämpft nicht gegen mich", erinnerte er sie.

Zögerlich ließ sie ihn ihre Hand wieder ergreifen und konzentrierte ihren Blick wieder auf die Decke. Wo war sie stehen geblieben? *G? H? I ... I ...*

Aye. Irgendwie tauchen seine Fingerspitzen in die Zwischenräume zwischen ihren Fingerknöcheln ein, in die Stellen der Anspannung, von denen sie gar nicht wusste, dass sie diese hatte.

„Hier offenbart Ihr Eure Gefühle, Eure Anspannung", sagte er zu ihr. „Eure Fäuste verraten Euch."

Das war Unsinn, dachte sie. Sie hatte jahrelange Übung im Verbergen von Gefühlen.

Aber als er in das Fleisch zwischen ihrem Daumen und Zeigefinger drückte, atmete sie heftig ein, während der Schmerz durch ihren Arm schoss. Er lockerte seine Berührung und umkreiste den Bereich vorsichtig, bis der Schmerz nachließ.

„Versteht Ihr?"

Sie wollte es nicht verstehen. Während er sich langsam an ihren Armen und über ihre Schultern hocharbeitete, spürte sie, dass er mehr tat, als nur ihre Muskeln zu lockern. Er schwächte ihre Rüstung. Und so wunderbar es sich auch anfühlte, so angenehm seine Berührung auch war, wagte sie es doch nicht, ihre Verteidigung von ihm auflösen zu lassen und sich ihrer Kontrolle berauben zu lassen. Sie war Schottin, rief sie sich ins Gedächtnis – stark und abgehärtet – und keine verwöhnte Normannin mit einem parfümierten Pferd.

Sie stählte sich gegen das göttliche Gefühl, als seine Finger auf die steifen Sehnen ihrer Schultern drückten und sie fragte bissig: „Seid Ihr bald fertig?"

KAPITEL 10

Pagan hielt inne bei seinen Bemühungen. Jeder andere Mann wäre von ihrer frechen Frage verletzt gewesen. Fertig?

Aber er wusste es besser. Frauen *liebten* sein Streicheln. Sie stöhnten bei seiner Kraft und seufzten über seine zarten Berührungen. Deirdre konnte nicht anders, als das zu genießen, was er hier tat.

Aber sie war schließlich anders als jede Frau, die er jemals gekannt hatte. Deirdre war eine Kriegerin. Eine Kämpferin. Es war unwahrscheinlich, dass irgendein Mann sich jemals getraut hatte, Hand an sie zu legen, ob zärtlich oder auf andere Art und Weise. Solch einer Handhabung zu unterliegen, versetzte sie wahrscheinlich in Panik, sich verteidigen zu müssen.

Bald fertig?

„Nay", versicherte er ihr und war entschlossen, dass seine Geduld den Sieg davon tragen würde. „Ich habe gerade erst angefangen."

Natürlich bedeutete Geduld, dass sein eigenes steigendes Verlangen eingeschränkt würde; dies war nicht einfach, wenn man die Schmerzen in seinen Lenden bedachte. Tatsächlich war er erstaunt über sein tiefempfundenes Verlangen. Seit seinem ersten Beiliegen hatte er sich nie wieder so gefährlich nahe einem Kontrollverlust gefühlt. Allein der Anblick seiner Braut reichte, um sein Gemächt zu erregen. Ihre seidene Haut zu berühren hatte seine Leidenschaft angeheizt, bis das Blut in seinen Adern kochte. Und jetzt, während er sich über ihrem geschmeidigen, reifen, perfekten Körper bewegte, ein Körper, der von Rechts wegen nur ihm allein gehörte, dann aye ... bei Gott, reichte es, um ihn wahnsinnig vor Gier zu machen.

Aber auch wenn sie einen starken Willen hatte, seiner war noch stärker. Er war ein erfahrener Liebhaber. Sie war ein Neuling. Wenn er es so lange aushalten könnte, würde er den Tagessieg davontragen.

Er strich mit den Fingern durch ihr Haar, umfasste ihren Hinterkopf mit einer Hand und drehte ihn so, dass sie gezwungen war, ihn anzuschauen. Die Wahrheit stand in ihren Augen. Verlangen machte ihren Blick verschwommen und ganz gleich, wie sehr sie es mit Worten leugnete, das Wissen, dass er sie dieses Gefühl durch seine Berührung hatte spüren lassen, machte ihn wahrlich stolz.

„Küsst mich", flüsterte er.

„N -"

Zu ihren Gunsten musste man sagen, dass sie das Wort nicht zu Ende sprach, aber Panik flackerte trotzdem in ihren Augen auf. Sie kannte ihre Schwächen. Sie hatte ihren letzten Kuss genossen. Und er drohte, dass sie den nächsten auch genießen würde.

Er senkte seinen Blick auf ihren Mund, bewegte sich langsam nach unten, bis er nah genug an ihr war, um ihren Atem wie die Flügelschläge eines Falters auf seinem

Gesicht zu spüren. „Küsst mich."

Zuerst reagierte sie nicht, aber er hatte die Früchte ihrer Lippen bereits in der Kapelle geschmeckt. Er kannte ihre Fähigkeit, leidenschaftlich zu sein.

Es dauerte nicht lange. Er legte seinen Mund auf ihren, lockte sie mit seiner Zunge und teilte ihre Lippen, um zu den entzückenden Nischen darin zu kommen. Bei dieser zärtlichen Störung hielt er sie ruhig und stieß träge mit seiner Zunge zu, um die darauffolgende Verpaarung zu imitieren. Aber obwohl sie ihm bereitwillig nachgab, ihren Kiefer entspannte, ihre Augen schloss und leise stöhnte, widersetzte sich immer noch ein Teil von ihr. Ihre Fäuste drückten gegen seine Schultern, während sie vergeblich versuchte, ihm zu entkommen.

Ruhig, vorsichtig und ohne ihren Kuss zu unterbrechen ergriff er eines ihrer Handgelenke und zog ihren Arm hoch, bis er auf dem Polster über ihrem Kopf lag. Während sie halb protestierend quäkte, zog er den anderen Arm dazu und hielt beide unter einer Hand fest. Sie hatte vielleicht geschworen, sich nicht zu widersetzen, aber bei dem, was er vorhatte, konnte sie für ihren Fluchtinstinkt nicht zur Rechenschaft gezogen werden.

Mit seiner freien Hand glättete er ihre verärgerte Stirn und streichelte ihre samtweiche Wange. Er umfasste ihren schmalen Hals und spürte unter seinem Daumen und den Fingern, wie sich ihr Puls erhöhte und dann bewegte er seine Hand nach unten und hielt bei dem silbernen Thorshammer inne. Ihre Brust hob und senkte sich jetzt immer schneller, als ihr klar wurde, was er vorhatte.

Zögerlich zog er seine Lippen zurück und drehte ihr Gesicht zur Seite, um in ihr Ohr zu flüstern. „Ich weiß, dass Ihr dies wollt. Ich weiß, dass ihr Euch nach meiner

Eine gefährliche Braut

Berührung sehnt. Euer Fleisch sehnt sich nach der Berührung meiner Hand."

Sie keuchte und während er sanft in ihr Ohr atmete, zeichnete er ihr Schlüsselbein nach und ließ dann seine Handfläche über eine Brust gleiten, wobei er ihre zarte Brustwarze mit seinem Mittelfinger umkreiste. Als Reaktion darauf wurde sie hart und trieb seine eigene Lust weiter an und dann erhaschte er einen Blick auf die perfekte Knospe, die im Kerzenlicht in goldenes rosa getaucht war. Heilige Maria, gab es etwas so Verführerisches wie die Silhouette der erregten Brustwarze einer Frau? Aye, dachte er – das Wissen, dass er dies verursacht hatte.

So sehr Deirdre es auch versuchte, sie konnte ihren Körper nicht dazu bringen, nicht zu reagieren. Pagans warmer Atem und seine furchtbaren Versprechen fanden den Weg in ihr Ohr und sandten gleichzeitig Schauer des Entsetzens und des Vergnügens durch sie hindurch. Als seine Hand über ihre Brust strich, beugte sie sich reflexartig und drückte ihre Brust schon fast in seine Handfläche. Und als er ihre empfindliche Brustwarze zärtlich zwischen seine Finger nahm, durchfuhr eine Hitze sie wie ein Blitz und sie brauchte ihre ganze Selbstbeherrschung, dass sie keinen Laut von sich gab.

„Oh aye, Mylady", murmelte er gegen ihre Wange, „seht doch, wie Ihr auf meine Berührung reagiert."

Nay, wollte sie schreien, aber das wäre eine Lüge gewesen. Und als sich seine Hand zu ihrer anderen Brust bewegte, konnte sie in Erwartung der Berührung kaum atmen.

Aber er hielt inne.

„Schaut", flüsterte er.

Sie drückte ihre Augen fest zu und schüttelte den Kopf. Es war demütigend genug, dass ihr Körper sie verriet. Sie wollte nicht sehen, wie seine Hand auf ihrer Brust lag, als wäre sie sein Eigentum.

„Schaut", lockte er sie.

Er brauchte sie nicht daran erinnern, dass sie ihr Wort gegeben hatte, sich ihm nicht zu widersetzen. Sie war ehrenhaft genug, sich selbst daran zu erinnern. Aber es war das schwerste, was sie jemals getan hatte, dass sie ihre Augen öffnete und den Verrat ihres eigenen Körpers beobachtete und sie errötete vor Scham.

Seine Finger sahen riesig und dunkel auf ihrer blassen Haut aus. Es war ein Wunder, dass er sie mit seinen Riesenpfoten nicht verletzte. Aber während sie im flackernden Licht zuschaute, wie sein Daumen ihre Brustwarze zärtlich umkreiste, wie eine Amme ein Baby zum Saugen lockt, sah sie, wie er sie mit einem leichten Schnipsen zum Leben erweckte.

Sie keuchte und einen kurzen, furchtbaren Augenblick lang trafen sich ihre Blicke. Dann drehte Deirdre ihren Kopf zur Seite und war zu aufgewühlt und zu gedemütigt, um ihn anzuschauen.

„Aye, Liebling, seht, was ich mit Euch machen kann", krächzte er. „Jetzt fühlt, was Ihr mit mir gemacht habt." Er drückte sich fest an sie, bis sein Leinenhemd über ihren Oberschenkel fiel. Durch das Leinen spürte sie die glühende Länge seines Gemächts, das hart und bedrohlich war.

Instinktiv versuchte sie sich von seinem Griff zu befreien, aber er ließ nicht locker.

„Gebt es zu. Ihr seid hilflos gegen das Verlangen."

Seine Worte stachelten ihren Zorn noch mehr an.

Eine gefährliche Braut

Niemand nannte Deirdre hilflos. Sie war nur aus Ehrgefühl hier, nicht aus Verlangen.

Als wollte er genau diese Entschlossenheit testen, sagte er: „Ihr kämpft gegen mich an. Möchtet Ihr Euer Angebot zurückziehen? Ist der Preis zu hoch für die Freiheit Eurer Schwester?"

Sie warf ihm einen vernichtenden Blick zu, ein Blick, der die meisten Männer dazu trieb, in Deckung zu gehen. „Niemals."

Sein Gesicht verzog sich zu einem seltsamen, fast mitleidigen Lächeln und er ließ sich herab, bis er auf dem Bett neben ihr lag, wobei er ein Bein über ihre legte. Das Leinen fühlte sich gefährlich dünn an zwischen ihnen und sie konnte die Konturen seiner muskulösen Brust und Oberschenkel und seines obszönen Dolchs, mit dem er sie aufspießen wollte, spüren.

Aber noch war es nicht so weit. Scheinbar hatte er erst noch andere Verderbtheiten vor. Er strich mit einem Finger langsam über die Mitte ihres Halses in die Vertiefung, wo ihr Puls pochte, dann weiter nach unten zwischen ihre Brüste. Aber dieses Mal hörte er dort nicht auf. Er drehte seine Hand und fuhr entlang ihres Bauches fort, wobei er kurz in ihren Nabel eintauchte und dann weiter, bis seine Finger zu der Stelle kamen, wo ihre weibliche Behaarung begann.

Er schnüffelte wieder an ihrem Ohr. „Ihr verspürt einen Schmerz zwischen Euren Oberschenkeln, nicht wahr?"

„Nay", log sie.

„Oh aye, er ist da", versicherte er ihr und seine Finger neckten sie entlang des Randes ihrer Locken.

Im Stillen verfluchte sie ihn dafür, dass er wusste, was er ihr antat.

Dann stupste er gegen ihren Kopf und drehte seinen so, dass er ihren Mund erwischen konnte. Dieses Mal war sein Kuss liebevoll und zärtlich.

Aber wie ein Jäger einen Hirsch lockt, während er sie mit kleinen Küsschen umwarb, stahl sich seine Hand heimlich über ihre weibliche Erhebung. Erst als seine Hände kühn ihre unteren Lippen spreizten, merkte sie, wie viel er sich traute. Aber er war auf ihre Rebellion vorbereitet. Er bemerkte ihr schockiertes Stöhnen und seine andere Hand verstärkte den Griff an ihren Handgelenken.

Sein schweres Bein machte sie unbeweglich, während er mit seinen Abartigkeiten fortfuhr und die Stelle zwischen ihren Oberschenkeln streichelte, drückte und umkreiste, bis sie dachte, dass sie in seinen plündernden Mund schreien würde. Und dann berührte er sie, wo sie sich am meisten wünschte, dass er es nicht tun würde, denn es brachte ihren Körper dazu, sich von allein und unkontrolliert nach oben zu beugen.

„Gut", murmelte er an ihrem Mund. „Aye, dort."

Als er es einmal gefunden hatte, wollte er nicht mehr locker lassen. Während ihr Körper sich in bittersüßen Qualen wand, streichelte er sie immer wieder und schlüpfte nasse, warme Fingerspitzen entlang der geschmeidigen Falten ihrer geheimsten Stelle.

„Und hier", atmete er und steckte einen Finger zum Teil in sie hinein, während sein Daumen fachmännisch über den Mittelpunkt ihres Verlangens tanzte.

Während sie sich unter seiner Pflege wand, schien ein Nebel um sie herum aufzusteigen, eine weiche Wolke namenlosen, wachsenden Vergnügens, die ihren Blick, ihre Gedanken und ihren Widerstand verschleierte. Plötzlich spürte sie keinen Kampf, keine Erinnerung und keinen eigenen Willen mehr. Es gab nur diesen Punkt, dieses Gefühl, dass sich erhöhte, entwickelte und fokussierte. Alles andere wich zurück in einem vagen Dunst.

„Aye. Mylady. Das ist es. Aye."

Seine Stimme durchstach den Nebel gerade lange genug, dass sie sich erinnern konnte. Aber jetzt war es zu spät. Sie war in die Falle geraten. Sie war jenseits von Hilfe. Zu ihrem Entsetzen konnte sie keinen Widerstand mehr leisten. Als wenn ein teuflischer Wind sie hochgehoben und durch die Luft geworfen hätte, wurde sie auf eine himmlische Ebene geschleudert, wo sie sich nur noch festhalten und vor Verwunderung aufschreien konnte.

Eine Welle nach der anderen durchfuhr sie und raubte ihr ihre Sinne und Kontrolle und sie zitterte angesichts ihrer Macht und schlug so heftig auf das Bett ein, dass sie Angst hatte, aus dieser Welt zu taumeln.

Eine Welle eines primitiven Bedürfnisses durchfuhr Pagan, während er beobachtete, wie Deirdre sich beugte, heulte und in den Qualen ihrer Erlösung erschauerte, wobei sie ihre Hände in seinen zu Fäusten geballt hatte und ihr Gesicht von wundersamen Schmerzen verzogen war. Gott, er wollte sie jetzt! Während sie sich in ihrem Höhepunkt wand. Während sie vor Vergnügen schrie. Bevor sie fertig war und zurück zur Erde schwebte.

Das Warten war unerträglich.

Aber er würde warten. Er war ein Mann, der zu seinem Wort stand. Also schmachtete er in unverbrauchter Lüsternheit.

Schließlich schnüffelte er an ihrem Hals. „Ihr habt Euch nicht widersetzt. Ihr habt Euer Wort gehalten. Dafür erweise ich Euch Ehre." Schweißtropfen standen ihm auf der Stirn, während er die Worte sprach, die er noch sagen musste. „Jetzt werde ich mein Wort halten." Er streckte die Hand vor und strich eine feuchte Locke hinter ihr Ohr. „Ich habe Eurer Schwester geschworen, dass ich Euch nicht gegen Euren Willen nehmen würde." Er legte die Rückseite seiner Hand an ihren Hals, wo ihr Puls raste. „Wenn Ihr diese Verbindung in Eurem Herzen nicht wollt, dann sagt es jetzt. Denn ich warne Euch, Mylady, nichts anderes wird die Flammen meines Verlangens löschen."

Deirdre schämte sich. Sie fühlte sich völlig beschämt. Und gedemütigt. Und entsetzt. Und es war ihr peinlich. Und eine Million weiterer Arten von Demütigung, die sie noch nie zuvor ausgehalten hatte. Aye, sie war auch in der Vergangenheit schon besiegt worden, aber das war auf dem Schlachtfeld und nicht in ihrer eigenen Kammer und niemals durch ihre eigenen Intrigen. Gegen ihren eindrucksvollsten Feind hatte ihr Körper sie verraten. Sie hatte die Kontrolle völlig verloren.

Am Schlimmsten war, dass sie immer noch einen wilden, unerklärlichen, ungestillten Hunger nach dem hinterhältigen Mistkerl verspürte. Ihre verfluchten Lenden zitterten immer noch vor Verlangen. Ihre Brüste sehnten sich nach seiner Berührung. Ihre Lippen fühlten sich ohne seinen Kuss absurderweise nackt an.

Selbst während sie da lag und ihn verabscheute, brannte ihr Fleisch nach seiner Liebkosung.

Aber dieser Sehnsucht konnte sie nicht nachgeben. Deirdre von Rivenloch gab *niemals* nach. Das war eine Lektion, die sie auf die harte Art und Weise auf dem Übungsplatz gelernt hatte. Pagan hatte sein Schwert abgelegt und ihr die Hand gereicht, um den Kampf zu beenden und dabei seine Kapitulation angeboten. Bei Gott, sie würde sie annehmen.

Ihr Herz schlug heftiger als der Hammer eines Waffenschmieds. Aber sie brachte den Mut auf, in seine vor Verlangen glasigen Augen zu starren, um das zu sagen, von dem ihr Körper wünschte, dass sie es nicht täte: „Ihr sollt Folgendes wissen, Sir." Ihre Stimme brach. „Ich widersetze mich nicht, weil ich Euch mein Wort gegeben habe. Aber ich liege weder diese noch irgendeine andere Nacht freiwillig bei Euch."

Seine Lider glätteten sich und es schien, als würden sich langsam Eisstückchen in seinen Augen kristallisieren. Aber sein kalter Blick war trügerisch, denn in seinem Kiefer spannten sich Muskeln abwechselnd an und ließen wieder los und hinter den silbrigen Gewitterwolken in seinen Augen braute sich ein heftiger Sommersturm zusammen.

„Wie Ihr wünscht", knurrte er wütend.

Dann ließ er sie los und zog sich zurück. Sie hätte erleichtert sein sollen. Aber sie traute dem stillen Zorn in seinem Gesicht nicht. Vorsichtig griff sie nach dem Leinentuch und zog es hoch bis zu ihrem Kinn und zum ersten Mal in ihrem Leben fühlte sie sich unbehaglich in ihrer eigenen Nacktheit.

Er wandte sich zum Feuer, wo rote Kohlen im Kamin glühten und seine gefährliche Stimmung spiegelten. Am Heben und Senken seiner Schultern sah sie, dass er versuchte, seine Atmung unter Kontrolle zu bringen. Und vielleicht sein Temperament.

Nach einer bedeutungsschwangeren Stille wandte er sich wieder zu ihr um und seine Miene war unergründlich. Dann griff er nach unten und zog sein Hemd über seinen Kopf.

Einen kurzen, schrecklichen Augenblick lang dachte sie, dass er seine Meinung geändert hätte, seinen Schwur brechen wollte und sich ihr aufzwingen wollte. Aber seine Augen waren dunkel vor Resignation und nicht Vergeltung.

Und im nächsten Augenblick merkte sie, dass ihr Blick unfreiwillig über die großartigen Konturen seines nackten Körpers glitt. Das goldene Kerzenlicht betonte jeden beeindruckenden Muskel und Deirdre sah, dass er kräftiger gebaut war als jeder der Ritter von Rivenloch. Seine Schultern waren breit, seine Arme kräftig und seine Brust gewaltig. Kein Wunder, dass er sie so leicht hatte überwältigen können. Und bevor sie den Blick eilig abwandte, sah sie weiter unten sein immer noch erregtes Gemächt, das aus seinem Nest aus dunklem Haar hervorragte.

Ihre Haut wurde warm und ihr stockte der Atem. Bei den Heiligen, aber er war der schönste Mann, den sie je gesehen hatte. Entgegen ihrem Willen begann das Kribbeln wieder zwischen ihren Beinen. Verdammt! Trotz Vernunft, trotz ihrer guten Absichten war sie vom Anblick Pagans bewegt.

Das konnte nicht sein!

Vielleicht hatte er sie verzaubert und sie beide so aneinandergebunden. Oder vielleicht war es auch nur eine vorübergehende Krankheit, die jeden Augenblick wieder vorbei sein könnte. Aber in diesem Augenblick wollte sie ihn wiederhaben, sollte ihre schwache Seele doch verflucht sein.

Er warf sein Hemd schroff beiseite. Als wäre sie gar nicht da, riss er die Leinentücher vom Bett. In Verteidigungshaltung zog sie die Knie hoch. Und dann tat er etwas äußerst seltsames. Knurrend zog er heftig den

Verband von seiner Brust und legte die Wunde frei, die sie ihm zugefügt hatte und die sich wieder öffnete. Frisches Blut lief aus dem Schnitt. Schnaufend ließ er es hervorquellen und wischte dann die Wunde mit den Betttüchern ab.

Das Blut einer Jungfrau. Natürlich. Es würde aussehen, als wenn sie die Ehe vollzogen hätten. Deirdre verspürte ein schlechtes Gewissen, als sie auf Pagans wieder geöffnete Wunde blickte. Es war ritterlich von ihm. Sie hätte erwartet, dass er ihr in den Finger stach, um das Blut zu erhalten oder angesichts des stillen Zorns in seinen Augen, dass er ihr die Kehle durchschnitt.

Aber er rührte sie nicht wieder an und sprach auch nicht mit ihr. Nachdem er im Zimmer herumgegangen war und alle Kerzen gelöscht hatte, legte er sich neben sie ins Bett, zog die Decken hoch und drehte sich von ihr abgewandt auf die Seite.

Sie hätte zufrieden mit sich sein sollen. Sie hatte das Scharmützel gewonnen. Aye, ihr Stolz war ziemlich verletzt, da Pagan ihren eigenen Körper gegen sie eingesetzt hatte. Aber hatte sie am Schluss nicht triumphiert? Schließlich hatte sie ihn davon abgehalten, ihre Ehe zu vollziehen. Sie hatte den Tagessieg davongetragen.

Aber warum fühlte sie sich dann so unbehaglich?

Weil ihr klar wurde, dass sie es nicht gewesen war, die ihn aufgehalten hatte. Obwohl es sie schmerzte, dies zuzugeben, hatte sie gewollt, dass er weitermachte. Nay, er hatte sich ehrenvoll verhalten, seinen Schwur eingehalten und ihr erlaubt, sich zurückzuziehen. Wenn er nicht so standhaft ritterlich gewesen wäre, würde sie genau jetzt unter seinen zustoßenden Hüften liegen.

Verdammt! Die Wirklichkeit war so bitter wie abgestandener Wein. Obwohl Pagan arrogant und gefühllos war, musste sie der Wahrheit ins Auge sehen. Ihr neuer Ehemann war ein Mann mit unerschütterlicher Ehre.

Pagan klopfte sich das Kopfkissen zurecht. Sein Ansporn sollte verflucht sein. Dieses eine Mal wünschte er sich, dass seine Ritterlichkeit sich abgewandt hätte. So wahr ihm Gott helfe, er sehnte sich danach, seine neue Braut an sich zu reißen, ob freiwillig oder nicht und seinen schmerzenden Schwanz tief in ihr samtiges Fleisch zu stoßen.

Es war nicht gerecht. Sie sollte ihm gehören. Es war sein Recht, sie in dieser Nacht mit Leib und Seele für sich zu beanspruchen. Lieber hätte er sich die Zunge abgebissen, als dieses verdammte Versprechen preiszugeben.

Aber er war so sicher gewesen, dass Deirdre ihm erliegen würde. Frauen erlagen *immer* seinen Verführungskünsten. Er war eben verdammt gut darin.

Irgendwie hatte das sture Weib es geschafft, davon unbewegt zu bleiben. Es war unvorstellbar.

Er hatte gehofft, dass das Öffnen seiner Wunde seine Lüsternheit mäßigen würde. Aber in seinen Lenden pochte es gnadenlos und erinnerte ihn daran, dass er es nicht wagen konnte, die Schmerzen in dieser Nacht zu lindern, indem er zwischen den Oberschenkeln einer anderen Frau eintauchte. Nicht heute Nacht. Nay, er war schließlich der Bräutigam der Burgherrin und es würde bei den Leuten von Rivenloch nicht besonders gut aussehen, wenn ihr neuer Vogt sich in seiner Hochzeitsnacht von seinem Ehebett entfernte.

Falls Deirdre morgen immer noch ihr Widerstandsspielchen spielen wollte, würde er sich ein schottisches

Eine gefährliche Braut

Weib mit gutem Gebiss suchen, um sein Bett zu wärmen.

Er runzelte die Stirn in der Dunkelheit und überlegte, ob das möglich war. Er hatte hier keine Frau gesehen, die man mit Deirdre vergleichen konnte. Nicht nur war sie schön, sie war auch voller Leben, Weisheit und Schlagfertigkeit. In der Tat, obwohl es ihn ärgerte, dass er bei seinem Liebesspiel zurückgewiesen worden war, musste er Deirdre doch für ihre Willenskraft selbst gegen ihr eigenes Verlangen bewundern. Es war ungewöhnlich bei einer Frau, zumindest bei den Frauen, die er kannte. Wenn sie je beschloss, freiwillig bei ihm zu liegen, war er sich sicher, dass sie eine vollkommen engagierte Liebhaberin sein würde. Das wäre eine Nacht nie dagewesener Ekstase.

Aber jene Nacht war nicht *diese* Nacht. Diese Nacht würde lang und schmerzhaft und leer und elend sein.

KAPITEL 11

Stunden später drehte Deirdre sich verärgert auf dem Bett und holte sich die Decke zurück, die Pagan in Besitz genommen hatte. Es war unmöglich zu schlafen, wenn jemand anderes den größten Teil des Bettes besetzte. Insbesondere, wenn diese Person so verdammt zudringlich war.

Sie rief sich ins Gedächtnis, dass er noch viel zudringlicher hätte sein können. Und obwohl sie nicht darüber nachdenken wollte, würde er es in irgendeiner Nacht auch sein. Sie war nicht so dumm, als dass sie geglaubt hätte, dass das niemals passieren würde, dass sie ihren Ehemann für immer in Schach halten könnte. Schließlich war es ihre Pflicht, Erben für Rivenloch zu produzieren.

Aber für den Augenblick war ihre Kammer nur ein weiterer Ort der Kontrolle für ihn, einer, an dem er den Sieg für sich beanspruchen konnte. Schon jetzt spürte sie, wie ihr die Herrschaft entglitt, da er sich in ihre Verwaltung einmischte, ihr seine Leute aufbürdete, ihre Diener herumkommandierte und Änderungen an der Burg plante. Zumindest in ihrem Bett hatte sie es geschafft, die Oberhand zu behalten. Bis jetzt.

Eine gefährliche Braut

Trotzdem überlegte sie, wie lange er ihre Verweigerungen ertragen würde. Schlimmer noch, sie überlegte, wie lange sie sich verweigern könnte.

Pagans Habsucht bezüglich der Decke war nicht das Einzige, was sie wach hielt. Ihr eigenwilliger Geist sollte verflucht sein, aber sie konnte nicht aufhören, über seinen perfekt geformten Körper, den natürlichen Fall seiner Haare und seinen sinnlichen, glühenden Blick nachzudenken. Sie erinnerte sich in allen Einzelheiten, wie sich seine Hände auf ihrer Haut angefühlt hatten, sie streichelten, ihre Schmerzen linderten und sie erregten und wie seine Lippen ihr in einem Kuss alle Sorgen genommen hatten. Selbst jetzt hallte sein sinnliches Geflüster noch in ihren Gedanken. Die ganze Nacht erlebte sie die intensiven Gefühle, in die er sie eingeführt hatte, erneut. Wie sein Daumen ihre Brustwarze lockte, seine warme Zunge ihren Mund erfüllte und seine Finger an ihren geheimsten Stellen tanzten. Ganz gleich, wie sehr sich ihr Verstand gegen den furchtbaren Gedanken einer Kapitulation sperrte, schmerzte ihr Körper die ganze Nacht wegen des heftigen Hungers, mit dem er sie verlassen hatte. Es war eine Folter der schlimmsten Art.

Denn am meisten überlegte sie, welches weitere Vergnügen sie verpasst hatte, weil sie ihn hatte aufhören lassen.

Es war noch nicht hell, als Deirdre beschloss, dass sie nicht mehr im Bett liegen könnte. Obwohl er sie nicht berührte, war die Hitze, die Pagans Körper ausstrahlte, spürbar und sie verursachte ein unnatürliches Kribbeln auf ihrer Haut, das sie wachhielt und kratzbürstig machte. Es gab nur einen Weg, eine solche wechselhafte Stimmung zu entschärfen.

Leise kroch sie aus dem Bett. In der Dunkelheit zog sie

ihre Unterwäsche an und holte ihr Kettenhemd aus ihrer Rüstungskiste. Sie nahm sich ihren Dolch, wog die Klinge in ihrer Hand und überlegte einen Augenblick lang, wie töricht es von Pagan gewesen war, ihn in ihrer Reichweite zu lassen. Sie hätte ihn im Schlaf erdolchen können. Aber es lag nicht in ihrer Natur, einen wehrlosen Mann anzugreifen. Er musste das wissen, denn er schnarchte auf dem Bett so behaglich wie ein Hund zu Füßen seines Herrn.

Sie warf noch einen Blick auf ihren schlafenden Bräutigam, der sich nicht bewegt hatte, und von dem sie vermutete, dass er auch einen Großangriff durchschlafen würde. Deirdre verließ das Zimmer und ging an den Eindringlingen vorbei, die in der großen Halle schnarchten und dann hinaus zum Übungsplatz.

Tau ließ den staubigen Platz dunkler erscheinen. Die Dämmerung begann den dunkelblauen Himmel heller werden zu lassen. Nichts rührte sich und es war noch nicht einmal Vogelgezwitscher zu hören. Es war die Art von Morgen, die Deirdre am liebsten mochte, wenn nichts sie von ihren Übungen ablenkte.

Sie band ihr Haar zu einem losen Zopf zusammen und streckte sich dann ein wenig, um ihre Muskeln zu lösen. Obwohl sie es nur ungern zugab, waren ihre Muskeln nicht so steif wie sonst, was wahrscheinlich auf die Arbeit von Pagans Händen zurückzuführen war.

Heute Morgen hatte sie ihr Lieblingsschwert gewählt, das, welches ihr Vater ihr hatte machen lassen, als sie zwölf war. Sie hatte ihren Namen in den Griff gekratzt, um es von Helenas zu unterscheiden und sie hatte Kerben in die Parierstange geritzt für jeden Kampf, den sie gegen ihren Vater gewonnen hatte, bis sie keinen Platz mehr gehabt hatte.

Eine gefährliche Braut

Sobald sie die vertraute Waffe in der Hand hielt, begann sie vorzustürzen und zu stoßen und als ihr Blut von der Hitze der Schlacht erwärmt war, konzentrierte sie sich nur noch auf Angriff und Verteidigung und sie vergaß ihre schlaflose Nacht, ihren normannischen Ehemann und ihre demütigende Kapitulation ihm gegenüber. Sie griff an und zog sich zurück, schlug nach vorn und fiel immer wieder zurück und forderte unsichtbare Gegner heraus.

Als der Hahn anfing zu krähen, lief ihr der Schweiß bereits über das Gesicht und ihre Lunge brannte von der Anstrengung, aber es fühlte sich gut an, *wunderbar*. Das Gefühl von Macht war berauschend. Ihre Klinge summte durch die Luft und erfasste die ersten Strahlen der aufgehenden Sonne, während sie sich drehte; und die bekannten Bewegungen waren so tröstlich wie Gebete für einen Priester.

Pagan wachte bei Sonnenaufgang auf. Er war enttäuscht, als er sah, dass Deirdre fort war. Er selbst hatte auch schon oft das Bett einer Frau vor dem Morgengrauen verlassen. Schließlich blieben die Versprechen, die in der Hitze der Leidenschaft gegeben wurden, am besten in den dunklen Nischen der Nacht. Aber in ihrem Fall war es keine Affäre bei Mondlicht und Deirdre war kein Mädchen, an dem man sich belustigte und sie dann in das Bett eines anderen Mannes weiterreichte. Bei Gott, sie war seine Frau. Sie gewöhnte sich besser an gemütliche Morgen, die sie mit ihrem Mann im Bett verbringen würde.

Pagan war immer noch über ihre kühle Abweisung der letzten Nacht verärgert und schaute finster auf die mit Blut befleckten Laken, mit *seinem* Blut befleckt. Er hatte dieses

Opfer erbracht, um ihre Ehre zu schützen. Und wie hatte sie ihm diese Gefälligkeit zurückgezahlt? Indem sie ihn in ihrem Ehebett allein zurückließ. Was würde jetzt passieren, wenn seine Männer die Treppe hinaufkamen, um der Braut und dem Bräutigam zu gratulieren und die Laken abzuholen und dann den Bräutigam allein vorfanden? Scheiße, sie würden ihn immer wieder damit necken.

Er musste Deirdre finden, bevor sie es taten.

Er zog sich schnell an und überlegte, wo sie wohl hingegangen war. Vielleicht besuchte sie ihre Schwester im Keller oder sie war in der Küche, um zu frühstücken oder in der Kapelle, um zu beten. Er grinste. Sie würde um Kraft beten müssen, um sich gegen seine Verführungskünste zu wappnen.

Er sah zur Eichentruhe, auf die er ihren Dolch gelegt hatte. Das Messer war nicht mehr da. Er öffnete den Deckel. Darin lagen die Hosen, die Deirdre ihm und Colin gestohlen hatten und er nahm sie zurück. Der Rest waren Teile der Ausrüstung eines Ritters – Helm, Sporen, Lederhandschuhe zum Reiten – aber ihr Kettenhemd fehlte.

Er schüttelte den Kopf. Wenn er nicht ganz falsch lag, hatte seine Kriegerbraut eine leichte Rüstung angezogen, um zu üben.

Als er mit voller Bewaffnung über den Burghof ging, waren einige Diener bereits zugange. Es dampfte, wo das Sonnenlicht über die nassen Planken der Außengebäude strich. Hunde hoben ihre Köpfe, als er vorbeiging, schnüffelten kurz und schliefen dann weiter. Als er sich dem Übungsplatz näherte, zeigte eine Staubwolke die Gegenwart eines einzelnen Kämpfers an.

Deirdre.

Eine gefährliche Braut

Er zog sich zurück in den Schatten der Ställe, um sie heimlich zu beobachten.

Er war verärgert wegen ihr. Schließlich hatte sie ihn beleidigt und ihn für einen Zeitvertreib verlassen, der für sie offensichtlich unterhaltsamer war. Er war in schwerer Bewaffnung gekommen und war halb auf der Ausschau nach einem Streit, wobei er fand, dass er sie zumindest bestrafen müsste. Aber jetzt, wo er sie aus dem Schatten heraus beobachtete, merkte er, dass sein Zorn sich in völlige Verzauberung verwandelte.

Die Schwertkunst war schließlich kein Spiel für sie. Das konnte er sofort erkennen. Die Kraft, mit der sie die Übungen ausführte, war echt. Sie kannte sämtliche Haltungen und die richtigen Bewegungen. Ihr Vater hatte sie offensichtlich gut gelehrt. Obwohl sie eine Frau war oder vielleicht deswegen, waren ihre Bewegungen schnell und wendig und anmutig. Sie ließ den Schwertkampf schon fast wie einen Tanz aussehen, so wie sie sich drehte und duckte und mit faszinierender Balance und Genauigkeit hochsprang.

Es war selbstverständlich unnatürlich. Der Kampf war nicht die Domäne einer Frau. Deirdre konnte vielleicht die Waffenkunst üben, aber Frauen waren nicht für den Krieg gemacht.

Und doch war an der Art, wie sie sich bewegte, etwas faszinierendes, außergewöhnliches und unleugbar richtiges, als wäre sie dazu geboren, ein Schwert zu schwingen.

Und während sie weiter mit unsichtbaren Feinden kämpfte, merkte er, dass es Ihn mehr als fesselte, sie zu beobachten. Bei Gott, es erregte ihn.

Die Damen, die er kannte, strengten sich höchstens an, einen Falken in die Luft zu werfen oder ihren Männern zum Abschied zu winken oder sich noch ein süßes Gebäck zu nehmen. Das war der Grund, warum er oft lieber einfache Frauen in seinem Bett hatte. Auch wenn adlige Frauen willens genug waren, schienen sie sich vorzustellen, als wären sie aus gesponnenem Zucker und zu zart für die Anstrengungen der Liebe.

Er konnte sehen, dass Deirdre keine solche zerbrechliche Blume war. Und man brauchte nicht viel Vorstellungskraft, um vorauszusehen, wie sich der Eifer auf dem Übungsfeld übersetzen könnte in …

„Wollt ihr den ganzen Tag da stehen und zuschauen?"

Er erschrak. Er konnte sich nicht vorstellen, woher Deirdre wusste, dass er da war. Er war völlig still gewesen. Und sie hatte nicht einmal in seine Richtung gesehen.

Selbst jetzt, während sie sprach, schaute sie ihn nicht an und ließ auch keinen Schritt ihrer Übung aus.

„Oder …", ihr Schwert schlug nach rechts und links und machte ein großes X in der Luft, bevor sie sich zu ihm umwandte, „plant Ihr, mich herauszufordern?"

Er lachte laut vor Freude. Aye, er wollte sie herausfordern. Etwas an dem Selbstvertrauen ihrer Bewegungen faszinierte ihn. Sie war eine verführerische Füchsin und er vermutete, dass sie das wusste.

In ihren Augen war ein kokettes Funkeln zu sehen. „Glaubt Ihr, dass ich scherze?"

Er atmete die kühle Luft ein. Sie war wunderschön an diesem Morgen. Einige unordentliche Locken hatten sich aus ihrem Zopf gelöst und umrahmten ihre rosa Wangen. Ihre Haut glühte mit einem feuchten Glanz und ihr Gesicht leuchtete vor Freude. Ihre Brust hob sich und senkte sich bei jedem stärkenden Atemzug. Heilige Maria, dachte er mit absurdem Neid, sie sah aus, als wäre sie gründlich geliebt worden.

Eine gefährliche Braut

Deirdre konnte kaum glauben, dass sie mit Pagan sprach und schon gar nicht, dass sie ihn neckte. Sie hatte gedacht, dass sie ihm vor Scham nie wieder in die Augen würde sehen können.

Aber als sie ihr Kettenhemd überzog und ihr Schwert nahm, war ihr Gefühl von Macht und Kontrolle zurückgekehrt. Und als sie das wieder besaß, spürte sie, dass sie alles besiegen könnte, sogar Schande.

Sie fand es amüsant, dass Pagan dachte, dass er sich an sie herangeschlichen hatte. Es war fast unmöglich für einen Mann seiner Größe, sich unbemerkt zu bewegen. Und außerdem kannte Deirdre die Geräusche von Rivenloch – die Vögel, die Hunde, die Pferde, die Diener. Sie erkannte unbekannte Geräusche sofort. Beim leichten Kratzen von Pagans Eisenschuhen hatten sich ihre Ohren aufgestellt und ihr Puls war schneller geworden.

Wenn es jemals die richtige Zeit und der richtige Ort war, um Pagan für seine gnadenlose Eroberung in der vergangenen Nacht zurückzuzahlen, dann war das hier und jetzt. Dies war ein Bereich, wo sie ihn besiegen konnte, wo sie sich darauf verlassen konnte, dass ihr Körper sie nicht verraten würde und wo sie ihren verletzten Stolz wieder aufbauen konnte.

„Angst?", fragte sie und wiederholte seine Herausforderung vom Tag zuvor.

Seine Augen funkelten amüsiert und Pagan trat heraus in das Sonnenlicht, schlenderte faul zu ihr hin und legte seine verschränkten Arme auf den Torpfosten des Zauns, der sie trennte. „Nur, dass ich Euch verletzen könnte."

Einen kurzen Augenblick lang geriet ihr Mut ins Stottern. Oh Gott, war er immer so enorm groß gewesen oder schien es jetzt nur so wegen seiner Rüstung?

Sie zwang sich zu einem frechen Grinsen, aber traute sich nicht, ihre Zweifel zu zeigen. Die Hälfte ihres Sieges war Prahlerei. „Ihr werdet nicht nah genug an mich herankommen, um mir Schaden zuzufügen", prahlte sie.

„Plant ihr, wegzulaufen?", höhnte er.

„Pah! Ich laufe niemals weg."

Er lehnte sich vor, um sein Kinn auf seinen verschränkten Armen abzulegen. „Ihr seid schnell aus meinem Bett geflohen heute Morgen."

„Nun, wenn Ihr nicht so ein Langschläfer wärt ..."

Er schmunzelte und ihr kam der Gedanke, dass ihre Unterhaltung schon fast kokett war. „Langschläfer? Nun kommt schon Mylady, Ihr müsst lange vor Sonnenaufgang aufgestanden sein."

„Und ich nehme an, dass die Normannen bis mittags im Bett liegen."

„Aye", er lächelte sie listig an und richtete sich dann gerade auf, „wenn wir willige Frauen in unseren Betten haben."

Seine leise Andeutung ließ sie erröten, als wenn er die Worte so wie in der letzten Nacht an ihrem Haar geflüstert hätte. Herrgott, warum musste sie daran denken? Wenn Sie gegen ihn kämpfen wollte, musste sie sich auf den anstehenden Kampf konzentrieren.

„Sir, Ihr lenkt vom Thema ab. Nehmt Ihr meine Herausforderung an oder nicht?"

Er öffnete das Tor, machte es weit auf und betrat das Feld. „Warum nicht?" Er verrieb Staub in den Händen und strich so nah an ihr vorbei, dass sie den Schlaf an ihm riechen konnte und flüsterte: „Da Ihr mich nicht in unserem Bett angreifen wollt, Mylady, nehme ich an, dass ein Angriff auf dem Übungsplatz eine vernünftige Alternative ist." Er erwiderte ihren Blick und zog sein Schwert mit anzüglicher Trägheit aus seiner Scheide.

Deirdre schluckte schwer. Der Mann war unverbesserlich. Selbst auf dem Übungsplatz versuchte er, sie zu verführen. Und Gott sollte ihr beistehen, aber er verfehlte seine Wirkung nicht. Seine Augen brannten sich in ihre mit dem glühenden Versprechen von Vergnügen. Und sein Mund mit diesem selbstsicheren Grinsen ... Sie erinnerte sich nur zu gut, wie er sich auf ihrem angefühlt hatte, warm und süß und fordernd.

Nay! Sie würde nicht daran denken. Sie musste gegen ihn ankämpfen.

Außerdem musste sie dieses Mal gewinnen.

Zur Vorbereitung schlug sie mit ihrem Schwert durch die Luft, beugte ihre Knie und machte sich für den Angriff bereit.

Er betrachtete sie langsam von Kopf bis Fuß und forderte sie dann mit seinen Fingern auf. „Kommt."

Alles passierte so schnell, dass Deirdre kaum wusste, wie ihr geschah. Einen Augenblick schlug sie nach vorn auf Pagans rechten Arm. Aber seine Klinge kratzte entlang ihrer und vereitelte den Schlag. Im nächsten Augenblick ergriff er ihren Schwertarm, drehte sie halb um und zog ihren Rücken gegen seine Brust, wobei er sie dort festhielt wie ein Liebhaber seine Geliebte. Sie kämpfte gegen seine ungebetene Umarmung und er lachte, wobei er sie vorsichtig auf den Boden gleiten ließ.

„Verzeihung", murmelte er mit falscher Reue.

Ohne Orientierung kam sie wieder auf die Füße und warf das Haar zurück aus ihren Augen. Verzeihung. Es tat ihm nicht im Mindesten leid. Sie leckte über ihre Lippen und machte sich für den zweiten Angriff bereit.

Sie konnte jetzt schon sagen, das Pagan stärker als jeder ihrer Männer war. Vielleicht waren die Ritter von Cameliard doch eine besondere Truppe. Wenn dem so war, würde ein Sieg gegen ihn eine größere Herausforderung sein, als sie erwartet hatte. Aber sie könnte es schaffen. Sie hatte noch nie einen Mann kennengelernt, den sie nicht besiegen konnte.

Sie täuschte niedrig an und schwang dann ihr Schwert hoch in Richtung seiner Körpermitte. Dieses Mal überraschte sie ihn. Er duckte sich und vermied knapp einen Treffer an seinem Bauch. Mit gestärktem Selbstvertrauen griff sie an und drängte ihn mit einer Abfolge schneller Stöße zurück, bis sie ihn fast am Zaun des Übungsplatzes festgesetzt hatte.

Aber als sie die Klinge schwang, um ihn die letzten paar Fuß zurück zu drängen, hob er seine Klinge und blockierte ihre mit einem kreischenden Ton. Schmerzen durchfuhren ihren Arm. Sie verlor ihren Vorteil und stolperte außer Reichweite seines Schwertes.

„Verzeiht mir", flüsterte er mit einem elenden Funkeln im Auge. „Noch einmal?"

Deirdre schüttelte seinen Spott ab. Sie würde ihrem Zorn nicht nachgeben. Sie *nicht*. Pagan war vielleicht groß und stark und er war auch schnell, wie sie jetzt wusste. Aber er war nicht unbesiegbar. Selbst die Mächtigen konnten fallen. Und wenn sie es taten, dann mit einem Riesendonner.

Dieses Mal machte sie sich eine Bewegung zu Nutze, die sie erfunden hatte, als sie einen Mann erwischte, der auf den Wiesen Rivenlochs Schafe stehlen wollte. Mit ausgestreckten Armen wartete sie geduldig, dass Pagan den ersten Schritt machen würde. Er schlug einmal, zweimal, dreimal und sie ließ ihm den Vorteil, in dem sie zurücksprang.

Aber bei seinem vierten Schlag machte sie einen unerwarteten Schritt nach vorn und schlug seine Klinge nach oben, sodass sie sich unter seinem Schwertarm durchducken konnte und hinter ihm wieder hochkam. Er drehte sich verwirrt und sie trat ihm schnell in den Hintern. Seine eigene Vorwärtsbewegung ließ ihn mit dem Gesicht zuerst in den Staub fallen.

Während er überrascht im Dreck lag, beugte sie sich an sein Ohr und flüsterte: „Verzeihung."

Sie tanzte dann aus dem Weg und machte ihm Platz, dass er aufstehen konnte. Die Miene auf seinem staubigen Gesicht – eine Art erstaunter Verärgerung – war in der Tat eine süße Belohnung.

Aber ihr Sieg war noch nicht sicher.

Mit einem grimmigen Lächeln drehte er sich und schlug nach oben. Sie sprang außerhalb seiner Reichweite und war nicht eingeschüchtert, aber vorgewarnt.

Über einen langen Zeitraum umkreisten sie einander; jeder hatte den anderen fest im Blick und versuchte die Strategie des anderen zu erahnen. Schließlich krachten sie aufeinander wie zwei angreifende Hirsche und ihre Klingen sprühten Funken und klirrten und verhedderten sich mit ungezähmter Gewalt.

Jeder Schlag von Deirdres Schwert wurde ebenbürtig pariert und jedes Mal, wenn Sie die Oberhand gewann, dauerte es nur wenige Augenblicke, bevor er sie zurückgewann. Außer gegen Helena hatte sie noch nie so lange und so hart gegen einen Gegner gekämpft, ohne sich einen Vorteil zu erarbeiten.

Schlussendlich war Deirdre außer Atem und verzweifelt,

entdeckte aber ihre Chance. Als er sein Schwert ein wenig zu weit nach außen bewegte, sprang sie nach vorn zum tödlichen Stoß, der direkt auf sein Herz gerichtet war. Aber so schnell wie eine Peitsche duckte er sich zur Seite und ihre Klinge kam nur wenige Zoll voran, bevor er sie mit solcher Kraft zur Seite parierte, dass sie sich drehte und auf ihn zu stolperte. Er fing sie mit seiner freien Hand gegen seinen Oberschenkel auf, damit sie nicht fiel.

„Seid ihr noch nicht fertig?", fragte er. Zu ihrem Entsetzen atmete Pagan noch nicht einmal schwer.

„Nay." Sie kämpfte sich los. „Außer, Ihr möchtet aufgeben."

„Aufgeben?" Er grinste. „Ein Cameliard Ritter gibt nicht auf."

„Dann macht weiter."

Sie zog die Schultern zurück und machte sich wieder bereit. Was war seine Schwäche, überlegte sie. Wo war sein schwacher Punkt?

Ihr Vater hatte ihr gesagt, dass ihre Füße eine beeindruckende Waffe seien, weil nur wenige Ritter ein Angriff von unten erwarteten. Wenn Sie Pagans Schwert also nach oben ziehen konnte …

Sie ergriff ihr Schwert mit beiden Händen und hob es über ihren Kopf und schlug es dann direkt nach unten, als wollte sie ihn in zweiteilen. Es war vorhersehbar, dass er seine Klinge hob, um sie zu parieren. Als er das tat, beugte sie sich seitwärts in der Taille und zog ihren Fuß herum, um ihm in den Bauch zu schlagen.

Er beugte sich vornüber mit einem befriedigenden „Uff!" Während er sich erholte, hob sie ihre Schwertspitze an sein Kinn.

Aber er war nicht so sehr außer Gefecht gesetzt, wie sie dachte. Mit seiner freien Hand schlug er die flache Seite ihrer Klinge nach unten, hob dann sein eigenes Schwert und hielt es blitzschnell an ihren Hals.

„Interessant", sagte er und kommentierte ihre einzigartige Bewegung. „Seid ihr sicher, dass ihr nicht aufgeben wollt? Schließlich bin ich noch frisch. Ihr übt schon den halben Morgen."

„Das war nur ein Aufwärmen", prahlte sie, obwohl sie schwer keuchte.

Er klackte mit der Zunge, legte seine Hand an ihren Kopf und drückte sie spielerisch von seiner Klinge weg.

Keuchend wischte sie sich den Schweiß mit der Hand vom Gesicht ab und musterte ihren Gegner.

Er war ein sehr guter Kämpfer. Das stand außer Diskussion. Er war stark und schnell und klug. Sie hatte noch nie einem so beeindruckenden Gegner gegenübergestanden. Aber niemand war so klug wie sie. Sie hatte es geschafft, ihn schon zweimal zu überraschen. Wenn sie noch ein paar Tricks aus ihrem Repertoire der Kriegerinnen von Rivenloch einstreute, würde er verblüfft zu ihren Füßen fallen. Dessen war sie sich sicher.

Mit neuer Entschlossenheit tauschte sie ein paar harmlose Schläge mit ihm aus und borgte sich dann die hinterhältige List ihrer Schwester, indem sie eine Rolle vorwärts machte und plante mit ihrer Klinge an seinem Hals wieder hochzukommen.

Aber zu ihrer Überraschung widerstand Pagan dem natürlichen Instinkt, vor dem Angriff zurück zu weichen und trat stattdessen auf sie zu. Als sie auf die Füße sprang, stießen sie zusammen. Ihr Gesicht krachte an seine Brust und er klammerte ihren Schwertarm unter seinem fest, sodass sie nicht mehr tun konnte, als nutzlos in die Luft hinter ihm zu schlagen.

Sie versuchte sich loszumachen, aber sein Arm hielt sie fest.

„Werdet ihr jetzt nachgeben", fragte er mit seidig weicher Stimme.

Sie versuchte zu schreien: „Niemals!" Aber die Worte kamen gedämpft in den Falten seines Wappenrocks heraus. Sie drückte gegen ihn, steckte aber fest.

Aber es gab mehr als einen Weg, um freizukommen. Helena und sie hatten Dutzende von Bewegungen für genau solche Situationen erfunden – Situationen, in denen die Stärke des Mannes überlegen war und eine Frau sich auf ihre Gewandtheit und List verlassen musste.

Beim nächsten Atemzug zog sie ihr rechtes Knie so hart sie konnte in Richtung seines Unterleibs. Er war tatsächlich gerade nicht achtsam, aber im letzten Augenblick musste er ihre Absicht gespürt haben, denn er drehte sich gerade genug, um ihr Vorhaben zu vereiteln. Trotzdem schimpfte er, als ihr mit Ketten versehenes Knie ein Teil seiner ungeschützten Eier erwischte.

Sie erwartete, dass er sie sofort losließ. Aber sein Griff an ihr verringerte sich nicht im Geringsten und als er nach vorne zusammensackte und vor Schmerzen stöhnte, nahm er sie mit nach unten.

„Lasst … mich … los …", bellte sie und drückte sich gegen ihn, um ihren gefangenen Arm zu befreien.

„Nay…", keuchte er und hielt sie noch fester.

Es war an der Zeit für mehr Einfallsreichtum. Während Sie den Druck gegen seine Brust aufrechterhielt, stellte sie ihren linken Fuß zwischen seine und schob ihn dann schnell zur Seite, wobei sie seine rechte Ferse erwischte, um ihn zum Stolpern zu bringen.

Dieses Mal war er zu abgelenkt, um sich gegen den

Eine gefährliche Braut

Aufprall zu wappnen. Sein Fuß flog nach oben, woraufhin er nach hinten fiel. Wie ein gefällter Baum fiel er mit einem die Erde erschütternden Knall auf den Boden.

Unglücklicherweise nahm er Deirdre mit nach unten.

Er drehte sich nur genug bei der Landung, um zu vermeiden, dass er ihren Schwertarm mit seiner Schulter zerdrückte. Aber sie konnte sich noch immer nicht von Pagan befreien, der wie eine Klette an einem Hund an ihr hing. Und jetzt lag sie auf ihm wie eine Dirne.

KAPITEL 12

Während der Staub um sie herum aufstieg, schwieg Pagan einen Augenblick lang atemlos. Aber sobald er wieder atmen konnte, wappnete sich Deirdre gegen sein zorniges Gebrüll.

Aber es kam nicht. Stattdessen hörte sie leises Gelächter, das so echt und charmant war, dass es Deirdre fast aus ihrer Kämpferlaune holte.

„Kluges Mädchen", er hustete mit einem anerkennenden Grinsen. „Wo habt Ihr das gelernt?"

Die Frage überraschte sie. „Ich ... meine Schwester und ich ... haben uns das ausgedacht."

Er starrte sie zweifelnd an.

„*Wirklich?*" Sein Zweifel erneuerte ihren Ärger und sie versuchte wieder, sich zu befreien. „Wir erfinden fast alle unsere Bewegungen." Pagan hatte einen verdammt mächtigen Griff und sie hätte genauso gut mit einem Bären kämpfen können.

Sie spürte seinen abwägenden Blick auf ihr ruhen, als wenn er ihre Gegenwehr oder ihren Wert bemessen würde. Als sie es wagte, ihn anzuschauen, fand sie dort mehr als Beurteilung. Da war ein gefährlicher Glanz in seinen Augen mit Stolz und Bewunderung, die sie nicht erwartet hatte. Während sie das Gefühl in sich aufnahm, kam noch ein weiteres, viel Gefährlicheres dazu.

Er wollte sie.

Mit einer mächtigen Anstrengung rollte Pagan sie beide herum, bis sie flach auf dem Rücken im Staub lag und er auf ihr ausgestreckt lag. Es war eine demütigende Position, die nicht nur seine Dominanz und ihre Unterlegenheit anzeigte, sondern durch das Glühen in seinen Augen an das Ehebett und Paarung erinnerte.

Er wog schwer auf ihr, obwohl er sich auf seinen Ellenbogen abstützte. Während sie kämpfte, sich aus der erniedrigenden Lage zu befreien, schämte sie sich zuzugeben, dass ein Teil von ihr erregt davon war, sein Gewicht und seine Stärke zu spüren und wieder intim mit ihm zu sein. Und das entsetzte sie.

„Geht runter von mir", flüsterte sie zornig und errötete wie eine Nonne im Bade.

„Nay."

„Es ist ... schamlos."

„Es ist niemand da, der es sehen könnte."

„Noch nicht."

Er senkte seinen Blick auf ihren Mund, als wenn er sie verschlingen wollte. „Es ist nichts, für das Ihr Euch schämen müsst. Wir sind schließlich frisch verheiratet."

Deirdre und ihre Schwester hatten sich verschiedene Methoden ausgedacht, um solchen Zwangslagen zu entkommen. Aber nicht aus dieser. Keine, in der ein Mann von der Größe eines Schlachtpferdes eine Frau körperlich auf den Boden drückte. Sie fürchtete, dass ihre einzige Verteidigung aus Worten bestand. „Ich werde das hier nicht tolerieren, Sir."

„Ach, aber das werdet Ihr sehr wohl ... Ehefrau", sagte er mit ruhigem Selbstvertrauen.

Sie schluckte schwer. Er hatte doch wohl nicht vor, sie hier auf dem Übungsplatz zu nehmen, oder? Er war doch sicherlich nicht so barbarisch. Und es gab ja noch sein Versprechen. „Wollt Ihr den Eid brechen, den Ihr meiner Schwester gegeben habt?"

Er verzog den Mund zu einem schiefen Lächeln. „Wohl kaum."

Vielleicht beabsichtigte er nicht, seinen Eid zu brechen, aber Deirdre wusste, dass er es gern getan hätte. Selbst durch das Kettenhemd war sie sicher, dass sie spürte, wie sein verfluchter Schwanz an ihrem Oberschenkel hart wurde.

„Ich möchte nur mit Euch sprechen", fuhr er trocken fort, „und zwar in einer Position, in der Ihr mich nicht zu Boden schlagen oder mich mit einem schnellen Tritt entmannen könnt."

Deirdre schaute finster. Es lag nicht in ihrem Wesen zu kapitulieren. Beharrlichkeit war eine ihrer besten Waffen. Aber sie erkannte, dass sie so nicht weiterkam. Unter den gegenwärtigen Umständen erhöhte sich das Risiko immer mehr, dass sie in einer kompromittierenden Position von einem umherlaufenden Stalljungen, einer Küchenmagd oder noch schlimmer von ihrem Vater erwischt würde. Ihr Körper fing schon wieder auf meuternde Art und Weise an zu vibrieren, als wenn Pagan eine Saite auf der Laute nach seiner eigenen Melodie gezupft hätte.

Und daher hörte Deirdre im Hinblick auf eine schnelle Befreiung auf zu kämpfen und ließ ihre Waffe los. „Sprecht."

Auch er legte sein Schwert beiseite. „Ihr habt recht gute Fähigkeiten."

Eine gefährliche Braut

Das Kompliment überraschte sie, aber das wollte sie ihn nicht wissen lassen. „Wie auch ihr", antwortete sie.

Er lachte und sie spürte jede Bewegung seines Bauches beim Lachen auf ihrem. „So sagt man." Scheinbar besaß er keine Unze Demut. „Wie lange wurdet Ihr ausgebildet?"

„Mein Vater sagt, ich sei mit einem Schwert in der Hand geboren worden", sagte sie stolz.

„Wirklich?" Heiterkeit war in seinen Augen zu sehen. „Und habt ihr dann auf Eure Amme eingestochen?"

Sie starrte ihn grimmig an. „Mit zwölf habe ich einem Pfeilmacher die Finger abgeschnitten, weil er meiner Schwester in den Ställen Gewalt antun wollte.

Er runzelte die Stirn und sein Lächeln verschwand. Er war lange Zeit still und er musterte sie nachdenklich und sie wünschte sich fast, dass sie ihm nichts über den Pfeilmacher erzählt hätte. Schließlich war der Mann nur der erste einer langen Reihe von Männern, die ihr Unglück an ihrer Schwertspitze gefunden hatten.

Schließlich sprach er. „Vielleicht war Euer Vater weise, Euch das Kämpfen zu lehren."

Wieder war Deirdre erstaunt. Das hatte noch niemand gesagt. Ihre Mutter, die Diener und sogar einige ihrer Ritter waren der Meinung, dass die Schwestern niemals hätten Waffen in die Hand nehmen sollen. Es war ihnen nur aufgrund der Bitte ihres Vaters erlaubt worden.

Deirdre wagte zu hoffen, dass Pagan es vielleicht verstand. Vielleicht erkannte er die Weisheit, ihr zu erlauben, gut vorbereitet, kampfbereit und selbständig zu sein. Vielleicht würde es doch keinen Streit um den Oberbefehl der Truppe von Rivenloch geben.

Im nächsten Augenblick wurden ihre Hoffnungen aber schon wieder zunichte gemacht.

„Aber jetzt, Mylady", sagte Pagan mit einem großmütigen und herablassenden Blick, „braucht Ihr und Eure Schwester Eure edlen Köpfe wegen solcher Dinge nicht mehr zerbrechen. Die Ritter von Cameliard sind hier, um Euch zu beschützen. Ihr braucht nie wieder ein Kettenhemd tragen, ein Schwert schwingen und Narben aus der Schlacht davontragen. Vom heutigen Tag an", schwor er, „werde ich Euer Held sein."

Pagan lächelte liebevoll und glaubte wohl, dass Deirdre scheinbar zu dankbar war, um dies in Worte zu fassen, denn sie konnte ihn nur anstarren und geifern. Es wäre eine große Erleichterung für sie, wenn sie sich nicht mehr auf den zusammen gewürfelten Haufen zur Verteidigung verlassen müsste, den sie als die Truppe von Rivenloch bezeichnete. Nun, da er und seine Männer angekommen waren, konnte sie wieder dazu zurückkehren, Jacken zu besticken und Blumen zu pflücken und was Frauen noch so taten.

Und da er sie jetzt dahatte, wo er sie hinhaben wollte – weich und verlegen und dankbar – wäre sie vielleicht empfänglich für einen Kuss ...

„Deirdre", rief plötzlich jemand.

Sie erstarrte unter ihm. Er hob den Kopf, um durch eine Lücke im Zaun zu schauen. Verdammt, es war Miriel, Deirdres Schwester.

„Deirdre! Wo bist du?"

In Panik kämpfte Deirdre, ihn von sich herunter zu schubsen.

„Ich weiß, dass du da bist, Deirdre", schimpfte Miriel und kam näher. „Ich habe Worte gehört. Du kannst nicht ... oh!"

Eine gefährliche Braut

Miriels Augen wurden so groß wie Wachteleier, als sie über den Zaun schaute.

Aber Pagan weigerte sich aufzuspringen wie ein Ehebrecher, der mit seiner Geliebten erwischt worden war. Deirdre war seine Frau. Dies war sein Übungsplatz. Und wenn er seine Frau auf seinem Übungsplatz nehmen wollte, war das einzig und allein seine Sache.

Deirdre war scheinbar nicht seiner Meinung. Ihre Finger kämpften sich unter sein Kettenhemd und jetzt kniff sie ihn fest in sein blankes Fleisch. Mit einem Knurren vor Schmerzen bewegte er sich zögerlich von ihr herunter. Und mit einem missbilligenden Blick half er ihr, aufzustehen.

Miriel stand mit offenem Mund wie erstarrt da. Ihre seltsame Dienerin stand mit finsterem Blick neben ihr.

„Was ist los?", schnauzte Pagan sie an. Es war besser wichtig, sonst würde er sie beide an ihren Zöpfen aufhängen.

„Oh ... oh ..." Miriel schaute von einem zum anderen, als wenn sie nicht ganz verstehen würde.

Die Dienerin trat vor und hatte ihre Fäuste an ihre schmalen Hüften gestemmt und fragte: „Was habt Ihr mit Helena gemacht?"

Pagan blickte die alte Frau finster an, da er eine solche Unverfrorenheit von einer Dienerin nicht gewohnt war.

Miriel schien sich aus ihrer Lähmung zu lösen. Sie legte eine beruhigende Hand auf den Arm der Dienerin. „Ich habe überall gesucht", erklärte sie Pagan. „Ich kann sie nicht finden. Und Euren Mann Colin auch nicht."

„Was?" platzte Deirdre heraus. Sie wandte sich zu ihm. „Wo sind sie? So wahr mir Gott helfe, wenn er ihr auch nur ein Haar gekrümmt hat ..."

„Wartet!", sagte Pagan, um ihrer Panik zuvorzukommen. „Es gibt keinen Grund zur Sorge. Colin ist ein guter Freund. Ich habe ihm gesagt, dass er sie in den Keller einsperren sollte. Dort kümmert er sich zweifellos um sie."

Schon fast bevor er fertig war, marschierte Deirdre an ihm vorbei zum Tor. Er trottete den ganzen Weg zurück zur Burg hinter ihr her und betete, dass Colin die Nacht damit verbracht hatte, auf Helena aufzupassen und dass er sich nicht unpassend oder töricht verhalten hatte.

Aber als sie am Keller ankamen, wurden seine schlimmsten Befürchtungen bestätigt.

Er war verdammt noch mal leer.

„Rauve und Adric, nehmt die Straße Richtung Osten", befahl Pagan, während der Stalljunge mehrere gesattelte Pferde in den Burghof führte. „Reyner und Warin, reitet nach Westen. Deirdre, sagt Euren ..."

„Ian", unterbrach sie ihn und war ihm schon einen Schritt voraus, „schickt Männer von Rivenloch nach Norden und nach Süden. Und Miriel, sorge dafür, dass alle Diener die Burg noch einmal durchsuchen. Sie sollen in jeder Ecke nachschauen."

„Gut", entschied Pagan.

Er war noch nie so wütend auf Colin gewesen. Der leichtsinnige Knappe war mit einer Adligen durchgebrannt, was Pagans Ehre natürlich auch in Frage stellte. Selbst jetzt schauten ihn die Leute von Rivenloch mit kaum verborgener Feindseligkeit an. Wenn Pagan noch nicht einmal die Tochter des Lords sicher beschützen konnte, wie könnte er dann eine ganze Burg verteidigen?

Aye, wenn Colin von seiner romantischen Eskapade

zurückkehrte, beabsichtigte Pagan, dem Knappen ein paar Zähne aus seinem selbstsicheren Grinsen einzuschlagen.

Deirdre würde sich zweifellos über Pagans Aussetzer in seinem Urteilsvermögen diebisch freuen. Und das stand ihr auch zu. Aber für den Augenblick war sie zu besorgt um ihre Schwester und schimpfte oder verurteilte ihn nicht.

Deirdre gab den Befehl und die Tore Rivenlochs öffneten sich, um die ersten Reiter passieren zu lassen. Aber bevor die Männer losreiten konnten, sah Sir Adric, dass sich ein Mönch der Burg näherte und ein aufgerolltes Pergament in der Hand hielt. „Mylord, ein Bote."

„Wartet." Schnell stieg Pagan auf sein eigenes Pferd.

„Nehmt mich mit." Deirdres Worte waren eher ein Befehl als eine Bitte, aber unter den Umständen erwies er ihr den Gefallen. Er senkte seinen Arm und erlaubte ihr, sich hinter ihm in den Sattel zu ziehen.

Als sie saß, galoppierte er zum Tor hinaus hin zu dem Mönch.

Das sich nähernde Pferd verängstigte den jungen Mann völlig, als es neben ihm stehenblieb.

„Was habt Ihr da?", fragte Pagan.

„Eine Nachricht, Mylord."

„Von wem?"

„Mir wurde gesagt, dass ich sie einer Frau namens Deirdre geben soll."

Deirdre schlüpfte schnell aus dem Sattel auf den Boden und streckte die Hand nach dem Pergament aus. „Ich bin Deirdre."

Pagan stieg ebenfalls ab. Es juckte ihn, ihr die Nachricht zu entreißen. Sicherlich könnte er viel schneller lesen als eine Frau. Aber er wartete geduldig, während sie den Inhalt durchlas.

Als ihre Schultern sanken, fürchtete er das Schlimmste. „Was? Was ist?"

Sie gab keine Antwort, ließ nur ihre Hand fallen und er ergriff das Pergament, bevor es ihr aus der Hand glitt.

„Deirdre", las er laut vor, „ich habe den Normannen als Geisel genommen ..." Das konnte nicht stimmen. Er las es noch einmal langsamer. „Ich habe den Normannen als Geisel genommen. Ich gebe ihn erst zurück, wenn die Ehe annulliert ist. Helena."

Einen Augenblick lang konnte er nur erstaunt auf das kindische Gekritzel starren.

„Scheiße", murmelte Deirdre und erschreckte den Mönch, der beschloss, dass es an der Zeit war, weiter zu reisen und bereits die Straße hinunter eilte.

Dann wurde Pagan Colins missliche Lage erst klar. Möglicherweise war Colin zum ersten Mal in seinem Leben von einem Weib ausgetrickst worden. Endlich hatte der charmante, listige, aufgeblasene Knappe seinen Meister gefunden.

Pagan brach in tiefes Gelächter aus und er schüttelte sich vor Lachen.

Deirdre schaute finster und riss ihm das Pergament aus der Hand, rollte es auf und schlug ihm damit auf den Arm. „Es ist nicht lustig."

„Oh aye, das ist es", sagte er schmunzelnd. Für Pagan gab es nichts Besseres als wohlverdiente Strafen. „Ihr kennt Colin nicht."

„Und Ihr kennt Helena nicht."

„Sie ist ein Weib"sagte er mit einem verachtungsvollen Schulterzucken.

„Und doch hat sie es irgendwie geschafft, ihn als Geisel zu nehmen", brachte sie es auf den Punkt.

Eine gefährliche Braut

Er schnaubte. „Zweifellos hat sie ihn auf dem falschen Fuß erwischt." Tatsächlich war er erleichtert, dass die Schuld von Colin verlagert wurde. Und unter den Umständen hatte er es nicht mehr eilig, seinem Mann zur Hilfe zu eilen.

Aber etwas an Deirdres ernster Art verdutzte ihn. Er kniff die Augen zusammen. „Sie ist doch nicht verrückt, oder?"

„Sie ist ... unbesonnen."

„Was meint Ihr mit unbesonnen?"

„Ihr solltet es wissen. Sie hat versucht, Euch zu erdolchen."

„Sie war ziemlich betrunken."

„Aye", gab sie zu, „aber sie war auch verzweifelt und wollte Miriel retten."

„Was Ihr ja schon getan hattet", sagte er säuerlich. Der Gedanke, dass alle drei Schwestern um die Schande kämpften, seine Braut zu werden, ärgerte ihn immer noch bis auf die Knochen.

„Aber das weiß sie ja nicht. Sie glaubt, dass Ihr mit Miriel verheiratet seid."

„Colin wird es ihr erzählen."

„Nicht wenn er gefesselt und geknebelt ist."

Das Bild von Colin, wie er gefesselt und schutzlos einem Weib ausgeliefert war, erheiterte ihn erneut.

Deirdre war nicht so amüsiert. „Ich glaube, ich weiß, wo sie ihn hingebracht hat. Es gibt ein verlassenes Bauernhaus ungefähr ..."

„Lasst sie in Ruhe."

„Was?"

„Lasst sie in Ruhe. Wenn Colin sich von einer Frau hat besiegen lassen, soll der Narr sich doch selbst befreien."

Überrascht runzelte Sie die Stirn. „Macht Ihr Euch keine Sorgen um Euren Mann?"

„Colin kann auf sich selbst aufpassen." Er lächelte ein wenig. „Tatsächlich würde ich mir mehr Sorgen um Eure Schwester in der Gesellschaft eines solch schmeichlerischen Knappen machen."

Ein gefährliches Funkeln erschien in Deirdres Augen. „Glaubt mir. Helena ist gegen die Verführungen von Männern gut gewappnet."

„Wirklich?" Er grinste sie zurückhaltend an. „Dann bin ich aber froh, dass das nicht in der Familie liegt."

Er wandte sich um, um zur Burg zurückzulaufen und verpasste knapp den bösen Blick, den sie ihm zuwarf.

„Was sollen wir ihnen also erzählen?", fragte er und nickte in Richtung Burgbewohner, die sich an den Toren versammelt hatten.

Sie überlegte einen Augenblick lang. „Wir sagen einfach, dass sie ihn auf einen Rinderraubzug mitgenommen hat."

„Einen Rinderraubzug?"

„Das macht sie sehr häufig."

Er hob eine Augenbraue. „Eine Entführerin, Mörderin und Viehdiebin?"

„Sie stiehlt nur das zurück, was uns genommen wurde."

Er schmunzelte und schüttelte den Kopf. Heilige Maria, aber Colin hatte alle Hände voll zu tun. Die Schotten waren in der Tat seltsame Wesen.

KAPITEL 13

Als Deirdre zurück zur Burg kam, entdeckte sie, dass ihr Vater einen seiner schlechten Tage hatte. Sie sah ihn in einem der Treppenhäuser herumirren, wo er schier untröstlich weinte und nach seiner verlorenen Edwina suchte. Seine Trauer war fast nicht zu ertragen. Deirdre brachte es nicht übers Herz, ihm zu sagen, dass jetzt auch eine seiner Töchter weggegangen war und in einer Kate im Wald mit einem Normannen lebte. Nicht, dass er es verstanden hätte. Heute erkannte er noch nicht mal Deirdre.

Sie wusste, dass sie den Tag mit ihm in seiner Kammer verbringen würde müssen und ihn vor den Augen und Ohren der geschwätzigen Diener beschützen musste. Ihm Gesellschaft und Privatsphäre zu bieten war das Mindeste, was sie tun konnte, um seine Würde zu erhalten. Normalerweise war das kein Problem. Er hatte nicht sehr häufig schlechte Tage und dann konnten Helena und Miriel die Burg in Deirdres Abwesenheit führen. Aber jetzt, da Helena weg war und Miriel überarbeitet war mit der Bestandsaufnahme der Vermögenswerte von zwei Haushalten, war niemand da, um den täglichen Betrieb auf

Rivenloch zu beaufsichtigen – Aufgaben zu verteilen, Streitfragen zu schlichten, Arbeit zu beaufsichtigen und Recht zu sprechen. Deirdre war derart verärgert, dass sie die Normannen für ihr Eindringen und Helena für ihre unbedachte Handlung verfluchte.

Ihr Vater saß am Kamin in seiner Kammer, wiegte sich aufgeregt hin und her und begann wieder zu weinen und nach seiner Frau zu rufen. Deirdre kniete neben ihm, während er schluchzte, nahm seine Hand in ihre und sprach tröstende Worte.

In Zeiten wie diesen wünschte sich Deirdre schon fast, dass ihr Vater ihre Mutter nicht so sehr geliebt hätte, denn scheinbar war er, selbst über den Tod hinaus ein Gefangener dieser Liebe. Es war, als wenn ihre Mutter einen Teil von ihm mit sich ins Grab genommen hätte.

Deirdre strich mit dem Daumen über die einst so kräftige Hand ihres Vaters, der in seinen Bart schniefte. Schon bald würde das Fieberkraut, mit dem sie seinen Wein versetzt hatte, Wirkung zeigen. Sie hoffte, dass er im Schlaf von seinen unglücklichen Erinnerungen und den Dämonen, die ihn verfolgten, etwas Ruhe finden würde.

Sie zupfte die Decke über seinem Schoß zurecht und dachte dann über ihre eigene Ehe und ihren normannischen Ehemann nach.

Vielleicht war es am besten, wenn sie keine große Zuneigung für Pagan empfand. Sie brauchte nur ihren Vater anschauen, um überzeugt zu werden, dass die Liebe eine grausame Geliebte war – fordernd, eifersüchtig und schwächend. Aye, ihre Eltern hatten glückliche Zeiten zusammen durchlebt. Sie erinnerte sich an die beiden, wie sie zusammen sangen und lachten wie Kinder, am Feuer kuschelten, sich beim Essen heimlich zulächelten, im

Treppenhaus küssten und durch die Wiesen jagten wie Possen treibende Hirsche. Aber letztendlich hatte die Liebe Ihnen Unglück gebracht. Sie hatte einen Krieger vereinnahmt, der einst hoch erhobenen Hauptes in die Schlacht geritten war und ihn zu einem sabbernden alten Mann gemacht. Nay, dachte Deirdre, es war gut, dass sie ihren Ehemann nicht liebte.

Sie starrte in die Flammen und genoss das tröstliche Brennen auf ihrem Gesicht, während das Feuer die kühle Luft verjagte. Schließlich ließ das Schluchzen des Lords nach und er schlief ein. Deirdre ließ seine Hand vorsichtig los und stand auf, um noch einen Scheit Holz aufzulegen.

Der dunkle Himmel draußen erinnerte sie, dass der Tag zur Neige ging und dass das bedeutete, dass sie in ihre eigene Kammer zurückkehren musste. Sie überlegte, wie heftig die Schlacht wohl sein würde, die Pagan dort in dieser Nacht schlagen würde.

Ihre Verteidigung fühlte sich schwach an. Sie befürchtete, dass sie nicht noch einmal gegen ihn ankommen würde. Aber sie wagte es nicht nachzugeben, denn wenn sie kapitulierte, würde sie niemals Macht über ihn erlangen ... niemals.

Es war Deirdre sehr wohl bewusst, dass eine Frau sich die Leidenschaft eines Mannes zu Nutze machen konnte, um die Herrschaft über ihn zu erlangen. Lüsternheit war eine wirkungsvolle Macht. Seit der Zeit Samsons war sie der Niedergang vieler Männer. Solange Deirdre Pagan ihren Körper vorenthielt, könnte sie Kontrolle über viele Dinge ausüben. Ihre eigenen Leute regieren. Straffreiheit für ihre Schwester. Befehlsgewalt über die Truppe.

Aber wenn er Verdacht schöpfte, wie schwach ihr Druckmittel war, wie schwach ihre Kontrolle über ihr eigenes Verlangen ... beim Kreuz, das wäre ihr Untergang.

Jemand klopfte an die Tür und kündigte das Abendessen an, wobei der Lord aufwachte.

„Deirdre?" Er blickte sie an, und setzte sich dann aufrecht in seinem Sessel hin. Plötzlich hatte er sich in ihren Vater aus früheren Zeiten verändert und wirkte stolz und stark, fähig und weise. Seine Augen waren klar und sein Blick beständig.

Deirdre hatte vor bittersüßer Zuneigung einen Kloß im Hals. Manchmal wusste sie nicht, was schlimmer war – ihn traurig durch die Hallen wandern zu sehen oder diese seltenen Momente der Klarheit zu erleben, wenn er kurz wieder der Vater war, den sie bewundert und angebetet hatte. Es war herzzerreißend.

„Deirdre", sagte er liebevoll und zerzauste ihr Haar. „Was machst Du denn, dass Du mir beim Schlafen zuschaust? Solltest Du nicht an der Seite deines neuen Ehemannes sein?"

Sie lächelte zaghaft. Zumindest erinnerte er sich an etwas, das passiert war. „Wollen wir zum Abendessen gehen, Vater?"

„Abendessen? Aye."

Er drückte sich vom Stuhl hoch und streckte sich zu voller Größe. Deirdre kamen die Tränen, als sie wieder einen flüchtigen Blick auf den stolzen Krieger, der er einst gewesen war, erhielt.

„Und danach ein Würfelspiel", sagte er zwinkernd. „Ich muss mein Geld von den betrügerischen Normannen zurückgewinnen."

Deirdre brachte es nicht übers Herz, mit ihm zu schimpfen. Aye. Er hatte bereits riesige Beträge verspielt. Es gab nur wenige Abende, an denen er nicht spielte und verlor. Dankenswerterweise hatte Miriel die Männer von Rivenloch schon vor langer Zeit dazu überredet, ihre Gewinne an den Haushalt zurückzugeben. Jetzt verloren sie nur noch Geld an Fremde, die auf ihrer Reise bei ihnen Halt machten. Aber mit einem Haus voller Normannen würden Sie ein neues System finden müssen.

Erst einmal beabsichtigte Deirdre die Gesellschaft ihres geliebten Vaters heute Abend zu genießen, bevor er zurück in den Wahnsinn glitt.

Ihre Pläne für ein angenehmes Abendessen wurden ruiniert. Während Deirdre sich in der Kammer ihres Vaters aufgehalten hatte, hatte Pagan es auf sich genommen, Chaos in ihrem Haushalt anzurichten.

„Was habt ihr getan?", fragte sie und verschluckte sich fast an einem Schluck Bier.

„Die alten Stallungen abgerissen", sagte er und knabberte an einer von vier Dutzend Forellen, die seine Normannen im See gefangen hatten.

Zu ihrem Entsetzen nickte ihr Vater zustimmend. „Gut. Sie waren sowieso im Begriff zusammenzubrechen."

Sie schaute finster. „Und was habt ihr mit den Falken gemacht?"

Pagan lächelte schief. „Das müsst ihr den Koch fragen."

Ihr blieb der Mund offenstehen.

Neben ihr kicherte Miriel. „Er scherzt, Deirdre."

Deirdre fand Pagan in keinster Weise amüsant. Sie war einen halben Tag abwesend und er hatte alles in der Burg umorganisiert und das scheinbar auch noch mit dem Segen ihres Vaters.

„Diese Forelle ist lecker, Ian", schwärmte Pagan. „Es ist

schade, dass ich meine Männer nicht jeden Tag zum Fischen schicken kann."

Deirdre kochte innerlich. Das war ein weiteres Beispiel von Pagans Unwissenheit. „Denkt noch nicht mal daran. Wenn ihr jeden Tag fischt, werdet ihr den See leer fischen. Wir haben dann im Winter nichts zu essen und es sind keine Forellen mehr da, um sich zu vermehren."

„Aye", stimmte er zu. „Miriel hat mich bereits davor gewarnt."

Deirdre stopfte ein Stück Rübe in ihren Mund. Es gefiel ihr nicht, wie Pagan sich scheinbar in ihren Haushalt einmischte. Er rief die Bewohner der Burg schon mit Namen. Er hatte sich schon an Rivenlochs Ressourcen bedient. Und er erschlich sich bereits das Vertrauen ihres Vaters. Dies ließ nichts Gutes hoffen.

„Pagan hat mir erzählt, dass er einen sehr klugen Waffenschmied mitgebracht hat", erzählte ihr Lord Gellir.

„Josserand", erklärte Pagan, trank sein Bier aus, und winkte der Dienerin, dass er ein weiteres wollte.

„Wir haben Waffen", erklärte Deirdre.

„Nicht solche", sagte ihr Vater mit glänzenden Augen.

„Toledo Stahl", führte Pagan aus. „Leicht, stark und ausgewogen."

Trotz des angenehmen Gedankens, neue Waffen zu bekommen, spürte Deirdre, wie Zorn in ihr aufstieg. Pagan untergrub offensichtlich bei jeder Gelegenheit ihre Autorität. „Und wollt Ihr Rivenloch auch Stein um Stein neu bauen", fragte sie sarkastisch.

„Nun, da Ihr davon sprecht ..." fing Pagan an.

„Deirdre!", rief ihr Vater. „Hör auf."

Sie errötete. Es war bereits viele Monate her, seit ihr Vater sie wegen irgendetwas gerügt hatte. Dass er das jetzt vor den Fremden tat, insbesondere nachdem sie den ganzen Nachmittag damit verbracht hatte, ihn in seiner Melancholie zu pflegen und seine Würde zu erhalten, war beschämend.

Seltsamerweise griff Pagan ein, um ihren verletzten Stolz zu besänftigen. „Tatsächlich möchte ich mich mit Eurem Vater über einige Änderungen an der Burg beraten. Ich würde mich über seine Vorschläge freuen."

Sie war versucht, ihn nach dem Grund dafür zu fragen, denn scheinbar brauchte er ja für sonst nichts seine Erlaubnis.

In der Zwischenzeit schlängelte sich Lucy Campbell, eine der Dienerinnen auf Rivenloch, zwischen sie, um Pagans Becher zu füllen und offenbarte dabei ihre riesigen Brüste. Deirdre wusste nicht, warum dies sie verärgerte. Schließlich zeigte Lucy allen Männern, was sie hatte. Aber trotzdem stieg Unmut in Deirdre auf.

Zur Ablenkung wandte sie sich zu Miriel. „Hast du mit der Bestandsaufnahme angefangen?"

„Angefangen und abgeschlossen", antwortete Miriel lächelnd. „Sir Pagans Mann, Benedict, hatte schon die Cameliard Vermögenswerte aufgezeichnet. Es war einfach, die beiden Haushalte zusammenzufügen."

Viel einfacher, als ihre Leute zusammenzufügen, dachte Deirdre.

Überall herrschte Chaos, selbst hier in der großen Halle. Das Schilf war scheinbar schon wieder ausgetauscht worden, obwohl Miriel dies erst im vergangenen Monat veranlasst hatte. Die Banner an den Wänden waren umgehängt worden, um Platz für die Banner der Ritter von Cameliard zu machen. Ein paar normannische Jungen verwöhnten die Hunde in der Ecke, indem sie diese mit

Rehfleisch fütterten. Und jetzt servierten die Diener ein unbekanntes Gericht, um das Abendessen abzuschließen, etwas ... Normannisches.

Verflucht! Dies war *ihre* Burg, *ihr* Land. Dies waren *ihre* Diener. Pagans Einmischung fühlte sich an wie ... eine Invasion, die so störend war wie seine Gegenwart in ihrem Bett.

Aber während sie dies dachte, wurde ihr klar, wie unsinnig diese Gedanken waren. Tatsächlich war es einerlei, wessen Hände die Steine an der Burgmauer aufsetzten, solange die Burg dadurch stärker wurde. Sie sollte eigentlich für Pagans Hilfe dankbar sein.

Aber sie war es nicht. Angesichts dieser neuen Ehe, Helenas voreiliger Geiselnahme, der Pflege ihres Vaters den ganzen Tag und dann zu sehen, dass ihre Welt auf den Kopf gestellt worden war, war sie zu verärgert, als dass sie für irgendetwas hätte dankbar sein können.

Sie verabschiedete sich, warf Pagan einen bösen Blick zu, der ihm klipp und klar sagte, dass er das, was er von ihr wollte, auch heute Nacht nicht bekommen würde. Dann ging sie zu Bett.

Pagan leerte seinen Becher und betrachtete die Dienerin, die Reyner das Bier einschenkte. Sie war ein hübsches Mädchen mit rosigen Wangen und großen Brüsten, die aus ihrem Kleid herausragten wie aufgehende Hefebrote. Sie hatte dunkle Haare, einen koketten Blick und einen Schmollmund.

Vielleicht würde er *sie* heute Nacht in der Speisekammer vögeln, sagte er zu sich selbst. Er stellte seinen leeren Becher krachend auf dem Tisch ab.

Eine gefährliche Braut

Nicht nur, weil das Weib hübsch war, dachte er, als sie sich ihm näherte und seinen Becher zum siebten Mal füllte, wobei sie ihre Brust praktisch gegen seine Wange drückte, sie war definitiv auch freundlich. Sie kicherte leise und fragte, ob sie sonst noch etwas für ihn tun könnte.

Er hatte vor, dies zu bejahen Er wollte ihr seine lüsternen Absichten ins Ohr flüstern, bis sie errötete. Dann wollte er sie in der Speisekammer treffen und ihr etwas aus seinem Lager servieren.

Aber es sollte nicht so kommen. Jedes Mal, wenn er auch nur überlegte, ein anderes Weib zu begrabschen und dies war die dritte heute Abend, drängte sich ein Bild von Deirdre in seine Gedanken. Es war kein Schuldgefühl, das ihn aufhielt. Schuldgefühle hätte man leicht beiseiteschieben können. Schließlich war nicht er es gewesen, der sich geweigert hatte, die Ehe zu vollziehen. Nay, er hatte das Recht, bei einer anderen zu liegen, wenn er das wollte. Aber er konnte es nicht. Oder vielmehr dachte er jedes Mal an das blonde Weib mit dem sinnlichen Blick, das in diesem Augenblick in seinem Bett schlief. Weich. Warm. Und nackt.

Er seufzte und trank das Bier in einem Zug leer. Die Dienerin kicherte wieder und fragte ihn, ob er noch mehr wollte. Er schüttelte den Kopf.

Er schaute zu den Stufen, die in sein Zimmer führten. Er könnte nach oben gehen und sie jetzt in diesem Augenblick nehmen. Das war sein Recht. Niemand würde das in Frage stellen. Deirdre erwartete doch sicherlich nicht, dass er das Versprechen an ihre Schwester immer noch einhielt. Nicht jetzt, da Helena das Gesetz gebrochen und seinen Mann als Geisel genommen hatte.

„Pagan, Junge", rief der Lord von Rivenloch und riss ihn

aus seinen Gedanken. „Kommt und setzt Euch zu mir und bringt mir Glück!"

Pagan versuchte wegen der Störung nicht böse zu schauen. Schließlich waren seine Gedanken leere Drohungen gewesen. Er hatte nicht die Absicht, sich Deirdre aufzuzwingen mit oder ohne Versprechen. In guten wie in schlechten Zeiten war er doch in erster Linie ein ehrenvoller Ritter.

Er konnte ebenso gut auch mit ihrem Vater würfeln. Der alte Mann schien an diesem Abend ziemlich klar zu sein. Außerdem, überlegte er, würde es ihn davon abhalten, über die verführerische, unantastbare Göttin nachzudenken, die oben schlief.

Am zweiten Morgen ihrer Ehe erwachte Deirdre im Morgengrauen, das sich über die Kammer legte wie ein Tuch.

Der Frieden wurde von einem plötzlichen Schnarchen gestört. Pagan. Er schnarchte im Bett neben ihr, hatte sein Gesicht in das Kissen gedrückt und sein Haar fiel ihm verwegen über eine Wange. Sie erinnerte sich, dass er sehr spät ins Bett gekommen war, obwohl er sich bemüht hatte, sie nicht zu stören.

Deirdre war nicht so vorsichtig. Es war schließlich schon Morgen. Wenn Pagan der Vogt dieser Burg sein wollte, dann lernte er besser, beim ersten Krähen des Hahns aufzustehen. Sie drehte sich von einer Seite auf die andere. Sie gähnte laut. Sie schlug ihr Kopfkissen auf. Sie nahm ihm alle Decken und dann errötete sie, als sie sah, was sie offenbart hatte und deckte ihn wieder zu.

Oh Gott! Sie überlegte, ob der Mann auch beim Schlag

eines Rammbocks an der Tür weiterschlafen würde.

Sie dachte, wenn er zu faul war aufzustehen, könnte sie wenigstens störungsfrei ihrer normalen Arbeit nachgehen.

Selbst beim Krach, als sie ihr Kettenhemd aus der Eichenkiste nahm, bewegte Pagan sich nicht. Angewidert schüttelte sie den Kopf. Welchen Nutzen hatte ein berühmter, kampferprobter normannischer Ritter, wenn man sich angriffsbereit an ihn heranschleichen konnte?

Sie nahm ihre Sachen und schlüpfte zur Tür hinaus, wobei sie der Versuchung widerstand, diese mit einem Knall zuzuschlagen.

Sie musste über Dutzende schlafende Normannen in der großen Halle steigen, bis sie endlich einen Knappen aus Rivenloch gefunden hatte, den sie wachrütteln konnte, damit er ihr half, die Männer zu bewaffnen. Die Ritter schliefen in der Waffenkammer und sie weckte fünf von ihnen, die fünf, die nicht so betrunken waren, dass sie nicht mehr stehen konnten. An ihren finsteren Blicken konnte man ablesen, dass sie nicht froh darüber waren, so früh geweckt zu werden. Aber auf ihre Beschwerden entgegnete sie, dass es ihre eigene Schuld war, dass sie zu viel mit den Normannen gefeiert und die halbe Nacht gezecht hatten. Es war wichtig, dass die Männer von Rivenloch Tag und Nacht kampfbereit waren, besonders seit der Nachricht von einem weiteren Angriff der Engländer bei Cruichcairn.

Schon bald übte sie fröhlich mit ihren Männern auf dem Übungsplatz, erfand neue Manöver und jubelte, als sie es schaffte, Malcolm am Zaun festzusetzen.

Leichtsinnig forderte sie alle auf, sie zusammen auf einmal anzugreifen. Aus Höflichkeit griffen sie aber einer nach dem anderen an. Noch nicht einmal der fähigste Krieger konnte mit fünf auf einmal kämpfen, wenn sie von allen

Seiten kamen. Aber es war trotzdem eine Herausforderung für sie und schon bald schmerzte ihr Arm vom andauernden Klirren des Stahls. Die Aktion begeisterte sie durch und durch und der Sieg war beglückend. Für Deirdre war keine Ablenkung so fesselnd wie der Schwertkampf.

Ihre Freude war so unbändig, dass sie die elenden Wüstlinge, die kamen, um ihr Spiel zu unterbrechen und ihre Laune zu verderben, zu spät bemerkte.

Bumm, bumm, bumm, bumm, bumm!

Pagan knurrte und rieb sich die Augen. Scheiße!! Wer hämmerte da an die Tür? Erst, als er sich aufrichtete, erinnerte er sich, wo er war. Sonnenlicht strömte in die Kammer, aber er fühlte sich, als hätte er überhaupt nicht geschlafen. Er schaute neben sich.

Wieder weg. Verdammt!

Bumm, bumm, bumm, bumm!

„Verdammt!", knurrte er und wusste, dass es einer seiner Ritter sein musste, der ihn wecken wollte.

Bumm, bumm, bumm!

„Einen Au ..." Er knüllte das Laken zusammen und ging zur Tür.

Bumm, bumm ...

Vor dem nächsten Klopfen riss er die Tür auf. „Was!"

Es war keiner seiner Männer. Es war Miriel. Und sie fiel fast in die Kammer, als ihre Faust ins Nichts schlug. Ihr schockierter Blick fiel sofort auf seinen nackten Körper und er zog das Laken über seine anzüglichsten Teile.

„I ... i ..." Dann schien sie sich zu sammeln und schaute ihn an. Ihr Gesicht wurde ernst. „Ich glaube, Ihr kommt besser."

Eine gefährliche Braut

Der ernste Blick in ihren Augen erschütterte ihn. „Was ist los?"

„Sie wollen nicht auf mich hören. Sie wollen auf niemanden hören."

„Wer? Wer will nicht ..."

„Beeilt Euch!" Sie wandte sich um und wartete offensichtlich darauf, dass er sich ankleidete. „Beeilt Euch oder es wird noch jemand getötet!"

Von was zum Teufel sprach sie? Er traute sich nicht, Zeit zu verschwenden und sie zu fragen. Stattdessen zog er sein langes Hemd an, warf ein Tuch über die Schulter und schnallte sein Schwert um. „Wo?"

„Der Übungsplatz", antwortete sie.

Er rannte an ihr vorbei die Treppe hinunter und sein Herz schlug ihm bis zum Hals. Er hätte seine Männer in der großen Halle zu den Waffen gerufen, aber seltsamerweise waren sie nicht da. Nur Frauen, Diener und Kinder waren da. Selbst die Waffenkammer war leer.

Er rannte hinaus in den Burghof und überquerte den Rasen auf dem Weg zu dem eingezäunten Übungsplatz. Als er ankam, konnte er nur entsetzt starren. Was er sah, war zu unbeschreiblich, als dass man es auf Anhieb hätte verstehen können.

KAPITEL 14

Ein halbes Dutzend Männer von Rivenloch lagen in Kettenhemden auf dem Boden wie tot, hatten ihre Schilde beiseitegelegt und ihre Schwerter lagen neben ihnen. Die Ritter von Cameliard waren zum größten Teil nur halb gekleidet, waren unbewaffnet und standen im Halbkreis auf dem Feld. Und am Zaun hielten Sir Rauve und Sir Adric eine wütende und spuckende Deirdre zurück. Sie war bis auf den Helm in voller Rüstung gekleidet. Ihr Zopf löste sich und sie schlug wie wild mit dem Schwert um sich; in ihren Augen funkelte Mordlust.

Pagan hatte keine Idee, was wohl passiert war. Er fand noch nicht mal die Worte, um zu fragen.

Glücklicherweise war Sir Rauve bereit, eine Erklärung abzugeben. „Mylord", sagte er mit angestrengter Stimme, während er darum kämpfte, seine flinke Gefangene festzuhalten und ihr das Schwert zu entwenden und außer Reichweite zu werfen. „Wir haben Eure Braut gerettet."

Gerettet? Sie sah sogar nicht aus wie eine dankbare Frau in Gefahr.

„Gerettet!", rief Deirdre. „Ihr dummer, übergroßer Nor ..."

Eine gefährliche Braut

Diplomatisch legte Rauve seine Hand über ihren Mund, bevor sie weiter geifern konnte.

Aber Pagan war viel besorgter um die schottischen Ritter, die auf dem Übungsplatz verteilt lagen. „Sind Sie...?"

„Oh nay!", spottete Rauve. „Wir haben sie nur ein bisschen gestoßen. Wir waren ja noch nicht mal bewaffnet. Sie sind einfach ..." Plötzlich stieß er einen Schrei aus und zog seine Hand zurück. Deirdre hatte nicht nur Klauen, sondern auch Zähne, bemerkte Pagan.

Sir Adric fuhr fort. „Mylord, sie haben sie angegriffen. Ihre eigene Herrin." Ungläubig schüttelte er den Kopf. „Zu fünft gegen eine Frau."

Deirdre riss sich los. „Ihr Narren! Ihr Tölpel!"

Die Männer begannen zu murren. Sie hatten offensichtlich keine Vorwürfe erwartet, sondern Dankbarkeit von der Person, die sie gerettet hatten.

Pagan hob die Hand und sorgte für Ruhe. Alle außer Deirdre gehorchten.

„Lasst mich gehen, ihr Narren!" Sie spuckte aus.

Pagan nickte Rauve zu und sie ließen sie los.

Leise fluchend warf sie ihren Kopf herum und schob sie beiseite, um sich auf den Weg zu ihren gefallenen Rittern zu machen. Pagan hätte sie vorbeigehen lassen, aber als sie an ihm vorbeikam, schaute sie ihn hasserfüllt an, als wenn das alles irgendwie seine Schuld wäre. Verärgert ergriff er ihren Arm.

„Lasst mich los, Sir!", schnauzte sie ihn an.

„Erklärt mir, was hier los ist!"

„Sagt Ihr es mir. Was für eine Art von Barbaren stehen in Eurem Dienst, Normanne?"

Er hatte Kopfschmerzen und er hatte genug von ihren Beleidigungen an diesem Morgen. Sein Griff wurde fester.

„Verunglimpft nicht meine Ritter, Weib."

„Ritter? Wie können Sie sich Ritter nennen, wenn Sie *das hier* angerichtet haben?" Sie zeigte auf die Schotten, die bewegungslos auf dem Boden lagen.

„Dann sagt mir: Was ist passiert?"

„Eure Ritter haben meine angegriffen", fauchte sie. „Böswillig. Und ohne Provokation."

„Was?" rief Rauve ungläubig. „So war es doch gar nicht, Mylord."

Adric fügte hinzu: „Wir haben sie gerettet, Mylord. Wir haben sie vor Schaden bewahrt."

„Tölpel!", schrie sie zurück. „Ich war niemals in Gefahr. Meine Männer wissen ganz genau, wie ..."

„Hört auf! Alle!" bellte Pagan. Er begann langsam zu verstehen, was passiert war und schon sah er sich dem Anfang seines ersten handfesten Streits mit seiner Braut gegenüber. Er seufzte: „Ihr habt also mit Ihnen geübt?"

Sie hob ihr stolzes Kinn. „Natürlich habe ich mit Ihnen geübt. Glaubt ihr wirklich, dass meine eigenen Männer mich angreifen würden?"

„Geübt?", fragte Adric.

Rauve stand da mit offenem Mund. „Was? Oh, nay, nay, Mylord." Heftig schüttelte er den Kopf. „Das war ein richtiger Angriff. Sie kamen zu fünft gleichzeitig. Schwer bewaffnet. Scharfe Klingen. Ohne Zurückhaltung. Das war keine Übung."

„Pah!", verhöhnte Deirdre ihn. „Und mit was übt Ihr *Normannen*? Mit Weidenzweigen?"

Rauve spuckte auf den Boden. „Ich sage Euch, mit was Normannen *nicht üben*. Wir üben nicht mit Weibern."

Deirdre kniff die Augen zusammen und Pagan sah ein gefährliches Funkeln darin. „Vielleicht möchtet ihr es probieren", forderte sie ihn heraus.

Eine gefährliche Braut

„Was zum ..." Rauve sah so entsetzt aus, als hätte sie vorgeschlagen, dass er ein lebendiges Kätzchen schlucken sollte.

Pagan musste diesem Unsinn ein Ende machen. „Hört mir zu! Der nächste Mann, der ein Schwert zieht, wird sich vor mir verantworten müssen."

Rivenloch und Cameliard waren jetzt schließlich Verbündete und gemäß dem Befehl des Königs sollte Pagan die schottischen und normannischen Truppen zu einer einzigen Armee zusammenführen. Er hatte keine Zeit für kindische Streitereien. Auch hatte er keine Geduld mit einer Ehefrau, die gefährliche Spielchen mit doppelt so großen Männern, wie sie selbst, spielte.

Außerdem war er immer noch über Deirdres Verweigerung die zweite Nacht hintereinander verärgert. Wenn das Weib ein wenig Ausholen und Zustoßen brauchte, würde er ihr in ihrer Kammer gern zu Gefallen sein.

„Rauve, helft diesen Männern vom Feld. Sie sollen sich ausruhen. Wir fangen heute Nachmittag noch einmal von vorn an und beginnen mit der Ausbildung der Schotten." Er klackte mit der Zunge und murmelte dann: „Es wird zweifellos eine Herausforderung, sie in Form zu bringen, wenn man überlegt, dass sie sich selbst in voller Bewaffnung nicht gegen halb angezogene Männer verteidigen konnten."

Deirdre verlor nur selten die Fassung. Das war etwas, worauf sie sehr stolz war. Im Gegensatz zu Helena hatte sie ihre Gefühle unter Kontrolle und verließ sich eher auf ihren Kopf, als auf ihr Herz. Aber heute Morgen wurde ihre Zurückhaltung jedoch arg gefordert.

Bei Pagans Beleidigung erstarrte sie. Wie konnte er es wagen, die Ritter von Rivenloch zu verhöhnen? Seine eigenen Männer waren so dumm gewesen, die Lage falsch einzuschätzen und waren somit für dieses Durcheinander verantwortlich. Und wie konnte er es wagen, so beiläufig zu sagen, dass man sie „in Form bringen müsste", als wenn sie ein Haufen bartloser Jünglinge wären, die noch nie ein Schwert in der Hand hatten? Als wenn sie und Helena die letzten zwei Jahre nicht damit verbracht hätten, persönlich die Fähigkeiten der Ritter zu verbessern? Sie freute sich über seinen Rat und seine Erfahrung, aber wie konnte er es wagen anzunehmen, dass nur weil er in Rivenloch eingeheiratet hatte, es nun seine Aufgabe sein würde, seine Armee zu befehligen, *ihre* Armee?

Dies waren *ihre* Männer, verdammt! *Ihre* Ritter!

Zornig bückte sie sich und hob ihr Schwert wieder auf, dann wandte sie sich langsam zu ihm um und hob es hoch. Der Nächste, der ein Schwert zog würde sich also vor Pagan verantworten müssen? Das würde sie gerne tun.

Seine Männer blieben sofort ruhig stehen und einige fluchten leise vor Angst, was ihren Verdacht verstärkte, dass sie ein Haufen Feiglinge waren.

„Die Schotten brauchen keine Ausbildung von Euch, Sir." Sie betrachtete seine Ritter, die mit offenem Mund erwartungsvoll dastanden. „Nicht von Euren feigen Männern."

Ein winziger Muskel zuckte in Pagans Kiefer und lange Zeit starrte er sie nur an mit undurchdringlicher Miene. Ihr Mund verzog sich zu einem verächtlichen Lächeln, als ihr klar wurde, dass Pagan nicht die Eier hatte, um mit ihr vor seinen Männern zu kämpfen.

Aber gerade als sie beschlossen hatte, dass er seine Niederlage zugab, überraschte er sie, indem er sein Schwert zog.

Eine gefährliche Braut

„Macht das Feld frei!", befahl er.

Um ihn herum eilten seine Männer herbei, um seinen Befehl auszuführen, wobei einige von ihnen die immer noch bewusstlosen Männer von Rivenloch davon trugen.

Schade, dass er sie entlassen hatte. Sie sehnte sich danach, nicht nur Pagan, sondern auch seinen Rittern zu beweisen, dass die Schotten aus gutem Material waren.

Während die Ritter von Cameliard umhereilten, um das Feld frei zu machen, starrte Pagan sie an. Solange sie konnte, hielt sie seinem Blick stand. Aber der unnachgiebige Mut und die rohe Entschlossenheit in seinen Augen waren äußerst zermürbend. Sie versuchte, ihn mit Worten abzulenken.

„Meine Ritter würden niemals so ängstlich fliehen", sagte sie und blickte zu seinen Männern, die den Übungsplatz leerten. „Sie irren vom Feld wie Käfer auf der Flucht vor einem Feuer."

„Sie haben wahrscheinlich Angst um *Euch*, Mylady", sagte er ruhig.

Sie verzog den Mund. Es war kindische Prahlerei, wie Sie es von einem unerfahrenen Kämpfer erwarten würde. „Nun, das brauchen sie nicht. Wir wissen doch beide, dass ich ganz gut mit der Klinge umgehen kann, Sir."

Er runzelte die Stirn. „Sprecht mich bitte nicht auf diese Art und Weise an. Ihr dürft mich mit Mylord oder mit meinem Namen ansprechen. Aber Ihr werdet keine andere Anrede benutzen."

„Wenn ihr Euch meinen Respekt verdient habt, Sir, werde ich Euch den Gefallen tun."

Er zog sein Schwert plötzlich an ihre Kehle mit einer solchen Geschwindigkeit, dass es in der Luft pfiff und sie unwillkürlich keuchen musste. Oh Gott! Sie hatte noch nie gesehen, dass sich etwas so schnell bewegte.

„Ihr müsst noch viel über Respekt lernen", sagte er. „Dabei geht es nicht darum, wer schneller oder stärker ist oder mehr Männer in einer Schlacht besiegt hat. Dabei geht es um Ehre."

Deirdre musste unwillkürlich schlucken. Ihr Herz schlug heftig. Sie konnte sich immer noch nicht vorstellen, wie sein Schwert so schnell an ihren Hals gekommen war.

„Jetzt", sagte er nach einer kurzen Überprüfung des Feldes, „sind sie weg. Wollt Ihr Eure Herausforderung zurückziehen?"

Sie schaute ihn finster an. „Nay."

„Ich habe alle Zeugen weggeschickt", sagte er, „um Euch die Demütigung einer Kapitulation zu ersparen."

„Kapitulation?" Sie glaubte ihm keinen Augenblick lang. Keiner war so ritterlich. Sie kniff die Augen zusammen und versuchte, seine Gedanken zu erraten. Er hatte sie gestern schlussendlich besiegt, aber sie war leichte Beute gewesen. „Nay, ich glaube, Ihr habt Angst vor mir. Ihr habt Angst, vor Euren Männern gegen eine Frau zu verlieren."

Zu seinen Gunsten musste man sagen, dass er sie nicht auslachte, aber er zog eine ironische Grimasse. Mit einem leichten Kopfschütteln trat er zurück. „Gut. Dann gebt Euer Bestes."

Er schlug das Schwert ein paar Mal hin und her durch die Luft, bevor er eine Verteidigungshaltung einnahm.

Sein Selbstvertrauen machte sogar Deirdre nervös, die schon einmal gegen ihn gekämpft hatte und bereits bedrohlichere Gegner als ihn, die besser bewaffnet und mehr als ein Hemd und einen Umhang trugen, niedergerungen hatte. Und da er nun von Ehre gesprochen hatte, sollte sie ihm wohl einen gerechteren Kampf bieten.

„Ich warte, während Ihr Eure Rüstung anlegt."

Er schüttelte den Kopf.

Sie runzelte die Stirn. „Ich will nicht, dass Ihr berichtet, dass unser Kampf ungerecht war."

„Ach, ich habe gar nicht vor, irgendetwas über unseren Kampf zu berichten, aber ..." Er nickte leicht und murmelte: „Vielen Dank für die Höflichkeit."

Sie schniefte. „Jeder Ritter würde das tun".

Mit einem Nicken stellte sie sich sicher hin, hob ihre Waffe und begann den kürzesten Schwertkampf ihres Lebens.

Pagan wollte dieser Dummheit ein Ende machen und noch mehr wollte er zurück ins Bett und noch ein paar Stunden schlafen.

Deirdre musste lernen, dass eine Frau ihrer Größe sich niemals gegen Männer wie die Ritter von Cameliard durchsetzen konnte. Sie war zwar wild entschlossen und hatte einige hinterlistige Tricks auf Lager, aber ihr Enthusiasmus war weitaus größer als ihre Fähigkeiten und ihre Kraft. Pagan hatte bei ihrem ersten Kampf mit ihr gespielt. Es war nur höflich und üblich, sich dem Niveau des Gegners in einem freundschaftlichen Übungskampf anzupassen. Wahrscheinlich taten das alle Gegner Deirdres und hatten ihr so ein falsches Selbstvertrauen verliehen, dass schlussendlich tödlich sein könnte.

Seine schöne, tollkühne Braut und er starrten einander an. Es war eine unangenehme Aufgabe, aber er musste das Mädchen entwaffnen, bevor sie sich selbst verletzte.

Er machte sich gar nicht die Mühe, sie mit seinem Schwert anzugreifen. Stattdessen ergriff er ihren Schwertarm am Handgelenk und mit brutaler Kraft nahm er ihr das Schwert mit der anderen Hand. Dann ergriff er sie an ihrem Wappenrock und schob sie gegen die Stallwand wobei er sie nach vorne schob, bis er ihr direkt gegenüber Auge in Auge stand.

An ihrer Halsschlagader konnte er sehen, dass ihr Puls raste. Sie atmete flach und unregelmäßig und ihr Mund war vor Schreck halb geöffnet. Entgegen seiner Erwartungen war keinerlei Angst in ihren Augen zu sehen. Er konnte nicht sagen warum, aber irgendwie erfreute ihn dies.

Er war nah genug bei ihr, dass er die Hitze des Kampfes, die sie ausstrahlte spürte, nah genug, dass sie sich mit seiner vermischte, nah genug, dass die Versuchung da war, diese winzige Kluft mit einem Kuss zu überbrücken und die Angelegenheit dann mit einem triumphierenden Kuss zu Ende zu bringen.

Aber er musste das jetzt hier ein für alle Mal mit ihr ausfechten.

„Glaubt Ihr immer noch, dass ich Angst habe, gegen Euch zu verlieren?"

Sie schluckte und war offensichtlich immer noch geschockt.

„Würdet Ihr nicht zustimmen", sagte er, „dass ich durchaus in der Lage bin, die Burg zu beschützen?"

Sie runzelte die Stirn und biss sich auf die Lippe.

„Und nach dem Zwischenfall heute Morgen, glaubt Ihr nicht, dass meine Männer Euch mit ihrem Leben beschützen würden?"

Nach einem langen Augenblick nickte sie zögerlich.

„Dann lasst mich das tun, weswegen ich gekommen bin", sagte er. „Ich bin die beste Verteidigung, die Ihr habt."

„Ihr seid vielleicht größer", murmelte sie. „Und stärker. Und erfahrener. Aber ich kenne diese Burg. Ich kenne dieses Land. Und ich kenne meine Leute. Ihr könnt meine

Erfahrung nicht einfach abtun. Ich weiß am besten, wie meine Ritter befehligt werden müssen."

Pagan wusste, dass er mit ihr streiten sollte, aber er fing an, sich wie ein Hund zu fühlen, der nach einem Knochen lechzt, der knapp außer Reichweite ist. Seine Lenden mussten reagieren, wenn Deirdre so weich und verführerisch nah war. Er spürte ihren lebhaften Körper an seiner Brust, das sinnliche Glühen ihrer Haut, das kühle Feuer in ihren Augen, der Duft von Leder und Kettenhemd, der sich mit Blumen vermischte und das machte ihn fast wahnsinnig vor Verlangen.

„Wisst Ihr, Mylady", flüsterte er und senkte seinen Blick auf ihre einladenden Lippen, „ich wäre eher geneigt, Euch Ritter spielen zu lassen, wenn Ihr geneigt wärt, meine Ehefrau zu spielen."

Sie keuchte. Ihr Blick wurde härter und mit zusammengepressten Zähnen sagte sie: „Mit meiner Zuneigung kann nicht gehandelt werden."

„Schade", sagte er und lächelte sie reuevoll an. „Ihr würdet vielleicht feststellen, dass Eure Zuneigung sehr viel wert ist."

Ihr Blick senkte sich dann auf seinen Mund und er konnte sehen, dass sie über sein Angebot nachdachte.

Aber plötzlich merkte er, dass er Deirdre nicht auf diese Art und Weise wollte. Er hatte vielleicht in der Vergangenheit die eine oder andere Frau für ihre Gefälligkeiten bezahlt, aber Deirdre war seine Frau. Er wollte, dass sie freiwillig zu ihm kam und nicht, weil er ihr irgendeinen Tanz versprochen hatte ... oder die Befehlsgewalt über eine Truppe.

Bevor Lüsternheit ihn wieder überkam, ließ er sie los und trat zurück. „Deirdre, für eine Frau kämpft Ihr hervorragend", gab er zu, „aber Ihr werdet nicht mehr kämpfen."

Deirdre antwortete mit einem erstickten Knurren. Dann schob sie ihn aus dem Weg, holte sich ihr Schwert zurück und steckt es in die Scheide. Einen Augenblick lang dachte er, dass sie etwas sagen würde. Sie runzelte die Stirn und kniff die Augen zusammen und ihre Lippen waren dünn vor Wut. Aber schließlich drehte sie sich wortlos um und marschierte wütend vom Feld wie eine abgewiesene Dirne.

Pagan beobachtete sie, als sie ging. Er wusste, dass sie sich erholen würde. Aye, jetzt war sie wütend. Sie war es wahrscheinlich gewohnt, immer ihren Willen zu bekommen. Zweifellos hatte der Lord von Rivenloch seine drei Töchter über die Maßen verwöhnt. Das würde sich ändern müssen mit ihm als Vogt.

Deirdres Stolz war wahrscheinlich auch verletzt, weil seine Männer ihre so klar überwältigt hatten. Sie erschien ihm eine Frau zu sein, die es hasste, zu verlieren.

Aber sie würde darüber hinwegkommen.

Sie riss das Tor zum Übungsplatz auf und knallte es wieder zu, wobei der ganze Zaun wackelte. Aye, Deirdre von Rivenloch verlor bestimmt nicht gern.

Bei den Heiligen, sie war viel komplizierter als alle anderen Frauen, die er je kennengelernt hatte. Er gab es ja nur ungern zu, insbesondere, da er diese Verantwortung übernehmen wollte, aber sie schien in der Tat wirklich ein Talent für den Schwertkampf zu haben. Sie war zu leicht und zu schwach für einen echten Kampf, aber sie hatte einzigartige Fähigkeiten und einen listigen Verstand. Mit ein bisschen Ausbildung ...

Er berührte sein Schwert, das sicher in seiner Scheide

steckte und dank seiner Besonnenheit nicht von Deirdres Blut beschmutzt war und erschauderte. Nay, beschloss er, das Schlachtfeld war kein Ort für eine Frau.

Es war ihm einerlei, ob sie mit ihren Landsleuten seit ihrer Kindheit geübt hatte, Armeen geführt oder Drachen getötet hatte. Der Beruf war zu gefährlich für eine Frau. Pagan hatte genug zu tun, die Ritter von Rivenloch kampfbereit zu machen, ohne auch noch über ein Mädchen zu grübeln, das sich für unbesiegbar hielt. Er hatte gesehen, was der Krieg aus dem gesündesten Körper und dem unbeugsamsten Geist machte. Es gab nichts, was nicht durch einen Hieb mit der Klinge zerstört werden konnte. Nay, er würde nicht zuschauen wie Deirdre oder ihre Schwester durch ein Schwert gefällt wurden.

In Deirdres Hals baute sich ein Zornesschrei auf, als sie das Tor hinter sich zuschlug und sie hatte Angst, dass sie ihn ausstoßen würde, wenn sie nicht bald etwas tötete.

Gott sei Dank legte sich ihr Zorn beim Gehen, bevor ihr ein lebendes Wesen über den Weg lief. Aber die einfache Tatsache, dass sie einen solchen Zorn verspürte, bedeutete, dass sie ihre Kontrolle verlor, was sie wiederum noch zorniger machte.

Sie musste wieder Kontrolle erlangen. Über ihr Temperament und ihren Körper und ihre Burg. Ihr werdet nicht mehr kämpfen! Pah! Wie konnte er es wagen, ihr zu sagen, was sie tun und nicht tun sollte? Er sollte verflucht sein! Sie brauchte den Schutz eines Mannes nicht. Es macht nichts aus, dass er fähig und mutig und heldenhaft war.

Bei Gott! Was glaubte er, wie sie vor seiner Ankunft zurechtgekommen war? Was glaubte er, wie sie ohne ihn überlebt hatte? Verdammt, aber seine Arroganz war schier unerträglich.

Das hätte sie ihm sagen sollen. Aber als sie so nah bei ihm stand, fasziniert von der Kraft seines Blickes, der von der Macht seines Verlangens verzerrt war und überwältigt von dem männlichen Wesen seines Körpers, hatte sie nicht klar denken können.

Deirdre hatte jetzt den verlassenen Taubenschlag erreicht und betrat die dunkle Hütte, da sie sich unbedingt vor den Burgbewohnern verbergen wollte, damit diese keine Geschichten über ihren erregten Zustand verbreiten konnten. Es roch schimmelig und modrig und obwohl ihre Augen noch nicht angepasst waren, sodass sie sie hätte sehen können, hörte sie Mäuse in der hinteren Ecke. Sie schloss die Tür hinter sich und lief dann zügig auf und ab auf dem Schilf.

Der Normanne sollte verflucht sein! Er war nicht weniger ein Eindringling, als es ein Engländer gewesen wäre. Dies sollte ein Bündnis sein und keine Eroberung.

Sie hob einen Büschel Stroh auf.

Pagan behauptete vielleicht, ihr zu Diensten zu sein, indem er … was hatte er gestern gesagt? Ihr Held sein wollte? Aber diese Täuschung durchschaute sie. Der Fuchs wollte ihre Macht untergraben.

Sie scharrte noch einmal auf den Erdboden und Staub stieg im Sonnenlicht auf, das durch die Spalten in den Wänden hereinströmte. Oh Gott, selbst in dem kühlen Taubenschlag war ihr unerträglich warm. Das musste das Blut sein, das in ihren Adern kochte.

Sie hörte auf, hin und her zu laufen und seufzte, wobei sie versuchte, sich zu beruhigen. Zorn würde ihr nicht dienlich sein. Sie brauchte einen klaren Kopf, um über ihre

Möglichkeiten nachzudenken. Sie stellte sich mit dem Rücken gegen die Wand und starrte nachdenklich auf das Stroh zwischen ihren Füßen.

Wenn es jemand anderes gewesen wäre, hätte sie die Ritter von Cameliard zu einem Kampf herausgefordert mit einer gleichen Anzahl von Kämpfern auf beiden Seiten. Sie hatte schon immer großes Vertrauen in ihre Krieger gehabt. Aber der Übungskampf mit Pagan hatte sie hinsichtlich seiner Tüchtigkeit gewarnt und zu sehen, dass einige seiner unbewaffneten und unvorbereiteten Männer ihre Ritter so leicht besiegt hatten, hatte ihr Vertrauen erschüttert.

Trotzdem hatte sie nicht die Absicht, sich den Wünschen des Normannen zu beugen. Dies war ihr Zuhause. Sie war die Burgherrin. Wenn sie die Befehlsgewalt über ihre Ritter oder die Waffenkammer oder die ganze verdammte Burg wollte, dann würde sie sich diese auch nehmen.

Um dies zu betonen, schlug sie mit der Faust gegen die Wand und plötzlich flog ein ganzer Schwarm Tauben von den verrotteten Stangen mit einem aufgeregten Gurren auf und flatterte um Deirdres Kopf. Sie schrie überrascht auf und erschreckte sie noch mehr.

Verflucht. Die Normannen hatten ihre Tauben mitgebracht. Noch nicht einmal der Taubenschlag war sicher vor den Eindringlingen.

„Schh." Sie streckte die Hände mit den Handflächen nach oben aus, als wenn sie die Vögel dadurch beruhigen könnte und sie wieder auf die Stangen zurückflogen. Es wäre einfacher gewesen, eine gepflückte Blume wieder zu befestigen. Oder, dachte sie, Rivenloch wieder zu dem zu machen, was es war, bevor die Normannen gekommen waren.

Mit entschlossener Miene schlüpfte Deirdre vorsichtig zur Tür hinaus, damit keine der aufgeregten Tauben entkommen konnte. Sie fing an zu glauben, dass es weise gewesen wäre, Helenas ersten Vorschlag anzunehmen. Die Schwestern hätten die verfluchten Normannen im Wald überfallen sollen, bevor sie überhaupt auf Rivenloch eingetroffen waren.

KAPITEL 15

„Noch einmal!", befahl Deirdre und schloss ihr Visier gegen die Nachmittagssonne, stellte sich breitbeinig hin und hob ihr Schwert gegen Sir Reyner.

Sir Reyner senkte sein Schild. „Mylady, ich möchte nicht respektlos erscheinen, aber ..."

„Kommt schon." Sie schlug nach unten und wirbelte eine Menge Staub auf, als die Spitze gegen den festgetretenen Boden des Übungsplatzes schlug.

„Mylady ..."

„Greift an, Feig ...!" Sie beugte die Knie, schüttelte ihren Kopf und hob ihr Schwert wieder hoch.

Pagan war selbst schuld, dachte sie, wenn er lieber eine Runde um die Burg mit seinem Baumeister machte und Änderungen an Rivenlochs Verteidigungsanlagen besprach, anstatt die Zeit damit zu verbringen, mit seinen Rittern zu üben. Und sie wollte verdammt sein, wenn er seine Soldaten, Rivenlochs Soldaten, faul werden ließ, nur weil er etwas Besseres zu tun hatte.

Wie vorhergesehen zögerten Pagans Männer zuerst, mit ihr zu kämpfen. Das war sie gewohnt. Männer hatten

Angst, dass sie sie verletzen würden. Aber sie wusste, dass nach dem ersten Angriff, wenn sie sich als guter Gegner erwies und ihren Respekt verdient hatte, auch die Ritter von Cameliard willens sein würden, mit ihr zu üben.

In der Zwischenzeit würde sie sie angreifen und kein Pardon geben. Mit etwas Glück würde sie dem einen oder anderen auch einen Kratzer zufügen, die sie dann Pagan beim Abendessen zeigen konnten.

Pagan umrundete nachdenklich die Burg und nickte wohlwollend bei den Entwürfen, wobei er sich über die Vorschläge seines Baumeisters freute. Das Hinzufügen einer inneren Mauer um die Burg würde ihre Verteidigung immens verbessern. In einem der sechs neuen Türme entlang der Mauer könnte Getreide gelagert werden und darunter könnten Keller ausgehoben werden für die Lagerung von Proviant – Bier, Käse, getrockneter Fisch, gesalzenes Fleisch – für einen harten Winter oder im Falle einer Belagerung.

Am besten war, wenn sie sofort anfingen und die Arbeiten in völliger Sicherheit durchgeführt werden konnten, weil die äußere Mauer von der Maßnahme nicht betroffen sein würde. Wenn das Sommerwetter anhielt und wenn genug Steine gebrochen werden konnten, könnte man noch vor dem Winter anfangen.

Es gab nur noch eine Sache, die Pagan mit Sir Rauve besprechen wollte und das betraf die Vorteile, einen Graben um die Burg auszuheben. Das würde eine zusätzliche Befestigung am Fuß der vorhandenen Mauer bedeuten, sowie den Bau einer Zugbrücke. Das wäre recht viel Arbeit und teuer noch dazu und Pagan war noch nicht ganz von seiner Nützlichkeit überzeugt.

Er schaute sich die Zeichnung des Baumeisters wieder an und sagte, dass er ihm bis zum nächsten Tag seine Entscheidung mitteilen würde. Dann ging er los, um nach Rauve zu suchen.

In Richtung Übungsplatz sah er, dass Staub aufgewirbelt wurde. Wahrscheinlich waren seine Männer dort. Keiner der Ritter von Cameliard, einschließlich ihm selbst, konnte auch nur einen Tag ohne irgendeine Art von Kampf verbringen. Diese Leidenschaft für die Kriegskunst machte seine Männer fast unbesiegbar.

Und so war es auch. Als er näherkam, hörte er das Klirren von Stahl, das Schlürfen der Eisenschuhe auf dem Boden, Schreie vor Schmerzen und Zorn und Sieg. Er sah Sir Rauve außerhalb des Feldes am Zaun lehnen und die verschiedenen Gefechte mit höchster Konzentration beobachten. Tatsächlich war seine Aufmerksamkeit so fokussiert, dass er dreimal rufen musste, bevor Rauve merkte, wer sich näherte. Als er Pagan erkannte, stieß er sich von dem Zaun ab und wandte sich zu ihm. Er sah unbehaglich aus, als hätte ihm jemand Honig in die Hosen geschmiert oder ihm gesagt, dass eine seiner Geliebten ein weiteres schwarzhaariges Kind von ihm geboren hätte.

„Was ist los?" fragte Pagan grinsend „Habt ihr bereits irgendein schottisches Weib geschwängert?"

Der große Mann knurrte nur und schaute finster und abwesend über das Feld.

„Was ist los, Rauve?", sagte Pagan und war sich der dunklen Stimmungen des Mannes bewusst. „Sagt, was Ihr denkt."

Rauve spuckte auf die Erde und schlug abwesend mit einer Faust in die Handfläche. „Ich bin keiner, der sich einmischt. Das wisst Ihr." Er schnaubte, konnte Pagan aber nicht in die Augen schauen. „Ich weiß, dass die schottische Lebensart ... anders als unsere ist."

Pagan blinzelte.

Rauve rang um die richtigen Worte. „Ich will ihre guten Absichten gar nicht infrage stellen, aber was ich versuche zu sagen ist, dass ..."

„Ihre?"

„Eure Frau." Rauve verlagerte unbehaglich sein Gewicht und fing an, schneller zu sprechen, als wollte er sich auf den Schlag vorbereiten, der am Ende seiner Ansprache kommen würde. „Sie ist sehr entschlossen. Das stimmt. Und ihr Geist? Naja, welcher Schotte hat nicht diese wilde Art von ..."

„Was ist los, Rauve?" Pagan wappnete sich.

Rauve presste die Lippen zusammen und zögerte zu sprechen, wandte sich dann ab und nickte in Richtung Übungsplatz.

Sir Adric de Gris übte dort mit gebeugten Knien, mit vorgestrecktem Schild, und erhobenem Schwert, aber er bewegte sich nur wenig und sehr vorsichtig, als würde er sich gegen die Klauen eines Kätzchens verteidigen.

Dann sah Pagan das Kätzchen. Sie schwang ihr Schwert mit beiden Händen, schlug nach rechts und links, wirbelte herum, duckte sich und stieß zu ... sein Herz sank.

„Heilige Mutter Gottes", murmelte er leise, ergriff mit einer Hand den Knauf seines Schwerts und trat vor.

Aber Rauve hielt ihn zurück und stellte sich zwischen Pagan und den Übungsplatz, wobei er Pagans finsteren Blick ignorierte. „Es ist mir einerlei, ob sie ein Schwert schwingt oder nicht. Die Männer von Rivenloch sagen, dass sie das schon seit ihrer Kindheit macht. Aber die Ritter haben Angst um ihre Sicherheit und ..."

„Tretet beiseite. Ihr braucht Euch keine Gedanken mehr zu machen." Zu seiner Überraschung zitterte er und seine Stimme hörte sich schwach an.

Rauve schaute ihn seltsam an und Pagan wusste, dass er sich zusammenreißen musste, bevor er Deirdre gegenübertrat. Schnell verschloss er alle Gefühle außer Zorn. Er ergriff den schweren, beschlagenen Streitkolben, der von Rauves Gürtel hing und schob sich an dem Mann in Richtung seines Ziels vorbei.

„Deirdre von Rivenloch!"

Er brüllte so laut, dass selbst die Kämpfer am hinteren Ende des Übungsfeldes innehielten. Deirdre erschrak, aber nicht so sehr wie Sir Adric, der hochsprang und fast sein Schwert und Schild fallen ließ und so schuldbewusst aussah wie eine Maus, die beim Käse erwischt wurde.

Pagan marschierte über das Feld und hielt den Streitkolben fest in der Hand.

Adric steckte sein Schwert schnell wieder in die Scheide. „Verzeiht mir. Mylord. Ich ..."

Pagan ignorierte seinen Mann und marschierte direkt auf Deirdre zu. Bei Gott! Er hatte ihr gesagt, dass sie nicht mehr kämpfen müsste, dass er und seine Männer sie beschützen würden. Warum glaubte sie ihm nicht? Er beschloss, dass es an dem länglichen Stück Stahl lag. Das war die Ursache seines Ärgers und ihrer Gefahr. Wenn er das loswerden könnte ...

„Gebt mir das Schwert." Er hoffte zu Gott, dass sie das Zittern in seiner Stimme nicht bemerken würde. Heilige Maria, auf dem Schlachtfeld war seine Stimme stark. Warum zitterte sie jetzt?

Deirdre warf ihren Schild zu Boden. Sie nahm ihren Helm ab und ihr Haar fiel offen wie Honig, der über eine

Wabe fließt. „Warum sollte ich ..."

„Jetzt sofort!", schrie er wie ein Wahnsinniger.

Sie presste die Lippen zusammen und hielt ihr Schwert noch fester. Aber er streckte die Hand aus und nahm es ihr ohne Anstrengung ab.

„Was soll das hier bedeuten?", fragte sie. „Ihr habt nicht das Recht ..."

Aber er hörte ihr gar nicht zu. Er steckte ihr Schwert mit der Spitze in die Erde und hob seinen Streitkolben hoch. Sein mit Nägeln beschlagener Kopf glänzte im Sonnenlicht. Und mit einem mächtigen Schlag schlug er den Kolben nach unten. Der feine Stahl konnte dem brutalen Streitkolben nicht standhalten und die Klinge zerbarst mit einem spröden Klang. Die beiden Teile fielen auf den Boden wie trockene Knochen – leblos, harmlos. Der Feind lag wie besiegt zu seinen Füßen. Er hatte den Drachen aus Stahl besiegt und seine Dame vor dem Schaden bewahrt, den sie sich selbst antun könnte. Er würde nie wieder Angst um ihr Leben haben müssen.

Deirdre fühlte sich, als hätte sie einen Schlag in den Magen bekommen. Einen Augenblick lang konnte sie nicht atmen. Ihr wertvolles Schwert. Er hatte es zerbrochen. In null Komma nichts. Absichtlich. Das Schwert, das ihr Vater ihr gegeben hatte. Das Schwert, das ihren Namen trug, der am Griff eingeritzt war. Das Schwert, an das sie mit viel Mühe bei jedem Sieg eine Kerbe angebracht hatte. Um ihre Kränkung vollständig zu machen, stiegen ihr die Tränen in die Augen, als sie die zerbrochene Klinge betrachtete.

Sie biss sich auf die Lippen, um dies zu verhindern. Deirdre, die Kriegerin von Rivenloch, weinte nicht. Nicht vor Schmerzen. Nicht vor Angst. Und bestimmt nicht wegen etwas so Unbedeutendem wie einer zerbrochenen Klinge.

Eine gefährliche Braut

Sie würde nicht weinen. Diese Befriedigung würde sie Pagan nicht geben.

Aber zu ihrem Entsetzen entwich ihr ein Schluchzen aus dem Hals in der schrecklichen Stille, die der Tat folgte und sie wusste, dass sie ganz schnell weg musste, bevor sie sich vor den Rittern beschämte.

Sie traute sich nicht zu sprechen. Mit so viel Haltung, wie sie aufbringen konnte, wandte sie sich steif ab. Die Ritter traten zur Seite, während sie würdevoll zum Tor ging, den Burghof überquerte und in der Burg verschwand. Wenn Sie Haltung bewahren könnte und es bis zu ihrer Kammer schaffte, würde sie die Tür verriegeln und in ihr Kopfkissen weinen.

Später würde sie sich mit Pagans Verrat befassen. Später würde sie klar genug denken können, um sich eine passende Vergeltung zu überlegen. Aber jetzt wollte sie erst mal nichts anderes, als es bis zu ihrer Kammer zu schaffen, ohne die Fassung zu verlieren.

Pagan beobachtete, wie sie das Feld verließ und als er sich umwandte, sah er, dass einige missmutige, urteilende Blicke auf ihm ruhten. Die Ritter von Rivenloch. Sie waren nicht einverstanden. Er blickte auf das zerbrochene Schwert, das ihm wie zum Hohn zuzwinkerte und fluchte. Vielleicht war es wirklich eine kindische Geste gewesen, aber irgendjemand musste Deirdre beschützen.

„Sie ist eine Frau!", brüllte er so laut, dass es alle hören konnten. „Bei Gott! Würdet Ihr das Leben der Burgherrin riskieren? Wollt Ihr keine Erben für Rivenloch?" Er schüttelte den Kopf und fuhr sich mit der Hand durch die Haare und fixierte sie dann alle mit einem strengen Blick. „Niemand, *niemand* wird noch einmal mit ihr üben. Versteht Ihr?"

Die Männer von Rivenloch scharrten mit den Füßen und stimmten widerwillig zu. Mit einer genervten Handbewegung entließ er sie. Dann ging er zu dem wartenden Sir Rauve zurück.

„Sie wird Euch keine Schwierigkeiten mehr machen", sagte er und gab ihm den Streitkolben zurück.

Rauve knurrte.

Pagan verschränkte die Arme über der Brust, über der Stelle, wo sich sein Herz seltsam beraubt anfühlte. Aus irgendeinem unerfindlichen Grund hatte er plötzlich das Bedürfnis, sich zu rechtfertigen. „Ein Schlachtfeld ist wahrlich kein Platz für ein Weib, Rauve", murmelte er. „Es ist mir einerlei, was ihr Vater ihr erlaubte. Dass sie darauf besteht, ihre eigene Waffe zu gebrauchen, zeigt einen Mangel an Vertrauen in meinen Schutz. Es ist die Pflicht eines Mannes, seine Frau zu beschützen, ebenso wie es seine Pflicht ist, die Vorschriften für sie festzulegen."

Rauves dicke schwarzen Augenbrauen hoben sich unmerklich.

Pagan versuchte, selbstzufrieden zu lächeln, schaffte es aber nicht. Verdammt, dachte er, er hätte sich zufrieden fühlen sollen. Vielleicht könnte er es sich einreden. „Ich bin selbst schuld. Ich hätte es ihr schon vorher klar machen sollen. Der Platz einer Frau ist in der Burg", fuhr er stirnrunzelnd fort. „Frauen sind dafür gemacht, Wandteppiche zu weben und ... und für den Garten ... und Babys, aber nicht um Kriegswaffen zu handhaben. Sie sollte die Dinge in der Burg überwachen."

„Aye." Rauve schaute skeptisch.

„Sie sollte sich nicht mit draufgängerischen Rittern umgeben, die sie aus Versehen treffen oder ... oder ihren Helm durchschlagen oder auf sie fallen könnten ..." Er geriet ins Wanken, als ein Bild von Deirdre vor ihm aufstieg, wie sie zu Tode kam.

„Mylord?" Rauve ergriff ihn besorgt an der Schulter.

Pagan schaute seinen Mann mit leerem Blick an. Wem machte er hier etwas vor? Er wollte Deirdre keine Vorschriften machen. Selbst in der kurzen Zeit, in der er sie nun kannte, war er eines Besseren belehrt worden. Sie war anders als jede Frau, die er je kennengelernt hatte – mit starkem Willen, schlau und unabhängig – und er respektierte diese einzigartigen Eigenschaften. Bei den Heiligen, er *bewunderte* sie.

Nay, in Wahrheit hatte er Angst um sie. Als er sie mit Sir Adric le Gris kämpfen sah, wie ihr Schild sich unter seinem Schwert beugte und seine Klinge ihr Bein knapp verfehlte, hatte Pagan der Atem gestockt. Es war anders, wenn er gegen sie kämpfte. Dann hatte er die Kontrolle. Aber bei Gott, als er gesehen hatte, wie seine schöne Frau gegen einen doppelt so großen Mann kämpfte, ihren Hals gegen seinen eigenen, erfahrenen Ritter riskierte, hatte es ihm solche Stiche in sein Herz versetzt, dass er dachte, dass sie durch seine Brust stoßen würden.

Das konnte nur eins bedeuten.

„Verflucht", knurrte er.

Er war dabei, eine Schwäche für seine Frau zu entwickeln.

Er schüttelte den Kopf und atmete tief durch, bevor er in Richtung Burg losging. Wenn es in seiner Macht lag, Deirdre davon abzuhalten, jemals wieder ein Schwert in die Hand zu nehmen, würde er alles tun, auch wenn er jede Klinge in der Waffenkammer zerbrechen musste.

„Deirdre."

Deirdre sprang aus ihrem Bett hoch, wischte die

schrecklichen Tränen aus dem Gesicht und starrte auf die verriegelte Tür. Sie hatte nicht vor, sie zu öffnen. Sie wollte nicht, dass er sie so fand, wie sie wegen ihres zerbrochenen Schwerts weinte.

„Was wollt Ihr noch?" Sie versuchte, höhnisch zu klingen, aber ihre weinerliche Stimme zerstörte die Wirkung.

Die Klinke ratterte, als Pagan versuchte, die Tür zu öffnen. Ihr Herz schlug heftig. Er rüttelte fester an der Tür, aber ohne Erfolg.

„Deirdre." Sein Tonfall war ruhig, aber es lag eine gewisse Dringlichkeit darin. „Lasst mich rein."

„Nay."

Es folgte eine lange Stille. Deirdres Puls raste.

„Öffnet die Tür, Deirdre." Seine Stimme war leiser, aber noch gefährlicher.

„Nay."

Es kam keine Antwort und keine Bewegung war zu hören. Von hinter der Tür kam kein Geräusch. Deirdre hörte atemlos zu, aber die Stille wurde immer länger, bis sie sicher war, dass er aufgegeben hatte und weggegangen war.

Und dann wurde der Frieden jäh gestört.

Die Eichentür knallte nach innen und es hörte sich an, als würden Hundert Lanzen brechen. Überall flogen Holzspäne. Die Eisenbänder verdrehten sich unter dem Schlag und die ledernen Türangeln wurden aus ihren Befestigungen gerissen. Was von der Tür übrig blieb, senkte sich und fiel auf den Boden wie ein getötetes wildes Tier. Und Pagan schritt durch den Eingang mit der großen Streitaxt ihres Vaters in einer Hand und sah so wild aus wie die Wikinger Eindringlinge von einst.

KAPITEL 16

Pagan war erzürnt. Hier stand er nun wie ein barbarischer Plünderer mit der Axt in der Hand und war gezwungen, die Tür seiner eigenen Kammer zu durchbrechen – wegen seiner eigenen Frau! Wie konnte Deirdre es wagen ...

Deirdre.

Sie zuckte zurück und schaute ihn finster mit großen, feuchten Augen an und schien so abwehrend und nervös wie ein verwundeter Wolf zu sein. Er nahm an, dass dies auch auf seinen Auftritt mit der Streitaxt zurückzuführen war.

„Lasst mich allein!", rief sie.

Salzige Spuren befleckten ihre Wangen. Ihre Augen waren rot und geschwollen. Und obwohl sie versuchte, das Zucken in ihrer Brust zu verbergen, verriet sie ein Schluckauf. Verdammt! Seine starke, furchtlose Kriegerin-Ehefrau hatte geweint.

Er löste den Griff an der Axt. Seine Schultern sanken. Die Anspannung in seiner Stirn ließ nach. Nichts ließ Pagans Zorn schneller dahin schmelzen als Tränen. Beim Anblick der von Trauer verunstalteten weichen, lieblichen

Gesichtszüge seiner Frau zog sich sein Herz zusammen. Und zu wissen, dass er der Grund für ihre Trauer war ...

Schuld stieg in ihm auf. „Hört mir zu, Deirdre." Er sprach mit einer Zärtlichkeit, die sogar ihn überraschte. Vorsichtig stellte er die Axt beiseite und trat über die Trümmer auf dem Boden.

„Geht weg von mir!"

Mit wildem Blick zog sie sich zurück bis an den hintersten Rand des Bettes. Bevor er auch nur einen Atemzug tun konnte, steckte sie ihre Hand unter die Überdecke und zog ein Schwert heraus, das zu einer feinen Spitze geschliffen war. Seine Augen weiteten sich. Heilige Maria, hatte das Mädchen hinter jedem Wandteppich Waffen versteckt?

„Es tut mir leid wegen Eures Schwerts, aber Ihr habt mir keine Wahl gelassen."

„Es tut Euch leid!", schnauzte sie ihn an und hob das Schwert an seine Kehle. Die Tränen in ihren Augen wurden zu Eiszapfen. „Mein Vater hat mir das Schwert geschenkt, Mistkerl."

Er zuckte zusammen, als das Schwert gegen sein Kinn stieß und er bereute, dass er die Axt so schnell abgelegt hatte. „Na ja", sagte er trocken, „Ihr scheint nicht unter einer Knappheit an Schwertern zu leiden."

„Und doch erachtet Ihr mich als ungeeignet für die Schlacht."

Ihre Blicke trafen sich. Da war etwas dran. „Was wollt Ihr?"

„Ich möchte den Oberbefehl zurück."

„Nay."

In den feurigen Tiefen ihrer Augen sah er, wie ihr Temperament aufflackerte. Aber sie kontrollierte es wie

Eine gefährliche Braut

eine Flamme in einer geschlossenen Laterne. „Wisst Ihr, wer ich bin?" Stolz hob sie ihr Kinn und schaute hochmütig an ihrer Nase entlang zu ihm. „Ich bin Deirdre, Kriegerin von Rivenloch. Ich habe Diebe in die Flucht geschlagen, Räuber verstümmelt und Gesetzlose getötet. Ich wurde mit dem Schwert in der Hand geboren. Ihr habt kein Recht, mir den Oberbefehl zu nehmen."

„Ich habe alles Recht dazu. Ich bin Euer Ehemann und gemäß dem Befehl des Königs Vogt dieser Burg."

Sie schaute zu der Schwertspitze, die gefährlich nah an seiner Halsschlagader lag. „Ihr sprecht wagemutig für einen Mann, dessen Leben an einem seidenen Faden hängt."

„Ihr werdet mich nicht töten. Mein Tod würde den Zorn meiner Männer erregen und zwischen unseren Leuten würde eine Schlacht bis aufs Blut stattfinden."

„Vielleicht verletze ich Euch nur."

Er glaubte ihr keinen Augenblick lang. Aye, sie war wild und auch furchtlos und sie hatte ihn schon einmal mit ihrem Schwert verletzt. Aber sie war keine kaltblütige Wilde. Er zuckte mit den Schultern insoweit dies möglich war, ohne dass sie die Spitze ihres Schwertes in seinen Hals rammte. „Ihr, meine liebe Ehefrau, müsst dann jeden Morgen neben meinem zerfleischten Körper aufwachen."

Deirdre musste Pagans Mut bewundern, der im gleichmäßigen Klang seiner Stimme zu erkennen war. Sie bräuchte nur mit dem Handgelenk zu zucken, um seinen Hals aufzuschlitzen. Aber er hatte Recht. Sie wollte ihn nicht verletzen. Sie ging mit Gewalttätigkeit nicht leichtfertig um. Die einzigen Männer, die sie jemals verstümmelt hatte, waren solche, die das Leben oder Wohlbehagen jener bedroht hatten, die in ihrer Obhut waren.

Und so befanden sie sich in einer Patt-Situation. Und sie hatte nur noch wenig Druckmittel. Sie starrten einander lange an und musterten sich.

Nachdem er in Ruhe durchgeatmet hatte, sagte Pagan: „Also gut. Vielleicht werde ich diesen Tag bereuen, aber ich möchte Euch einen Vorschlag machen."

„Fahrt fort."

Er verzog das Gesicht. „Es wäre einfacher zu sprechen, wenn ich keine Klinge an meinem Hals hätte."

Deirdre bewegte die Schwertspitze nicht.

Er seufzte. „Also gut. Seid Euch gewiss, Deirdre. Ich werde meine Ritter niemals unter Euren Befehl stellen. Ich habe sie zu oft siegreich in die Schlacht geführt, als dass ich sie jetzt einer Frau ohne Kriegserfahrung übergeben würde." Er blickte direkt auf ihr Schwert. „Ganz gleich, wie viele Schwerter sie besitzt. Außerdem, da wir unsere Truppen zusammenschließen müssen, kann ich Euch nicht erlauben, die Männer von Rivenloch weiterhin auszubilden."

„Was?", fragte sie und stupste ihn versehentlich mit der Klinge.

Er verzog das Gesicht. „Au!"

„Verzeihung", murmelte sie.

Er schaute sie so finster an, als würde er ihr nicht glauben. „Eine Armee kann keine zwei Anführer haben. Das wisst Ihr so gut wie ich. Ich glaube auch, dass Ihr weise genug seid, dass Ihr Eure Vernunft nicht von Stolz beeinflussen lasst. Die einfache Wahrheit lautet, dass ich erfahrener bin. Ich bin der bessere Befehlshaber."

Empörung stieg in ihr auf und ihre Faust umschloss den Griff ihres Schwerts noch fester. „Wie könnt Ihr es wagen, das anzunehmen? Wie könnt Ihr es wagen zu glauben, dass, nur weil ich Schottin und eine Frau bin und ein ... ein paar

Zoll kleiner als Ihr, ich eine Armee nicht genauso gut wie Ihr führen kann? Das ist eine Beleidigung, Sir."

„Das ist keine Beleidigung", entgegnete er leise. „Das ist eine Tatsache. Und Ihr wisst, dass ich Recht habe."

Sie schaute finster. Seine normannische Haut sollte verdammt sein, aber sie *wollte* nicht, dass er Recht hatte.

„Ihr wart noch nie in einer Schlacht, oder?"

Sie presste die Lippen zusammen.

„Oder?", bohrte er weiter.

„Nay", gab sie zu.

„Und die meisten Eurer Männer auch nicht."

Stolz hob sie das Kinn. „Als junger Mann hat mein Vater viele Jahre an der Grenze gekämpft."

„Das ist schon lange her. Seither wurden neue Waffen, Verteidigungstechniken und Strategien entwickelt."

Sie verzog den Mund. „Und ich nehme an, dass Ihr sie alle kennt."

Er lächelte sie verschroben an. „Ich habe in den letzten sieben Jahren nichts anderes getan, als eine Armee zu befehligen."

Verflucht noch mal, dachte sie und kaute nachdenklich auf ihrer Lippe. Er *hatte* Recht. Manchmal frustrierten sie ihr eigener unfehlbarer Sinn für Logik, ihre Vernunft und ihre sture praktische Veranlagung.

Aber noch hatte Pagan ihr nichts angeboten. Er hatte ihr nur gesagt, was er ihr zu nehmen beabsichtigte.

„Wie lautet also Euer Vorschlag", fragte sie verbittert. „Dass ich irgendwohin krieche und verschwinde und Euch Eurer Befehlsgewalt überlasse?"

„Nay." Er runzelte die Stirn und die Spitze stupste ihn erneut. „Verdammt, Deirdre. Wollt Ihr nicht Euer Schwert wegnehmen?"

Sie zog es ein ganz klein wenig zurück. „Sprecht."

„Mein Vorschlag lautet wie folgt: Ich habe den Männern bereits befohlen, keine Übungskämpfe mehr mit Euch auszutragen und diesen Befehl werde ich nicht zurückziehen. Aber ich werde eine Ausnahme bei etwas machen, was ich will."

„Fahrt fort."

„Ich werde Euch erlauben zu kämpfen", sagte er, „aber nur mit mir."

„Mit Euch?"

„*Nur* mit mir."

Deirdre war erstaunt. Wenn man überlegte, wie arrogant er seine eigenen Fähigkeiten beurteilte, warum würde Pagan seine Zeit mit jemandem verschwenden, den er für einen schlechteren Kämpfer hielt. Wenn sie andererseits mit ihm übte, würde sie seine Schwächen kennenlernen, was eines Tages nützlich sein könnte. „Was wollt Ihr im Gegenzug dafür?" Sie erwartete, dass es beträchtlich sein würde. Die sofortige Rückgabe von Colin vielleicht? Ein großer Betrag in Silber für seine Neubauten? Vollständige Herrschaft über den Haushalt ihres Vaters?

„Einen Kuss pro Tag."

Sie schaute ihn verständnislos an. Vielleicht hatte sie sich verhört. „Einen Kuss?"

„Aye", antwortete er völlig ernst. „Einen Kuss pro Tag. Zu einer Zeit und an einem Ort meiner Wahl."

Sie verzog den Mund. Er musste verrückt sein. Ein Kuss war nichts. Sie hatte viel mehr befürchtet von dem Mann, der sie zu seiner Frau gemacht hatte. Und die Zeit und der Ort seiner Wahl? Pah! Was machte das schon aus? Er hatte sie bereits in der Kapelle vor ganz Rivenloch geküsst. Der Stall? Die Küche? Die große Halle? Es war ihr einerlei.

Aber der skeptische Teil in ihr zweifelte einen Augenblick lang. Sicherlich konnte so eine einfache Bezeugung von Zuneigung ihm nicht so viel bedeuten. „Ein Kuss?"

„Aye."

„Und das ist alles?"

„Aye."

Sie kniff die Augen zusammen. Vielleicht würde sie es später bereuen, aber sein Angebot war zu verlockend, als dass sie es in den Wind hätte schlagen können. „Abgemacht." Sie senkte das Schwert.

„Ab heute Abend", sagte er.

„Ab heute Abend."

Dann lächelte er sie listig an und eine böse Ahnung ließ sie erschauern und überlegen, ob sie sich gerade in die Höhle des Wolfes begeben hatte. „Ich werde die Stunden zählen bis dahin, Mylady."

Im Stillen überlegte sie, ob er überhaupt zählen konnte. Die meisten Krieger hatten mehr Kraft als Verstand. Aber sie hatte Pagan bereits lesen sehen. Er bestand definitiv aus mehr als nur Muskelmasse.

Mit einer schwungvollen Abschiedsgeste wandte er sich zur Tür. Während er den Trümmerhaufen betrachtete, sagte er: „Ich schicke Euch jemand, der sie repariert."

„Wartet." Sie hasste es, dass Pagan sie hatte weinen sehen. „Wenn Ihr auch nur einer Seele erzählt, dass ich ... dass ich ..."

Er schnaubte. „Euer Geheimnis ist sicher. Unter einer Bedingung." Er hob die Streitaxt hoch und warf sie über die Schulter und schaute sie dabei entschlossen an. „Ihr werdet mich niemals, niemals wieder aussperren."

Deirdre vermutete, dass Pagan mehr meinte als nur die

Tür, das Eichenholz und das Eisen und Leder, das er mit einem einzigen Schlag zerstört hatte. Nay, er meinte auch die Tür zu ihrem *Herz*.

Ihr war klar, dass er die ebenso leicht zerstören könnte wie das Holz. Nicht, dass er das noch tun musste. Das noch nachwirkende Ziehen in ihrer Brust erinnerte sie, dass er sie schon zum zweiten Mal außer Kontrolle gesehen hatte. Angesichts ihrer verdammten zarten, weiblichen Emotionen, hatte sie Pagan wahrscheinlich einen Schlüssel für die verfluchte Tür gegeben.

Nachdem Pagan weg war und einen Zimmermann mit neuem Holz und ledernen Türangeln geschickt hatte, tauschte Deirdre ihre Rüstung gegen ein weiches, braunes Kleid ein und hatte ihre Fassung wiedererlangt. Sie ließ den Arbeiter allein und machte sich auf den Weg, um Miriel zu suchen. Es gab außer den Verteidigungsanlagen der Burg noch weitere Dinge zu erledigen. Sie musste etwas gegen Lord Gellirs Glücksspielerei unternehmen. Gemäß Miriel hatte ihr Vater letzte Nacht riesige Summen an die Ritter von Cameliard verloren.

Aber als Deirdre Miriel darauf ansprach, entdeckte sie, dass ihre Schwester, ein Musterbeispiel an Effizienz, bereits mit den Männern gesprochen hatte. Miriel erzählte, dass die Normannen vielleicht gar nicht so barbarisch waren, wie Deirdre sich vorgestellt hatte, denn die Ritter hatten sich bei dieser Sache recht ritterlich verhalten und ihre Gewinne freundlich zurückgegeben. Die einzige Ausnahme war Lyon, der im Wald gewesen war und von dem *Schatten* ausgeraubt worden war. Doch Deirdre glaubte, dass ihre Zusammenarbeit eher mit Miriels liebreizender Art und hübschem Gesicht als mit Ritterlichkeit zu tun hatte.

Eine gefährliche Braut

Trotz ihrer Entschlossenheit, sich mit anderen Dingen zu befassen, fühlte Deirdre sich doch aus Neugier wieder zum Übungsplatz hingezogen. Sie schaffte es, keine Aufmerksamkeit zu erregen und stellte sich im Schatten der Hundehütten hin. Von dort beobachtete sie, wie Pagan ihre Männer einem strengen Drill unterzog und Stofftaschen gefüllt mit Kettenhemden hin und her werfen ließ, bis sie kaum noch ihre Arme heben konnten. In der Zwischenzeit ritten seine Ritter abwechselnd auf die Stechpuppe zu und trafen diese so fest, dass sie dachte, sie würde von ihrem Pfosten fliegen. Danach ließ er alle Ritter Aufstellung nehmen und schlug sie mit der flachen Seite der Klinge, wenn sie sich auch nur einen Zoll bewegten. Dann ließ er sie springen, nicht nur ein paar Dutzend Mal, wie Deirdre es zum Aufwärmen tat, sondern hundert Mal. Mit voller Rüstung.

Sie runzelte die Stirn vor Missfallen. Sie war sich sicher, dass ihre Männer Pagan am Ende des Tages hassen würden. Er quälte sie und ließ sie so schwer arbeiten, dass ihre Gliedmaßen zitterten. Was nutzten sie, überlegte sie, wenn ihre Beine zu Pudding wurden und sie so schwach waren, dass sie das Essen nicht mehr an ihren Mund heben konnten. Nay, so konnte man keine kampfbereite Truppe formen. Diese Art von Strafe würde die Schotten verbittern und rebellisch machen.

Sie biss sich auf ihre Lippe und es juckte sie, dazwischen zu gehen und der Quälerei Pagans ein Ende zu machen, als er ihre Ritter zum Kampf Mann gegen Mann aufforderte. Einer nach dem anderen nahm seine Herausforderung an und einer nach dem anderen wurde von seiner brachialen Kraft niedergerungen und in den Staub geworfen wie Abfall. Die Art, wie er sie demütigte, war blanker Hohn. Sie schüttelte den Kopf. Pagan achtete in Zukunft besser auf seine Rückendeckung oder ihre aufgebrachten Männer könnten ihn erdolchen.

Während sie beobachtete, wie Pagan den jungen Kenneth, den kleinsten ihrer Ritter so leicht zu Boden warf, als sei er ein Welpe, übernahm ihr Instinkt. Sie konnte angesichts solch grausamer Tyrannei nicht einfach dastehen und zusehen. Sie entfernte sich von der Wand des Hundestalls und wollte den von ihm angerichteten Schaden wieder in Ordnung bringen.

Aber bevor sie aus dem Schatten heraustrat, erstarrte sie und wurde von dem Anblick vor ihr völlig überrascht. Pagan lachte triumphierend und sprang hoch auf die Füße. Er half Kenneth hoch und zerzauste die Haare des Jungen. Deirdre war geschockt, als sie sah, dass der Junge von einem Ohr zum anderen grinste. Tatsächlich grinsten alle ihre Männer. Trotz der blutigen Nasen und der blauen Augen, die sie davongetragen hatten, lächelten sie alle müde.

Wo war ihr Zorn? Wo war ihre Scham? Sie hatten gerade Stunden damit verbracht, geschlagen und verletzt zu werden. Sie waren deutlich von einem einzigen Normannen geschlagen worden. Warum kochten sie nicht vor Entrüstung?

Überrascht lehnte sie sich wieder gegen die Mauer. Wie hatte er das gemacht? Wie hatte Pagan es geschafft, sie eiskalt so schlecht zu behandeln und sich nicht nur ihren Respekt, sondern ihre offensichtliche Bewunderung zu verdienen? Diese war in Kenneths Augen deutlich zu sehen. Offensichtlich bewunderte der Junge Pagan. Scheinbar taten das alle Männer.

Sie seufzte überrascht. Vielleicht würde sie Männer nie

verstehen. Es schien, als wenn Pagan irgendwie ihre Herzen gewonnen hatte, indem er ihre Körper besiegt hatte.

Nachdenklich starrte sie auf den Boden und grübelte. Dann blickte sie hoch zu dem gut aussehenden Normannen mit seinen breiten Schultern und ungebändigtem Haar, seinen funkelnden Augen und weißen Zähnen. Vielleicht, dachte sie erschaudernd, wollte er die gleiche Taktik bei ihr anwenden.

Den ganzen Abend fühlte Deirdre sich so gereizt wie eine Maus, die darauf wartet, dass die Katze endlich zuschlägt und sie überlegte, wann Pagan wohl seinen Kuss einfordern würde. Während er neben ihr beim Abendessen saß und mit ihren Männern scherzte, pickte sie nur vom Essen auf ihrem Teller und überlegte, ob er es wohl an diesem öffentlichen Ort tun wollte.

Aber er tat es nicht.

Auch sprach er sie nicht darauf an, als Boniface ein anrüchiges Lied über einen Mann mit drei Frauen auf seiner Laute anstimmte.

Als ihr Vater ein Würfelspiel mit Sir Warin begann, der Miriel einen verschwörerischen Blick zuwarf, machte Pagan keine Anstalten, sie in seine Arme zu ziehen und seinen Kuss zu beanspruchen.

Sie beschloss, dass er sie wohl vergessen haben musste. Das war durchaus wahrscheinlich, wenn man bedachte, wie aufmerksam die Dienerinnen an diesem Abend waren und seinen Becher jedes Mal auffüllten, wenn er auch nur einen Schluck genommen hatte, und dabei von seinem eindrucksvollen Appetit schwärmten. Ihre Aufmerksamkeiten machten ihn wahrscheinlich hart in seiner Hose und weich in seinem Kopf.

Aber als eine normannische Dienerin Bier in Pagans Schoß verschüttete und dieses dann mit großer Ausführlichkeit wieder abwischte, beschloss Deirdre, dass sie genug hatte. Sie warf ihre Serviette auf den Tisch und verabschiedete sich zur Nacht. Pagan konnte sich ja gern wie ein ehebrecherischer Tor aufführen, aber sie hatte nicht die Absicht, dazubleiben und seiner Torheit zuzuschauen.

Sie stürmte die Treppe hinauf und verfluchte die Männer bei jedem Schritt als brünstige Tölpel. Sie bemerkte überhaupt nicht, dass sie verfolgt wurde und öffnete ihre frisch reparierte Kammertür. Als sie die Tür hinter sich zuschlagen wollte, hielt eine große Hand sie fest.

Pagan. Sie keuchte erschrocken.

Er öffnete die Tür weiter und betrat das Zimmer. „Reflexe wie eine Katze", höhnte er.

Obwohl ihr das Herz bis in den Hals schlug, konnte sie immer noch scherzen: „Vergesst aber nicht, dass Katzen Klauen haben."

„Vergesst Ihr nicht", sagte er, während er die Tür hinter sich schloss, „dass ich weiß, wie man Katzen schnurren lässt."

Sie errötete.

„Habt ihr unseren Handel vergessen?", fragte er, trat näher zu ihr und hob eine Hand, um eine Haarsträhne von ihrer Wange zurückzustreichen.

Reflexartig zuckte sie zusammen.

Mit den Fingern hob er ihr Kinn und musterte ihr Gesicht. „Ihr seid sehr eilig aufgebrochen."

„Ihr schient ...", sie zog ihr Kinn weg, „abgelenkt."

Eine gefährliche Braut

„So?" Seine Augen glitzerten amüsiert.

Obwohl sie verärgert über ihn war, spürte sie, dass ihr Puls heftig schlug, während er sie anblickte. Den ganzen Nachmittag hatte sie sich für diesen Augenblick gewappnet, als wenn es ein anstehender Turnierzweikampf wäre. Den ganzen Nachmittag hatte sie sich ins Gedächtnis gerufen, dass es sich schließlich doch nur um einen Kuss handelte. Einen Kuss lang könnte sie doch stoisch bleiben. Sie würde einfach an etwas anderes denken – den Schwertkampf oder ihr Pferd oder die treuen Ritter von Rivenloch – während er sich das nahm, was ihm zustand.

Aber sie hatte erwartet, dass er seine Zuneigung öffentlich würde zeigen wollen, und ihre Unterwerfung mit einem Kuss demonstrieren würde. Sie hatte sich nicht vorgestellt, dass er mit ihr allein würde sein wollen.

Sie schluckte schwer. Nun standen sie nur eine Handbreit auseinander. Seine grünen Augen leuchteten ruhig und wissend und arrogant. Sein Mund verzog sich zu einem Lächeln angesichts seiner hinterlistigen Absicht. Und jetzt erinnerte sie sich an die Macht seiner Verführungskunst. Oder zumindest ihr Körper erinnerte sich. Ihr Herz flatterte wie ein eingesperrter Falter und sie atmete schneller und errötete.

Seine verfluchten Augen! Sie konnte sich von ihnen nicht erschüttern lassen. Sie musste gleichgültig und leidenschaftslos sein. Sie musste sich ins Gedächtnis rufen, dass diese Transaktion nicht mehr war als ein einfacher Handel, nicht anders als ihre Ehe an sich. Aber trotz aller Bemühungen konnte sie nur noch flüstern „Dies ist der Ort Eurer Wahl? Unsere Schlafkammer?"

Er lächelte nur aufreizend und ließ seinen Blick über ihren Körper schweifen. Überall, wo sein Blick hinfiel, kribbelte ihre Haut, als wenn sie sich nach mehr als nur seinem Blick sehnte.

Dann hob er seine Hand an den Halsausschnitt ihres Gewandes und bevor sie protestieren konnte, zog er es über ihre Schulter und so weit hinunter, bis er eine Brust freigelegt hatte.

„Dies", murmelte er, „ist der Ort meiner Wahl."

KAPITEL 17

Deirdres Augen weiteten sich und ihr Mund stand offen. Der Mistkerl hatte sie ausgetrickst. „Nay."

Sein Blick war verschwommen vor Verlangen. „Oh aye", schnurrte er.

Sie schüttelte ungläubig den Kopf. „Nay."

„Ihr habt mir Euer Wort gegeben", warnte er sie.

Sie schloss ihren Mund. Er hatte Recht, verdammt. Der Kerl war vielleicht teuflisch klug und hatte sie mit einer Redewendung überlistet, aber sie war so töricht gewesen, dass sie seinen Bedingungen zugestimmt hatte. Er hatte gesagt, dass er einen Kuss pro Tag zu einer Zeit und an einem Ort seiner Wahl wollte.

Sie biss sich auf die Innenseite ihrer Wangen. Es machte nichts aus, sagte sie sich. Ein Kuss war ein Kuss. Sie würde einfach die Zähne zusammenbeißen und seine Lüsternheit ertragen.

Aber als er seinen lüsternen Blick auf ihre nackte Brust richtete, schnürte ihr dies den Hals zu. Heilige Mutter Maria, dort hatte sie noch nie jemand geküsst.

„Ein Kuss", flüsterte er und streckte die Hand aus, um

mit seinem Daumen kühn und aufreizend entlang der Unterseite ihrer Brust zu streichen.

Ihre Lider wurden schwer, während eine Welle unwillkommenen Verlangens in ihr aufstieg.

„So weich", seufzte er und strich über ihr nacktes Fleisch mit seinem Handrücken. „So warm."

Entgegen ihrer Wünsche reagierte ihr Körper, schmolz dahin, spannte sich an und schmerzte. Ihre Augen schlossen sich vollständig. Es würde in einem kurzen Augenblick vorbei sein, sagte sie sich. Sicherlich könnte sie seiner Verführung einen kurzen Augenblick widerstehen.

Aber sie irrte.

Er umfasste ihre Brust, hielt sie in seiner Handfläche und beugte sich vor und strich mit seiner Wange an ihrer entlang und flüsterte leise in ihr Ohr. „So schön. Wie ein süßer ... reifer Pfirsich."

Sie biss sich auf die Lippe, während seine Worte zu ihr durchdrangen und sie faszinierten wie die Beschwörungsformeln eines Zauberers.

Mit einer Hand an ihrem Rücken stupste er ihre Hüften in Richtung seiner und drückte das steinharte Zeichen seiner Lust gegen ihren Bauch.

„Fühlt, wie ich nach Euch hungere", murmelte er.

Sein warmer Atem sandte einen Schauer über ihren Rücken und als seine Fingerspitzen leicht über das empfindliche Fleisch ihrer Brust tanzten spürte sie, wie ihre Beine anfingen zu zittern.

„Soll ich mir das, was mir zusteht, jetzt nehmen?", keuchte er.

Sie schloss ihre Augen noch fester und entgegnete: „Aye."

Aber er war unzufrieden mit ihrer Reaktion. „Ihr habt Angst."

„Nay." Aber sie weigerte sich, ihre Augen zu öffnen. Sie wollte die nackte Lust nicht in seinem anzüglichen Blick sehen und auch nicht sein selbstzufriedenes Lächeln.

„Dann schaut mich an."

Sie atmete tief durch. Eine Kriegerin von Rivenloch war kein Feigling. Sie würde auch dem Tod ins Auge blicken. Sie konnte das Gesicht eines armseligen normannischen Ehemanns ertragen. Sie zwang sich, die Augen zu öffnen.

Und war erstaunt.

Pagan lächelte gar nicht. Auch war sein Blick nicht so selbstsicher, wie sie erwartet hatte. Tatsächlich wirkte er schon fast hilflos, als wenn auch er in dem Strom zwischen ihnen gegen seinen Willen gefangen wäre.

Während sie ihn beobachtete, sah sie, wie er schluckte und seinen Kiefer anspannte, als wenn er unter äußerster Zurückhaltung leiden würde. Dann murmelte er, als wolle er es sich ins Gedächtnis rufen: „Ein Kuss. Nicht mehr."

Er senkte den Kopf tiefer und tiefer, bis sie den feuchten Atem von seinem Mund auf ihrer Haut spürte und sie bebte, als sein Haar über ihre Schulter fiel. Dabei wurde ihre Brustwarze vor Erwartung hart und fürchtete das, was da kommen sollte und sehnte sich gleichzeitig danach. Die Spannung war unerträglich.

Und dann legte sich sein geschlossener Mund feucht und zart auf sie. Sie stöhnte auf bei dem Gefühl. Zuerst war sein Kuss weich, während seine Lippen sie zärtlich umschlossen und er ihr Fleisch mit seiner Zunge badete. Sie kämpfte gegen das mächtige Vergnügen an und erstickte das unglückselige Stöhnen, das durch ihren Hals aufstieg. Dann erhöhte er den Druck und zog sie tief zwischen seine

Lippen. Ein Blitz schien sie zu durchfahren und setzte ihre Adern in Brand. Und obwohl er seinen Kurs auf diesen einen Punkt konzentrierte, spürte sie ein Echo der Ekstase in ihrem ganzen Körper, in ihren Ohren, ihrer anderen Brust und zwischen ihren Beinen.

Er stöhnte tief. Es war der Klang animalischer Lust, aber auch von Verehrung und Nachgeben, ein erotischer Klang, der sie an den Rand der Kapitulation trieb. Sie warf den Kopf zurück und genoss die herrliche Qual, wobei sie gar nicht merkte, dass ihre Finger sich von allein in seinem Haar verhedderten.

Pagan hatte das Gefühl, als würde er völlig außer Kontrolle in einem stürmischen Fluss treiben und sich immer weiter vom Ufer entfernen. Jedoch konnte und wollte er sich nicht freischwimmen.

Er hatte schon zuvor Brüste geküsst und zwar von Frauen, die weitaus mehr Oberweite als Deirdre hatten. Brüste gehörten zu Gottes besten Kreationen – weich und geschmeidig und entzückend – und er verehrte sie genauso wie jeder andere Mann. Aber noch nie hatte diese Anbetung eine solch intensive und dramatische Wirkung auf ihn.

Er stöhnte, während er die Schmerzen erlitt, für die er selbst verantwortlich war. Oh Gott, er wollte sie. Mit jeder Faser seines Wesens. Seine Zunge hatte noch nie etwas so süßes geschmeckt und er labte sich an ihrem Fleisch, wie ein hungernder Mann, der am Tisch des Königs sitzen darf. Sein Körper schauderte mit kaum unterdrückter Lüsternheit und sein Gemächt pochte beharrlich und verlangte, dass er ihm Erleichterung verschaffte.

Er glaubte, dass sein Verlangen sich unmöglich noch steigern könnte und dass seine Willensstärke bis zum äußersten angespannt war. Aber als er spürte, dass sie ihre

Hände hochhob, um seinen Kopf fest an ihren Busen zu drücken und ihn willkommen hieß, riss ihn die Sehnsucht mit wie die Flut in jenem Fluss und zog ihn jenseits der Vernunft und des Verstandes.

Oh Gott, er wollte sie. Nay, er brauchte sie.

Sein Versprechen sollte verflucht sein! Seine Ehre sollte verflucht sein! Er musste sie jetzt nehmen. Jetzt sofort!

Deirdre wimmerte einmal in süßer Qual. Der Klang war so weich, so voller weiblicher Sehnsucht und beruhigte ihn, dass sie sich ihm dieses Mal nicht verweigern würde.

Und doch schaffte es das Weib irgendwie aus den Tiefen des Verlangens ihre eigenen Instinkte mit einer unnatürlichen Sturheit zu bekämpfen.

„Nay!", keuchte sie und das Wort stand im Widerspruch zu ihrer engen Umarmung. „Hört auf!"

Ungläubigkeit und Ärger und Zorn kämpften gegeneinander in ihm. Aufhören? Sicherlich meinte sie das nicht so. Sie sehnte sich nach ihm. Er wusste es. Wie könnte sie dann nay zu ihm sagen?

Aber als ihre Finger an seinem Haar zu ziehen begannen und ihn weggezogen, war es klar, dass sie die Absicht hatte, ihn erneut zu frustrieren. Ihre Brust schlüpfte aus seinem Mund und sein Appetit war für ein Festmahl angeregt, das niemals serviert werden sollte.

Er trat einen Schritt zurück und konnte sie nur mit halb geschlossenen Augen und offenem Mund anstarren. Er war kaum in der Lage zu atmen. Auch sie war wie betäubt vor Verlangen und zupfte an ihrem Gewand, um es wieder über die Schulter zu ziehen.

Lange Zeit war es still in der Kammer und nur ihr keuchendes Atmen war zu hören.

Als sie schließlich sprach, war ihre Stimme rau und

bebte: „Ich habe Euren Preis gezahlt. Morgen dann auf dem Übungsplatz … bei Morgengrauen?"

Langsam schloss Pagan den Mund bis er die Zähne zusammenbeißen konnte. Wie konnte Deirdre es wagen, diesen Augenblick geteilter Leidenschaft auf einen bloßen Handel zu reduzieren! Sicherlich war ihr klar, dass es so viel mehr als das gewesen war. War sie ein herzloses Weib? War das Blut in ihren nordischen Adern eiskalt?

Er verzichtete darauf, vor Frust mit der Faust auf die verputzte Mauer einzuschlagen und knurrte: „Aye."

Sie nickte kurz, wandte ihm den Rücken zu und tat so, als würde sie die Bettdecke zurückschlagen und entließ ihn scheinbar so einfach wie eine erschlagene Fliege.

Er kochte vor Wut und widerstand dem überwältigenden Verlangen, sie herum zu wirbeln und so heftig auf den Mund zu küssen, dass ihre Lippen tagelang brennen würden. Aber er hatte es selbst gesagt. Ein Kuss. Nicht mehr.

Und so wandte er sich um und stürmte hinaus in den Flur, wobei er die neue Tür so heftig hinter sich zuschlug, dass er hörte, wie die Waffen an der Wand des Schlafzimmers zu Boden krachten.

Während er die Treppe hinunterstapfte, schwor er sich, dass er das erste Weib vögeln würde, das ihm begegnete. Seine Lenden konnten nur eine begrenzte Menge an Frust ertragen. Verdammt! Es war ungesund, seine Lust so einzudämmen.

Als er die große Halle betrat, sah er die Dienerin vom Abendessen, die sich bei den anderen Dienern, welche die Tische abräumten, aufhielt. Sie lächelte ihn kokett an. Er hob eine Augenbraue und nickte in Richtung Speisekammer. Ihr Lächeln wurde breiter.

Eine gefährliche Braut

Die Speisekammer würde ihnen genug Privatsphäre geben. In seinem derzeitigen Zustand würde es nur ein oder zwei Augenblicke dauern, um seinen Schmerz zu lindern. Auf der anderen Seite der Halle scharte Deirdres Vater die Männer um sich, um wie jeden Abend mit Ihnen zu würfeln. Pagan würde diskret sein und niemand würde etwas erfahren.

Er beobachtete, wie das Weib in Richtung Speisekammer ging, wartete einen Augenblick und ging dann zu der Stelle, wo sie verschwunden war.

Die Speisekammer war dunkel und kühl und roch nach gereiftem Käse. Ihm wäre ein behaglicherer Ort für das Beiliegen lieber gewesen, aber sein Bedürfnis war dringend.

Ein leises Kichern führte ihn in die dunkelste Ecke der Kammer. Er verschwendete keine Zeit, ergriff sie an den Schultern und küsste sie grob auf ihre eifrigen Lippen. Sie schlängelte sich an ihn heran, hob ihre Röcke und er legte einen Finger in ihren tiefen Ausschnitt und befreite eine ihrer üppigen Brüste. Während er sie küsste, hielt er das weiche Fleisch ihres plumpen Busens in seiner Handfläche. Nur noch einen Augenblick, dachte er und dann würde er die Belohnung bekommen, die er verdiente.

Aber selbst während er von ihrem reifen und willigen Körper Gebrauch machte, wurde ihm klar, dass sie ihm nicht solch ein Herzklopfen verursachte wie Deirdre es tat. Sie ließ seinen Atem nicht stocken. Keine Welle des Verlangens fegte ihn weg. Ihr Mund war lange nicht so liebreizend wie Deirdres und neben Deirdres festen, kleinen, schönen Brüsten waren die dieser Dienerin so schwammig wie roher Teig. Selbst das zufriedene Stöhnen schien vorgetäuscht und flach im Gegensatz zu Deirdres atemlosem Krächzen.

Er riss sich von ihr los und spürte, wie sein Schwanz schlaff wurde. „Bei den Eiern des Teufels", knurrte er.

„Was ist los?", fiepte die Dienerin.

„Geht!", bellte er. „Geht einfach!"

Vor Enttäuschung und Zorn fluchend eilte sie davon.

Als sie weg war, lehnte er sich vor gegen die Wand und stieß seinen Kopf vor Verbitterung gegen die verputzte Wand. Sein Körper hatte sich noch nie so gnadenlos gegen ihn verschworen. Es war lächerlich. Er war wie ein Kind aus der Gosse, das lieber hungerte, als das, was am Tisch des Herrn serviert wurde, zu sich zu nehmen.

Er schwor, dass er Deirdre am nächsten Tag auf dem Übungsplatz zur Erschöpfung bringen würde und mit ihr arbeiten würde, bis sie zusammenbrach. Vielleicht würde ihr dann der Wille fehlen, ihm zu widerstehen.

„Steht auf, Ihr faules Weib! Es ist schon nach Sonnenaufgang." Pagan klapste Deirdre auf den Po und weckte sie.

Selbst bevor sie noch die Augen öffnete, griff ihre Hand instinktiv unter das Kissen nach einer Waffe und kam leer wieder vor. „Wo ist mein Dolch?", murmelte sie.

Er schlug die Fensterläden auf und ließ das helle Sonnenlicht in die Kammer. „Ihr schlaft neben einem Ritter von Cameliard, der Euch beschützt", sagte er und legte seinen Schwertgürtel an. „Ihr braucht keinen Dolch."

Sie runzelte die Stirn, war aber offensichtlich noch zu schläfrig, um zu widersprechen. Sie setzte sich mit noch halb geschlossenen Augen auf, ihre Haare waren völlig durcheinander und ihre Schultern entzückend nackt. Gott möge ihm beistehen, aber Pagan musste sich zwingen, seinen Waffenrock nicht wieder auszuziehen und zu ihr ins

Eine gefährliche Braut

Bett zu steigen. Wenn sie die Decke auch nur einen halben Zoll weiter herunternahm, könnte er sich für seine Handlungen nicht mehr verantworten.

Aber er zwang sich, seinen Blick abzuwenden. Es war eine lange Nacht für ihn gewesen, in der er seine verführerische Frau beobachtet hatte, wie sie selbstzufrieden schlief, während er unruhig und frustriert nur wenige Zoll von ihr entfernt lag und sich vor Sehnsucht nach ihr quälte. Ihr Verhalten am Abend zuvor hatte gezeigt, dass Deirdre nicht die gleichen Qualen durchlitt. Sie verspürte vielleicht ein gewisses Maß an weiblicher Sehnsucht, vielleicht regte sich auch ein wenig Lüsternheit in ihr, aber sie schaffte es immer noch, sich dem Verlangen mit der ganzen Entschlossenheit eines Mönches zu widersetzen.

Nun gut, beschloss er. Wenn Deirdre ihre Weiblichkeit leugnen wollte, wenn sie wie ein Mann behandelt werden wollte, wenn sie nichts weiter als ein politisches Bündnis wollte, würde er ihr den Gefallen tun. Er würde die Gier seines Körpers ignorieren. Er würde vergessen, dass sie seine Frau war. In seinen Augen wäre sie dann nicht anders als einer seiner Ritter. Ganz gleich, wie schwierig das sein würde.

„Ich bin dann schon auf dem Übungsplatz", sagte er. „Verspätet Euch nicht. Ich habe heute viel zu tun."

Bevor er überhaupt die Tür geöffnet hatte, um zu gehen, sprang Deirdre aus dem Bett und ging zu ihrer Truhe mit Rüstzeug. Er wagte es nicht, hinzuschauen. Er wusste, dass sie nackt herrlich aussah. Wenn er hinschaute, würde er es niemals bis zum Übungsplatz schaffen.

Er frühstückte noch, aß sein Bannockbrot und trank sein Bier und drehte müßig die Stechpuppe mit der Hand, als Deirdre auf das Tor zueilte. Er wusste nicht, wie das Weib es schaffte, ein Kettenhemd weiblich wirken zu lassen, aber sie sah so verlockend aus wie die Göttin Athene, als sie außer Atem auf ihn zueilte.

Der Morgen verging, während sie eine ganze Reihe militärischer Übungen durcharbeiteten. Pagan glaubte, dass er noch nie mit einem hingebungsvolleren Soldaten oder wissbegierigeren Schüler gearbeitet hatte. Sie trugen über mehr als eine Stunde einen Übungskampf aus und er zeigte ihr keine Gnade, sondern übte mit ihr auf die gleiche Art und Weise, wie er es mit seinen Knappen tat. Er ließ sie Eimer voll Wasser heben, um die Kraft ihrer Arme zu erhöhen. Er zeigte ihr, wie Sie Ihren Körper bei Sprüngen besser einsetzen konnte, um mehr Wucht zu erreichen. Und er lehrte sie einige Verteidigungsmöglichkeiten mit dem Schild, die sie nicht kannte.

Aber er lernte auch von ihr. Deirdre besaß eine Schnelligkeit und List, wie er sie bei einem Mann noch nie gesehen hatte. Sie kämpfte mit einem untrüglichen Instinkt und zeigte ihm ein paar neue Tricks, die sie perfektioniert hatte, um viel größere Gegner zu besiegen.

Für einen Mann, der es gewohnt war, nur eine Sache mit einer Frau zu machen, war Pagan überrascht, dass er Deirdres Gesellschaft doch sehr genoss.

Schließlich versammelte sich eine kleine Menschenmenge außerhalb des Zaunes, bewaffnete Ritter, die auf Zutritt zu dem Feld warteten und nun die seltsame Schlacht beobachteten. Aber obwohl Deirdres Arme zitterten und ihre Beine unter ihr nachgaben, weigerte sie sich aufzuhören.

„Kommt!", keuchte sie, „greift mich an. Noch einmal."

Er grinste und schüttelte den Kopf. Die Kriegerin war

ungemein konzentriert. Er bezweifelte, dass sie überhaupt gemerkt hatte, dass sie ein Publikum angezogen hatten. „Ein allerletztes Mal."

Über ihre Schulter hinweg sah Pagan die Männer von Rivenloch, Deirdres Männer, die den Kampf mit großem Interesse beobachteten. Aus Höflichkeit würde er das Mädchen nicht beschämen, indem er sie vor ihren Männern besiegte. Und doch wagte er es nicht, sich von ihr besiegen zu lassen, damit die Männer nicht den Glauben an ihn verloren. Irgendwie musste er die Ehre eines jeden erhalten.

Mit einem listigen Lächeln nahm er seinen Helm ab und warf ihn beiseite. Aus Höflichkeit tat sie es ihm natürlich nach. Sein Puls ging schneller, als er ihr Gesicht sah, das vom Schweiß glänzte, ihre geröteten Wangen, ihr halbgeöffneter Mund und ihre angestrengte Miene, die ihn so sehr an Verlangen erinnerte. Wenn man sie so sah, konnte man sich unmöglich vorstellen, dass sie mehr war als nur reine Weiblichkeit.

Entschlossen salutierte er und nahm die Angriffsposition ein.

Sie kämpften lange Zeit hin und her und Pagan achtete darauf, sich keinen Vorteil zu verschaffen. Er wusste, dass Deirdre irgendwann auf einen ihrer Tricks zurückgreifen würde. Selbst als er wusste, dass es soweit war, konnte er nicht vermeiden, dem Fuß, den sie hinterlistig hinter seine Ferse gestellt hatte, in die Falle zu gehen. Er stolperte und fiel mit einem Donnern auf seinen Rücken. Jenseits des Zauns konnte er die gemischten Reaktionen der Männer hören – der Jubel von Rivenloch und die Entrüstung seiner eigenen Ritter. Er lag hustend im Staub, während Deirdre triumphierend über ihm stand.

Dann machte sie den Fehler, ihre Hand auszustrecken, um ihm hoch zu helfen.

Er ergriff ihr Handgelenk und zog sie auf ihn herunter, wobei er eine Hand in ihrem Haar vergrub und dann gab er ihr einen großen, nassen, indiskreten Kuss auf ihren erstaunten Mund.

Alle lachten über den Scherz.

Pagan hätte es dabei belassen, sie freigegeben und ihr hoch geholfen. Aber nach dem ersten Schreck, ob vom Kampf oder angestachelt von dem Versuch, es seiner Frechheit gleichzutun, erwiderte Deirdre seinen Kuss mit einer Leidenschaft, die so schnell und heftig wie ihr Kampfgeist war. Sie neigte den Kopf und drückte ihre geöffneten Lippen fest auf seine und suchte mit ihrer Zunge, als wenn sie nach dem gierte, was er in seinem Mund hatte.

Jetzt war es kein Scherz mehr. Sein vom Kampf noch erhitztes Blut wurde direkt in seine Lenden gepumpt. Die Menschenmenge verschwand aus seinem Bewusstsein, als reines Gefühl ihn überkam.

Deirdre schien die Welt auch nicht mehr wahrzunehmen. Ihr tiefes Stöhnen rief dem wilden Tier in ihm zu. Ein Tropfen ihres Schweißes fiel auf sein Gesicht, während ihre verbundenen Münder eine gemeinsame Sprache sprachen – die Sprache des Verlangens. Und dieses Verlangen hier auf dem harten Boden des Übungsplatzes tobte mit so viel Grausamkeit wie ihr Kampf.

Das laute Quietschen des Tores zum Übungsplatz brachte Pagan wieder zur Vernunft. Er riss seinen Mund von ihr los. Einen Augenblick dachte er, er hätte Enttäuschung in ihren Augen gesehen.

War das möglich? War sie enttäuscht? Begehrte sie ihn wirklich? Süße Hoffnung füllte sein Herz.

Eine gefährliche Braut

Dann hörte auch sie die Störenfriede und schrie leise erschrocken auf. Er ließ sie los und sie stand auf und errötete. Bevor er einen Abschiedsgruß flüstern konnte, riss sie sich schnell zusammen, sammelte ihre Waffen ein und eilte vom Feld.

„Guter Kampf, Sir!", rief jemand.

„Gut pariert, Mylord!", sagte ein anderer.

Pagan stand auf und warf einen letzten sehnsüchtigen Blick auf seine davoneilende Braut. Er merkte, dass er nicht nur Lüsternheit fühlte, während er sie beobachtete. Nay, das Gefühl ging tiefer als das. Bei den Heiligen, aber er bewunderte sie. Bevor sie außer Hörweite war, verkündete er: „Wenn ihr Ritter mit so viel Hingabe üben würdet wie meine Frau, würde keine Armee es wagen, sich Rivenloch zu nähern."

Glücklicherweise war sie verschwunden, als Sir Benedict scherzte: „Wenn Ihr uns einen kleinen Kuss geben würdet, Mylord, würden uns längere Übungsstunden eher gefallen."

„Fünfzig Mal Eimer heben für jeden von Euch", befahl Pagan.

Die Männer stöhnten.

„Ein hundert, wenn Ihr Euch beschwert."

KAPITEL 18

Deirdres Finger flatterten über ihren Mund, während sie in Richtung Burg davoneilte. Ihre Lippen waren noch feucht und warm. Bei Gott! Was war passiert? Einen Augenblick hatte sie mit Pagan mit der Wildheit eines angreifenden Wildschweins gekämpft und im nächsten Augenblick reagierte sie auf seinen Kuss mit der gleichen Leidenschaft.

Und jetzt hörte sie, wie Pagan sie bei seinen Männern lobte. Zu ihrer Bestürzung freute sie sich darüber.

Das war absurd! Sie hatte noch nie einen Mann gebraucht, um ihr zu sagen, dass sie eine fähige Kriegerin war. Außerdem war er ein Mistkerl, der sie schamlos zu einem Kuss überlistet hatte – ein Kuss, der dennoch angenehm auf ihren Lippen hing.

Aber bei dem Kampf mit ihm war ihr etwas klar geworden, dass sie in ihrem Schlafzimmer nicht zugegeben hatte, etwas, dass sie dem normannischen Eindringling vorenthalten wollte, etwas, dass sie aber nicht mehr zurückhalten konnte.

Sie respektierte Pagan.

So sehr er sie auch durch seine arrogante Prahlerei,

grausame Verführung und gnadenlose Demütigungen erzürnte, respektierte sie den Mistkerl doch.

Er war ein starker Mann und natürlich ein unvergleichlicher Krieger. Aber er war auch ein ehrenvoller und fairer Mann. Diplomatisch und hingebungsvoll. Ein Modell an Ritterlichkeit.

Seltsamerweise sehnte sie sich danach, ihn zu beeindrucken. Wenn solch ein Mann sie öffentlich lobte, war dies wirklich eine große Ehre.

Wenn ein solcher Mann sie *liebte* ...

Nay! Daran würde sie nicht denken. Es war nur ein Kuss. Und zwar einer, den er zur Erheiterung seiner Männer gestohlen hatte. Jeder, der das für Zuneigung hielt, wäre ein Narr. Ganz gleich wie es ihren Kopf berauschte und ihren Puls rasen ließ. Außerdem hatte ein Mann, der sich so sehr der Kriegskunst widmete, keine Zeit für Liebe. Lüsternheit, aye, aber nicht Liebe. Es machte nichts aus, dass sie so etwas wie Zuneigung in seinem Blick gesehen hatte. Solche Gefühle könnten verfälscht sein.

Es reichte, dass er ihr einen gewissen Respekt entgegenbrachte. Mit gegenseitigem Respekt könnten Sie vielleicht eine gute Ehe führen. Und doch, überlegte sie, dass es viele Männer gab, die sie respektierte. Aber keiner hatte ihr Herz je so heftig schlagen lassen.

Zuneigung war eine gefährliche Sache. Wegen nur eines Kusses, hatte sie auf dem Übungsplatz völlig die Kontrolle verloren. Wenn Sie schon bei der einfachen Berührung seiner Lippen dahinschmolz, wie sollte sie sich dann gegen eine intimere Berührung wappnen? Sie musste ihn natürlich weiterhin bei jeder Gelegenheit bekämpfen. Auch wenn Sie die Befehlsgewalt der Armee an Pagan abgegeben hatte, so hatte sie doch die Kontrolle von Rivenloch nicht aufgegeben. Und das würde sie auch nicht ... niemals.

Um dieses Versprechen zu bekräftigen, beabsichtigte Deirdre Miriel über den restlichen Tag bei den Haushaltsangelegenheiten zu helfen. Bei so viel angekommenen Normannen auf Rivenloch gab es immer noch Unterkunftsprobleme, Vorräte, die besorgt werden mussten und neue Diener, die eingewiesen werden mussten, zusätzlich zu den üblichen Streitereien, die zwischen den Burgbewohnern und den Kleinbauern aufkamen und geschlichtet werden mussten.

Aber zu Deirdres Ärger entdeckte sie bei ihrer Arbeit, dass Pagan sich bereits ausführlich mit den Arbeitsabläufen auf Rivenloch befasst hatte. Als sie einige schottische Diener anwies, den Staub aus den Wandteppichen zu schlagen, sagten sie ihr, dass sie dies bereits auf Pagans Befehl hin getan hatten. Als sie drei normannische Mädchen anwies, Surcots zu flicken, beschwerten sich diese, dass Pagan ihnen gesagt hatte, dass sie die Wäsche waschen sollten. Die Jungen, die normalerweise mürrisch ausschauten, waren an den See zum Angeln geschickt worden. Von Pagan.

Der Mann schien jedem ihrer Befehle zu widers-prechen. Er wies den Dienern einfach neue Aufgaben zu, bewegte und entfernte Möbel wie er wollte und zu ihrem Entsetzen hatte er schon angefangen, die Mauern der Außengebäude einzureißen. Sie dachte, sie hätte das Schlimmste seiner Einmischung gesehen, als sie auf das zerstörte Gebäude des Schmieds starrte, wo das verrottete, zersplitterte Holz wie verkohlte Knochen auf dem Boden lag.

Aber sie war in keinster Weise auf das Spektakel vorbereitet, das auf dem Burghof stattfand, als sie um die Ecke des Westturms kam. Eine kleine Menschenmenge stand um den Pranger herum. Sie runzelte die Stirn. Der

Eine gefährliche Braut

Pranger wurde nur selten verwendet. Auf Rivenloch wurde Ungehorsam meistens so bestraft, dass dem Schuldigen unangenehme Aufgaben zugewiesen wurden oder er eine hohe Strafe in Form von Waren oder Geld zahlen musste. Obwohl der Pranger bei seltenen Gelegenheiten auch für Hinrichtungen verwendet wurde, war er jedoch jetzt hauptsächlich ein warnendes Symbol, das Eltern verwendeten, um Kindern zu drohen.

Sie schaute zwischen zwei Zuschauern durch und sah, dass zwei Jungen mit dem Gesicht gegenüber am Pranger festgebunden waren. Ihre Hemden hingen ihnen lose von den Hüften und entblößten ihre blassen, dünnen und noch ungezeichneten Rücken. Aber sie zitterten vor Angst, während eine Weidenrute in der Nähe durch die Luft sauste wie ein hungriger Falke, der hinabstürzte, um zu fressen. Deirdre konnte die Gesichter der Jungen nicht sehen, aber ihr Herz sank, als sie ihr leuchtend rotes Haar sah.

Verflucht.

Pagan schlug noch einmal durch die Luft und bereitete sich vor, dem ersten Jungen seine Strafe zukommen zu lassen. Aber seine Hand wurde von einem weiblichen Schrei aufgehalten.

„Nay!"

Er seufzte. Es war eine unangenehme Aufgabe, dachte er, Jungen zu bestrafen, deren Rücken wahrscheinlich noch nie den Stock gespürt hatten. Das war der Grund, warum er die Aufgabe lieber selbst durchführen wollte, anstatt sie einem groben Krieger wie Sir Rauve d'Honore zu überlassen, der bei seinen Schlägen vielleicht etwas übereifrig wäre. Und jetzt kam irgendeine zartbesaitete Frau, um die Bestrafung zu unterbrechen …

„Stopp!", rief sie.

Er wandte sich der Stimme mit einem finsteren Blick zu und fluchte dann leise. Es war Deirdre, die sich ihren Weg mit dem Zorn eines tobenden Wikingers durch die erschrockene Menge bahnte.

Sein Griff um den Ast wurde fester. Warum musste sie gerade jetzt erscheinen? Warum musste sie ihn bei jeder Gelegenheit herausfordern?

„Geht zurück!", schnauzte er sie an.

„Was zum Teufel habt Ihr vor?", brüllte sie.

Pagan spürte schon fast, wie sich die Haare in seinem Nacken aufstellten. Er bewunderte Deirdres Geist und ihren Mut, aber er würde es nicht dulden, dass eine Frau ihn beschimpfte oder sagte, wie er die Angelegenheiten auf der Burg ... seiner Burg zu regeln hätte.

„Frau!", bellte er. „Aus dem Weg."

Das kühne Weib ignorierte seine Warnung. Sie eilte vor, schlang ihre Arme um den jüngsten Jungen und schirmte ihn mit ihrem Körper ab.

„Nay", entgegnete sie über ihre Schulter.

Ein geringerer Mann als er hätte den ersten Schlag auf ihrem rebellischen Rücken landen lassen, um ihr eine Lektion über Ungehorsam zu erteilen. Aber Ritterlichkeit rettete Deirdre vor der vollen Gewalt seiner Laune. Stattdessen peitschte er den Weidenstock durch die Luft, so dass er an ihr vorbei zischte und den Jungen erschreckte, der in ihrer Umarmung zu wimmern begann.

„Geht da weg!", befahl er. „Ihr steht der Gerechtigkeit im Weg. Diese Jungen müssen bestraft werden."

„Ihr werdet sie nicht anrühren."

Bei Gott, sie war aber auch ein stures Weib.

„Das hier geht Euch nichts an", warnte er sie. „Ich habe diese Diebe verurteilt. Und jetzt werde ich sie bestrafen.

Eine gefährliche Braut

Wenn Euer Magen zu schwach ist, um diesen Anblick zu ertragen, dann geht nach drinnen und bedeckt Eure Augen. Lasst mich meine Arbeit machen."

Pagan beobachtete, wie ihr Rücken erstarrte und sie sich in vollkommener Rebellion gerade hinstellte und ihn über die Schulter anfauchte. „Niemals."

Es wurde plötzlich still. Einen gewichtigen Augenblick lang traute sich niemand zu sprechen oder sich zu bewegen.

Pagans Geduld war schon äußerst angespannt und er durchbrach schließlich die Stille. Seine Worte klangen wie eine eisige Drohung: „Am Pranger ist auch Platz für drei, Mylady."

Das leise Aufkeuchen der Menge gab ihm eine widernatürliche Befriedigung.

Aber diese Befriedigung war nur von kurzer Dauer. Während die Burgbewohner seine Drohung glaubten, tat Deirdre dies offensichtlich nicht. Sie wandte sich um, bis sie ihm direkt gegenüberstand, hob ihr Kinn und forderte ihn heraus: „Nur zu."

Die Zuschauer keuchten erneut und Pagan kniff die Augen zusammen. Während er ihr schönes, eigenwilliges Gesicht musterte, bereute er einen kurzen, unehrenhaften Augenblick lang, dass er sie nicht genommen hatte, als er sie das erste Mal sah. Wenn er ihren Körper genommen hätte, wäre sie schneller gefügig geworden.

Aber als sein Blick auf ihr mutiges, lebhaftes und entschlossenes Gesicht fiel, wurde ihm klar, dass Deirdre nicht irgendein Weib war, bei dem man lag, das man zähmte und eroberte. Sie war seine Frau. Und sie war eine außergewöhnliche Frau. Eine Frau, die an Macht und Kontrolle gewöhnt war. Eine Frau, die keine Angst hatte, ein Schwert zu schwingen. Eine Frau, die als Vogt von

Rivenloch gedient hatte. Eine Frau, die seinen Respekt verdiente und ein Recht auf ihre eigene Meinung hatte.

Quatsch.

Jetzt musste er dieser Meinung wohl zuhören.

Aber nicht vor diesen geschwätzigen Zuschauern, die mit offenem Mund dastanden.

„Lasst uns allein!", befahl er. „Alle."

Die Menge zerstreute sich zögerlich und sie überlegten wahrscheinlich, ob ihr neuer Vogt seine Frau blutig schlagen würde.

Als sie weg waren, wandte Pagan seine Aufmerksamkeit Deirdre zu. Sie stand aufrecht und der Blick aus ihren blauen Augen war so fest wie der Gang eines Schlachtpferdes, aber er erkannte ihre Unsicherheit an der Art, wie sie die Hände zu Fäusten ballte. Scheinbar hatte auch sie den Verdacht, dass er sie blutig schlagen könnte.

Angesichts ihrer Angst konnte er nicht zornig bleiben und er schüttelte den Kopf in Selbstironie. Beging er einen ernsten Fehler, dass er um den Rat einer Frau bat? Er hoffte es nicht. Aye, er würde Deirdre die Ehre erweisen, sich anzuhören, was sie zu sagen hatte, aber er würde sich von ihren Worten nicht umstimmen lassen. Er musste die endgültige Autorität haben. „Nun, Mylady, wenn es nicht an Eurem schwachen Magen liegt", sagte er mit einem affektierten Tonfall, „welchen Einwand erhebt Ihr dann?"

Ihre Fäuste lösten sich vor Erleichterung. „Ich kenne diese Jungen. Sie sind die Söhne von Lachanburn aus dem Norden."

Er schnaubte. Es lag also nicht an ihrem Magen. Sondern an ihrem Herz. Aber Gerechtigkeit wurde nicht mit dem Herz aufrechterhalten. „Es ist einerlei, wessen Söhne sie sind. Sie sind Diebe."

Sie runzelte die Stirn. „Diebe?"

Er nickte.

„Welches Verbrechen haben sie begangen?"

„Sie haben Rivenloch-Eigentum gestohlen."

„Was genau?"

Er zeigte zu den Ställen, wo zwei zottelige, rostbraune Kühe angebunden waren.

„Ist das alles?", fragte sie.

Er war überrascht. „Was meint Ihr damit, ob das alles ist?"

„Nur zwei Kühe?"

Genervt runzelte er die Stirn. Was wollte sie mit „nur" sagen? „Aye", fügte er betont hinzu, „zwei Kühe, welche die Burg über den ganzen Winter ernährt hätten."

Sie starrte ihn nur an, als wenn sie nach den richtigen Worten suchen würde. „Lasst die Jungen frei", sagte sie schließlich.

„Was?"

„Lasst sie frei. Wir haben die Rinder ja wieder zurück. Lasst sie frei."

Dies, dachte er, war der Grund, warum man nicht auf die Ratschläge von Frauen hören sollte. Streng schüttelte er den Kopf. „Nay, sie müssen lernen, dass sie für ihre Handlungen geradestehen müssen, sonst lernen sie es nie."

„*Ihr* versteht es nicht."

„*Ihr* versteht es nicht. Wenn man den Hund, der einen gebissen hat, nicht bestraft, wird er wieder zubeißen."

„Ihr habt Ihnen schon Angst genug gemacht. Seht doch, wie Sie zittern." Sie zeigte auf die Jungen, die ihren Hals lang machten, um der seltsamen Unterhaltung zu folgen.

„Sie zittern jetzt, aber auf halbem Weg nach Hause werden sie ihre Angst bereits vergessen haben. Ein paar Schläge werden sie daran erinnern."

Deirdre atmete tief durch. Verdammter aufdringlicher Normanne! Wenn er sich doch nur aus den Burgangelegenheiten heraushalten und die Rechtsprechung in ihren Händen belassen würde, müsste sie jetzt hier nicht gefangen zwischen den Söhnen eines schlecht gelaunten Nachbarn und einem blutrünstigen normannischen Weidenstock stehen. Und sie würde keine Zeit verschwenden müssen, einem Mann die schottische Sitte des Viehraubs zu erklären, der wahrscheinlich Kinder dafür schlug, dass sie Kuchen aus der Küche stahlen.

Aber auch wenn es ihr nicht gefiel, war Pagan jetzt der Vogt von Rivenloch und er schwang den Stock und hatte jetzt lange genug gezögert und ihr zugehört. Früher oder später müsste sie ihm die schottischen Sitten erklären. Damit konnte sie jetzt auch gleich anfangen.

„Sie sind keine Diebe", sagte sie. „Nicht wirklich."

„Was soll das heißen, nicht wirklich?" Er warf die Hände hoch. „Sie wurden erwischt, als sie die Kühe mit Seilen um den Hals den Berg hinaufführten."

Sie verzog das Gesicht. „Es ist nicht ganz so einfach."

Er schlug mit dem Stock ungeduldig gegen seinen Oberschenkel. „Dann schlage ich vor, dass ihr es schnell erklärt. Eure Verzögerung ihrer Strafe erhöht nur die Qualen der Jungen."

Sie biss sich auf die Lippe. Es war schwierig, dieses einem Außenstehenden zu erklären. „Sie haben die Kühe als Vergeltung genommen."

„Vergeltung?"

„Aye."

„Wofür?"

„Für die beiden, die wir letztes Jahr gestohlen haben."

„Wie bitte?", explodierte er.

Eine gefährliche Braut

Sie wusste, dass er es nicht verstehen würde. „Lasst sie ... einfach gehen. Ich werde es Euch später erklären."

„Nay. Erklärt es mir jetzt."

„Versteht doch", sagte sie. „Wenn ihr sie hier behaltet, wird ihr Vater ... sich Sorgen machen." Wahrscheinlich würde ihr Vater Pagans Kopf verlangen, aber das wollte sie ihm nicht sagen. „Lachanburn wird seine Männer auf die Suche schicken. Wenn Sie entdecken, dass wir sie hier auf Rivenloch festhalten ..."

Aber Pagan schien von der Idee des Viehraubs fasziniert zu sein. „Ihr habt zwei von ihren Kühen gestohlen?"

Sie seufzte. „Das ist eine schottische Sitte. Sie stehlen unsere Rinder. Wir stehlen ihre. So geht es schon seit Generationen."

Pagan schaute, als wenn ihm jemand gesagt hätte, dass die Welt aus Käse besteht.

„Viehdiebstahl", fuhr sie fort, „ist eine Art freundschaftlicher Wettbewerb zwischen den Jungen von Rivenloch und Lachanburn."

Er starrte sie an und überlegte zweifellos, ob die Schotten nicht doch vollkommen verrückt waren. „Unglaublich", murmelte er.

„Ich bestehe darauf, dass ihr sie gehen lasst."

Er antwortete nicht sofort. Offensichtlich glaubte er ihr nicht und missbilligte ihre Erklärung. Außerdem ärgerte er sich wahrscheinlich, dass sie auf irgendetwas bestand.

Schließlich schien er zu einer Entscheidung gekommen zu sein. Mit einem finsteren Blick richtete er sich zu voller Größe auf und schlug mit dem Weidenstock gegen die Handfläche seiner linken Hand. Er kniff seine grünen Augen zusammen. „Ich habe Euch zugehört, Mylady." Dann befahl er: „Jetzt kommt da weg."

KAPITEL 19

Deirdres Mut sank in dem Maß wie Ihr Zorn sich vergrößerte. Hatten ihre Worte nichts bedeutet? Sie hatte gehofft, dass Pagan zumindest versuchen würde, die schottischen Sitten zu verstehen.

Natürlich hatte sie nicht die Absicht, zur Seite zu treten. Nicht nur schuldete sie den Jungen von Lachanburn ihren Schutz, sie hatte auch nicht den Wunsch, den Zorn ihres Vaters auf sich zu ziehen, wenn er entdeckte, dass seine stolzen Söhne öffentlich geschlagen worden waren.

„Ich werde nicht beiseitetreten", sagte sie ihm mit fester Stimme. „Ihr werdet mich sonst auch schlagen müssen."

Und dann verzog sich Pagans Mund zu ihrer Überraschung zu einem Grinsen. „Ihr versteht mich falsch, Mylady. Ihr habt ihre Freiheit gewonnen." Er ließ den Weidenstock auf den Boden fallen. „Und jetzt geht beiseite."

Deirdre blinzelte verwirrt.

Scheinbar waren ein paar mutige Rivenloch-Bewohner trotz Pagans Befehl in der Nähe geblieben und zu seinem Missfallen applaudierten sie jetzt. Ungeduldig zeigte er ihr an, dass sie aus dem Weg gehen sollte. Deirdre war von ihrem Sieg überrascht und stolperte beiseite, als er sich dem Pranger näherte und seinen Dolch zog.

„Hört mir gut zu, Jungs", sagte er zu ihnen, als er ihre Fesseln durchschnitt, „ihr habt es nur der Lady Deirdre zu verdanken, dass ihr frei seid. Passt auf, dass ich Euch nicht noch einmal erwische, denn beim nächsten Mal werde ich nicht so gnädig sein." Die Jungen standen nebeneinander und ihre dünne Statur und die roten Locken ließen sie aussehen wie zwei angezündete Kerzen. Ihre Augen waren groß und ernst, als sie Pagan anblickten. Er zog ihnen ihre Hemden wieder über den Rücken und Deirdre hörte, wie er murmelte: „Bedeckt Eure Köpfe beim nächsten Mal. Euer rotes Haar kann meilenweit weg erkannt werden." Er schlug ihnen mit der Hand auf den Rücken und schickte sie zum Tor hinaus.

Als er sie abweisend anschaute, wurde ihr klar, dass er trotz seiner ärgerlichen Miene nicht gefährlicher war als ein Hund, der bellte und zugleich mit dem Schwanz wedelte. Plötzlich wurde sie von einem seltsamen Gefühl überrascht, das sie nicht benennen konnte. Bewunderung. Oder Dankbarkeit. Oder Gott sei ihr gnädig, Zuneigung. Es war ein Gefühl, das ihr Herz wärmte und ihre Laune verbesserte. Ein Gefühl, bei dem sie sich gefährlich schutzlos fühlte.

Sie murmelte ein eiliges „Danke", entschuldigte sich und ging zurück in die große Halle. Dann half sie Miriel bei den Vorbereitungen zum Abendessen und versuchte, sich davon zu überzeugen, dass sie ihrem Mann keine Zuneigung entgegenbrachte, denn das wäre töricht. Nay, sie schätzte einfach nur die faire Art und Weise, wie er die Lachanburn Jungen behandelt hatte und freute sich über ihren eigenen kleinen Triumph.

Aber als das Abendessen begann und Pagan gekleidet in seiner normannischen Hose und einer grünen Jacke, die perfekt an seiner prächtigen Gestalt saß und das Grün seiner Augen noch intensivierte, hereinkam, wurde ihre Überzeugung auf eine harte Probe gestellt.

Er schaute sie an, als er sich neben sie setzte und sie war überrascht, wie tiefgrün sein Blick an diesem Abend war – wie ein schöner, üppiger und strahlender schottischer Wald. Verdammt, er sah teuflisch gut aus.

Sie wappnete sich mit einem Schluck Birnenmost.

Er war bester Laune, während er mit seinen Männern scherzte, aber Deirdre verspürte jedes Lachen wie eine dreiste Umarmung, die ihre Haltung bedrohte. Sein Knie berührte ihrs, da sie sehr nahe auf der Bank zusammensaßen und sie bemerkte, dass er scheinbar nicht geneigt war, es weg zu bewegen. Vertraut berührten seine Finger ihre, als er das Wild auf dem Teller, den sie sich teilten, zerlegte. Der Normanne schien sich bei jeder Gelegenheit in eine ihrer Domänen einzuschleichen.

Als sie schließlich ihre Serviette ablegte und sich in Richtung Schlafzimmer unter dem Vorwand von Kopfschmerzen entschuldigte, fühlte sie sich entehrt. Jeder Zoll ihrer Haut kribbelte.

Mit ein bisschen Glück, dachte sie, als sie die Treppe hinaufeilte, die Tür hinter sich zuwarf und ihr Surcot auszog, würde sie schon schlafen, wenn Pagan ins Bett kam und sie könnte sich taub und blind gegen seine Reize stellen.

Aber der Kerl musste ihr sofort gefolgt sein. Sie hatte gerade ihre Kleider aufgehängt, als er durch die Tür marschiert kam und sie erschrak wie ein Kind, das beim Kuchennaschen erwischt wird.

Eine gefährliche Braut

Er schaute angenehm überrascht, während seine hungrigen Augen langsam ihren nackten Körper betrachteten. Sie hielt die Luft an und ertrug seinen lüsternen Blick.

Nach einer ewigen Stille fragte sie schließlich: „Habt Ihr vor, die Tür zu schließen oder wollt Ihr mich allen Dienern zeigen?"

Er grinste und schloss die Tür. Dann runzelte er die Stirn und sagte tadelnd: „Ihr seid die Treppen recht schnell hochgegangen für eine Frau mit ... was war es noch? Kopfschmerzen?"

Sie hob ihr Kinn, um zu antworten, aber ihr fiel nichts zu ihrer Verteidigung ein.

Er lächelte erneut, lehnte sich dann zurück gegen die Tür und fing an, seine Stiefel auszuziehen. „Darf ich zu hoffen wagen, dass ihr begierig auf mein Bett seid heute Abend?"

In der kühlen Luft wurden ihre Brüste fester. Zumindest hoffte sie, dass es die kühle Luft war. Und so kühl wie möglich sagte sie zu ihm: „Ihr könnt so viel hoffen, wie Ihr wollt, aber das wird es nicht Wirklichkeit werden lassen."

Ungerührt von ihrer Stichelei warf er seine Stiefel an das Fußende des Bettes, und zog seine Jacke und das Unterhemd zusammen aus. Deirdres Blick fiel sofort auf den Schnitt, den sie ihm zugefügt hatte. Zu ihrer Erleichterung verheilte er gut. Tatsächlich verminderte die dünne Narbe die Perfektion seines Körpers in keinster Weise. Seine Brust war glatt und straff und mit dicken Muskeln bedeckt und seine Schultern waren breit genug, um einen Wagen zu ziehen. Selbst auf diese Entfernung ließ sein Anblick ihre Knie weich werden.

Sie atmete etwas zittrig durch. Dann kletterte sie mit gespielter Gelassenheit ins Bett unter die Decke und legte sich in die Mitte, damit er sich nicht dazu legen würde. „Der Zwischenfall heute", sagte sie und war begierig, über irgendetwas zu sprechen, um die bedrohliche Spannung zwischen ihnen abzubauen.

„Zwischenfall?" Er fing an, seine Hosen zu öffnen.

Sie räusperte sich. „Der mit den Jungen von Lachanburn."

„Aye?"

„Es wird viele Dinge über Rivenloch geben, die Ihr nicht versteht."

Er schmunzelte. Oh Gott, aber sein Lächeln war so strahlend. „Ihr Schotten seid eine andere Art Mensch", stimmte er zu.

„Ihr könnt nicht erwarten, die Sitten der Leute zu ändern. Man kann den Schotten seinen Willen nicht aufzwingen."

Sein Grinsen wurde hinterhältig. „Ach, Mylady, ich wäre schon froh, wenn ich einer Schottin meinen Willen aufzwingen könnte." Er saß auf dem Bettrand und sein Gewicht zog sie zu ihm heran. „Vielleicht mit einem Kuss?"

Ihr stockte der Atem. *Deswegen* war er ihr also die Treppen hinauf gefolgt. Er glaubte immer noch, dass sie ihm einen Kuss schuldete. Aber sie wusste es besser. Sie hatte ihm das, was ihm zustand, bereits auf dem Übungsplatz gegeben. Und gut, dass sie es getan hatte, denn sie bezweifelte, dass sie einem weiteren widerstehen könnte, nicht bei der Heftigkeit, mit der ihr Herz schlug, während er sie mit seinen schalkhaften grünen Augen betrachtete.

„Vielleicht trügt Euch Eure Erinnerung", sagte sie selbstgefällig. „Ihr habt Eure Bezahlung heute Morgen erhalten."

Eine gefährliche Braut

Er erstarrte und legte seine Hände an die Taille seiner geöffneten Hose. „Das?", sagte er grinsend. „Das war kein Kuss."

„Oh doch, das war es."

„Nay." Er schaute argwöhnisch. „Nay. Das schnelle Küsschen? Das zählt nicht."

„Von wegen schnelles Küsschen. Es hat wohl gezählt."

„Wie könnt Ihr das ..."

„Einen Kuss nennen!"

„Das war kein Kuss!"

„Oh, es erschien mir doch sehr wie ein Kuss. Eure Lippen auf meinen? Aye, es war ein Kuss."

„Bei den Eiern Luzifers!" Er blickte sie stirnrunzelnd an. „Er war gestohlen. Der Kuss, den Ihr mir schuldet, wird freiwillig gegeben."

„Das war nicht Teil des Handels."

Er schoss hoch und kniff seine Augen gefährlich zusammen und sie sah, dass seine Brust sich bei jedem frustrierten Atemzug gefährlich hob und senkte. Aber sie wussten beide, dass sie Recht hatte. An diesem Abend schuldete sie ihm nichts.

Doch als er die Bänder seiner Hose zuband, zog er so fest, dass er eins abriss und ihr wurde klar, zu welcher Gewalt er imstande war. Als er sein Hemd mit einem tiefen Knurren wieder überzog, erkannte sie die Tiefe seines Zorns. Und als er die Tür so fest hinter sich zuschlug, dass die Waffen an der Wand klapperten, verstand sie, dass seine Geduld Grenzen hatte. Sie fürchtete, dass er eines Tages das nehmen würde, was ihm gehörte, ob mit oder ohne Schwur.

Pagan trat gegen die Stallwand und erschreckte sein Pferd. Das Tier wieherte einmal und fraß dann weiter seinen Hafer. Aber Pagans Laune war nicht so leicht zu besänftigen. Er ging auf und ab und wirbelte Stroh, Staub und Mäusekot auf.

Er hatte die Nase voll von Deirdres schlüpfrigen Tricks und leeren Verlockungen. Er würde ihrer Hinterlist nicht wieder zum Opfer fallen, sich von ihrem üppigen Körper reizen lassen, nur damit sie ihn abwies, wenn seine Lenden vor Gier pulsierten. Pagan war kein Narr. Deirdre spürte vielleicht ein gewisses Verlangen, aber bei diesem Schneckentempo würde sie ihn vor Frustration in den Wahnsinn treiben. Er weigerte sich, eine weitere schlaflose Nacht neben seiner Frau zu verbringen und sich dabei nach dem zu verzehren, was sie ihm nicht geben wollte ...

Noch nicht.

Aber schon bald würde sie ihm erliegen.

Dessen war er sich sicher. Er hatte das Schwelen in ihrem Körper gespürt, als er ihr den Kuss gestohlen hatte. Es würde nicht viel mehr bedürfen, um ein heftiges Feuer zu entfachen. Aber in der Zwischenzeit waren sie durch ihre Sturheit und seine Ehre in ihrem Verlangen festgefahren.

Die Verführung verwandelte sich langsam in einen Krieg zwischen ihnen beiden. Offensichtlich war Deirdre fest entschlossen, das Schlachtfeld selbst auszuwählen und die Regeln festzulegen. Aber es war ein tödlicher Fehler, ihr den Vorteil zu überlassen. Nay, Pagan musste sein Verlangen kontrollieren und in eine Domäne steuern, in der er Herr der Lage war.

Ohne, dass sie es merkte.

Aber wie könnte er das schaffen?

Eine gefährliche Braut

Er hörte auf, hin und her zu laufen und bückte sich, um in einer leeren Ecke des Stalls ein Bett aus Stroh zu richten. Es würde eine kühle Nacht werden. Er war in der Tat versucht, sich eine Melkerin auf dem Weg zu den Ställen zu schnappen, um ihn warm zu halten. Aber dann erinnerte er sich, was beim letzten Mal passiert war, als er versuchte, sich mit einer Dienerin zu vergnügen. Und so blieb ihm nichts anderes übrig, als sich im Stroh zu vergraben, während er über seine Schlachtstrategie nachdachte.

Der wichtigste Schlüssel für einen erfolgreichen Kampf war, den Feind zu kennen.

Was wusste er von Deirdre?

Sie schien am wohlwollendsten auf dem Übungsplatz zu reagieren, wenn er sie als gleichberechtigt behandelte – sie herausforderte, anspornte und das Beste von ihr erwartete. Und es war schon ironisch, dass sie sogar noch verführerischer auf ihn wirkte, wenn er sie wie einen Mann behandelte. Er hatte mit ihr an diesem Morgen hart gearbeitet und geglaubt, dass er ihre weibliche Schwäche aufdecken könnte und sie hatte ihn überrascht, indem sie härter arbeitete als jeder seiner eigenen Männer.

Jedoch unter der Rüstung besaß Deirdre die weichen Kurven einer Dame. In ihrem Körper schlug das zarte Herz eines Mädchens. Er hatte ihre Zärtlichkeit gesehen, als sie sich für ihre Schwester geopfert hatte, sich um ihren Vater kümmerte und sich für die Lachanburn-Jungen eingesetzt hatte. Deirdre dachte vielleicht wie ein Mann, aber sie spürte die Dinge wie eine Frau. Sie konnte ebenso leicht wie jede andere Frau beleidigt, beeindruckt, verletzt oder erfreut werden.

Und darin lag sein Dilemma.

Er war zufrieden, sie als gleichberechtigt zu behandeln,

denn sie war ebenso würdig und weise und loyal, wie jeder andere Mann, den er jemals kennen gelernt hatte.

Aber er hatte noch nie mit einem Mann ins Bett gehen wollen.

Das beunruhigte ihn. Einen Augenblick klopfte er ihr freundschaftlich auf den Rücken und im nächsten sehnte er sich danach, sie in die nächste Ecke zu ziehen, ihr Kleid herunter zu reißen und ihr seinen Willen aufzuzwingen.

Wie konnte ein Mann gegen einen Feind kämpfen, der andauernd das Ziel verschob, dessen Taktik so unvorhersehbar war wie eine Distel im Wind, der einen Augenblick auf das Feld marschiert kam wie ein Teufel und im nächsten bei einem Kuss errötete? Wie könnte man einen Feind besiegen, der sich nicht zu einer Kapitulation zwingen, dazu überreden oder sich dazu hinreißen ließ?

Er stellte sich diese Fragen bis spät in die Nacht, während sich der Mond von der Welt unter ihm abwandte und die Sterne wie Würfel durch den Himmel purzelten und den Weg des Schicksals weissagten. Schließlich schlief er ein und überließ seine Fragen seinen Träumen.

Beim ersten Morgenlicht kam die Antwort. Er öffnete die Augen und stellte fest, dass er nicht allein war. Miriels seltsame orientalische Dienerin starrte auf ihn herab.

Keuchend setzte er sich auf. Ihre Miene war leicht amüsiert und sie hielt ihre Hände in einer Geste geduldigen Wartens vor sich gefaltet. Er wusste nicht, wie lange sie schon dastand und ihn im Schlaf beobachtet hatte, aber es störte ihn zutiefst, dass sie zu ihm gekommen war, ohne dass er es bemerkt hatte.

„Was ist los?", fragte er grob und strich sich die Strohhalme aus seinen Haaren.

Sie klackte mit der Zunge. „Auf diese Art und Weise

werdet ihr niemals Söhne für Rivenloch zeugen", sagte sie offen heraus, „indem ihr bei den Pferden schlaft."

Pagan blieb der Mund offenstehen. Warum die Schwestern solch eine unverschämte Dienerin ertrugen, wusste er nicht, aber er weigerte sich, Sung Lis Frechheiten auszuhalten. „Das geht Euch nichts an."

Unbeirrt fuhr die Frau fort und schüttelte dabei ihren Kopf. „Ihr seid ein sehr törichter Mann."

Pagan wurde wütend. „Hütet Eure Zunge, Weib, oder ich ..."

„Das ist Euer Fehler", sagte sie zu ihm, „Ihr seid zu sehr ein Krieger. Ihr antwortet immer mit einer Drohung."

Es juckte Pagan in den Händen, die unhöfliche Dienerin zu schlagen. Jetzt würde er es natürlich gerade nicht tun, denn sonst hätte Sung Li ja Recht. Er schaute sie finster an.

„Hört mir zu oder auch nicht", sagte sie und zuckte mit den Schultern. „Ihr habt die Wahl. Aber ich habe die Antwort, die Ihr sucht."

Er stand auf und überragte sie, so dass sie nicht vergessen würde, wer ihr Herr war. „Welche Antwort?"

„Es gibt nur einen Weg, ihren Körper zu nehmen", sagte sie selbstzufrieden.

Pagan war von der Wahrnehmung der alten Frau überrascht. Besaß sie mystische, hellseherische Fähigkeiten oder hatte er im Schlaf gesprochen? Nachdenklich rieb er sich über seine stoppelige Wange und war hin- und hergerissen zwischen einem möglicherweise weisen Ratschlag zuzuhören oder Sung Li für ihre Frechheit aus dem Stall zu werfen. Aber in Wahrheit war Pagan entschlossen, über seine eigensinnige Ehefrau zu triumphieren und wollte seine Braut nun endlich für sich beanspruchen und daher war er frustriert genug, alles zu probieren. Er verschränkte die Arme und fragte höhnisch: „Und wie soll das gehen?"

Sung Li richtete sich zu ihrer vollen, unbeeindruckenden Größe auf und sagte: „Zuerst müsst Ihr ihr Herz gewinnen."

Pagan verdrehte die Augen. War das ihr Rat? „Ihr habt zu viele von Bonifaces Hochzeitsliedern gehört", entgegnete er abweisend.

Sie ignorierte seinen Ärger. „Es gibt ein uraltes Rätsel in Eurem Land. Vielleicht habt ihr davon gehört. Das Rätsel ist: Nach was sehnt sich eine Frau am meisten?"

Rätsel. Er hasste Rätsel. Gleich würde er das alte Weib an ihrem Zopf wegziehen. Es war überhaupt ein dummes Rätsel. Nach was sehnt sich eine Frau am meisten? Das käme auf die Frau an.

„Kennt ihr die Antwort?" bohrte Sung Li weiter.

Er schaute finster und stieß dann aus: „Blumen. Süßigkeiten. Edelsteine. Es könnte alles sein."

Sung Lis schwarze Augen funkelten. „Nay. Nicht alles." Sie schaute sich um, als wenn sie sicherstellen wollte, dass die Pferde nicht zuhörten und sagte dann vertraulich: „Ihr Wille. Am meisten will eine Frau ihren Willen."

Pagan kniff die Augen zusammen. Das war eine alberne Antwort. Zu einfach. Zu allgemein. Zu vage.

Und doch wurde ihm bei näherem Nachdenken klar, dass er versucht hatte, Deirdre *seinen* Willen aufzuzwingen.

Es stimmte. Durch Verführung. Mit Drohungen. Mithilfe von Listen. Er hatte nicht einmal in Erwägung gezogen, sich *ihrem* Willen zu beugen. Als Krieger war dazu ausgebildet worden, niemals zu kapitulieren und keine Kompromisse einzugehen. Aber auch Deirdre glaubte an den Sieg um jeden Preis. Und so hatten sie sich festgefahren.

Wenn Pagan Deirdre gewinnen ließ, wenn er sie gewähren ließ ...

Eine gefährliche Braut

Er lief im Stall auf und ab.

Es würde nicht einfach werden. Er wagte es nicht, Angelegenheiten der Burgverteidigung und Verwaltung an Sie abzugeben, da er einfach mehr Erfahrung darin besaß. Aber wenn er sich mit ihr in anderen Angelegenheiten beriet, wie er es bei den Lachanburn-Jungen getan hatte, wenn er ihr zuhörte und sie in seine Entscheidung einbezog, vielleicht würde sich ihr Herz ihm gegenüber dann erweichen lassen?

Und sobald ihr Herz empfänglich wurde, würde diskrete Verführung den Rest besorgen, solange sie glaubte, dass das *ihr* Wille war.

„Sung Li, ich glaube, dass ich die Sache falsch beurteilt habe ..."

Als er sich der Dienerin wieder zuwandte, war sie so schnell wie ein Schatten klammheimlich verschwunden. Er kratzte sich am Kopf. Die Frau war wie ein rätselhafter orientalischer Geist.

Als Pagan aus dem Stall trat, strich er das Stroh von seinen Hosen und blinzelte gegen die Sonne, aber er lächelte optimistisch. Auch wenn es entgegen allem war, was ihm als Mann anerzogen worden war und gegen seine innersten Instinkte ging, als Deirdre an diesem Morgen wie die strahlende römische Göttin der Morgenröte erschien, wollte Pagan sich gegen seine natürliche Lüsternheit wappnen und versuchen, sich den Wünschen seiner Frau unterzuordnen.

Wenn er Erfolg hatte, würden Sie in dieser Nacht etwas viel Liebreizenderes als Kameradschaft teilen. Er wusste genau, an welche Stelle er ihr den Kuss, den sie ihm schuldete, geben wollte und Gott müsste Ihr beistehen, wenn er durch diese Tore stürmte.

KAPITEL 20

Deirdre konnte sich nicht bewegen.

Und es war nicht, als hätte sie es nicht versucht. Ihr Körper war über Nacht irgendwie steif geworden und selbst die Wärme am Morgen hatte ihre Gelenke nicht auftauen können.

Pagan war gar nicht ins Bett gekommen. Das war wenig überraschend, wenn man bedachte, wie wütend er gewesen war. Aber wenn er dachte, dass er sich irgendwie aus dem Übungskampf mit ihr herauswinden könnte, irrte er.

Langsam rollte sie sich auf die Seite, aber als sie versuchte, sich auf einen Arm zu stützen, schoss ein stechender Schmerz vom Ellenbogen in ihre Schulter.

„Verflixt", keuchte sie.

Während sie sich schwankend auf ihren schmerzenden Arm stützte, schwang sie ihre Beine vorsichtig aus dem Bett. Oh Gott, sie taten so weh, als wenn ein Karren mehrfach über sie gefahren wäre. Nun, da sie aufrecht saß, spürte sie, dass sich jeder Muskel in ihrem Körper beschwerte.

Sie hatte es übertrieben. In ihrem Eifer, Pagan ihre Fähigkeiten zu zeigen und ihm zu beweisen, dass sie aus hartem Material gemacht war, hatte sie es bei den Übungskämpfen zu gut gemeint. Heute würde sie dafür leiden.

Aber sie würde sich ihre Zeit auf dem Übungsplatz nicht nehmen lassen. Ganz gleich wie schmerzhaft es auch war.

Sie verzog das Gesicht und fluchte, schaffte es aber das schwere Kettenhemd über ihren Kopf zu ziehen und ließ es über ihre Schultern fallen. Sie verzichtete auf die Rüstung und mit zitternden Armen band sie nur ihren Schwertgürtel um ihre Hüften. Humpelnd quälte sie sich die Treppe hinunter und ihre Beine zitterten wie neugeborene Lämmer. Sie wusste nicht, wie sie ihr Gebrechen vor Pagan verbergen sollte. Jeder Schritt war schmerzhaft.

Sie versuchte, so normal wie möglich zu gehen, aber als sie sich dem Übungsfeld näherte, hätte ein Igel sie leicht überholen können.

Sie hörte Pagan, bevor sie ihn sah.

„Ihr kommt spät, Mylady."

Er lehnte sich entspannt mit ausgestreckten Beinen und überkreuzten Knöcheln an die Stallwand. Er grinste und kaute auf einem Strohhalm. Sie überlegte, ob er wohl in den Ställen geschlafen hatte.

Während sie steif auf ihn zuging, neigte er den Kopf und musterte sie mit seinem vertrackten Lächeln. Sie runzelte verdrießlich die Stirn. Zweifellos ging sie wie ein altes, gebücktes Weib.

„Nun kommt!", höhnte er sie, „trödelt nicht. Wollt Ihr nicht üben?"

Sie biss die Zähne zusammen. „Ja ... und nein."

„Ich habe schon Enten schneller watscheln sehen."

„Ich friere", sagte sie und ergriff die erstbeste

Entschuldigung, die ihr einfiel. „Es dauert ein wenig, bis meine Knochen auftauen."

Er spuckte den Strohhalm aus und stellte sich gerade auf beide Beine, wobei er sie die ganze Zeit anschaute. Einen Augenblick später verschränkte er die Arme über seiner Brust und klackte mit seiner Zunge. „Ihr friert nicht", meinte er. „Ich wette, dass Ihr einen Eimer zu viel gehoben habt gestern."

„Das macht nichts aus. Ich kann trotzdem kämpfen."

Sein Grinsen wurde breiter. „Ich nehme an, Weib, dass Ihr auch noch glauben würdet, dass Ihr kämpfen könntet, wenn Ihr keine Arme mehr hättet."

„Keine Arme und keine Beine."

Sein Gelächter überraschte sie, wie es tief und warm im goldenen Sonnenlicht klang. Scheinbar hatte die Nacht in den Ställen seine Laune verbessert.

„Wenn das Euer Wille ist, dann schauen wir mal, was ihr könnt", sagte er und schlug ihr kameradschaftlich auf die Schulter.

Sie atmete tief durch, während der Schmerz in ihren Arm strahlte. „In Ordnung."

Zu ihrer Überraschung ging er gnädig mit ihr um, wenn man bedachte, welche Vergeltung er an ihr hätte üben können, während sie sich in diesem hilflosen Zustand befand. Bei ihrer Arbeit auf dem Übungsplatz verbrachte er mehr Zeit damit, ihr Techniken zu erklären anstatt sie anzuwenden und machte langsame Dehnübungen mit ihr anstatt von Ausdauerübungen. Sie war dankbar für seine Geduld und seine Nachsicht, denn als sie versuchte, ihr Schwert zu schwingen, konnte sie es kaum bis oberhalb der Taille heben und ihre Klinge war ungefähr so tödlich wie ein nasses Seil.

Eine gefährliche Braut

Und obwohl er gelegentlich über ihren Mangel an Kraft schmunzelte, war das niemals böse gemeint, selbst als ihre Knie nicht mehr im Einklang waren und ihr Schild auf erbärmliche Art und Weise immer weiter nach unten sank.

Deirdre stolperte schon zum zweiten Mal gegen den Zaun, als er schließlich vorschlug: „Wir wollen für heute aufhören."

Aus Stolz begann sie abzulehnen. „Mir geht es gut. Ich kann ..."

„Euch geht es gut, aber ich bin müde. Hört mir zuliebe auf."

Zweifelnd hob sie eine Augenbraue. Er atmete noch nicht mal schwer. Trotzdem nickte sie und lehnte sich gegen einen Zaunpfosten. „Ihr seid nicht müde."

Er grinste und lehnte sich dann gegen den Zaun neben ihr, wobei er seine Unterarme auf das Tor legte und in Richtung Burg schaute. Sie schaute auf seine muskulösen Hände, seine breiten Schultern und seinen kräftigen Nacken. Er schwitzte noch nicht mal.

„Werdet ihr nie müde?", fragte sie.

Er lachte und wieder fiel Deirdre die angenehme Wärme in seinem Lachen auf. „Ich schone meine Kräfte. Ich nehme an, dass ich gelernt habe, meine Kämpfe sorgfältig auszuwählen."

Nachdenklich starrte er vor sich hin und Deirdre gewann den Eindruck, dass er von mehr als nur Übungskämpfen sprach. Für einen Befehlshaber wie Pagan war das Auswählen von Kämpfen eine Lebensart. Vielleicht hatte er deswegen aufgegeben, zornig auf sie zu sein. Vielleicht hatte er beschlossen, dass dies eine Schlacht war, die er nicht kämpfen musste, dass sie den Aufwand nicht wert war.

Sie hätte erleichtert sein sollen. Wenn er den Kampf

aufgab und nicht mehr darauf bestand, die Ehe zu vollziehen, wäre es schließlich die perfekte Verbindung. Er könnte die Armee Rivenlochs aufgrund seiner größeren Fähigkeiten befehlen, aber so lange Deirdre sich ihm vorenthielt, würde er niemals vollständige Macht über sie erlangen.

Warum verspürte sie dann eine Leere in ihrem Herz, als seine Männer am Übungsfeld eintrafen und Pagan sie mit einem einfachen Schlag auf die Schulter entließ?

Sie fühlte sich noch leerer, als sie Stunden später an der Speisekammer mit einem mittäglichen Haferkuchen in der Hand vorbeikam und zwei Dienerinnen beim Tratschen belauschte.

„Es wird jetzt nicht mehr lange dauern; höchstens noch ein oder zwei Tage", brüstete sich eine. „Der Lord ist gestern Abend nicht in sein Schlafzimmer gegangen."

„In deins ist er aber auch nicht gegangen", scherzte die andere.

„Nay. Aber vor zwei Nächten haben wir uns in der Speisekammer getroffen."

„Und hat er dich dort gevögelt oder wollte er sich nur ein Stück Käse holen?"

„Du bist ein gehässiges Weib." Sie schnaubte beleidigt. „Ich hatte meine Röcke für ihn bis zur Taille hochgezogen."

„Hat er dich also mit seiner Lanze durchbohrt?"

Dann folgte eine Pause. „Nay ... nicht wirklich."

Die erste Dienerin kicherte.

„Aber er wird es tun", protestierte sie. „Da bin ich mir sicher. Er ist schließlich ein Mann und von seiner Frau bekommt er nichts." Sie senkte ihre Stimme und flüsterte. „Tatsächlich behaupten einige Leute, dass Mylady ohne richtige weibliche Teile geboren wurde."

Eine gefährliche Braut

„Pfui, Lucy! Einige Leute behaupten, dass du ohne Hirn geboren wurdest. Jetzt hör schon auf!"

Deirdre stahl sich davon, aber die Worte der Frauen hingen ihr noch nach, als sie in die Speisekammer ging, um sich ein Stück Käse zu holen. Lucys Geschwätz verletzte sie nicht. An solche Beleidigungen hatte sie sich schon vor langer Zeit gewöhnt. Aber der Kern der Unterhaltung ließ Deirdre innehalten, während sie die Regale betrachtete.

Die Tatsache, dass Pagan sich anderweitig vergnügen könnte, war ihr noch nicht gekommen.

Sie nahm ein Stück Hartkäse, roch daran und legt es dann wieder in das Regal zurück.

Lucy hatte Recht. Pagan war ein Mann. Er hatte Bedürfnisse. Und er würde sich bestimmt nicht von einer unwilligen Frau davon abhalten lassen, diese Bedürfnisse zu befriedigen.

Sie wählte ein Stück weichen Kräuterkäse und zog ihr Speisemesser hervor.

In der Tat wäre Pagan nicht der erste Ehemann, der vom rechten Weg abkam.

Sie stach so fest auf den Käse ein, als wollte sie ihn töten.

Deirdre war nicht so unschuldig. Trotz der Kritik der Kirche wusste sie, dass Männer glaubten, sie könnten jede vögeln, wie es ihnen beliebte, sogar die Ehefrauen anderer Männer, so lange sie dabei nicht erwischt wurden.

Gereizt schob sie den Käse zurück in das Regal und begann, ihre Portion auf dem Haferkuchen zu verteilen. Dann schaute sie nachdenklich in die dunkelste Ecke der Speisekammer. Hatte Lucy hier ihre Röcke gehoben? War dies die Stelle, wo Pagan versucht gewesen war, sein Eheversprechen zu brechen?

Der Haferkuchen brach auseinander.

Fluchend schob sie ihr Messer zurück in seine Scheide. Dann stopfte sie das Durcheinander aus Käse und Haferkuchen in ihren Mund und biss voller Wut darauf. Danach verließ sie die Speisekammer, da sie keine weitere Minute an dem Ort von Pagans Stelldichein verbringen wollte.

Als sie mit vollem Mund in die große Halle kam, lief sie Pagan fast in die Arme, der verschwitzt, verstaubt und außer Atem wohl direkt vom Übungsfeld kam. Als er sie mit seinen strahlenden grünen Augen anschaute, konnte noch nicht einmal das Wissen, dass er ein treuloser Kerl war, ihr Herz davon abhalten, heftig zu schlagen.

„Ich habe Euch gesucht", sagte er. Als er ihren vollen Mund bemerkte, fügte er grinsend hinzu: „Hungrig?"

Sie wagte es nicht, überhaupt zu versuchen, zu antworten. Sie hätte überall Haferkuchen hingespuckt. Verärgert starrte sie auf den mit Schilf bedeckten Boden und kaute weiter in der Hoffnung, den trockenen Klumpen hinunter zu bekommen, ohne daran zu ersticken.

„Ich muss einige der Verbesserungen an Rivenlochs Verteidigungsanlagen mit Euch besprechen", enthüllte er.

Sie blickte ihn zweifelnd an.

„Ich denke darüber nach, einen Burggraben zu bauen.

„Einen Burggraben?", murmelte sie um den Haferkuchen herum. Sicherlich scherzte er.

Plötzlich ergriff er ihre Hand.

„Kommt", sagte er und ließ ihr keine Wahl, als er sie hinter sich herzog wie ein kleines Kind. Sie hätte sich widersetzen können, aber das jungenhafte, beherzte Funkeln in seinen Augen überzeugte sie, ihm seinen Willen zu lassen. Seine Begeisterung war ansteckend und schon bald machte der kameradschaftliche Griff seiner rauen, feuchten Handfläche Lucy und die Speisekammer vergessen.

Mit Deirdre im Schlepptau stürmte er zur Tür hinaus, überquerte den sonnendurchfluteten Burghof an der Kapelle an den Obstgärten und Werkstätten vorbei, wo einige Neugierige sie anstarrten und dann gingen sie durch das Haupttor hinaus. In seinem Eifer hatte er Deirdres schmerzende Muskeln vergessen und sie zuckte bei jedem Schritt zusammen und versuchte aber trotzdem, mit ihm Schritt zu halten.

Einige Meter außerhalb der Burg stoppte er und drehte sie in Richtung Burg um. „Der Wachturm wird hier hin gebaut", sagte er und ließ sie los, um mit der Hand ein Quadrat anzudeuten, „mit einer Zugbrücke."

Sie runzelte die Stirn und versuchte, es sich vorzustellen und seine Motive zu entschlüsseln. Einen Burggraben an eine vorhandene Burg anzufügen, war ein seltsames Vorhaben. Es würde schwierig werden, wenn nicht sogar unmöglich.

„Das bedeutet viel Ausschachtung", sagte sie.

„Aye."

„Er müsste breit genug sein, um Angreifer aufzuhalten."

„Aye, breit und tief."

Sie schüttelte den Kopf. „Nahe der Mauer so tief zu graben könnte das Fundament schwächen."

Er nickte nachdenklich. „Der Baumeister hat gemeint, dass wir die Ringmauer verstärken müssten."

Sie legte die Stirn in Falten. Rivenlochs Ringmauer war recht lang. „Es ist eine gigantische Aufgabe."

Er nickte schnell mit dem Kopf.

Sie runzelte die Stirn. „Selbst wenn es möglich wäre, würde es eine Riesensumme kosten."

„Das ist nicht von Belang." Mit Stolz in der Stimme fügte er hinzu: „Keine Summe ist zu hoch, um unser Land zu beschützen."

Sie schaute ihn scharf an. Der ernste Blick sagte ihr, dass sein Pflichtgefühl aufrichtig war. Er wollte wirklich alles in seiner Macht stehende tun, um die Burg zu beschützen. Er war vielleicht als Eindringling nach Rivenloch gekommen, aber er hatte den Besitz und seine Bewohner bereits so liebgewonnen, dass er davon sprach, finanzielle Opfer für sie zu bringen.

Aber ein Burggraben schien dann doch ein wenig zu viel zu sein. „Wir haben solche Verteidigungsanlagen noch nie zuvor gebraucht."

„Tatsächlich bin ich mir nicht ganz sicher, dass wir sie jetzt brauchen", stimmte er zu.

„Habt Ihr mit meinem Vater darüber gesprochen?"

„Nay. Ich dachte, ich bitte Euch erst um Euren Rat."

„Meinen Rat?", fragte sie zweifelnd und suchte in seinem Gesicht nach Anzeichen von Hohn und Spott – einem amüsierten Glitzern in seinen Augen und einem Verziehen seines Mundes – aber dies war nicht zu erkennen.

„Wenn Ihr die Idee für unnütz haltet", sagte er in vertraulichem Ton, „müssen wir ihn gar nicht damit behelligen."

Sie hielt seinem ernsten Blick so lange sie konnte stand und nickte ihm dann fast unmerklich dankbar zu. Es war diplomatisch von ihm, nicht die Schwäche ihres Vaters zu erwähnen. Aber während er erwartungsvoll auf ihre Antwort wartete, wurde ihr bei seinem Blick unangenehm warm und sie war plötzlich misstrauisch wegen seines plötzlichen Interesses an ihrer Meinung.

„In Ordnung. Ich halte die Idee *tatsächlich* für unnütz."

Sein Blick deutete Missfallen an, aber in seiner Stimme war keine Ablehnung zu spüren. „Warum?"

„Das Ausschachten an sich würde die Burg verletzbar machen."

„Das wäre nur für kurze Zeit."

„Lange genug, dass feindliche Gräber die Mauer untergraben könnten."

Er runzelte die Stirn. „Richtig."

Sie war darauf vorbereitet gewesen, ihre Meinung verteidigen zu müssen und seine Worte nahmen ihr den Wind aus den Segeln. Hatte sie ihn richtig verstanden?

Er nickte langsam. „Ihr habt vielleicht Recht. Es ist das Risiko nicht wert."

Sie blinzelte. Sein Zugeständnis schmolz etwas in ihr, erwärmte ihr Herz und machte sie sprachlos. Sie konnte ihn nur verwundert anstarren. In seinen Augen war echtes Vertrauen zu sehen ... Augen, fiel ihr erneut auf, die so schön und klar und tief wie ein See im Sommer leuchteten ... Augen, die vor Zorn überfrieren konnten, aber jetzt voller Wärme waren.

Dann fiel ihr Lucy wieder ein.

Sie wurde wieder abgelenkt und während sie auf die Türme in der Ferne blickte, wappnete sie ihr Herz gegen Pagan. „Es könnte auch noch andere Arten und Weisen geben, die Mauern zu stärken", sagte sie. „Wälle. Speisekammern. Wehrtürme."

„Speisekammern?" Er runzelte die Stirn.

„Stützpfeiler. Ich meinte Stützpfeiler."

„Kommt", sagte er mit leuchtenden Augen. „Ich hatte noch eine Idee. Die möchte ich Euch zeigen."

Wieder zog er sie im Schnellschritt zurück durch die

Tore und über den Burghof, wobei er eine Hühnerschar auseinandertrieb.

Sie konnte ihm nicht böse bleiben, nicht, wenn sie Hand in Hand um die mit Gras bewachsene Einfassung der Burg gingen und er seine Pläne für eine neue Mauer mit ihr teilte, wobei er so aufgeregt war wie ein kleiner Junge über ein neues, hölzernes Schwert. Trotz Deirdres üblicher skeptischer Natur und ihrem Widerstand gegenüber Veränderungen wurde sie von seiner Begeisterung mitgerissen.

„Sie wäre ungefähr konzentrisch zur Burg", erklärte er und strich über die Steine des südlichen Turms, „und würde eine zusätzliche Barriere zwischen der Ringmauer und der Burg an sich bilden. Aber das innere Tor wäre versetzt."

Ihr war die Bedeutung sofort klar. „Wenn die Tore versetzt sind, hätte eine Armee Schwierigkeiten, beide zu durchbrechen."

„Genau."

Deirdre lächelte. Sie war mit einem sehr schlauen Mann verheiratet. „Brillant."

Er grinste und hob impulsiv ihre Hand, die immer noch mit seiner verschränkt war und küsste sie auf den Handrücken. Zu ihrer Bestürzung freute sie sich darüber.

„Natürlich", sagte er und bemerkte ihre Reaktion gar nicht, „könnten Bogenschützen im Fall eines Angriffs auf beiden Mauern stehen. Und die zusätzlichen Türme könnten der Lagerung von Proviant im Fall einer Belagerung dienen. Und das Beste ist, dass die Burg während des Baus sicher bleiben würde."

Deirdres Blick wanderte an der Seite des Turms hoch. Sie war verständlicherweise beeindruckt. Pagan hatte

Eine gefährliche Braut

offensichtlich über die Verteidigungsanlagen Rivenlochs gründlich nachgedacht. Sein Plan war genial.

Es gab nur ein Problem.

„Hört mir zu", sagte sie und löste ihre Finger vorsichtig aus seinen. „Es gibt etwas, das Ihr wissen solltet. Rivenlochs Schatztruhen sind ...", sagte sie leise, „äußerst bescheiden. Ich fürchte, dass die Liebe meines Vaters für das Glücksspiel unseren Reichtum aufgebraucht hat." Sie blickte ihn ernst an. „Ihr müsst verstehen, dass ich ihm sein Spiel nicht verbieten will. Es ist eine der wenigen Freuden, die er noch hat. Aber wegen seiner Verluste sind wir knapp bei Kasse."

„Macht Euch keine Sorgen", sagte er mit einem eigenartigen Grinsen. „Ich bin nicht mit leeren Händen gekommen."

„Vielleicht nicht. Aber ich bezweifle, dass Ihr genug Geld für ein solches Vorhaben mitgebracht habt."

„Stimmt." Schalkhaftigkeit war in seinen Augen zu sehen, während er nachdenklich über den sonnendurchfluteten Burghof blickte. „Darum werden wir schon bald ein Turnier abhalten müssen."

Deirdres Herz setzte einen Schlag aus. Sicherlich hatte sie sich verhört. „Wie bitte?" Sie blinzelte. „Was habt Ihr gesagt?"

„Was haltet Ihr von einem Turnier nach der Ernte?"

„Ein Turnier? Meint Ihr das ernst?" Rivenloch hatte schon seit mindestens sechs Jahren kein Turnier mehr abgehalten. Immer wenn die Teilnehmer erfuhren, dass Deirdre und Helena teilnehmen durften, kamen weniger Ritter zum Zweikampf mit der Lanze nach Rivenloch aus Angst, gegen eine Frau zu verlieren oder schlimmer noch, eine zu töten.

„Vielleicht ein weiteres im Frühling."

„Ihr meint es wirklich ernst."

„Natürlich", sagte er schmunzelnd. „Männer werden von weither kommen, um die Ehre zu haben, gegen die Ritter von Cameliard zu kämpfen. Wir könnten einiges an Preisgeld gewinnen."

War es möglich? Könnte Pagan die Turniere zurück nach Rivenloch bringen? Bei dieser Möglichkeit schlug Deirdres Puls schneller. Seit sie auf einem Schlachtross sitzen konnte, hatte sie Turniere mehr als alles andere geliebt, das Klirren von Stahl auf Stahl, der Geruch von Pferden, die hervorragende Schwertkunst, die Ehre, Ritterlichkeit und die Rituale ...

Aber sie wagte es nicht, dass die falsche Hoffnung sie töricht aussehen ließ. Seit Jahren hatten die Kriegerinnen versucht, wieder Turniere auf Rivenloch einzuführen ... und waren gescheitert.

Sie versuchte, gleichgültig zu klingen. „Nun, das ist alles sehr interessant, aber was passiert, wenn Ihr diese Turniere verliert?"

Ein freches Lächeln erschien auf seinem Gesicht. „Die Ritter von Cameliard verlieren nie."

Mit dieser kühnen Prahlerei verabschiedete er sich salutierend und stolzierte davon und sie konnte ihm nur noch fasziniert hinterherstarren.

Für den Rest des Tages schwirrten Pläne für ein Turnier in ihrem Kopf herum, obwohl sie die Dinge eigentlich zynisch betrachten wollte. Bilder von bunten Fähnlein, von Zelten aus weit entfernten Ländern, von geheimnisvollen, wandernden Rittern mit seltsamen wilden Tieren auf ihren Schildern und großartigen Schlachtpferden, die mit Silber und Edelsteinen geschmückt waren, brachten ihr Blut in Wallung. Sie konnte schon fast das Krachen der Lanzen und das Klirren der Schwerter hören und die Fleischpastetchen, die parfümierten Damen und schwitzenden Pferde riechen.

Wenn Pagan es schaffte, Turniere zwei Mal im Jahr auf Rivenloch zu veranstalten, würde Deirdre vielleicht ein wenig mehr tun, als ihn nur zu respektieren. Tatsächlich würde sie dann vielleicht aufrichtige Zuneigung für ihren Ehemann empfinden und ihm dann Lucy und die Speisekammer schon fast verzeihen.

Deirdre wusste nicht, warum Boniface an diesem Abend ihr zu Ehren einen Rundgesang mit zwei Dutzend Strophen zum Besten gab. Aber als das spröde Lied schließlich beendet war, war sie überrascht, dass Pagan nicht in der Halle war.

Sie verspürte ein Gefühl von Verlust, denn sie hatte gerade ein bemerkenswert angenehmes Abendessen mit ihm verbracht und sie hatten dabei über ihre Lieblingsthemen gesprochen – Verteidigungsanlagen und anstehende Turniere, walisische Bogenschützen und spanischer Stahl. Pagan war höflich gewesen und hatte sich diplomatisch verhalten, als ihr Vater einen Augenblick lang vergessen hatte, wer er war; Pagan hatte freundlich und geduldig auf ihn eingeredet, bis er sich erinnerte. Er hatte die Fortschritte der Ritter von Rivenloch auf dem Übungsfeld gelobt. Er hatte es sogar geschafft, sich mit Sung Li anzufreunden, indem er ein paar Worte in der Sprache der alten Frau zu ihr sagte. Eine Zeitlang, während Deirdre und Pagan nebeneinandersaßen und sich angenehm unterhielten, war es ihr fast möglich, sich vorzustellen, mit ihm alt zu werden.

Aber nun, da er sie verlassen hatte, kamen ihr Zweifel und sie wurde wieder vorsichtig, um sich zu schützen. Zweifellos, dachte sie verdrießlich, als sie ihren letzten Birnenmost austrank, hatte er eine dringende Verabredung mit Lucy in der Speisekammer. Tatsächlich hatte er Boniface wahrscheinlich angefleht, das ermüdende Lied zu ihren Ehren zu singen, damit sie beschäftigt war, während er das Weib vor ihrer Nase vögelte.

Er hatte sich nicht die Mühe gemacht, sich seinen Kuss heute abzuholen. Sie nahm an, dass er es vergessen hätte. Aber Morgen würde sie sich ihre Übungszeit nicht nehmen lassen. Wenn sie schon im Bett wäre und schliefe, wenn er wegen seiner Bezahlung kam ... wäre das nicht ihre Schuld. Es würde trotzdem zählen.

Also dankte sie Boniface für das armselige Lied, blinzelte die Enttäuschung aus ihren Augen und machte sich auf den Weg nach oben.

Als Deirdre zuerst die Tür aufstieß und in das Zimmer schaute, dachte sie, sie wäre in der falschen Kammer. Misstrauisch runzelte sie die Stirn und ihre Hand ging instinktiv zu ihrem Schwert, das sie leider gerade nicht trug.

Der Raum leuchtete im Kerzenlicht. Überall standen Kerzen – auf der Fensterbank, den Pfosten des Betts und in einem Ring um eine hölzerne Wanne mitten im Zimmer, aus der ein duftender Dampf aufstieg. Im Kamin knisterte ein Feuer, das dem blumigen Duft des Bades eine rauchige Note verlieh. Jasmin. Oder Rosen. Sie war sich nicht sicher, da sie sich noch nie die Mühe gemacht hatte, Blütenblätter in ihr Bad zu geben.

Sie war so eingenommen von der ungewohnten Atmosphäre in ihrem Zimmer, dass sie fast nicht bemerkte, dass Pagan doch nicht zu Lucy gegangen war. Tatsächlich stand er in der hinteren Ecke des Zimmers, wobei seine Silhouette im Kerzenlicht erkennbar war und er sah verteufelt gut aus.

KAPITEL 21

"Oh, Willkommen, Mylady", begrüßte er sie mit einer Verbeugung.

Im goldenen Licht schimmerte sein dunkelblondes Haar und seine Augen funkelten wie die Sterne. Nun trug er einen Mantel aus dunkelblauem Samt, der über seine mächtigen Schultern fiel und an der Hüfte zusammengebunden war. Sie vermutete, dass er darunter nackt war.

Deirdre verkrampfte sich und ging sofort zur Verteidigung über. Was hatte der Kerl vor? Plötzlich roch die Kammer nach mehr als Blumen. Sie roch verdächtig nach Verführung. Aye, sie hatten ein angenehmes Abendessen und auch einen schönen Tag zusammen verbracht. Aber glaubte er, dass ihre Überzeugungen so schwach waren, dass sie sich von ein paar Kerzen und einem blumigen Bad umschwenken ließ.

Aber vielleicht war seine Geste auch aufrichtig. Er hatte in letzter Zeit Anzeichen von ehelicher Ergebenheit gezeigt.

Sie atmete schneller, während sie noch zögerlich an der Tür stand. Ihre Gedanken kreisten um all die Facetten, die

Eine gefährliche Braut

sie bei Pagan bereits erlebt hatte – ehrbarer Bräutigam, sehr fleißiger Schürzenjäger, geduldiger Lehrer, loyaler Verteidiger und selbstzufriedener Verführer. Was war er heute Abend?

Sie stand da und hatte das Gefühl, als würde sie zwischen zwei Welten schweben, eine voller bekannter Behaglichkeit und eine mit faszinierenden Gefahren. Sie könnte wieder nach draußen gehen, die Tür schließen und ihr Leben würde weitergehen wie bisher, ruhig und vorhersehbar. Oder sie könnte sich dieser neuen Herausforderung stellen und es riskieren, sich dem Pagan auszuliefern, der er heute Abend war.

Er lächelte spöttisch. „Ihr habt doch keine Angst, oder?"

Damit fällte sie ihre Entscheidung, wie er sicherlich schon vorher gewusst hatte. Sie hob ihr Kinn, trat ein und schloss die Tür hinter sich. Sie ließ jedoch eine Hand auf der Türklinke liegen.

„Was ist das?", fragte sie mit einem Kloß im Hals.

„Das ... ist ein Bad", sagte er grinsend. „Ich bin sicher, dass ihr so etwas schon einmal gesehen habt."

„Für mich?" Sehnsüchtig blickte sie auf das dampfende, einladende Wasser. Sie wusste, dass es sich himmlisch auf ihren schmerzenden Muskeln anfühlen würde. Aber ein Teil von ihr war noch zögerlicher hineinzusteigen als eine Katze, die vor einer Pfütze zurückzuckte.

„Nun, es ist nicht für die Hunde", versicherte er ihr und ging zum Bett, wo einige Leinentücher gestapelt lagen. „Obwohl die Hunde mal ordentlich geschrubbt werden müssten Ich schicke morgen ein paar Jungen zum Fluss mit ihnen, wenn Ihr wünscht."

Deirdre wusste nicht, was sie sagen sollte. Die Art und Weise, wie Pagan heute die Rollen zwischen aufmerksamem

Ehemann und fähigem Vogt der Burg wechselte, faszinierte sie. „Gut."

Er entfaltete die Leinentücher und testete dann die Temperatur des Wassers mit den Fingern. „Hat Euch der Reigengesang gefallen?"

„Wie bitte?" Wie konnte er sich so locker unterhalten, wenn ihre Kammer wie ein Venusaltar eingerichtet war?

„Bonifaces Reigengesang."

„Oh. Aye." Tatsächlich konnte sie sich an den Großteil des Liedes nicht mehr erinnern. Es war so lang gewesen und sie hatte ihre Gedanken schweifen lassen.

Er holte eine Ampulle, schüttete ein paar Tropfen in das Wasser und vermischte es dann. „Ich hoffe, Ihr mögt Lavendel." Er brachte die Flasche zurück an den Tisch und sagte ohne hoch zu blicken: „Braucht Ihr Hilfe beim Auskleiden?"

Sie zögerte so lange, dass er ihr schließlich in die Augen schaute. Sie schluckte. „Nay. Das kann ich allein."

Sie atmete tief durch und begab sich dann ohne viel Federlesen an die Aufgabe. Sie war schließlich noch nie kokett bezüglich ihrer Nacktheit gewesen. Aber sich vor Pagan auszuziehen sorgte dafür, dass sie sich verletzlich fühlte.

Pagan wandte sich um, um noch ein Scheit Holz aufzulegen und in der Kohle herum zu stochern, wobei er leise vor sich hin summte. Wenn Sie sich beeilte, könnte sie schnell in die Badewanne steigen, bevor er aufhörte, mit dem Feuer zu spielen.

Sie war so darauf versessen, die Tortur hinter sich zu bringen, dass sie ausrutschte, als sie in die Badewanne trat und dann mit einem riesigen Platscher hineinfiel,

Pagan erschreckte und über den Rand lief Wasser und löschte mehrere Kerzen.

Er schmunzelte und warf ein paar Tücher auf den Boden, um das Wasser aufzunehmen. „Geht es Euch gut?"

Sie versuchte erfolglos, nicht zu erröten.

„Wie ist das Wasser? Zu heiß? Zu kalt?"

„Gut." Tatsächlich war es perfekt. Sie war es gewohnt, in einem kalten Teich oder in einem Badewasser, das bestenfalls lauwarm war, zu baden, und so empfand sie das warme Wasser als willkommenes Vergnügen. Sie musste zugeben, dass es einfach wäre, sich an die normannischen Genüsse zu gewöhnen. Sie spürte bereits, wie ihre Muskeln sich entspannten, während sie die Wärme aufnahmen und ihre Hemmungen und ihre Sorgen schwanden, während die duftenden Wellen leicht gegen ihren Körper plätscherten.

„Gebt mir Eure Hand", murmelte er.

Sie schaute ihn argwöhnisch an, aber er hob unschuldig die Augenbrauen.

Zögerlich reichte sie ihm ihre Hand. Zu ihrer Überraschung legte er nur ein Stück arabische Seife in ihre Handfläche. Es war verwirrend. Sie wusste nicht, was sie von seinem Mangel an Angriffslust halten sollte.

Als er sich wieder abwandte, begann sie sich mit bewusster Trägheit einzuseifen und genoss das seidenartige Gefühl auf ihrer Haut; dabei seifte sie auch ihr Haar mit der nach Kardamom duftenden Seife ein. Er kam zurück mit einem Krug mit sauberem Wasser und sie neigte den Kopf, damit er ihre Haare spülen konnte.

Normalerweise beeilte sie sich beim Baden, da sie wusste, dass ihre Schwestern und die eine oder andere Dienerin das Badewasser noch einmal benutzen würden.

Aber heute Abend gehörte es ihr allein und das Wasser war noch warm und angenehm. Es wäre eine Schande, es zu verschwenden. Sie schloss die Augen und lehnte sich gegen den Badewannenrand, wobei sie den sinnlichen Himmel aus Lavendel und Kerzenlicht genoss.

Einmal schaute sie verstohlen, um zu sehen, was Pagan machte und der Anblick ließ ihr den Atem stocken. Er saß am Feuer mit den Händen unter seinem Kinn und strich sich mit den Fingern über die Lippen, während er sie anstarrte. In seinem Blick lag ein rohes, schon fast schmerzhaftes Verlangen, das vorsichtig unter Kontrolle gehalten wurde. Seine Zurückhaltung bewegte sie, aber sie sah auch, wie zerbrechlich sie war. Herzlich wenig trennte sie. Nur ihr Wille und seine Ehre.

Sie senkte den Blick wieder und versuchte, den Langmut in seinem Gesicht und die Schuld der Vollziehung der Ehe, die sie ihm schuldete, zu vergessen. Schon bald lullte sie das Knistern des Feuers und die Wärme des Wassers in eine träumerische Trägheit. Eine Zeit lang schwebte sie auf einem duftenden Meer der Erholung und wurde immer schläfriger.

Schließlich weckte sie Pagans amüsiertes Flüstern. „Eure Finger beginnen zu schrumpfen, Mylady. Schon bald werden sie wie verrottete Äpfel aussehen."

Sie öffnete ein Auge. Ihre Finger waren überhaupt nicht faltig. Der Kerl machte sich nur lustig über sie. Sie schimpfte ihn mit einem halbherzig finsteren Blick. Zu ihrer Erleichterung kam sein schurkisches Lächeln wieder, als wenn die gequälte Miene zuvor einem anderen Mann gehört hätte.

Er kam mit einem großen Leinentuch auf sie zu. Sie erhob sich in der Wanne und zuckte zusammen, als sie ihre

Oberschenkel spürte und bevor sie auskühlen konnte, wickelte er das Leinentuch um sie. Mit nur einer Lage Stoff zwischen ihnen spürte sie den warmen Druck seiner Finger, als diese über ihren Rücken strichen, um sie abzutrocknen. Er stand nahe bei ihr, um die Aufgabe zu verrichten und sie roch den würzigen Duft seiner frisch gewaschenen Haut; er war so nah, dass sie zitterte, als sein Atem die Wassertropfen auf ihrer Schulter wegblies; so nah, dass sie sich wünschte, dass er sie mit seinem Mund ableckte. Aber selbst als ein fehlgeleitetes Gefühl des Verlangens sie verwirrte, zog er sich mit einem ausweichenden Lächeln zurück und ließ sie sich selbst abtrocknen; er wandte sich ab und legte noch einige Scheite Holz auf das Feuer.

Mit dem Rücken zu ihr sagt er: „Eure Beine tun Euch immer noch weh."

„Es ist nichts", log sie. Ihre Muskeln spannten sich an, als sie sich in Leinen gehüllt auf den Bettrand setzte.

„Es wird Morgen noch schlimmer sein, wenn Ihr Eure Muskeln steif werden lasst." Als er am Kamin fertig war, schlug er den Staub von den Händen und wandte sich ihr zu und sein Blick war trügerisch tugendhaft. „Soll ich sie für Euch reiben?"

Trotz des verführerischen Vorschlags kniff sie argwöhnisch die Augen zusammen. Jetzt versuchte er definitiv, sie zu verführen. Von wegen ihre Beine reiben. Sie wollte das Angebot schon ablehnen.

„Oder, wenn es Euch lieber ist", fügte er mit einem Schulterzucken hinzu, „könnte ich meinen Knappen rufen. Er ist sehr geschickt, die Muskeln von Pferden zu reiben. Ich bin sicher, dass er ..."

„Ich bin *kein* Pferd."

Das Funkeln in seinen Augen verriet ihn. Er scherzte mit ihr.

Was hatten diese Normannen bloß? Die Schotten bissen einfach die Zähne zusammen und hielten die Schmerzen aus. Sie verwöhnten ihre Körper nicht mit nach Lavendel duftenden Bädern und sinnlichen Massagen. Solche Dinge waren ein Luxus, den sich der beschäftigte Vogt einer Burg kaum leisten konnte. Aye, sie waren recht angenehm ... und lindernd ... und sogar ziemlich göttlich, aber ...

„Ich würde es nicht gern sehen, dass Ihr einen Übungstag verliert." Er klackte mit der Zunge.

Das war eine faszinierende Aussicht. Sie erinnerte sich noch gut daran, wie gewandt seine Finger waren und wie lindernd seine Berührung. Obwohl es gefährlich war, sich buchstäblich in seine Hände zu begeben, wenn sie sich doch so biegsam ... und warm ... und empfänglich anfühlten ...

„Gut", platzte sie heraus, bevor sie so sehr darüber nachdachte, dass sie ablehnte.

Er nickte und nahm die Ampulle mit Lavendelöl in die Hand. Er goss ein wenig auf seine Handfläche und kniete sich an ihr Bett. Vorsichtig zog er das Leinen von ihrem linken Bein, verteilte das Öl auf ihrem Knie und fing an, langsam nach oben entlang ihrem Oberschenkel zu kneten.

Abwehrend spannte sie sich an.

„Zu fest?"

Sie schüttelte den Kopf und war sich der Intimität ihrer Positionen plötzlich nur allzu bewusst. Sie spürte seinen Atem auf ihrem Oberschenkel und mit jedem Streichen kamen seine Finger der feuchten Stelle zwischen ihren Oberschenkeln, die seine Berührung bereits kannte, ein wenig näher.

Eine gefährliche Braut

Er drückte die Daumen wieder nach vorn und sie spannte ihr Bein an und ihre Fäuste umklammerten die Decke.

„Gebt nach, Mylady. Ich werde vorsichtig sein."

Sie schluckte schwer. Wie könnte sie nachgeben? Das lag nicht in ihrer Natur, weder auf dem Schlachtfeld, noch im Schlafzimmer. Sie spürte bereits, wie sie die Kontrolle verlor, was dazu führte, dass sie sich noch mehr anspannte.

Einige angespannte Augenblicke später hörte er plötzlich auf und zog ihren Blick auf sich. Er betrachtete sie mit einer hochgezogenen Augenbraue und einem einfühlsamen Lächeln. „Ihr habt Angst."

„Nay."

„Ihr seid so fest wie eine Armbrust. Wenn das nicht Angst ist, ..."

„Das ist es nicht."

Er starrte sie amüsiert an. „Dann lehnt Euch zurück und entspannt Euch."

Sie konnte es nicht.

„Vertraut Ihr mir nicht?"

Sie vertraute ihm. Aber sie vertraute sich selbst nicht.

Mit einem Schmunzeln legte er drei Finger auf ihre Stirn und drückte sie zurück auf das Bett.

Sie schloss die Augen und es dauerte nicht lange, bis seine Finger ihre Willenskraft bearbeiteten. Das warme Bad und das Duftöl hatte sie erweicht und ihre Muskeln schienen bei seiner Berührung zu schmelzen. Mit jedem Streichen seiner Hände schien ihr Schmerz geringer zu werden und wurde von einem angenehmen Kribbeln abgelöst, das sich vermehrte, bis es sich anfühlte, als würde ihr Blut durch ihre Adern sprudeln. Doch bei jedem Mal, wenn seine Daumen sich dem Verbindungspunkt ihrer

Oberschenkel näherten und sie dann verließen, pulsierte der unbefriedigte Schmerz des Verlangens in ihrem Unterleib. Jedes nicht vollendete Streichen seiner Finger verfeinerte ihren sinnlichen Frust auf einen leidenschaftlichen Punkt. Schon bald wurde sie von der äußerst perversen Sehnsucht erfüllt, seine Hand zu ergreifen und sie ... dort hinzulegen!

„Fühlt sich das gut an?", murmelte er.

Oh, aye, es fühlte sich sündhaft herrlich an, aber sie traute sich nicht, das zuzugeben. Stattdessen zuckte sie mit den Schultern.

„Undankbare Füchsin", schimpfte er und hatte erraten, dass sie gelogen hatte; dann ergriff er ihre Handgelenke und zog sie aufrecht.

Auf das nackte Verlangen in Deirdres Augen war Pagan nicht vorbereitet. Es brachte ihn fast um.

Diese Täuschung war zweifellos die größte Herausforderung, der er sich jemals gestellt hatte, wobei er Nonchalance vorgeben musste, während seine Braut sich vor ihm auszog, sich nackt in einem dampfenden Bad räkelte und ihm erlaubte, ihren nackten Oberschenkel zu streicheln und in diesem Augenblick saß sie vor ihm und war nur von einem feuchten Leinentuch bedeckt. Seinen Lenden pochten schmerzhaft und sein Instinkt sagte ihm, dass er sich die Situation zu Nutze machen sollte. Aber diesen Fehler würde er nicht noch einmal machen.

Deirdre war wie ein nicht zugerittenes Pferd. Aggression erhöhte ihren Widerstand nur noch. Wenn er vorsichtig und geduldig blieb, würde sie schließlich freiwillig zu ihm kommen. Und wenn er schlau war, würde sie sogar glauben, dass sie die Initiative ergriffen hatte. Aber es war keine einfache Aufgabe. Nicht, wenn sie ihn mit diesen glühenden blauen Augen anblickte.

Er bemühte sich, dass seine Stimme unbeteiligt klang, als er sie losließ und das Lavendelöl holte. „Wisst ihr, was ich glaube?"

„Mm?"

Er glaubte, dass er noch nie eine Frau gesehen hatte, die schöner, erregender und begehrenswerter war. Er glaubte aber auch, dass er schon bald sterben würde, wenn er seinen Schwanz nicht zwischen ihre langen, seidigen Beine stecken dürfte. Bevor er etwas sagte, was er bereuen würde, stand er auf, ging durch das Zimmer und stellte die Ampulle mit dem Öl auf den Tisch. „Ich glaube, dass Ihr eine tödliche Angst vor Männern habt."

„Wie bitte?"

Er wandte sich zu ihr und lächelte selbstbewusst. „Ich glaube, dass Ihr Angst vor Männern habt."

Schon war die Leidenschaft aus ihren Augen verschwunden. Stattdessen machte sich Verärgerung breit. „Was?"

Er verschränkte die Arme über seiner Brust und forderte sie heraus, ihm das Gegenteil zu beweisen.

„Wie könnt ihr das glauben?", entgegnete sie. „Ich kämpfe die ganze Zeit gegen Männer. Ich habe schon Männer getötet. Von allen Leuten solltet ihr ..."

„Oh, ich meine nicht im Kampf", sagte er schmunzelnd.

„Was meint Ihr dann?" Oh Gott, sie war sogar schön, wenn ihre Augen vor Zorn funkelten.

„Ihr habt Angst vor Männern in Eurem Bett."

Sie verriet sich, in dem sie errötete. „Pah! Das ist keine Angst. Das ist ..."

„Oh, aye", versicherte er ihr. „Das ist Angst. Es ist recht offensichtlich. Eure Hände klammern und Ihr wendet den Blick ab ..."

Trotzig ließ sie die Decke los und schaute hoch. Er lächelte und schlenderte auf sie zu und strich mit der Rückseite eines Fingers über ihre Wange. Sie zuckte zusammen.

„Ihr habt Angst vor meiner Berührung." Er beugte sich nach vorn, bis er nah genug war, um ihr ins Ohr zu flüstern. „Und ihr habt furchtbare Angst vor meinem Kuss heute Abend." Er schnüffelte in ihrem Haar. „Das stimmt doch, nicht wahr?"

Mit sicherer Stimme entgegnete sie: „Nay."

„Ihr zittert vor Angst bis auf die Knochen."

„Ich habe keine Angst vor Euch", beharrte sie mit fester Stimme.

„Dann beweist es."

Deirdre spürte, dass sie manipuliert wurde, aber sie wusste nicht genau wie. Ihre Gefühle und ihr Verstand, ihr Zorn und ihr Verlangen, ihre Logik und ihre Sehnsucht wirbelten um sie herum wie entgegengesetzte Strömungen und zogen an ihr, während sie versuchte, den Kopf über Wasser zu halten.

Sie wusste, dass sie ihre Schlachten besser weise auswählte, so wie Pagan gesagt hatte. Dies war eine, der sie besser den Rücken kehrte. Aber er hatte eine Herausforderung ausgesprochen, der sie nicht widerstehen konnte. Ihr Mut war in Frage gestellt worden. Ihr Stolz war beleidigt worden. Sie musste auf seine Vorwürfe antworten.

Bevor Vorsicht über ihren Instinkt siegte, bevor ihr Gewissen sie zu einem Feigling machen konnte, schob sie ihn von sich und platzte heraus: „Macht, was ihr wollt. Berührt mich, wo ihr wollt. Küsst mich, wo ihr wollt. Es ist mir einerlei. Ich habe keine Angst vor Euch."

Eine gefährliche Braut

Zum Teil war ihr klar, was ihr prahlerisches Benehmen herausforderte, was aus ihren Worten abzuleiten war. Aber sie war keine Närrin. Sie hatte die Kapitulation zwar verzögert, aber erkannt, dass sie unausweichlich war. Eines Tages würde sie Pagan nachgeben müssen. Sie war schließlich seine Frau und es war ihre Pflicht, Erben für Rivenloch zu produzieren.

In diesem Augenblick jedoch hatte sie die Kontrolle über diese Kapitulation. Dies war ihre Herausforderung, ihre Verantwortung. Er würde sie vielleicht in dieser Nacht erobern, aye und die erniedrigendste aller Handlungen an ihr vornehmen, aber bei Gott, dies würde erst passieren, wenn sie darum bat.

„Ist das also Euer Wille?", fragte er.

Sie zögerte und schaute ihn dann direkt an. „Aye."

Zu ihrer Überraschung wurde Pagans Blick zärtlicher und obwohl seine Lippen sich zu einem Lächeln verzogen, war es nicht das freche Grinsen, das sie erwartet hatte. Stattdessen schien er eher vor Erleichterung zu lächeln.

Vielleicht, dachte sie, würde es gar nicht so schlimm werden. Vielleicht könnte sie sich ihre Würde erhalten angesichts dieser Erniedrigung.

Pagan löste den Gürtel seines Mantels und ließ ihn von den Schultern gleiten, wobei sein großartiger Körper nun nackt war. Sie bemerkte, dass er jetzt zweifellos erregt war. Sein Schwanz stach aus seinem dunklen Nest hervor wie ein Dolch, der darauf wartete ...

Darauf wartete, sie zu erdolchen.

Sie schluckte ihre törichte Beklemmung hinunter. Sollte er doch kommen. Es war nicht ihre Art, einer Schlacht aus Angst vor einer Verletzung aus dem Weg zu gehen. Sie wappnete sich für seinen Angriff.

Aber zu ihrer Überraschung streckte er nicht die Hand aus, um das Leinentuch brutal von ihr zu reißen. Er erstickte sie nicht mit Küssen. Und er kam auch nicht vor, um sie auf dem Bett flach zu drücken. Es gab kein Gefummel und Grabschen. Stattdessen trat er zu ihr und setzte sich ruhig neben sie auf das Bett wie ein Ebenbürtiger; er saß so nah, dass sie die Hitze, die seine Haut abgab, spürte.

„Ich weiß, warum Ihr Angst vor mir habt", murmelte er.

„Ich habe kei-"

„Ihr habt Angst vor mir, weil Ihr glaubt, dass sich Euer Feind bin."

Er hatte halb Recht. Sie hielt ihn immer noch für einen Ausländer, einen Eindringling, eine Bedrohung.

„Ihr kennt doch die wichtigste Regel der Kriegsführung, oder?", fragte er. Als sie nicht antwortete, gab er die Antwort: „Kennt Euren Feind."

Bei dieser Offenbarung streckte er sich auf dem Rücken auf dem Bett aus. Dann streckte er die Arme aus mit den Handflächen nach oben – eine Geste völliger Aufgabe.

„Kommt", forderte er sie auf. „Lernt Euren Feind kennen."

Deirdre schluckte. Sie wäre lieber unter die Decke gekrochen. Trotzdem erkannte sie den Wert von Pagans Angebot. Aye, sie hatte ihre Zustimmung, bei ihm zu liegen, bereits impliziert, aber jetzt wurde ihr klar, dass es zu ihren Bedingungen geschehen würde. Sie müsste sich nicht unterwerfen oder beschämt fühlen, denn er ließ sie freiwillig zu ihm kommen. Sie würde die Kontrolle haben. Er bot ihr ein wertvolles Geschenk an.

Das Wissen würde die Aufgabe jedoch nicht einfacher gestalten. Was das Vögeln betraf, so war sie so unwissend

Eine gefährliche Braut

wie ein junger Ritter, der zum ersten Mal ein Kettenhemd anzog.

Sie atmete tief durch und drehte sich dann zu ihm, um ihn anzuschauen und zu überlegen, wo sie anfangen sollte.

Ihr Blick fiel auf seine linke Hand, auf eine lange Narbe, die quer über seine Handfläche verlief. Sie überlegte, wie er sie erhalten hatte. Mit zitternden Fingern streckte sie die Hand aus, um sie nachzuzeichnen.

„Mit sechzehn habe ich meine Hand als Schild benutzt", erzählte er leise.

Bei dem Gedanken zuckte sie zusammen und folgte dieser Narbe zu einer weiteren auf der Innenseite seines Unterarms. Sie schaute ihn fragend an.

„Da ist mir das Messer ausgerutscht, als ich Gefangene befreien wollte." Dann fügte er bedeutungsschwer hinzu: „Schottische Gefangene."

Als nächstes wandte sie ihre Aufmerksamkeit einer gezackten Linie oberhalb seiner linken Brust zu. Sie strich mit der Fingerspitze darüber.

„Mein erstes Gefecht", sagte er.

Sie lächelte bei der Erinnerung. Sie hob ihr Haar von ihrem Nacken und zeigte ihm die Kerbe vom Schwert ihres Vaters. „Mein erstes Gefecht.

Sie blickten einander an. Er lächelte und Deirdre spürte eine plötzliche und seltsame Seelenverwandtschaft mit ihm. Jede Narbe hatte ihre Geschichte und seine und ihre waren gar nicht so unterschiedlich. Tatsächlich schien Pagan mit jedem Augenblick weniger Normanne und mehr Kriegerkamerad zu sein, weniger Feind und mehr Ehemann.

Ermutigt strich sie mit ihrem Daumen an seinem Kiefer entlang über die Narbe, die sie bemerkt hatte, als sie ihn das erste Mal sah. Er hatte sich vor kurzem rasiert und die Haut war weich. Sie konnte seinen starken und beständigen Puls am Hals sehen, der so schnell war wie ihr eigener.

„Da hätte ich fast meinen Kopf in der Schlacht verloren", vertraute er ihr an.

Sie keuchte.

Er lächelte. „ Colin hat mich damals gerettet."

Über seiner Augenbraue nahe dem Haaransatz war eine weitere blasse Markierung in Form eines Dreiecks.

„Und diese?"fragte sie.

„Ein eifersüchtiger Falke."

Sie blickte in seine Augen. Sie glänzten gut gelaunt.

„Es gefiel ihm nicht, dass ich seine Falknerin geküsst habe."

Einen kurzen Augenblick lang stieg Eifersucht in Deirdre auf, als sie sich vorstellte, wie Pagan eine andere Frau küsste. Aber sie schüttelte es ab und ließ ihren Blick zu seiner rechten Schulter schweifen. Dort strich sie mit den Fingern über sein Fleisch. Es war unversehrt. Als sie zu der Unterseite seines Arms in Richtung seines Ellenbogens kam, zuckte er zusammen.

Sie schaute ihn nachdenklich an und strich wieder darüber.

„Oh!", keuchte er und wich zurück.

„Tut das weh?", fragte sie besorgt und strich wieder mit den Fingern über sein Fleisch, aber mit weniger Vergnügen.

„Hört auf, Weib!" Er schlug seinen Arm nach unten und schloss ihre Hand an seinen Rippen ein.

„Was ist los?"

„Nichts."

Sie kniff die Augen zusammen. Er log. Sie wiederholte: „Was ist los?"

„Nichts, habe ich gesagt. Ihr sollt nur nicht ..."

„Seid Ihr verletzt?"

„Nay."

„Missgestaltet?"

„Nay!"

Verkrüppelt?"

„Nay, nichts!"

Sie bewegte ihre eingeschlossenen Finger vorsichtig zwischen seinem Arm und seiner Brust und suchte entlang seiner Rippen nach einem Mangel. „Habt Ihr ..."

„Nay, Ihr neugieriges Weib!" Er hielt ihren Arm noch fester.

„Was dann?"

„Das kitzelt verdammt noch mal!"

Kapitel 22

Selbst das Feuer im Kamin war bei dieser Offenbarung still. Deirdre blinzelte erstaunt.

„Seid Ihr jetzt zufrieden?", knurrte er und auf seiner Stirn erschienen Falten der Irritation. Seine Wangen erröteten tatsächlich vor Scham. „Ich bin kitzelig."

Einen Augenblick lang wusste sie nicht, was sie sagen sollte. Dann lächelte sie und ein Teufelchen flüsterte ihr ins Ohr. Sie bewegte ihre eingefangenen Finger.

„Ah!", rief er. „Hört auf!"

Natürlich spornte sein Flehen sie nur noch weiter an.

„Ich bekomme einfach meine Hand nicht frei", log sie und bewegte ihre Finger weiter an seinen Rippen.

„Verdammtes Weib!", knurrte er lachend.

Deirdre fand seine Hilflosigkeit äußerst unterhaltsam und dann kniete sie auf ihm, um ihn mit beiden Händen noch eifriger zu kitzeln. Sie flatterte mit ihren Fingern über seinen zuckenden Bauch, die Innenseite seiner Ellenbogen und die Höhle seiner Hüften, während er erfolglos versuchte, nach ihren vorwitzigen Händen zu greifen.

„Ich glaube, ich habe die Schwachstelle meines Feindes

gefunden", krähte sie inmitten seines Gelächters und seiner Flüche.

Wann genau das Leinen herunterfiel, wusste sie nicht. Sie war viel zu sehr mit ihrer zufälligen Entdeckung beschäftigt, als dass sie dies bemerkt hätte. Aber ihr Vorteil war nicht von Dauer. Nachdem sie ihren Gefangenen einige Augenblicke gequält hatte, gewann er schließlich die Oberhand. Er ergriff sie an den Handgelenken, benutzte sein Gewicht, um sie zu drehen und über ihr zu landen und als er triumphierend über ihr ragte und ihre frechen Hände festhielt, berührten sich ihre Körper Haut auf Haut.

Deirdre bemerkte es zuerst kaum. Da sie nichts so sehr liebte wie einen guten Kampf, grinste sie. Außer Atem strahlte auch er sie mit strahlend weißen Zähnen an und seine Augen waren voller Heiterkeit. Oh Gott, er sah aber auch gut aus, so sündhaft schön wie ein gefallener Engel. Sie überlegte, wie es sich anfühlen würde, wenn er in ihren Mund hineinlachte.

Während sie einander anstarrten, schnell atmeten und ihre Herzen heftig schlugen, schwand die Heiterkeit so langsam aus diesem Augenblick. Pagan betrachtete ihr Gesicht, als würde er es zum ersten Mal sehen und sein Lächeln wurde weicher, während er den Griff um ihre Handgelenke lockerte.

Sie spürte seinen zärtlichen Blick, wie eine vereiste Tanne sich in der Sommersonne fühlen musste. Aber Pagans Augen taten mehr, als sie nur aufzutauen. Ihr wurde kochend heiß unter seinem Blick und nun wurde ihr der Mangel an Stoff zwischen ihnen bewusst. Sein Fleisch brannte so heiß auf ihr wie ein Breitschwert, das noch heiß vom Schmieden ist. Sein Gewicht passte ihr so angenehm wie ein gut gemachtes Kettenhemd. Und an ihrem Bauch pulsierte sein Schwanz wie ein ungebetener Eindringling und schien an die Tore ihrer innersten Burg zu klopfen.

Und doch hatte sie keine Angst. Tatsächlich reagierte ihr Körper so, wie wenn sie mit einem Unbekannten einen Übungskampf machen wollte, voller Erwartung und Aufregung.

„Frau", atmete Pagan, „darf ich jetzt meinen Kuss nehmen?"

Sie wollte nichts mehr als das. „Wenn Ihr wollt?"

Sie schloss die Augen und erwartete das Gefühl von seinem Mund auf ihrem. Stattdessen schlängelte er sich weiter nach unten auf ihrem Körper. Vielleicht, dachte sie verschwommen, würde er ihren Hals küssen, wo ihr Puls intensiv zu spüren war. Aber nay, er schlüpfte noch weiter, nahm ihren Thorshammer zwischen die Zähne und legte ihn beiseite. Vielleicht würde er ihre Brust wieder küssen. In Erwartung dieses exquisiten Gefühls atmete sie tief durch. Aber er hielt dort nicht auf. Sein Haar kitzelte ihren Bauch, während er noch weiter nach unten schlüpfte.

Seine Hände umfassten ihre Handgelenke und in dem Augenblick, als ihr sein Ziel klar wurde und sie in beschämter Panik keuchte, festigte er seinen Griff.

„Nay!", zischte sie, als sein Atem über die zarten Locken strich, die ihren Unterleib bewachten.

„Pssst, Mylady", flüsterte er. „Das ist die Stelle, die ich wähle."

Deirdre spürte, wie die Hitze in ihren Kopf stieg. Oh Gott, er wollte sie doch wohl nicht ... dort küssen. Er drehte ihre Handgelenke in seinem Griff.

„Ihr habt mir dies freiwillig versprochen", murmelte er und die Hitze seines Atems schien sie zu verbrennen.

Sie zitterte. Es stimmte. Sie hatte es selbst gesagt.

Eine gefährliche Braut

Berührt mich, wo ihr wollt. Küsst mich, wo ihr wollt. Aber sie hätte nie gedacht, dass er es tun würde.

Und jetzt musste sie ihr Versprechen halten. Es war eine Frage der Ehre. So schwer es ihr auch fiel, sie kämpfte gegen ihre eigene Natur und zwang ihren Körper nachzugeben. Sie entspannte ihre Arme und hörte auf, gegen ihn zu kämpfen. Sie unterdrückte ein Stöhnen des Frusts und des Entsetzens, schloss die Augen fest und wartete.

Als er ihre Hände losließ, ergriffen sie sofort die Decke unter ihr. Seine Handflächen strichen über ihre Taille und blieben auf ihren Hüftknochen liegen, die er mit zärtlicher Selbstsicherheit streichelte. Seine Daumen strichen über die Stelle auf ihrem Bauch, wo das Haar ansetzte und näherten sich ihrer geheimen Stelle immer mehr. Fasziniert bemerkte sie, dass ihr Körper zu beben begann, sich vor Verlangen aufblähte, als wenn er dies irgendwie wollte. Die Spannung war unerträglich.

Seine Hände glitten weiter nach unten. Ein Schluchzer entwich ihr, als seine Daumen vorsichtig die Blütenblätter zwischen ihren Oberschenkeln öffneten, um sie aufblühen zu lassen und sie fühlte sich qualvoll entblößt.

Und dann legte sich sein Mund glühend heiß auf ihr Fleisch. Sie hatte seine Berührung und das warme Gleiten weicher Fingerspitzen bereits zuvor dort gespürt. Aber das hier ...

Funken eines strahlenden Feuers schossen durch ihren Körper und ließen jegliche Gedanken an Obszönität oder Schuld oder Schande zu Asche werden. Dieses großartige Gefühl war jenseits von Scham oder Sorge oder sogar Verstand und raubte ihr den letzten Fetzen an Widerstand. Der feuchte Druck seiner Lippen und die geschmolzene

Ekstase seiner Zunge trieb sie in einen solch hirnlosen Wahnsinn, dass sie nicht anders konnte, als zu schreien und sich zu wölben, um seinen Kuss entgegenzunehmen.

Sie hatte geglaubt, dass dies Himmel genug sei. Aber als er anfing, sie zu baden, sie zu schlecken und in ihr zu kreisen und in einem Rhythmus primitiven Hungers zu saugen, ging ein Zucken durch Ihren Körper wie ein Blitz und erweckte sie zum Leben. Obwohl sie die Musik nicht kannte, reagierte sie auf seinen Rhythmus, wiegte sich, drehte sich und schluchzte vor Verlangen. Es war, als wenn die ganze Welt auf dieser einen süßen Stelle namens Begierde tanzen würde.

Die Leidenschaft erhöhte sich immer mehr wie die Spannung einer Armbrust, bis sie schließlich nicht mehr weiter gesteigert werden konnte. Und doch stieg ein Teil von ihr unmöglicherweise weiter. Ein Teil ihrer Seele schwang sich hoch und überschritt das Reich der Erde und schickte sie zitternd durch den Himmel wie ein Pfeil, der zur Sonne geschossen wird.

Sie schrie in den Qualen des Glücks und des Schreckens, wölbte sich hoch und in diesem Augenblick glückseligen Tumults bewegte Pagan sich schnell, um sich mit ihr zu vereinen. Sie spürte ein kurzes, scharfes Stechen, das nicht schlimmer war als das Kratzen eines Dolches und dann eine unglaubliche Fülle, als er in sie eintauchte. Er tauchte so tief in sie, dass sie zuerst befürchtete, dass er ihr einen tödlichen Schlag versetzt hatte. Aber die Schmerzen verschwanden so schnell wie sie gekommen waren und sie spürte nur noch ein seltsames Gefühl des Eindringens und der Inbesitznahme, während er in ihr blieb und wartete, dass ihre Qualen nachließen.

Eine gefährliche Braut

Pagan zitterte über ihr und ließ die Wellen ihres Höhepunkts über sich hinweg fließen, wobei er seine eigene Befriedigung verzögerte, bis sie seine Störung voll akzeptierte. Bei den Heiligen, es war fast unmöglich, denn er wollte sie mehr als er jemals eine Frau gewollt hatte.

Oh Gott, sie war so schön. Sie hatte vor ihm kapituliert, aye, aber sie sah immer noch aus wie ein Eroberer. Ihre Haut war glitschig vor Schweiß, ihre Stirn von der Anstrengung gerunzelt und die reine weibliche Kraft, mit der sie auf seine Verführung reagiert hatte, hatte fast dafür gesorgt, dass er zu früh gekommen wäre.

Schließlich beruhigte sie sich, obwohl ihr Atem immer noch stöhnend kam, was ihn an seine eigenen stillen Sehnsüchte erinnerte.

Er wollte sich Zeit lassen mit ihr. Er wollte sie langsam und geduldig lieben, so wie sie es verdiente. Aber die Nächte voller unerwiderter Lüsternheit ließen eine solche Langsamkeit nicht zu. Er würde vorsichtig mit ihr sein, aber sein Bedürfnis war groß. Und unmittelbar. Er würde nicht lang aushalten. Nicht bei der Art, wie ihr Schoß ihn umschloss. Und nicht bei der Art, wie Sie ihre Augen in dem Augenblick öffnete und sich in ihrem tiefen Blau sowohl Befriedigung, als auch Verlangen offenbarte.

Er versuchte, die Kontrolle über die Intensität seiner Gier zu behalten, stützte sich auf seine Ellenbogen und legte die Hände an ihr Gesicht, wobei er ihre Wange mit seinem Daumen streichelte.

„Ich wollte Euch nicht weh tun", flüsterte er.

Ihre Augen glitzerten nicht voller Tränen, sondern voller Mut.

„Der Schmerz wird vorbeigehen", sagte er, „ich verspreche es."

Ihr Blick fiel auf seinen unwiderstehlichen Mund, der so voll und rosa war, als er den Kopf senkte, um sie zu schmecken. Ihre Lippen waren warm und weich und nahmen ihn an. Langsam reagierte sie auf seinen Kuss und begann ihren eigenen, in dem sie den Kopf neigte und ängstlich an seinem Mund schleckte. Er überlegte, ob sie den salzig süßen Geschmack ihres Geschlechts an ihm mochte.

Langsam und vorsichtig zog er sich zurück und drückte dann wieder in sie hinein. Sie keuchte überrascht und verlieh seiner Ehrfurcht einen Klang. Es war göttlich, wie ihr Körper ihn umarmte. Er zog sich kurz ein wenig zurück und tauchte dann wieder ein.

Dieses Mal stöhnte sie vor Vergnügen, was ihn zu neuer Leidenschaft trieb. Er konnte dem natürlichen Rhythmus des Verlangens nicht mehr widerstehen und zog jetzt mit mehr Drang zurück und drückte weiter vor, wobei er ihr träges Stöhnen fast ebenso sehr genoss wie die reine Euphorie, wie ihr Fleisch seines umhüllte.

Sein Blut pumpte zu schnell. Seine Lüsternheit stieg zu schnell. Schon zu bald spürte er, wie seine Lenden sich anspannten und darauf warteten, ihren Samen zu ergießen. Und dann, wie durch ein Wunder, keuchte Deirdre im Gleichschritt und holte ihn auf ihrem eigenen Pferd des Verlangens ein. Als sie die Beine um ihn schlang und seine Pobacken vor leidenschaftlichem Verlangen drückte und ihr Körper sich bei ihrem Höhepunkt wölbte, war das sein Ende.

Wie ein Tannenzapfen, der im Feuer explodiert, schien sein Körper in hunderte heller Funken zu explodieren. Die Hitze war unerträglich. Und doch sehnte er sich nach ihrem reinigenden Feuer. Dort, wo sie zusammenkamen, fühlte es sich an, als würden sie verschmelzen. Sie teilten jede Zuckung der Ekstase wie zwei Reiter auf einem Tier. Er schrie vor Freude und Entsetzen, denn er hatte sich noch nie so vollständig mit einem anderen Menschen verbunden. Seine Lenden genossen die süße Erleichterung, aber seine Glückseligkeit ging viel tiefer.

Deirdre gehörte ihm. Endlich. Er hatte hart um sie gekämpft und gewonnen. Sie zitterte unter ihm wie ein eroberter Rivale, der auf die Erde gefallen war und nun atemlos, geschlagen und überwältigt da lag.

Und doch war sein Triumph ein zweischneidiges Schwert. Selbst, während er noch siegreich über ihr ragte, und angesichts der verbleibenden Leidenschaft zitterte, wurde ihm reumütig bewusst, dass seine schöne Kriegerin, seine großartige Braut ihn nun auch besaß.

Die ersten Sonnenstrahlen stachen durch den Morgennebel.

Deirdre bemerkte das Morgengrauen und schlug abwesend mit ihrem Schwert durch die Luft und ging dann wieder rastlos hin und her vor dem Tor zum Übungsplatz.

Er war spät dran.

Es war schlimm genug, dass es ihr unbehaglich war, Pagan heute anzusprechen nach den verstörenden Intimitäten, die sie in der vergangenen Nacht geteilt hatten. Aber dass er das Treffen noch heraus zögerte, machte sie noch sorgenvoller und führte zu gefährlicher Selbstprüfung.

Was, wenn ihre Beziehung sich verändert hatte?

Sie schwang ihr Schwert über dem Boden und köpfte einen Löwenzahn.

Was, wenn er ihre Kapitulation im Bett als Beweis für seine Dominanz hielt?

Sie biss sich auf die Lippe.

Was, wenn er ihr heute mit der selbstgefälligen Herablassung eines siegreichen Feindes begegnete?

Sie drehte sich so heftig, dass sie über ihre eigenen Füße stolperte und sich am Tor festklammern musste. Irritiert ließ sie sofort wieder los und schaute sich verstohlen um, ob irgendwo Zeugen waren.

Was ihr die meisten Sorgen bereitete, was ihren Puls schneller schlagen ließ und ihre Fäuste wie die einer Melkerin arbeiten ließ war die Tatsache, dass sich ihre Beziehung in der Tat geändert hatte, aber auf eine Art und Weise, die sie nie vorhergesehen hätte. So unglaublich dies auch schien, als sie heute Morgen inmitten des Durcheinanders ihres ersten Stelldicheins – dem kalten Bad, den Klumpen geschmolzenen Wachses und den zerwühlten Laken aufgewacht war, überkam sie die Erinnerung, die in keinster Weise reuevoll war.

Tatsächlich waren ihre Erinnerungen äußerst angenehm, als sie auf Pagan blickte, der in trügerischer Unschuld neben ihr schlief. Ihr Herz flatterte und sie genoss den Anblick seines zerzausten Haares, seines sinnlichen Mundes, seines stoppeligen Kiefers und seiner offenen Hand. Ihr nackter Oberschenkel strich gegen seinen und wie Metall auf einem Feuerstein entzündete sich eine kribbelige Hitze, die schneller als ein Feuer durch ihren Körper fegte. Aye, sie kannte jetzt ihren Feind und zwar gründlich. Kannte ihn ... und begehrte ihn.

Es war eine schreckliche Bindung, eine, die sie gefährlich verletzbar machte. Denn Pagan kannte ihre Schwäche jetzt. Er war ihre Schwäche. Und wenn ihm klar wurde, wie einfach sie besiegt werden konnte, wie leicht sie kontrolliert werden konnte ...

Sie seufzte erschaudernd. Sie durfte nicht zulassen, dass er es herausfand. Sie musste so tun, als wenn das, was letzte Nacht passiert war, scheinbar keine Wirkung auf sie hätte. Sie musste handeln, als wenn sie nie geküsst, oder sich berührt oder ihre Körper geteilt hätten.

Sie halbierte einen Sonnenstrahl mit ihrer Klinge, drehte sich und sprang ein paar Mal vor und versuchte, sich auf alles Mögliche zu konzentrieren, außer dem großartigen Normannen, der sie so sündig geküsst hatte und sie mit seinem Samen gefüllt hatte. Und seine Kraft. Und seine Liebe. Der sie in seinen Armen in den Himmel getragen hatte ...

„Ihr seid früh."

Deirdre keuchte und wäre fast über ihr Schwert gestolpert. Da stand der Mann nun persönlich mit einem blauen Surcot und Hosen bekleidet und wirkte gutaussehend und golden und so prächtig wie der Morgen. Beim Kreuz, aber ihre Erinnerung hatte ihm Unrecht getan. Hatte sie sich tatsächlich diesem Adonis letzte Nacht ergeben? Hatte sie Mund an Mund, Brust an Brust, Haut an Haut mit diesem großartigen Körper gelegen?

Sie fühlte, wie sie errötete und zwang sich, wegzuschauen, wobei sie den Griff ihres Schwertes betrachtete, als hätte sie ihn noch nie zuvor gesehen. „Ihr seid spät", brachte sie heraus.

Er lachte leise und verführerisch. „Ich habe gestern Nacht einen starken Schlaftrunk zu mir genommen."

Als sie hochschaute, sah sie sein anzügliches Lächeln. Sie errötete noch mehr und ihr Herz raste. Er war unwiderstehlich. Sein schläfriges Grinsen war bezaubernd.

Das unanständige Flackern in seinen Augen entzückte sie. Selbst das nachlässige Durcheinander seines Haares verursachte eine sündige Erinnerung in ihr. Fürwahr, wie sollte sie es schaffen, ihre Anziehung ihm gegenüber zu verbergen?

Ablenkung, beschloss sie. Irgendetwas, um sie von ihm abzulenken. Und die beste Ablenkung waren Übungskämpfe.

Es gab nur ein Problem. Er war offensichtlich nicht gekommen, um zu kämpfen. „Ihr tragt keine Rüstung."

Er zuckte mit den Schultern. „Keine Zeit. Aber das macht nichts. Für einen Übungskampf kann ich mich gut genug verteidigen." Dann kniff er die Augen zusammen und sagte mit vorgetäuschter Zurückhaltung: „Außer wenn ihr beabsichtigt, auf Leben und Tod zu kämpfen."

Mit einem schwachen Lächeln schüttelte sie den Kopf. Sie selbst trug auch nur eine leichte Rüstung in Form des Kettenhemdes über ihrer Jacke. Herausfordernd schlug sie durch die Luft zwischen ihnen. „Wollen wir?"

Er zog sein Schwert und öffnete das Tor zum Übungsplatz für sie, wobei er ihr zu murmelte: „Habt Ihr heute Schmerzen?"

Sie errötete. Er war ein Schuft, so etwas zu fragen. Aye, Sie hatte leichte Schmerzen zwischen ihren Beinen, aber ...

„Hat die Massage geholfen?"

Sie blinzelte. Ihre Muskeln. Natürlich. Er meinte ihre Muskeln. Zerknirscht murmelte sie: „Aye. Vielen Dank."

Oh Gott, es würde eine wahre Herausforderung sein, konzentriert zu bleiben.

Im Gegensatz zu ihren Erwartungen brachte der Kampf mit Pagan ihre abwegigen Gedanken noch deutlicher hervor, anstatt sie zu verdrängen. Es war ihr noch nie aufgefallen, wie ähnlich der Beischlaf dem Schwertkampf war – Vorstoß, Rückzug, stoßen. Pagan kämpfte wie er liebte, mit Leidenschaft und Können und Geduld. Er bewegte sich mit einer leichten Anmut und machte keine Bewegung umsonst. Jedes Knurren, jeder Vorstoß und jeder Stoß erinnerte sie an ihren stürmischen Beischlaf. Schon bald und trotz der restlichen Schmerzen zwischen ihren Oberschenkeln und trotz des falschen Ortes und der falschen Zeit und trotz ihres Entschlusses zum Gegenteil stieg schon bald Verlangen in ihr auf.

KAPITEL 23

Sie fällte die Entscheidung, über ihn herzufallen nicht bewusst.

Tatsächlich fing alles recht unschuldig an.

Die Spitze ihres Schwertes blieb an seinem ärmellosen Surcot hängen und schnitt durch den Stoff an der Schulter, sodass das Kleidungsstück herunterhing.

„Pah!" Er hob die Hände und täuschte Verärgerung vor. „Das ist mein bester Surcot, junge Frau", knurrte er. Aber trotz seines verärgerten Kopfschüttelns war Heiterkeit in seinen Augen zu sehen, als er erneut weiterkämpfte.

Ihr Herz raste angesichts der Leidenschaft, die plötzlich über sie kam, und sie griff ihn erneut an und zerriss diesmal die andere Schulter. Der Surcot fiel ihm von der Brust, da er nur noch von seinem Ledergürtel gehalten wurde und das Leinenhemd darunter wurde sichtbar.

„Was!", explodierte er überrascht und taumelte rückwärts. „Mylady, was soll das ...?"

Bevor er fertig war, schlüpfte ihr Schwert zwischen die Bänder seines Hemdes und schlitzte sie auf. Das Hemd fiel ihm von den Schultern und blieb an seinen Ellenbogen hängen. Während er mit offenem Mund dastand, fegte sie sein Schwert mit ihrer Klinge weg und ließ es klirrend gegen den Zaun fallen.

Atemlos über ihren abweichlerischen Wagemut legte sie die Schwertspitze gegen seine Brust, seine großartige Brust, und schob ihn ein oder zwei Schritte zurück.

Er runzelte misstrauisch die Stirn. „Was ist nur los mit Euch ...?"

„Geht", sagte sie mit seltsam heiserer Stimme. „In den Stall."

Obwohl er von den Resten seines Hemdes behindert wurde, hob er trotzdem die Hände als Zeichen seiner Kapitulation und erinnerte sie nur allzu lebhaft an seine Kapitulation bei ihren Erforschungen in der Nacht zuvor. Ihr Herz schlug ihr bis zum Hals, aber sie ließ ihn Schritt um Schritt rückwärts durch die Stalltür gehen und währenddessen stellte sie ihren Geisteszustand infrage.

Der süße Geruch von frischem Heu und die Dunkelheit des Stalles hieß sie willkommen und inspirierte sie. Ihr Herz schlug heftig und ihr weiblicher Kern schien in synchroner Erwartung zu pulsieren.

Er musste ihre Absicht in ihren Augen gesehen haben, denn er stöhnte und seufzte zugleich, als sie ihn mit dem Rücken gegen die Stallwand zwang.

Sie atmete fiebrig, hielt ihm mit dem Schwert in einer Hand in Schach und benutzte die andere, um nach seiner Gürtelschnalle zugreifen. Er spannte seinen Kiefer an, als sie mit einer Handbewegung den Gürtel öffnete. Der Surcot fiel herunter, aber sein Hemd fesselte noch seine Arme. Sie legte ihr Schwert beiseite und wegen des Klirrens wieherte eines der Pferde. Dann ergriff sie das Leinen seines Hemdes in beiden Fäusten und riss es entzwei.

„Oh Frau", seufzte er und seine Augen wurden feucht.

Aber ihre Stimmung war keineswegs zärtlich. Das Kämpfen hatte ihr Blut in Wallung gebracht. Es war ihr unmöglich, sich wieder zu beruhigen.

„Auf den Rücken", keuchte sie und drückte auf seine Brust mit ihrer Handfläche.

Er stolperte und fiel auf einen Strohhaufen. Dann erhob er sich auf seine Ellenbogen und mit seiner Kleidung in Fetzen und schwer atmend starrte er sie mit roher Lüsternheit an.

Ihr stockte der Atem und die Luft bebte vor Anspannung. Aus purem Instinkt kniete sie sich vor ihn, machte sich an seiner Hose zu schaffen und zog sie weg, um das gutaussehende, wilde Tier darin zu befreien.

Ihre eigenen Gewänder behinderten sie. Sie konnte ihren Helm nicht schnell genug abnehmen. Frustriert kämpfte sie mit ihrem Schwertgürtel, aber ihre verzweifelten Finger versagten bei der Aufgabe.

Seine Hände halfen und er warf den Gürtel beiseite. Dann versuchte sie, ihre Arme aus dem Kettenhemd zu ziehen.

„Lasst es", bat er sie. „Hebt es einfach hoch."

Sie hob das Kettenhemd mit seinem erheblichen Gewicht hoch und Pagan griff darunter und zerriss schnell ihre Leinenhosen, die letzte Barriere zwischen ihnen.

Deirdre konnte nicht mehr warten. Ihr Blut war erhitzt. Ihre Haut sehnte sich nach seiner Berührung. Ihr Unterleib schmerzte vor Sehnsucht. Sie setzte sich rittlings auf ihn und stürzte vor, wobei sie sich auf seinem geschwollenen Schwanz aufspießte.

„Oh!", schrie er und beugte seinen Kopf zurück, als wenn sie ihn tödlich verwundet hätte.

Vor Überraschung blieb ihr Mund offenstehen. Es gab

keine Worte, um die Leidenschaft ihrer Verbindung zu beschreiben, den berauschenden Triumph der Herrschaft, während sie ihn dort festsetzte, während sie die Paarungsbewegung initiierte, und zu einem Höhepunkt brachte, der so alt wie das Meer war.

Ihr Kettenhemd klirrte bei jedem Stoß und das Geräusch begleitete ihren stürmischen Tanz. Ihr bereits vom Kampf erhitztes Blut kochte jetzt wie Lava in ihren Venen. Die exquisite Reibung seines Fleisches in ihr verursachte eine unübertroffene Sehnsucht in ihr. In ihren Ohren begann ein seltsames Summen, das lauter und stärker wurde und sie mit sinnlicher Musik umgab, ein Vorbote der kommenden Euphorie.

Er legte seine Handflächen auf ihre Schultern, während sie rittlings auf ihm saß und versuchte, sie ein wenig zu bremsen. „Ich kann nicht ... warten...", keuchte er.

Warum er hätte warten wollen, wusste sie nicht. Sie wollte ihn *jetzt sofort*. Sie ergriff seine Handgelenke und zwang seine Arme nach hinten, wobei sie sich nach vorn beugte und seine Hände im Stroh neben seinem Kopf festhielt.

Dies schien ihn noch mehr zu erregen. „Oh Gott, Weib!" Seine Augen wurden dunkler vor hilfloser Lüsternheit. „Oh Gott!"

Aber es war ihr einerlei. Dies war ihr Stelldichein. Heute würde sie süße Rache nehmen. Heute war sie seine Herrin.

Ihr Kettenhemd lag jetzt auf seiner Brust und bewegte sich wellenförmig mit zunehmender Geschwindigkeit. Er hatte die Augen geschlossen und seinen Kopf zur Seite gedreht. Er hatte die Zähne zusammengebissen, als wenn er versuchte, gegen die unvermeidbare Flut anzukämpfen.

Deirdre hielt die Augen jedoch offen. Sie wollte seine Niederlage, seine Kapitulation und seine Erniedrigung sehen.

Ein Tropfen Schweiß viel von ihrer Nasenspitze auf seine Wange und plötzlich erstarrte sein Körper. Unter ihren Händen ballte er die Fäuste und sein Gesicht verzog sich vor intensiver Qual. Dieser schöne Anblick katapultierte ihre eigene Leidenschaft jenseits jeglicher Erlösung. Und während er sich wölbte und stieß und brüllte, folgte sie ihm siegreich in das heftige Gefecht.

Wenige Augenblicke später lag Deirdre ausgestreckt auf ihm und hörte seinem langsamer werdenden Herzschlag zu und sie war von Gefühlen überwältigt, die sie kaum verstand. Aye, sie fühlte sich mächtig. Und dominant. Und selbstgefällig. Aber sie hatte keine Vergeltung bekommen und sie würde es auch nicht, da sie entdeckt hatte, dass der Triumph des Liebesaktes nicht ihr allein gehörte. Es war ein Triumph, den sie sich teilten wie zwei passende Gegner, bei denen jede Schlacht mit einem Sieg für beide endete. Es war eine seltsame Sache.

„Ihr habt mich umgebracht, Mylady", murmelte er erschöpft.

Sie lächelte. „Nay. Ich kann Euer Herz schlagen hören."

„Aye, mein Herz schlägt für Euch. Aber ich versichere Euch, dass der Rest von mir tot ist."

Ihr Lächeln wurde breiter. „Ich weiß, wie man die Toten wieder zum Leben erweckt." Neckisch strich sie mit den Fingern über seine Rippen.

Sofort ergriff er stöhnend ihre Hand. „Oh nay. Ich flehe um Gnade."

Sie hatte ein Einsehen mit ihm und legte sich wieder harmlos auf seine Brust. Er legte die Arme um sie und einen friedlichen Augenblick lang hingen sie zusammen ihren Gedanken nach.

„Wisst ihr, wie faszinierend Ihr seid?", flüsterte er in ihr Haar.

Seine Worte verwirrten sie. Sie wusste nicht, was sie darauf antworten sollte.

Aber bevor sie gezwungen war zu antworten, legte er zärtlich seine Hand an ihren Nacken. „Ich bin wahrlich froh, dass ich mich entschieden habe, Euch zu heiraten."

Sie hob den Kopf und runzelte die Stirn. „Ihr habt mich nicht gewählt", korrigierte sie ihn, „ich habe Euch gewählt."

„Wirklich?" Seine Augen leuchteten kokett und rätselhaft.

„Aye", versicherte sie ihm.

Reuevoll hob er die Augenbrauen. „Ich nehme an, es war eher ein ... Opfer als eine Wahl."

Sie strich über die Narbe auf seiner Brust. „Ich bin nicht ... unglücklich mit meinem Opfer."

„Nicht unglücklich." Sein Schmunzeln ließ ihre Wörter schwach und unzureichend klingen. Argwöhnisch fügte er hinzu: „Ich freue mich, das zu hören."

Sie legte den Kopf wieder ab, um seinem Herzschlag zu lauschen. Es war ein tröstlicher Klang, stark und beständig und lindernd.

Er strich ihr über das Haar. „Wisst ihr, ich habe mir überlegt ..."

„Aye?", sagte sie schläfrig.

Er legte die Stirn in Falten. „Vielleicht ist ein Übungskampf am Tag nicht genug, um ..."

Sie erhob sich und schlug ihm spielerisch auf den Arm „Gieriger Kerl. Ihr würdet ..."

Plötzlich legte er die Hand über ihren Mund. Er hatte etwas gehört. Sie war sofort still.

Pagan war dankbar für Deirdres kriegerischen Instinkt. Auch sie spürte die Gefahr. Sie wusste, wann sie still zu sein hatte.

Gedämpfte Stimmen kamen vom Übungsplatz. Männerstimmen. Er versuchte, sie zu hören. Dann erkannte er sie. Seine eigenen Ritter, Rauve und Adric.

Er nahm die Hand von Deirdres Mund und ließ einen Finger auf ihren Lippen, um sie zum Schweigen zu bringen, während er zuhörte.

„Nun kommt schon, seid ein guter Junge", neckte Rauve. „Ich gebe Euch das Geld in vierzehn Tagen zurück. Ihr könnt Euch darauf verlassen."

„Ich kann nicht glauben, dass ich das hier wirklich tue", murrte Adric.

Das Klirren von Münzen war zu hören.

„Es ist nicht meine Schuld, wisst Ihr", sagte Rauve. „Dieser Dieb im Wald hat sich an mich herangeschlichen wie ein, wie ein ..."

„Wie ein Schatten? So wird er genannt, wisst Ihr. *Der Schatten*. Was habt Ihr überhaupt alleine im Wald zu suchen gehabt?"

„Nichts."

„Nichts", wiederholte Adric. „Ihr wart gar nicht allein, oder? War es die Melkerin oder die Dienerin?"

„Vorlauter Knabe, es war weder noch. Darum kann ich mir nicht erklären, wie er sich an mich herangeschlichen hat."

„Nun, Ihr hattet es nicht anders verdient, als ausgeraubt zu werden", sagte Adric, „nachdem die liebliche Lady Miriel uns so freundlich gebeten hat, unsere Gewinne zurückzugeben und Ihr Euren behalten habt."

„Das ist ja das Grausame daran. Ich schwöre, dass ich so betrunken war, dass ich mich gar nicht daran erinnern kann, gewonnen zu haben. Als der Räuber die Silbermünzen in meiner Börse fand, hatte ich keine Ahnung, woher sie stammten."

„Bis Lady Miriel Euch erinnert hat."

„Nay, bis das Mädchen, das ich in den Wald mitgenommen hatte, mich erinnerte. Sie hatte gesehen, wie ich es gewonnen hatte.

„Ich wusste es!" Adric gab nach. „Ihr hattet ein Stelldichein im Wald."

Ihre Stimmen wurden lauter und Deirdre fing an, zappelig zu werden. Pagan wusste, dass er die Wahrheit über das, was hier stattgefunden hatte, nicht würde verbergen können. Schließlich lagen überall Kleidungsstücke herum und Deirdres Haar war voller Stroh und Pagan konnte das selbstzufriedene Grinsen nicht ablegen. Es brachte nichts, in Panik aufzuspringen und zu versuchen, sich zu verstecken.

Das wäre natürlich Deirdres Absicht und es brachte nichts, zu versuchen sie aufzuhalten. Sie stand auf und hob ihr Schwert vom Boden auf. Und dann wandte sie sich zu seiner Überraschung den Störenfrieden zu und stellte sich zwischen sie und ihn, als wenn sie seine Ehre beschützen wollte. Tatsächlich war es schon fast rührend, wenn auch nicht notwendig.

„Ihr würdet es nicht glauben", sagte Rauve, als er in der Stalltür erschien. „Der Dieb war so schwarz wie der Teufel. Und ebenso schnell und er sprang und hüpfte umher. Ich hätte den Mistkerl trotzdem fangen können, wenn ich nicht meine Dame hätte beschützen müssen."

„Die Schotten sagen, dass er nicht gefangen werden kann", sagte Adric. „Sie sagen, dass er nicht von dieser Welt ist."

„Nun, wenn er nicht von dieser Welt ist, wozu braucht er dann meine Silbermünzen?"

Rauve stand nun in der Tür und als getreuer Ritter von Cameliard zog er sein Schwert, als er Deirdre erblickte.

Sie erfand sofort eine Geschichte. „Geht! Holt Sir Pagan frische Kleidung. Sein ... sein Pferd hat ihn angegriffen und sein Surcot ist zerrissen."

Pagan wusste nicht, was amüsanter war: Deirdres armseliger Versuch zu lügen oder Rauves ungläubiges Gesicht, wenn man bedachte, dass sein Pferd ruhig in seiner Box stand und Heu mampfte. Aber Pagan brach in so großes Gelächter aus, dass es den Staub von den Balken hätte schütteln können.

Deirdres finsterer Blick in seine Richtung hätte Stahl zum Schmelzen gebracht.

„Mylord?" fragte Rauve und war offensichtlich verwirrt.

Pagan grinste und ergriff ein wenig Stroh, um seine Nacktheit zu verbergen, als er sich aufsetzte. „Holt mir frische Kleidung, Jungs. Und Leinenhosen für Lady Deirdre. Und kein Wort von Euch beiden oder Ihr zahlt mit Eurem Leben."

Deirdre errötete entzückend.

„Aye, Mylord." Rauves Gesicht spiegelte eine Maske der Schicklichkeit wieder, als er sein Schwert in die Scheide steckte, da er zweifellos selbst schon viele solch peinlicher Situationen erlebt hatte.

Im Fall von Adric de Gris, würde er das wissende Grinsen mit zusätzlichen Aufgaben in der Waffenkammer später bezahlen, schwor sich Pagan.

Eine gefährliche Braut

Schließlich war Deirdres Würde wiederhergestellt und trotz ihres Verdachts, dass die ganze Burg schon bald von ihrer Treulosigkeit erfahren würde, hielten Rauve und Adric doch Wort. Es gab kein Gekicher unter den Dienern und kein Geflüster in der Waffenkammer. Und auch wenn es Pagan ein wenig traurig stimmte, dass sie wahrscheinlich nie wieder den Fehler begehen würde, in den Ställen über ihn herzufallen, schien es ihr nichts auszumachen, ihn an allen anderen Orten physisch zu belästigen.

Gründlich.
Wiederholt.
Umfassend.

Sie verbrachten ihre Tage jetzt in relativer Harmonie mit nur wenigen Unstimmigkeiten.

Pagan war vom Ausbau der Verteidigungsanlagen nicht abzubringen. Es gab Berichte von abtrünnigen englischen Lords, die sich verbündet und eine wahrhaftig große Armee zusammengestellt hatten, welche die Burgen entlang der Grenze angriff. Also beauftragte Pagan die Pfeilmacher, Tag und Nacht Pfeile zu produzieren und die Waffenschmiede kühlte nur noch selten ab.

Aber er beugte sich bereitwillig Deirdres Fachwissen hinsichtlich des seltsamen schottischen Rechtssystems. Er hinterfragte nicht, als sie ein Mädchen lobte, das einem Jungen ein blaues Auge geschlagen hatte und er schaute auch nicht verwundert, als sie zwei andauernd miteinander streitende normannische Dienerinnen zwang, sich einen ganzen Tag lang einen Schemel zu teilen.

So friedlich ihre Tage für sie beide auch waren, so

waren ihre Nächte jedoch voller Konflikte. Sie kämpften darum, wer oben in ihrem Bett liegen würde, konnten sich nicht einigen, ob sie sich vor oder nach dem Essen lieben sollten und kämpften um die Decke, wenn sie sich irgendwie auf dem Fußboden wiederfanden. Aber das war die Art von süßem Geplänkel, die Pagan gern ertrug. Und im Laufe mehrerer Nächte wurde er davon überzeugt, dass er der glücklichste Ritter auf der Welt war, denn wie viele Männer konnten schon sagen, dass ihr Lieblingsübungspartner gleichzeitig Ihre Frau war.

KAPITEL 24

Oben auf der Ringmauer stand Deirdre in ihren Umhang gewickelt und betrachtete glücklich den Tumult auf dem Burghof unten. Pagans Verbesserungen an Rivenloch in den letzten Tagen waren beeindruckend. Die verrotteten Planken in den Außengebäuden wurden durch neue ersetzt. Steinmetze reparierten das Mauerwerk um den Brunnen und an den Türmen. Steine wurden gebrochen und herbeigetragen für den Bau der zweiten Mauer um die Burg. Pagan hatte Männer beauftragt, die den ganzen Tag hämmerten und Kinder holten Werkzeuge und mischten Lehm. In der Zwischenzeit hielten Deirdre und Miriel den tagtäglichen Betrieb auf der Burg aufrecht und stellten sicher, dass ein beständiger Vorrat an Haferkuchen und Bier vorhanden war, um die Arbeiter zu ernähren, damit diese weiterarbeiten konnten.

Sie lächelte. Selbst die Normannen hassende Helena wäre beeindruckt.

Sie wandte ihren Blick in Richtung Wald wo sich die alte Bauernkate befand, zu der Helena Colin vermutlich gebracht hatte.

Tatsächlich war sie überrascht, dass sie noch nicht zurückgekommen waren. Angesichts Helenas unbändigem Appetit, müssten ihre Nahrungsmittel langsam knapp werden. Aber Deirdre machte sich keine Sorgen. Helena konnte für sich selbst sorgen. Sie war sicher in der abgelegenen Kate und wurde laut Pagan von seinem Mann beschützt.

Hinter dem Wald über den entfernten Hügeln stiegen unheilvolle Gewitterwolken auf. Sie runzelte die Stirn und hoffte, dass es nicht regnen würde, bis der neue Taubenschlag ein Dach hatte.

Sie wischte den Nebel von ihrer Stirn und wandte sich dann wieder dem Burghof zu. Wie sie erwartet hatte, war es nur eine Frage der Zeit, bevor Pagan inmitten der Aktivitäten den Rasen überquerte. Er schritt selbstsicher und trug ein Bündel unter einem Arm, wobei er Kenneth zuwinkte, als er vorbeiging und stehen blieb, um mit seinem Baumeister zu sprechen. Deirdre seufzte und überlegte, ob ihr Herz jemals ruhig bleiben würde, wenn sie Pagan erblickte.

Ihr ganzes Verständnis von Ehe hatte sich in den letzten paar Tagen verändert. Zuvor hatte sie sich ein freundschaftliches Bündnis zwischen ihnen beiden vorgestellt. Jetzt war ihr klar, dass die Bindung zwischen Mann und Frau viel mächtiger war. Es war nicht nur, dass die von Ihnen geteilte physische Intimität ein viel erfreulicheres Abenteuer war, als sie sich vorgestellt hatte, aber ihre Verbindung schaffte eine Geistesstärke, die ihre einzelne Kraft übertraf. Wie auf dem Schlachtfeld konnten zwei Krieger, die Rücken an Rücken kämpften, weit mehr Feinde abwehren.

Ihre Verbindung hatte noch etwas geschaffen,

zumindest, wenn man Sung Lis Prophezeiungen Glauben schenken konnte. Die alte Frau konnte manchmal verdammt kryptisch sein, aber ihre Vorhersagen waren selten falsch und sie hatte Deirdre erst heute Morgen informiert, dass ein neuer Erbe von Rivenloch auf dem Weg sei.

Deirdre legte die Hand auf ihren Bauch und staunte über diese Möglichkeit.

Als er an dem Brunnen vorbeikam, erblickte Pagan sie und blieb stehen. Einen Augenblick lang stand er nur da und starrte hoch zu ihr. Bei Gott, selbst auf diese Entfernung erwärmte sein Blick sie bis ins Innerste. Es war schwierig, sich vorzustellen, in nächster Zeit eine intelligente Unterhaltung mit ihm zu führen zu können.

Aber sie wusste, dass dies notwendig war. Sie wandte sich zur Treppe und wollte nach unten gehen, um ihn zu treffen, nicht, um ihm von dem Baby zu erzählen, denn es war noch zu früh, um Hoffnung zu schüren, sondern um mit ihm über ihren Vater zu sprechen und was mit ihm geschehen sollte.

Inmitten des Durcheinanders beim Bau, Abriss und Neubau und Änderungen an Mauern und Außengebäuden war der Verstand des Lords von Rivenloch immer schwächer geworden. Nicht nur trauerte er um seine Frau, sondern auch um die Welt, die vor seinen Augen starb. Rivenloch, seine feste Burg, war ihm nicht mehr vertraut. Und für einen verwirrten Mann wie ihren Vater waren diese Veränderungen zu groß. Deirdre befürchtete, dass er sämtliches Realitätsbewusstsein verlor.

Sie konnte Pagan nicht bitten, die Verbesserungen zu stoppen. Sie waren wichtig. Sie konnte nur eins tun, etwas, was die drei Schwestern so lange wie möglich hinausgezögert hatten, und zwar Lord Gellir seines Amtes zu entheben. Tatsächlich würde dies die Dinge nicht sichtbar verändern. Der Lord hatte sowieso nur wenig Macht. Aber wenn die Macht offiziell weitergegeben wurde, wenn Pagans Bezeichnung nicht mehr Vogt, sondern Lord war, würde sie unumkehrbar sein. Und wenn Lord Gellir in einem klaren Moment diese Machtübergabe als Verrat empfand ...

Deirdre zitterte. So sehr es sie auch schmerzte, sie konnte Rivenlochs Sicherheit nicht wegen der Gefühle ihres Vaters aufs Spiel setzen. Sie hatte heute vor, Pagan zu bitten dauerhaft die Verwaltung von Rivenloch zu übernehmen und ihren Vater als Lord zu ersetzen.

Damit wollte sie Pagan jetzt sofort konfrontieren. Aber als sie den schalkhaften Blick in seinen Augen sah, als er ihr auf der Wendeltreppe begegnete, konnte sie nicht lange ernst bleiben. Und als er ein fröhliches Liedchen summte, verflogen ihre Sorgen und sie beschloss, dass die Sache mit ihrem Vater vielleicht noch einen Tag warten könnte.

„Ich habe etwas für Euch", sagte er.

Sie grinste zurück. „Ist es das, was ich heute Morgen unter den Bettdecken gesehen habe?"

„Freches Weib. Denkt Ihr an nichts anderes?"

Sie hätte ihren Schlagabtausch gern noch fortgeführt, aber sie bemerkte das Bündel, das in teurem Samt eingewickelt war. „Oh, was habt ihr da?" Sie streckte die Hand danach aus.

Er nahm es aus ihrer Reichweite. „Passt auf!"

„Ist das für mich?"

Er hob eine Augenbraue. „Vielleicht."

„Was ist los?"

„Wie gierig ihr seid", neckte er. „Und das an Eurem Geburtstag."

Eine gefährliche Braut

Überrascht blinzelte sie. Während sie verunsichert dastand, fegte er an ihr vorbei die Treppe hoch.

„Was soll das heißen, mein Geburtstag?", fragte sie und eilte ihm nach. Sie runzelte die Stirn. War es ihr Geburtstag?

Oben an der Treppe blieb er plötzlich stehen und sie stieß fast mit ihm zusammen. Dann drehte er sich um. „Wusstet Ihr das nicht?"

„Ihr wusstet es?"

„Sung Li hat es mir gesagt." Er schaute sehr nachdenklich. „Es stimmt doch, oder? Zwei Wochen nach Mitsommernacht?"

„Ich ... ich nehme es an." Sie achtete gar nicht mehr auf solche Sachen.

Sie traten hinaus auf den Weg auf der Mauer und er kniete auf einem Knie vor ihr. „Dann, Mylady, ist das hier Euer Geburtstagsgeschenk." Er lächelte und streckte ihr das Samtbündel mit beiden Händen hin.

Deirdre wusste nicht, was sie sagen sollte. Sie hatte schon seit Jahren kein Geburtstagsgeschenk mehr erhalten. Ein Vater, der sich ihren Namen kaum merken konnte, war sicherlich nicht in der Lage, sich an ihren Geburtstag zu erinnern. Und die drei Schwestern mit ihrer typisch schottischen, praktischen Veranlagung und ihrer Sparsamkeit kauften nur wenig, das nicht notwendig war. Ihre Finger zitterten, als sie die Hand ausstreckte, um den weichen Stoff zu berühren.

„Öffnet es", drängte er leise.

Vorsichtig faltete sie die Ecken des Tuches zurück und keuchte ehrfürchtig, als sie sah, was darin lag. In dem dunkelblauen Stoff lag ein Schwert mit einer Klinge aus poliertem Stahl. Schnell deckte sie es ganz auf. Es war ein großartiges Schwert. Und am Griff waren das Einhorn von Cameliard und der Drachen von Rivenloch untrennbar miteinander verbunden eingraviert. Mit dem Daumen strich sie über den Griff und die Inschrift. Dort stand: *Amor Vincit Omnia*. Liebe besiegt alles.

„Gefällt es Euch?", fragte er und wusste genau, dass es ihr gefiel.

Sie erstickte fast an dem Kloß in ihrem Hals. „Es ist bei weitem ... das Schönste, was ich je gesehen habe."

„Probiert es."

Mit zitternden Händen nahm sie den Griff, hob es hoch und betrachtete es entlang der Klinge. Es war makellos. Und sein Gleichgewicht ... perfekt. Es war eine beachtliche Waffe, aber sie war so gut gemacht, dass sie sich in ihren Händen leicht anfühlte. Sie schlug die Klinge durch die Luft und sie zischte entzückend. „Oh."

Er grinste. „Oh?"

Sie wandte sich zur Seite und schlug nach links und nach rechts und stieß nach vorn. Das Schwert war wie eine leichtgewichtige Verlängerung ihrer eigenen Hand. Solch ein Schwert konnte ihre Geschwindigkeit und ihre Gewandtheit erhöhen, bis sie scheinbar auf ihre Gegner zuflog. „Oh Gott."

„Nay. Nur Toledo Stahl."

Sie war zu fasziniert, um Pagans Scherz zu verstehen. Während er sich in die Sicherheit des Weges auf der Mauer zurückzog, probierte sie die Waffe aus, drehte sich und sprang vor und schwang sie über ihrem Kopf.

„Sie ist ...", sagte sie recht sprachlos, „faszinierend."

Er schmunzelte. „Oh, aye."

„Das Gleichgewicht. Der Griff. Alles ist ..."

„Perfekt?"

Sie nickte.

„Ich habe meinen Waffenschmidt angewiesen, solche Schwerter für alle Ritter von Rivenloch anzufertigen."

Sie wandte sich um und schaute ihm in die Augen. „Wirklich?"

„Er hat schon ein halbes Dutzend fertig."

Sie freute sich so sehr, dass sie es nicht in Worte fassen konnte. Pagan hatte an ihren Geburtstag gedacht. Er hatte ihr ein unglaubliches Geschenk gemacht. Und er hatte einen weiteren Beitrag zur Verteidigung von Rivenloch geleistet. Sie konnte keine glücklichere Frau sein.

So ruhig wie möglich legte sie das wertvolle Schwert wieder in den Samt zurück. Dann ging sie direkt auf Pagan ganz zu, legte die Arme um ihn und umarmte ihn fest.

„Danke", flüsterte sie.

Er erwiderte ihre Umarmung. „Gern geschehen."

Aber während er sie hielt, bemerkte sie eine leichte Veränderung, eine misstrauische Anspannung. Ohne zu schauen spürte sie, dass er seine Aufmerksamkeit nicht mehr ihr widmete, sondern irgendetwas am fernen Horizont.

„Was ist los?", hauchte sie.

„Also, bei den Eiern des Teufels, es wird jetzt auch höchste Zeit."

KAPITEL 25

Es sah Helena ähnlich, einer Schelte von Deirdre aus dem Weg zu gehen, indem sie durch das Vordertor stürmte und ein neues Drama mitbrachte, um vom alten abzulenken. Aber Deirdre entdeckte, dass es sich dieses Mal nicht um einen Trick ihrer Schwester handelte. Die Dringlichkeit in den Augen ihrer Schwester, als sie Pagan gegenübertrat, war aufrichtig. Ärger nahte. Sie und Colin hatten eine riesige Truppe englischer Ritter gesehen, die in Richtung Rivenloch unterwegs waren.

Die Entführerin und ihre Geisel hatten sich scheinbar auf einen Waffenstillstand geeinigt, denn sie humpelten zusammen über den Hügel, wobei Helena Colin stützte, der Opfer einer geheimnisvollen Verletzung geworden war, von der er behauptete, dass es nur ein Kratzer sei. Deirdre überlegte, ob dies der Wahrheit entsprach, aber es war keine Zeit, um Fragen zu stellen.

„Ian!" bellte Deirdre. „Läutet den Alarm. Holt die Bauern zusammen. Gib und Nele, sammelt das Vieh ein."

„Rauve!" Pagan warf ihm den Schlüssel der Waffenkiste zu. „Ruft die Männer in der Waffenkammer zusammen.

Eine gefährliche Braut

Und Adric, stellt sicher, dass die Pferde im Stall sind."

Um sich nicht ausstechen zu lassen rief Colin: "Helena! Nehmt Miriel und begebt Euch in Sicherheit in die Burg."

Aber zu seiner Überraschung wurde sein Befehl mit Schweigen beantwortet. Hels finsterer Blick hätte Löcher in ihn hineinbohren können. "Ihr habt mir gar keine Befehle zu erteilen, Ihr aufgeblasener –"

"Also Weib!", sagte er. "Das ist jetzt nicht der richtige Zeitpunkt für Spielchen."

Sie schüttelte den Kopf. "Habt Ihr nichts gelernt, Sir? Wer hat Euch mit vorgehaltenem Messer Geisel genommen? Wer hat Euch vor Dieben beschützt? Wer hat Euren wertlosen ... gerettet?"

"Hört auf, alle beide!" Pagan streckte seine Hände hoch. "Für so etwas ist jetzt keine Zeit. Helena, könnt ihr die Bogenschützen vorbereiten?"

"Natürlich", höhnte sie zum Wohle von Colin und fügte dann leise hinzu: "Wenn ich sie in dem Durcheinander, das Ihr aus meiner Burg gemacht habt, finden kann."

"Dann macht es."

Colin legte eine Handfläche auf Pagans Brust. "Wartet! Ihr könnt nicht wollen, dass sie oben auf der Mauer steht. Sie ist ... sie ist eine ... Frau."

Pagan lächelte seinen Freund reumütig an. Colin musste noch viel über die Frauen von Rivenloch lernen. "Sie ist absolut fähig. Vertraut ihr."

"Seid ihr verrückt?" Colin schaute ihn mit finsterem Gesicht verwirrt an. "Ihr könnt sie nicht ..."

Aber Helena war bereits halb die Treppe hoch.

Pagan drückte Colins Schulter. "Sie macht das schon. Eine Person, die ganz allein Colin du Lac entführen kann ..."

Der sonst so fröhliche Colin sah unglücklich aus,

während er zögerlich nickte und auf die Stelle schaute, wo Helena verschwunden war. Wenn Deirdre es nicht besser gewusst hätte, hätte sie gesagt, dass der arme Mann in seine Entführerin verliebt war.

Der tief betrübte Kerl brauchte eine Ablenkung. „Könnt Ihr genug laufen, dass Ihr meinen Vater suchen geht?", fragte sie ihn.

Colin war froh, sich nützlich machen zu können und humpelte zur Treppe.

In der Zwischenzeit holte Miriel die Frauen und Kinder mit ruhiger Effizienz zusammen und begleitete sie in die Burg. Als alle vollzählig waren, suchte auch sie dort Zuflucht.

Ian brachte das letzte Vieh in den Burghof. In dem Chaos bemerkte niemand eine kleine, dunkle Gestalt, die zum Tor hinausschlüpfte. Angus schloss die Tore und ließ das Fallgitter herunter und schottete Rivenloch damit von der Außenwelt ab. Erst dann atmete Deirdre erleichtert auf.

„Nun, Mylady", sagte Pagan zu ihr, nachdem die Ritter versammelt und bewaffnet waren, „wollen wir uns anschauen, was wir uns gegenübersehen?"

Zusammen machten sie sich auf zum Weg auf der äußeren Mauer und Deirdre war erfreut, dass Helenas Bogenschützen mit ihren Bögen bereitstanden. Da die Wachen die entfernten Hügel beobachteten, schrie einer von ihnen: „Dort sind sie!"

Nur die flatternden Fähnchen waren zu sehen, als die fremde Truppe über den Hügel kam, aber das reichte, um Deirdre Angst zu machen, da sie in großer Anzahl kamen. Ohne Frage marschierten sie unaufhaltsam auf Rivenloch zu.

Sie schluckte. „Es sind ... so viele."

„Aye", sagte Pagan und er lächelte verächtlich, „aber es sind Engländer."

Ob Engländer oder nicht, Deirdre zählte mindestens ein Dutzend Ritter zu Pferd und die gleiche Menge noch einmal zu Fuß. Das musste das Bündnis der schurkischen Lords sein, die das Grenzland terrorisierten.

„Niemand kämpft freiwillig gegen die Ritter von Cameliard", versicherte ihr Pagan. „Sobald sie erfahren, mit wem sie es zu tun haben, werden sie uns belagern, anstatt sich unseren Schwertern zu stellen."

Deirdre hoffte, dass er Recht hatte. Pagan schien doch viel auf den Ruf seiner Ritter zu setzen.

Er musterte die nahenden Soldaten. „Es wäre jedoch nützlich, sie glauben zu machen, dass sie in der Minderheit sind.

„Eine Zurschaustellung von Stärke auf der Burgmauer?"

„Aye."

Deirdre überlegte einen Augenblick. Dann kam ihr der Gedanke. „Wir setzen alle ein. Pferdeknechte, Köche, Dienerinnen. Sagt Ihnen, dass sie ihre Gesichter verbergen sollen." Sie nickte in Richtung der Truppe. „Auf diese Entfernung kann man einen Ritter nicht von einem Diener und einen Mann nicht von einer Frau unterscheiden.

Pagan starrte sie überrascht an. Dann lächelte er stolz. „Brillant."

Aber als sie sein Lächeln erwiderte, rief ein Rivenloch-Bogenschütze: „Was zum Teufel ..."

Pagan drehte den Kopf, um zu sehen, was den Bogenschützen quälte und sein Gesicht wurde ernst, als er dem Blick des Mannes auf die Invasionsarmee folgte. „Verflucht."

Deirdre starrte hinter ihm auf den grauen Horizont, wo dunkle Wolken dem Feind scheinbar folgten wie der Schatten des Todes. Gegen den unheilvollen Winterhimmel erkannte sie, wie ein riesiges hölzernes Bauwerk, das von zwei Ochsen gezogen wurde, langsam über den Hügel rollte. Es sah aus wie ein gigantischer Turm oder der Hauptmast eines Schiffs. „Was ist das?"

Seine Stimme war leidenschaftslos. „Sie haben ein Trebuchet."

Sie blinzelte und kniff dann die Augen zusammen. „Was ist ein Trebuchet?"

Er war zu abgelenkt, um ihr zu antworten. Was auch immer das seltsame Gerät war, es beunruhigte ihn so sehr, dass er sofort begann, Befehle zu brüllen: „Bogenschützen! Wenn sie die Maschine in Stellung bringen, feuert auf diejenigen, die sie bedienen. Verhindert, dass sie das Ding benutzen."

Dann stürzte er an ihr vorbei und sie musste laufen, um Schritt zu halten, während er die Stufen hinunterrannte.

„Habt Ihr noch mehr Bögen?", fragte er sie auf dem Weg durch die Halle.

„Armbrüste."

„Wir brauchen alles, was Ihr habt. Wie sieht es mit Schwefel für Griechisches Feuer aus?"

Sie runzelte die Stirn. Sie hatte noch nie von Griechischem Feuer gehört.

„Kein Schwefel", murmelte er. „Lappen, die wir in Öl tränken können?"

„Aye."

„Das muss reichen. Und holt Kerzen herbei."

So sehr sie ihn auch fragen wollte, was er vorhatte, spürte sie seine Dringlichkeit und vertraute seinem

Urteilsvermögen. Sie ging, um Lappen und Kerzen herbei zu holen und hörte, wie er seine Ritter zur westlichen Burgmauer befahl und jeden verfügbaren Mann gebot, sich mit einer Armbrust und Bolzen zu bewaffnen. Und immer wieder hörte sie die Männer von Cameliard „Trebuchet" flüstern.

Pagan schaute besorgt zum Himmel, als er den Bogenschützen folgte. Sturmwolken zogen auf. Es war nur eine Frage der Zeit, bis es zu regnen anfangen würde. Er fühlte den Griff seines Schwertes und war so ruhelos wie der aufziehende Sturm, während er beobachtete, wie der Feind sein Lager aufschlug.

Für Pagan gab es nichts Aufregenderes, als gegen einen Feind mit dem Schwert in der Hand zu kämpfen. Aye, er erkannte durchaus die Vorteile anderer Waffen wie der Axt, dem Dolch, dem Kampfstab und der Armbrust. Aber ihnen fehlte die Seele eines Schwertes aus Toledo-Stahl in den Händen eines ausgebildeten Ritters.

Für Krieger wie Pagan war das Trebuchet eine Abscheulichkeit, eine Kriegsmaschine, die auf roher Gewalt statt Gewandtheit beruhte. Es war eine Maschine für Feiglinge und Barbaren, die zu dumm waren, um Strategie anzuwenden. Die Verwendung solcher Geräte war abscheulich und unritterlich.

Als Pagan also sah, wie das Ungetüm über den Hügel rollte, stieg Zorn in ihm auf. Dass die Engländer eine solche Waffe verwenden würden, ein Ungeheuer der Zerstörung, das alles auf seinem Weg verschlang und nur zerbrochenes Holz und kaputte Steine zurückließ, bedeutete, dass sie keine Belagerung, keine Verhandlungen, keine Kompromisse und wahrscheinlich keine Gefangenen beabsichtigten. Wahrscheinlich hatten sie vor, die Burg schnell zu erledigen und sie vor Sonnenuntergang und bevor Hilfe geholt werden könnte zu besetzen.

Aber Pagan ärgerte sich am meisten, dass aufgrund der Tatsache, dass er so schnell mit dem Bau der inneren Mauer hatte anfangen wollen, der Grünstreifen um Rivenloch voller großer Steine aus dem Steinbruch war und diese perfekte Geschosse für den Gelenkarm des Trebuchets waren.

Scheinbar hatten die Schotten noch nie eine solche Maschine gesehen. Mit ein wenig Glück, dachte Pagan, und umklammerte sein nutzloses Schwert noch etwas fester, würden sie es nie in Aktion sehen. Aber die Bogenschützen brauchten die Lappen und das Öl schnell, so dass sie ein Sperrfeuer mit brennenden Pfeilen auf das Ding feuern könnten. Dies war die einzige Möglichkeit, es außer Gefecht zu setzen.

Deirdre erschien auf der Mauer mit lauter Kerzen im Arm und gefolgt von einem halben Dutzend Jungen, die Lappen und Öl trugen. Er dankte dem Herrn, dass sie nicht eines dieser zimperlichen Weiber war, die ihn von seiner Aufgabe abhielt, sondern eine wirkliche Hilfe war. Sie sah besorgt aus, aber das dunkle Feuer in ihren Augen sagte ihm, dass sie so furchtlos und entschlossen wie jeder seiner Ritter war. Während er sie anschaute, stieg Stolz und Ehrfurcht und ... aye ... Liebe in ihm auf. Er liebte seine sture schottische Ehefrau.

Und er wünschte, er hätte die Zeit, ihr zu sagen wie sehr. Wenn das hier vorbei war, schwor er im Stillen, würde er ihre Ohren müde machen mit den Schwüren seiner Liebe. Aber in diesem Augenblick mussten sie erst einmal ihre Burg verteidigen.

„Wenn ich den Befehl gebe, feuert Eure Pfeile ab!", rief

er seinen Rittern und Bogenschützen zu. „Zielt auf das Trebuchet und diejenigen, die es bedienen."

Deirdre betrachtete den Holzturm und versuchte herauszufinden, wie es funktionierte. „Es ist wie ein Katapult."

„Aye, nur viel mächtiger", erklärte er. „Ein Trebuchet kann eine Burgmauer mit einem einzigen ..."

Deirdre wurde blass. Pagan hätte sich für seine achtlosen Worte selbst schlagen können. Deirdre war vielleicht eine fähige Verwalterin und eine heldenhafte Kriegerin, aber sie hatte sich noch nie einer solchen Bedrohung ihrer Festung gegenübergesehen. Tatsächlich war die schlimmste Bedrohung gegen sie bis jetzt die Ernennung eines normannischen Ehemanns durch den König.

Er ergriff sie an den Schultern und schaute ihr fest in die Augen. „Hört zu, Deirdre." Dann legte er einen Eid ab, bei dem er zu Gott betete, dass er ihn würde halten können. „Ich werde nicht zulassen, dass Rivenloch fällt."

Einen Augenblick lang lagen Zweifel in ihren Augen. Aber er war beharrlich und wollte, dass sie im glaubte. Schließlich nickte sie.

„Das schafft Ihr besser", warnte sie ihn mit hartem Blick und erinnerte ihn, dass unter ihrem weichen Fleisch Knochen aus Stahl waren. Dann glitzerten ihre Augen geheimnisvoll. „Ich möchte unserem Baby mehr als einen Haufen Steine hinterlassen."

Er blinzelte. Während sie einander anstarrten, kamen ihre Worte bei ihm an und er runzelte verwirrt die Stirn. Was meinte sie mit *unser Baby*? War sie ...? Nay, das konnte nicht sein. Es war doch noch zu früh, um sicher zu sein.

Trotzdem versetzte die Möglichkeit ihn insgeheim in Erstaunen und wühlte ihn auf.

Er hätte sie gern weiter befragt, aber sie löste sich bereits aus seiner Umarmung, um zu helfen und die Kerzen an die Bogenschützen zu verteilen.

Auch er musste sich noch um andere Dinge kümmern, wenn er sein Versprechen halten wollte. „Tränkt die Lappen in Öl und bringt sie an den Spitzen an", wies er die Ritter an. „Zündet sie mit den Kerzen an und stellt sicher, dass sie gut brennen, bevor ihr schießt."

Helena streckte den Kopf um die Ecke. „Ich habe Wachen rund herum auf der Mauer aufgestellt", verkündete sie, „falls sie versuchen, die Mauer an einer anderen Stelle zu untergraben."

Er nickte zustimmend. Deirdres Schwester war vielleicht ungestüm, aber sie war auch bewundernswert effizient und fähig. So schlimm ihre Lage auch war, unvorbereitet wie die Leute von Rivenloch auf Krieg waren, so sehr die Ritter auch in der Minderheit waren, glaubte Pagan doch, dass sie vielleicht eine reelle Chance gegen die Engländer hätten, wenn sie das Trebuchet außer Gefecht setzen könnten.

Dann fiel der erste Regentropfen auf seine Wange.

„Scheiße", sagte er leise.

An jedem anderen Tag wäre Regen willkommen, denn schlechtes Wetter war das Verderben für die Belagerer. Doch heute wäre der Regen ein Verbündeter Englands und würde das Feuer der Pfeile Rivenlochs löschen.

Deirdre und Sir Rauve traten an seine Seite und schauten mit finsterem Blick nach oben.

„Scheiße", knurrte Deirdre. „Wir müssen jetzt feuern."

Rauve schüttelte den Kopf. „Das Ding ist außer Reichweite."

Pagan strich sich über das Kinn und wog die

Bedingungen ab, während der Regen auf sie herab zu prasseln begann. „Wir können es uns nicht leisten, weiter zu warten. Wenn wir es nicht bald lahm legen ..."

Sie blinzelte zu einem Loch in den Wolken nahe dem Horizont. „Wie lange wird es dauern, bis sie das Gerät aufgestellt haben?"

Rauve folgte ihrem Blick. „Nicht lang genug."

„Mist."

„Wir wollen sehen, was die Bogenschützen ausrichten können", entschied Pagan.

Es stellte sich heraus, dass Rauve Recht hatte. Das Trebuchet war außer Reichweite der Bogenschützen, selbst jener von Cameliard. Die feurigen Geschosse flogen durch den silberfarbenen Himmel und fielen viele Meter zu früh auf die feuchte Erde und wurden gelöscht.

Dem Feind schien der Regen nichts auszumachen. Sie fuhren mit ihrer Arbeit fort, schoben das Trebuchet vor und beschützten es und sich mit Schilden, so dass es wie eine riesige Brustplatte aus Schuppenpanzer aussah. Kein Pfeil konnte die Stahlummantelung durchdringen. Selbst die Pfeile, die das Glück hatten, die oberen Balken zu treffen, wurden schnell vom Regen gelöscht.

Während er finster zum Himmel hinaufblickte, überlegte Pagan, ob Gott vielleicht ein Engländer war.

Im Lagerraum tief in der Burg beruhigte Miriel die Kinder und ihre Mütter und achtete darauf, ob sie das Geräusch eines Rammbocks hörte. Solange die äußere Mauer sicher war, wusste sie, dass sie in Sicherheit waren. Und wenn Sung Li erfolgreich durch die Tore nach draußen gelangt war, würde innerhalb eines Tages Hilfe kommen.

In der Zwischenzeit würde sie tun, was Sung Li ihr geraten hatte und auf die Klänge einer Invasion achten;

wenn die Belagerung sich in einen richtigen Angriff ausweitete, wenn Rivenlochs Sicherheit verletzt würde, wäre sie vielleicht gezwungen, eines der best gehüteten Geheimnisse der Burg preis zu geben.

Ansonsten hatte Miriel noch eine Option. Sie betrachtete den kleinen Vorrat an Waffen, den sie in einer Ecke des Lagers aufbewahrte – ihre Sai, Tuifa, Kama und Nunchaku. Falls es zum Kampf Mann gegen Mann kommen sollte, würde sie nicht zögern, sie zu verwenden. Sie würde danach viel zu erklären haben, aber zumindest könnte sie dies bei lebendigem Leib tun.

Hoch oben und jetzt in voller Rüstung schlängelte Helena sich vorbei an den Bogenschützen, die sie an den Aussichtspunkten auf der Ostseite platziert hatte. Sie war der Meinung, dass sich die Engländer bislang nur auf die Westseite der Burg konzentrierten, aber dass sich dies jederzeit ändern könnte. Es war wichtig, dass die Bogenschützen auf kleine Gräbertrupps achteten.

Sie lächelte mit grimmiger Befriedigung, während sie die lange Reihe Wachsoldaten entlang blickte. Zumindest widersprachen diese Männer nicht jedem ihrer Befehle im Gegensatz zu dem starrköpfigen Normannen, den sie in den letzten Tagen gefangen gehalten hatte.

Sie biss sich auf die Lippe und überlegte, was wohl aus Colin geworden war. Nach all ihren Bemühungen, ihn zu pflegen, zu verteidigen und ihm zu helfen, zurück nach Rivenloch zu humpeln, hoffte sie, dass er keine Dummheiten machen würde und sich dabei umbrachte.

Es war sehr kühn von ihm gewesen, dass er glaubte, er könnte sie in die Burg zusammen mit den anderen hilflosen Frauen beordern. Hatte er bei ihren Abenteuern nichts gelernt? Hatte er nicht gemerkt, dass sie kein normales

Weib war, sondern eine Kriegerin von Rivenloch? Konnte er es nicht akzeptieren, dass sie ein ebenso wertvoller Krieger wie seine Kameraden war?

Colin du Lac musste noch viel über Helena von Rivenloch lernen. Das stand fest. Sie hoffte nur, dass er lange genug lebte, um Gelegenheit dazu zu haben.

Colin zuckte zusammen, als der Schmerz durch seinen Oberschenkel zog. Schweiß stand ihm auf der Stirn, als er die Treppe im Westturm der äußeren Mauer hochstieg und sich schwer gegen den groben Stein lehnte. Er hatte Helenas Vater immer noch nicht gefunden, aber bei dem Schneckentempo, zu dem er gezwungen war, würde der alte Mann ihn wahrscheinlich weit hinter sich lassen. Colin war offensichtlich mit seinem nur halb verheilten Bein nicht der richtige Mann für diese Aufgabe. Aber in diesem Augenblick war er froh über die Ablenkung, denn er konnte an nichts anderes denken, als an Helena und ihre sture Forderung, an der Schlacht teilzunehmen.

Bei Gott, sie war ein eigensinniges Weib. Wenn sie sich etwas vorgenommen hatte, konnten scheinbar weder die Vernunft noch wilde Schlachtpferde sie davon abbringen. So war es gewesen, als sie ihn entführt hatte. Ganz gleich, was er zu ihr gesagt und ihr versichert hatte, dass ihre Schwester kein Leid von Pagan befürchten müsste und sie darüber hinaus gewarnt hatte, dass Pagans Urteil hart sein würde, hatte sie darauf bestanden, Lösegeld für ihn erpressen zu wollen und er hatte versucht, sie davon zu überzeugen, dass alles vergeben und vergessen würde, wenn sie sicher zurückkehrten, aber sie wollte nicht hören.

Natürlich hatte ihre Beharrlichkeit auch sein Leben gerettet. Angesichts ernster Gefahr war sie ungewöhnlich mutig gewesen. Tatsächlich hätte er verbluten können, wenn ihre Entschlossenheit nicht gewesen wäre, ihre Geisel am Leben zu halten.

Aber das hier ... das war anders. Da draußen war eine ganze Armee und ganz gleich, wie unbesiegbar sie sich auch fühlte, war sie doch nur eine Sterbliche. Sterblich und verletzbar und ... und so weich wie feine Seide.

Er runzelte die Stirn und verfluchte seine lüsternen Gedanken, die ihm in letzter Zeit viel zu häufig durch den Kopf gingen. Schließlich liebte er das Weib ja nicht. Sie war amüsant, aye, und attraktiv. Begehrenswert. Und faszinierend. Aber sie bedeutete Ärger. Wenn Sie außerdem weiter so gefährlich lebte, ohne auf ihre eigene Sicherheit zu achten, würde sie die Belagerung nicht überleben.

Er stolperte gegen die Wand, als Schmerz ihn durchfuhr. Dieser betraf allerdings nicht sein Bein, sondern sein Herz.

Direkt über Colin auf dem äußersten Turm der Burgmauer hörte der Lord von Rivenloch seiner geliebten Edwina zu. Sie rief ihn um Hilfe an. Ein Schluchzen hing in seinem Hals und Tränen liefen über seine Wangen, denn ganz gleich, wo er hinging, er konnte sie scheinbar nicht finden.

„Edwina, meine Liebe", rief er mit krächzender Stimme.

Sie weinte leise und er versuchte herauszufinden, woher das Geräusch kam. Aber es schien ihn zu umgeben, und kam von überall und nirgendwo her und er drehte sich langsam im Kreis und blickte auf nichts als leeren, grauen Stein.

Er fühlte sich so hilflos. Frustriert zog er an seinem Haar und strengte sich an, zu hören, aber jetzt murmelte scheinbar nur der Regen auf dem Stein.

Eine gefährliche Braut

Er ging zum Fenster und schaute durch den engen Schlitz. Auf dem Hügel vor der Burg hatte sich eine Armee versammelt. Es waren nicht die Soldaten von Rivenloch und auch nicht die Ritter, die zu dem Normannen gehörten. Er überlegte, von wo diese neuen Männer gekommen waren. Mit einer gewissen Distanziertheit schaute er sich die seltsame Gesellschaft an, als wenn er den Vorbereitungen für ein Schauspiel zuschauen würde. Er sah, dass sie etwas aus Holz hatten, das wie ein gigantisches Spielzeug aussah. Abwesend kratzte er sich am Kopf, als sie die Räder feststellten und sich an verschiedenen Seilen und vorstehenden Teilen zu schaffen machten. Dann hoben mehrere Männer einen großen Stein auf die Plattform am hinteren Ende.

Wie direkt von Thor geschickt fielen plötzlich eine Menge feuriger Pfeile aus dem Himmel, um das große hölzerne Biest zu töten. Aber der Regen löschte die Flammen sofort.

Wie eine gelöste Armbrust sprang das Spielzeug mit einer solchen Wucht und Geschwindigkeit, dass er das Geschoss, das auf ihn zu katapultiert wurde, kaum sah. Der Stein traf den Turm mit einem dumpfen Knall und dann einem unheilvollen Knacken, wobei die Steine unter ihm erbebten und ihn in die Knie zwangen.

Wie ein Donnerschlag fielen die Steine um ihn herum herab und lösten sich mit einem ohrenbetäubenden Krach. Vor seinen Augen löste sich der Turm auf und er konnte nichts anderes tun, als sich auf Händen und Knien an den Eichenplanken des Fußbodens festzuhalten und zuzuschauen, wie sich die Wände auflösten. Der Westwind erfasste plötzlich sein Haar und brannte auf seinem Gesicht und mit zusammen gekniffenen Augen sah er plötzlich den strahlenden Himmel.

Er musste die Götter verärgert haben, beschloss er, während der Regen auf ihn prasselte wie zornige Tränen. Die Verwüstung um ihn herum war ganz klar die Arbeit des Thorshammers.

Deirdres Hand hielt sich am nassen Stein der Zinne fest, als sie zusah, wie der Westturm zusammen mit dem Verbindungsweg auf der Mauer zusammenbrach. Ihr Herz blieb stehen und sie konnte nicht atmen. Sie hatte gesehen, wie der Arm des Trebuchets seine Last mit unglaublicher Kraft geworfen hatte, aber sie hätte sich nie vorstellen können, wie mächtig der Schlag sein würde und was für eine Wunde er hinterlassen hatte.

Um sie herum standen die Männer von Rivenloch ehrfürchtig schweigend und umklammerten ihre Bögen so fest, dass ihre Knöchel weiß waren, obwohl solche Waffen jetzt so unnütz erschienen wie eine Feder gegen ein Schwert.

Zum ersten Mal in ihrem Leben ließen Angst und Zweifel sie in Schweiß ausbrechen. Dies waren keine einfachen Sterblichen, sondern ein Ungetüm, das in der Schmiede des Teufels hergestellt worden war. Wie könnten sie gegen solch eine Kriegsmaschine triumphieren?

Verzweiflung überkam sie und drohte, sie zu vernichten, bevor sie überhaupt besiegt worden war.

Dann schaute sie zu Pagan, der mit finsterem Blick und zusammengebissenen Zähnen auf den Feind starrte. Er war nicht besiegt. Er war weit davon entfernt. Pagan von Cameliard würde nicht aufgeben. Er würde niemals aufgeben. Und selbst wenn das verdammte Trebuchet einen Stein direkt in seinen Bauch schleudern würde,

würde er mit erhobener Faust und einem aufsässigen Grinsen sterben.

Wie könnte sie da weniger mutig sein?

Von ihm inspiriert stellte sich Deirdre von Rivenloch aufrecht hin und stählte ihre Nerven, ließ die Zinne los und ballte stattdessen die Faust um den Griff ihres neuen Schwertes. „Feuer einstellen!", rief sie den Bogenschützen zu und war überrascht, wie fest ihre Stimme war.

Die Wände stürzten immer noch weiter ein und Rauch stieg auf, während sich die Engländer vorbereiteten, um erneut zuzuschlagen. Die Soldaten bewegten sich nicht. Sie brauchten nicht zu Fuß angreifen, solange sie eine solch mächtige Waffe hatten. Sie betrachtete ihre Position und die Geschossbahn des Trebuchets.

„Werden sie auf den gleichen Turm zielen?", fragte sie in dem Krach.

Rauve nickte. „Aye, um einen Eingang zu öffnen."

„Gut. Ein einziger Punkt ist leicht zu verteidigen. Wir stellen die bewaffneten Männer dorthin."

„Das wird einfach sein", stimmte Pagan ernst zu, „sofern sie das Trebuchet nicht bewegen."

Sie schaute grimmig. „Dann wollen wir sie töten, solange es uns möglich ist."

KAPITEL 26

Pagan runzelte die Stirn. Er beabsichtigte nicht, Deirdre mit in die Schlacht ziehen zu lassen, ganz gleich, wie sehr sie darauf beharrte, ganz gleich wie sehr er ihre Fähigkeiten respektierte oder wie sehr sie ihn anflehte. Es wäre eine zu große Ablenkung, wenn er sich um ihre Sicherheit sorgen müsste, während er gegen den Feind kämpfte.

Außerdem, wenn es stimmte, dass sie schwanger war …

Er konnte ihr nicht in die Augen schauen. „Ich möchte, dass Ihr die Bogenschützen von hier aus befehligt."

„Aber die Bogenschützen sind nutzlos."

„Aber der Regen könnte nachlassen."

„Dann werden Sie schon wissen, dass sie feuern müssen."

Er seufzte. „Ich möchte Euch hier oben haben, Deirdre."

Sie war lange genug still, dass ihm klar wurde, dass sie die Wahrheit erkannte, dass er sie nicht kämpfen lassen wollte. „Oh aye", sagte sie verbittert, „während Ihr da unten Euer Leben riskiert, tanze ich auf den Zinnen und warte, dass die Sonne herauskommt." Sie spuckte auf die Steine.

„Dies ist meine Burg und ich will verdammt sein, wenn ich einen normannischen ..."

„Bei Gott!", rief einer der Bogenschützen. „Es ist der Lord!"

Pagan folgte dem Blick des Mannes entlang der westlichen Mauer zu dem in der Ferne liegenden Turm. Durch den weißen Dunst aufsteigenden Staubes sah er eine Gestalt, die über den zersplitterten Boden auf der Ruine kroch. Es war Lord Gellir. „Verflucht."

Neben ihm keuchte Deirdre.

„Verflucht", wiederholte er.

Er beobachtete ängstlich, wie der Lord immer weiter an den Rand kroch, wo die Steine bereits hinunterfielen. Was den Mann dazu brachte, in sein eigenes Verderben zu gehen, war Pagan völlig unverständlich. Vielleicht winkte ihm seine Frau, zu ihr zu kommen. Was auch immer ihn antrieb, Pagan wusste, dass er den Lord nicht rechtzeitig erreichen würde. Der Weg auf der Mauer zwischen ihnen war stark beschädigt. Der einzige Weg zum Turm verlief über den Burghof. Aber ein Blick auf Deirdre, die vor Entsetzen erstarrt neben ihm stand, wobei hilfloser Schmerz ihr ins Gesicht geschrieben stand und Pagan wusste, dass er es versuchen musste.

„Schaut!", rief Rauve.

Eine weitere Gestalt erschien auf dem Turm. Auf diese Entfernung, mit Staub bedeckt und humpelnd auf den Planken war sie kaum erkennbar. Aber Pagan kannte den Mann so gut wie seine Narben. „Colin."

Auf den Zinnen wurde es still, als alle atemlos zuschauten. Langsam arbeitete Colin sich über dem zerstörten Raum vor. Er schien sich mit dem Lord zu unterhalten, denn er alte Mann drehte sich um und hörte ihm ein wenig zu. Aber schließlich nahm der Lord seinen Weg wieder auf und bewegte sich unaufhaltsam auf den Abgrund zu und Colin zögerte, ihm zu folgen.

„Was macht Colin?" fragte Deirdre leise. „Warum ist er stehen geblieben?"

„Der Turm könnte unter ihrem gemeinsamen Gewicht zusammenbrechen."

„Aber ... könnte er nicht ... meinen Vater ..."

Pagan teilte Deirdres Frust und auch auf ihm lastete eine große Schuld. Er hätte sich um die Sicherheit des Lords kümmern müssen, bevor er sich dem Feind gestellt hatte. Es war seine Schuld, dass der Lord jetzt in Gefahr war.

Alle schauten zu und murmelten Gebete oder Flüche, während der Lord sich langsam in Richtung Rand bewegte. Colin hielt die Hand nun an den Mund, während er versuchte, sich bei dem Sturm Gehör zu verschaffen und er versuchte wahrscheinlich, den Lord davon zu überzeugen, dass er zurückkommen solle und vielleicht versuchte er auch die Stimmen im Kopf des alten Mannes zu übertönen.

Einen Augenblick lang hielt der Lord am Rand inne und Pagan glaubte schon, dass er endlich zur Vernunft gekommen war und nun zurückkommen würde. Aber nay, der Lord stellte sich auf die Füße und hob die Arme, als wenn er darauf wartete, dass ihn der Blitz treffen und der Himmel ihn holen würde.

Während die Engländer das Trebuchet bereits wieder luden, konnte Colin nicht mehr untätig dabeistehen. Er ließ alle Vorsicht beiseite, hechtete nach vorn und ergriff den Lord an den Knöcheln. Aber anstatt ihn von den Füßen zu holen, rutschten die Planken wegen des zusätzlichen Gewichts und der ganze Boden neigte sich nach vorn.

Eine gefährliche Braut

„Nay!", schrie Deirdre und ihr Schrei schnitt Pagan ins Herz.

Der Lord rutschte über den Rand und wurde nur durch Colins festen Griff an seinen Knöcheln davon abgehalten, mit dem Kopf voran zu stürzen. Aber Colin würde ihn nicht lange halten können. Nur der Rand eines Steins, bewahrte ihn vor dem Absturz und dieser Hebelansatz rutschte mit jedem Kieselschauer, der sich löste.

„Bleibt hier!", bellte Pagan Deirdre an. Er wusste nicht, was er für ihren Vater tun könnte, wusste noch nicht einmal, ob er den Westturm rechtzeitig erreichen könnte. Es war ein sehr großes Risiko. Aber er musste irgendetwas tun. Die Angst in ihrem Gesicht war unerträglich.

Er ergriff Sir Rauve an seinem Surcot und nahm ihn zur Seite, wobei er ihm einen eisernen Blick zuwarf und Worte ausstieß, die Deirdre nicht hören sollte. „Hört mir zu. Ganz gleich, was passiert, Ihr werdet die Burg halten. Verhandelt nicht wegen Geiseln. Nicht für mich. Nicht für Colin. Und nicht für Lord Gellir. Eure Loyalität gehört allein dem König."

Als er mit Sir Rauves grimmigem Nicken zufrieden war, ließ er ihn los. Dann rannte er die Treppe hinunter, wobei er sich die Ellenbogen an den engen Wänden stieß. Er rutschte auf dem nassen Gras im Burghof aus, rannte aber schnell weiter. Als er am Schuppen des Waffenschmieds vorbeikam, griff er nach einem Seil an der Wand und legte es um die Schulter.

Die Treppe des Westturms war voller Schutt. Er räumte einen Stein nach dem anderen aus dem Weg, obwohl er fast am Staub erstickte, bis er das nächste Stockwerk erreichte. Er war sich sicher, dass das Trebuchet in jedem Augenblick feuern könnte. Mit blutenden Fingern wühlte er im Mörtel und Kies und kletterte immer höher, bis er die Regentropfen auf seinem Kopf spürte. Er kletterte die letzten paar Treppen hoch und kam auf den verdrehten, regennassen Planken nach draußen.

Gott sei Dank war Colin immer noch da und hielt den Lord mit einem Griff fest, der so starr und blutleer war, wie der von Gevatter Tod.

„Haltet durch!", rief er.

Aber im nächsten Augenblick gab es einen Donnerschlag, der an den Steinen des Turms rüttelte, als wären sie nur Würfel. Der Boden unter ihnen erbebte. Ein unmenschliches Kreischen von Holz und Stein hallte aus der Tiefe. Und die Welt drehte sich.

Deirdre schrie. Obwohl das alles in nur einem Augenblick passierte, sah sie, wie sich die Tragödie mit quälender Langsamkeit vor Ihrem inneren Auge abspielte.

Der Arm des Trebuchet schoss nach vorn und gab seine schwere Last ab. Der Stein flog anmutig durch die Luft und entfernte die Regentropfen in seinem Weg so einfach, wie wenn man Mücken erschlug und er flog in einem Bogen und dunkler Absicht in Richtung der Ringmauer von Rivenloch. Nach einem unendlich langen Flug fand er sein Ziel und küsste den grauen Stein mit einem Riesenknall tief in der Mauer, wobei er dem Turm eine weitere tödliche Wunde auf Höhe des zweiten Stockwerks zufügte. Eine unheilvolle Stille folgte. Dann brach der bereits beschädigte Turm langsam zusammen in einem Wasserfall aus Steinen und Geröll.

Danach passierte alles furchtbar schnell und aus Deirdres Perspektive sahen die Männer aus wie Schachfiguren, die von einem wütenden Kind geworfen wurden. Pagan fiel bei dem Aufprall um, rutschte über die sich neigenden Planken, wobei seine Finger nach Halt suchten. Die Wucht warf ihn über den Rand. Er wurde nur gerettet, indem er an einem zersplitterten Balken, der aus dem Geröll hervorragte, Halt fand.

Colin wurde auf den Rücken geworfen und stieß seinen Kopf an einem Stein an, bevor auch er über den Boden rutschte. Als er schließlich zur Ruhe kam, lag er still da und sein Körper war auf unnatürliche Art und Weise verdreht. Ein Knie hatte sich zufälligerweise an einem Stein verhakt; ansonsten wäre er in den Tod gestürzt. Wenn er nicht schon tot war.

In der Zwischenzeit vollführte ihr Vater eine makabre Imitation des Rodelns, das Deirdre gern auf verschneiten Hügeln ausübte und dabei rutschte er auf der steilen Seite des sich auflösenden Turms, und wendete und drehte sich, während er auf den sich bewegenden Steinen ritt.

Gott musste ihn beschützt haben, so wie er es mit Trunkenbolden und Narren machte. Wie durch ein Wunder überlebte Lord Gellir. Am Ende seines holprigen Ritts lag der alte Mann zwar hilflos auf dem Geröll am Fuß des zerstörten Turms, aber er lebte noch.

Trotzdem befand er sich auf der feindlichen Seite der Ringmauer. In wenigen Augenblicken würden die Engländer ihn holen. Und sobald sie merkten, was für eine wertvolle Geisel sie dort hatten, würde sie sämtliche Vorteile verlieren.

Sie konnte nicht zulassen, dass das passierte.

Sie riss sich zusammen und rief: „Bogenschützen! Gebt mir Rückendeckung! Rauve, übernehmt das Kommando!"

Nach diesen Befehlen rannte sie die Treppe hinunter, blieb fast an der unteren Stufe hängen und humpelte über den Burghof zu den Resten des Turms. Helena hatte ihren

Posten auf der östlichen Mauer verlassen, um herauszufinden, was den ohrenbetäubenden Krach verursacht hatte und sie traf ihre Schwester auf halbem Weg.

„Was zum Teufel benutzen die Mistkerle?", fragte sie und zog ihr Schwert, während sie neben Deirdre lief. „Den Thorshammer?" Als sie nach oben schaute und sah, wie wenig vom Westturm übriggeblieben war, blieb sie stehen. „Verflucht!", rief sie entsetzt.

„Komm weiter!", drängte Deirdre, „wir müssen Vater retten."

„Vater? Was –"

„Beeil Dich!" Deirdre ergriff Hels Arm und zog sie mit.

Obwohl der zweite Treffer den Boden zerstört und einen guten Teil der Außenwand zum Einsturz gebracht hatte, hatte er auch durch reines Glück die Treppe freigelegt und so gab es einen Zugang nach oben. Sie kletterten achtlos über das Geröll, schnitten sich die Hände an scharfen Steinen und husteten wegen des Mörtelstaubs.

Helena starrte ungläubig auf die Trümmer. „Heilige ... war Vater ...? Ist er ...?"

„Er ist unverletzt", rief Deirdre über die Schulter, während sie weiter kletterten. „Colin stieg die Treppe hinauf und konnte ..."

„Colin? Colin war hier?"

„Aye, aber ..."

„Verflucht!"

Hel schob sich daraufhin an ihr vorbei und kletterte die Stufen in halsbrecherischer Geschwindigkeit hoch, als wäre der Teufel ihr auf den Fersen. Sie durchbrach das Geröll, das den Durchgang versperrte und kam als erste oben an. Bevor Deirdre sie wegen des instabilen Bodens warnen konnte, gab Helena einen schrillen Schrei von sich und stürzte dann vor, um neben Colins bewegungsloser Gestalt zu knien. Glücklicherweise hielten die Planken.

Aber Deirdres Sorge galt nicht Colin in erster Linie. Sie runzelte die Stirn und betrachtete den zersplitterten Balken, der vom Rand herausragte und der Pagan das Leben gerettet hatte. Er ragte immer noch aus dem Geröll hervor wie ein robuster Baum, aber keine Hand hielt sich daran fest. Wo war Pagan? Ihr Herz schlug heftig, als sie plötzlich und ebenso ungestüm wie ihre Schwester nach vorn preschte, ohne an ihre eigene Sicherheit zu denken.

Sie rutschte auf den glatten Planken auf dem sich neigenden Boden und hätte den gleichen Weg wie ihr Vater genommen, wenn der Balken nicht gewesen wäre. Schnell streckte sie ihren linken Arm aus, um ihn zu ergreifen und ein Schmerz fuhr durch ihre Schulter, als ihr gesamtes Körpergewicht daran zerrte. Irgendwie schaffte sie es, wieder an den Rand zu klettern und als sie dort atemlos vor Anstrengung ankam, hielt sie ihren verletzten Arm und schaute über den Rand.

Die Sonne ging bereits unter und es war schwierig, in dem schwindenden Licht etwas zu sehen. Aber auf einer Seite unter ihr bemerkte sie, dass dort ein Seil mit seiner Last hing.

Pagan.

Er hatte sich mit dem Seil zu Boden gelassen. Mit angehaltenem Atem beobachtete sie, wie er zu ihrem Vater eilte, der ein wenig taumelig und angeschlagen war, aber seine dramatische Rutschpartie gut überstanden hatte. Ihr wurde schwindelig vor Erleichterung. Gott segne Pagans mutiges Herz; er rettete ihren Vater.

Nicht weit weg jedoch, konnte sie sehen, dass feindliche, dunkle Gestalten im vorsichtigen Galopp näherkamen. Rivenlochs Mauern waren nicht einfach zu überwinden und daher war es nicht wahrscheinlich, dass sie jetzt schon einen vollen Angriff auf die Burg durchführen wollten. Aber an Pagans heroischem Manöver erkannten die Engländer sicherlich, dass der Mann, der vom Turm gefallen war, eine wertvolle Geisel sein könnte.

„Sie kommen!", rief sie ihm zu.

Er schaute zu ihr hoch und nickte. Dann band er eilig das Seil um die Taille des alten Mannes. „Könnt Ihr ihn hochziehen?"

Sie war sich nicht sicher. Sie kletterte an die Stelle, wo das Seil festgemacht war, aber auch dort war nur wenig Gegengewicht. Sie war zwar stark, aber ihr Vater war kein kleiner Mann und ihre verletzte Schulter pochte vor Schmerzen. „Helena! Hilf mir!"

Hel kam sofort an den Rand. Sie schien verzweifelt und ihre Wange war nicht nur vom Regen nass. Aber sie schätze die Situation sofort richtig ein, als sie Pagan, die vorrückenden Truppen und den sich verkleinernden Abstand zwischen ihnen sah. Sie schlidderte dahin, wo Deirdre wartete und legte Hand an. Zusammen zogen sie ihren Vater hoch, wobei ihre Hände immer wieder an dem nassen Seil rutschten.

In der Zwischenzeit flogen Rivenloch Pfeile durch die regennasse Luft in Richtung der sich nähernden Feinde und töteten einige. Aber ihre Anzahl war zu groß und es wurde zu dunkel, um genau zu zielen. Als Deirdre und Helena den Lord sicher auf der Mauer abgesetzt hatten und das Seil um ihn losgemacht hatten, erreichten ein Dutzend englische Ritter die Basis des Außenturms.

Deirdre schaute verzweifelt hinunter. Das Seil, das sie Pagan hatte zuwerfen wollen, lag unnütz zu ihren Füßen.

Eine gefährliche Braut

Es war zu spät. Der Feind hatte ihn bereits gefangen.

„Stellt das Feuer ein!", schrie sie ihren Bogenschützen zu und hoffte, dass diese sie hörten. „Stellt das Feuer ein!"

Pagan kämpfte nicht gegen seine Fänger an. Er war heldenhaft, aber auch klug genug zu wissen, dass er in der Minderheit war. Deirdre spürte Tränen der Frustration in ihr aufsteigen, während sie mit hilflosem Entsetzen beobachtete, wie sie ihn grob auf die Füße zogen.

Es war nicht gerecht, dachte sie. Es war ein Hohn auf die Gerechtigkeit. Zornig wischte sie die Tränen weg. Verflucht! Sie würde es nicht zulassen. Nicht wenn Pagan ein solch nobles Opfer gebracht hatte und sein Leben aufs Spiel gesetzt hatte, um ihren Vater zu retten.

„Nay!", rief sie. „Lasst ihn gehen, Ihr Mistkerle!"

Er drehte den Kopf, um ihr zu antworten. „Gebt die Burg nicht auf, ganz gleich was passiert! Ein Mann ist ein geringes Opfer. Lasst Rivenloch nicht fa ..."

Ein Ritter brachte ihn mit einem Schlag zum Schweigen und er sank nach vorn. Sie zuckte zusammen und fühlte sich, als hätte sie den Schlag erhalten. Dann zogen sie ihn besinnungslos und verletzbar weg von Rivenloch in die Dunkelheit und das Lager des Feindes.

„Pagan!"

Ihr Schreien ging im Wind unter und wurde vom Donner begraben. Sie wollte wie der Sturm toben, den Himmel anschreien und dem Feind widerliche Beleidigungen entgegenschleudern; die Engländer, den Teufel und Gott persönlich für eine solche Ungerechtigkeit verfluchen Aber es würde nichts nützen. Worte konnten einen solchen Zorn nicht ausdrücken. Und so ließ sie untröstlich ihren Kopf hängen. Die Tränen rannen unbehindert über ihre Wangen und tropften auf die Ruine unter ihr. Sie faltete ihre Hände so fest zusammen, dass das Siegel von Pagans Ring einen Abdruck auf ihre Handfläche hinterließ.

Sie hatte noch nie eine solche Machtlosigkeit erlebt. Noch nie solche Verzweiflung gekannt und sie hätte sich nie vorgestellt, dass sie eine solche Trauer wegen eines Normannen fühlen würde.

Pagan erwachte von einem festen Tritt in die Rippen. Konnte sich aber kaum bewegen, da seine Arme und Beine gefesselt waren. Er blinzelte und versuchte, sich zu orientieren. Er lag auf einem feuchten Teppich in einem gestreiften Zelt. An den Seiten des Zeltes flackerten Kerzen. Es war Nacht geworden.

Das war gut. Die Engländer würden nicht versuchen, Rivenloch bei Nacht zu stürmen und das würde seinen Männern mehr Zeit geben, die Verteidigung vorzubereiten.

Um ihn herum hockten schäbige, nasse und verwahrloste Kerle, die nach zu vielen Tagen auf dem Marsch stanken und kniffen die Augen zusammen, als wenn sie ein fremdes Tier betrachten würden.

„Pagan", knurrte einer.

Pagan hob den Blick. Dies musste einer der schurkischen englischen Lords sein. Der Mann mit dem schwarzen Bart grinste und offenbarte dabei so viele Zahnlücken, dass er aussah wie die Grimasse eines Gargoyles.

„So hat die Kriegerin Euch gerufen", sagte der Mann selbstzufrieden. „Der Name kommt nicht allzu häufig vor. Ich glaube, Ihr seid Cameliard."

Der Rest der Wilden rückte zusammen wie beim Würfelspiel, als wollten sie auf seine Reaktion wetten.

Eine gefährliche Braut

„Noch nie von ihm gehört", sagte Pagan.

„So?", fragte ein zweiter und strich sich über seine rostroten Bartstoppeln. „Dann nehme ich an, dass einfach irgendein armer Teufel herunterkam, um den alten Knaben zurückzuholen, der vom Turm gefallen ist.

„Das stimmt."

Der erste Mann kniff die Augen zu schmalen Schlitzen zusammen und trat Pagan erneut, aber dieses Mal in den Bauch. Pagan stöhnte vor Schmerz.

„Ihr lügt", höhnte er. Er beugte sich dann so nah, dass Pagan den Gestank seines ungewaschenen Körpers und seiner verrotteten Zähne wahrnahm. „Ihr seid es wohl. Und Ihr wart unhöflich, dass ihr unsere Pläne durchkreuzt habt."

Zweifellos hatte er ihre Pläne vereitelt, dachte Pagan. Die Engländer hatten wahrscheinlich angenommen, dass die Burg von drei schottischen Mädchen und einer Hand voll schwacher Ritter verteidigt würde.

„Aber bedenkt ..." Ein dritter Mann verdrehte seine rabenschwarzen Augen in seine Richtung. „Es ist nur ein Aufschub. Ich glaube tatsächlich, dass Ihr ein Lösegeld wert wärt."

„Ihr verschwendet Eure Zeit", sagte Pagan. „Meine Männer verhandeln nicht mit englischen Schweinen."

Der erste Mann ergriff Pagan am Hals. „Wenn nicht Eure Männer", sagte er listig, „dann vielleicht Eure Frau. So wie das lüsterne schottische Weib hinter Euch her geweint hat ..."

Brutaler Zorn durchfuhr Pagan. Er spuckte dem Mann ins Gesicht.

Die Rache folgte auf dem Fuß, als englische Wachen zur Verteidigung ihres Lords kamen. Fäuste und Stiefel schlugen von allen Seiten auf ihn ein. Immer wieder schlugen die Soldaten auf ihn ein, bis sein Blut ihre Hände befleckte und seine Knochen vor Schmerzen pochten.

„Genug!", rief der Mann schließlich. „Hebt Euch den Rest für seine Hure auf."

Pagan zuckte trotz seiner zerschmetterten Rippen zusammen. Vor Übelkeit stand ihm der Schweiß auf der Stirn. Er war schon bereit, notfalls sein Leben für die Sicherheit von Rivenloch zu opfern. Nicht nur weil dies seine Pflicht als Soldat des Königs war, sondern auch als Deirdres Ehemann. Er hatte sein Leben riskiert, um ihren Vater zu retten, weil er es nicht ertragen könnte, sie verletzt zu sehen. In dem Augenblick, als er sich an dem Turm hinuntergelassen hatte, hatte er bereits gewusst, dass er keine Chance hatte.

Aber ihm war bekannt, wie sehr Deirdre ihren Vater liebte und dass sie Rivenloch aufgeben würde, bevor ihr Vater gefoltert würde, und daher brachte Pagan ein Opfer, das er für angemessen hielt. Es würde viel einfacher für Deirdre sein, die Leiden ihres neuen Ehemanns zu ignorieren, als die ihres geliebten Vaters.

Und scheinbar würden diese Leiden am nächsten Tag fortgesetzt werden.

Die Engländer waren nicht dumm. Obwohl sie durchaus in der Lage wären, die Burg mit dem Trebuchet zu zerstören, wäre dies nicht weise, denn wenn sie Rivenloch gewonnen hätten, müssten sie ihren Preis wiederum gegen andere Eindringlinge verteidigen. Schäden an der Burgmauer würden nur ihre eigene Verteidigungsfähigkeit schwächen. Bei all seiner Effektivität war das Trebuchet ein zweischneidiges Schwert.

Eine gefährliche Braut

Die Plünderer hatten offensichtlich geglaubt, dass Rivenloch einfach zu erobern wäre, dass es eine abgelegene, unbewachte Burg war, die von einem schwachen Lord regiert wurde und daher hatten sie nicht viel weiter geplant, als die Schotten in die Unterwerfung zu ängstigen. Aber nun, da sie merkten, dass es nicht so einfach werden würde, wurde ihnen klar, dass es weiser war, die Burg durch eine List oder durch Verhandlungen an sich zu reißen.

Die Engländer glaubten, dass sie an Pagan eine wertvolle Geisel hatten. Das stimmte natürlich nicht. Pagans Männer waren geschult, seinen Befehlen genau zu gehorchen. Er hatte Rauve befohlen, Rivenloch zu halten, ganz gleich was passierte. Pagan war der festen Überzeugung, dass er dies tun würde.

„Aber es muss doch etwas geben, was wir tun können!", schnauzte Deirdre Sir Rauve an, der schnaubte und finster in sein Weinglas schaute.

Der Rest der Ritter, die sich in der großen Halle versammelt hatten, wurde still bei dieser hitzigen Unterhaltung. Lord Gellir war sich der Ereignisse kaum bewusst und saß am Feuer neben Lucy und trank seinen Glühwein. Miriel tröstete einige Kinder in einer Ecke der Burg. Aber Helena, die aus Sorge um Colin, der bewusstlos in der Nähe des Kamins auf einem provisorischen Bett aus Stroh lag, an ihren Fingernägeln kaute, hörte genau zu.

Deirdre konnte sich vor Zorn kaum beherrschen. „Er ist Euer Hauptmann. Ihr könnt ihn doch nicht einfach ..." Sie konnte den Satz nicht beenden.

Während sie sich im Raum umschaute sah sie zu ihrer

Überraschung die gleiche sture Ablehnung in den Blicken aller Anwesenden.

Mit einem Zornesschrei stieß sie Rauve den Becher aus der Hand und verschüttete ihn über den Boden. Die dunkle Flüssigkeit sickerte in das Schilf wie vergossenes Blut.

Ohne ein Wort richtete er sich zu seiner vollen Größe auf und überragte sie. Der Rest der Ritter von Cameliard tat es ihm nach. Spannung lag in der Luft.

Plötzlich stand Helena auf. „Was ist bloß los mit Euch Normannen? Seid ihr ein Haufen heulender Feiglinge, die Angst vor der Dunkelheit haben?"

Ein Muskel in Rauves Wange zuckte und seine Hand legte sich um den Griff seines Schwertes.

„Pah! Die Schotten sind keine Feiglinge", prahlte Helena und ging durch die Reihen der Ritter von Rivenloch, wobei sie diese scherzhaft anrempelte oder ihnen auf die Schulter schlug. „Wir kämpfen gegen die Engländer, nicht wahr, Jungs? Ohne die Hilfe dieser armseligen, eingeschüchterten ..."

„Ihr werdet diese Burg nicht verlassen!" Rauves Stimme war so grimmig wie sein Gesicht.

Hel blieb der Mund offenstehen.

Deirdre stieß dem anmaßenden Ritter in die Brust. „Und Ihr werdet in meiner Burg keine Befehle erteilen!"

Obwohl sein Blick dunkler wurde, machte er keinen Versuch, sich zu verteidigen. „Das sind nicht meine Befehle, Mylady. Das sind Pagans."

„Wie bitte?"

„Wie bitte?", wiederholte Hel.

„Bevor er losging, um Euren Vater zu retten, hat er mich beauftragt, Rivenloch zu halten, koste es was es wolle."

Deirdre kniff die Augen zusammen. „Das war, bevor sie ihn als Geisel genommen haben."

„Er wusste, dass sie dies vielleicht tun würden. Daher hat er mir genaue Anweisungen gegeben."

„Welche Anweisungen?"

„Anweisungen, nicht zu verhandeln."

„Wer hat denn was von verhandeln gesagt?", mischte sich Hel ein. „Ich bin der Meinung, dass wir rausgehen sollten und gegen die verfluchten Mistkerle kämpfen sollten. Stimmt's, Jungs?" Sie hob die Arme und die Ritter von Rivenloch jubelten.

„Nay!" brüllte Rauve. „Der erste Mann, der durch das Tor geht, wird von den Cameliard Bogenschützen wegen Hochverrats erschossen."

„Wie bitte?" Helenas Augen weiteten sich.

Die normannischen Ritter bewegten sich vorsichtig von den Rivenloch Männern weg und stellten eine klare Trennung her, wobei ihre Hände an ihren Schwertern lagen. Die Schotten erstarrten und schauten sich misstrauisch um. Die Luft war so geladen wie ein gespannter Bogen.

„Das kann nicht Euer Ernst sein", flüsterte Deidre.

Rauve presste die Lippen zusammen und Deirdre sah sofort, dass Pagans Mann ebenso wenig erfreut über seine Befehle war wie sie. Aber er war ein treuer Soldat und hatte Pagan einen Eid geschworen.

„Wir halten Rivenloch auf Befehl des Königs. Das wiegt schwerer als das Leben eines Mannes."

Er erstickte fast an den letzten Worten und plötzlich wurde Deirdre klar, dass sie Rauve zu hart beurteilt hatte. Er sehnte sich wahrscheinlich auch nach einer Möglichkeit, aus der Burg zu stürmen, ein paar Dutzend englische Köpfe abzuschneiden und seinen Hauptmann lebendig zurückzubringen.

„Wenn wir sie überraschen", beharrte Deirdre verzweifelt, „sie erwischen, wenn sie ihre Hosen unten haben ..."

Rauve schüttelte den Kopf. „Sie haben Wachen um die Burgmauer herum aufgestellt."

„Die könnten wir uns schnappen", meinte Helena schmollend. „Ich weiß, dass wir das schaffen könnten."

Helenas Prahlerei war selbstverständlich unbegründet. Sie waren eins zu drei in der Unterzahl und zwar nur, wenn jeder verfügbare Kämpfer die Burg unbewacht zurückließ, um mit voller Kraft anzugreifen und das wäre unverantwortlich. Außerdem hatten die Engländer das Trebuchet.

Deirdre widerstand dem Verlangen, laut zu schreien. Mehr als je zuvor brauchte Pagan ihren kühlen Kopf. Und um ihrer aller Willen war es notwendig, dass ihre Männer sich mit den Normannen verbündeten. „Was würde Pagan von uns erwarten?"

Rauve spuckte auf das Schilf. „Bei Tagesanbruch werden sie das Lösegeld fordern."

Deirdres Hals verengte sich schmerzhaft. In ihren Augen brannten Tränen der Verzweiflung, aber sie weigerte sich zu weinen. „Und?"

„Und wir werden ablehnen."

„Ausgezeichnet!" Helena verschränkte ihre Arme ungeduldig über ihrer Brust. „Und dann laden Sie einfach diese verdammte Riesenschleuder und zerstören Rivenloch."

„Sie werden uns wahrscheinlich eher belagern", meinte Rauve, „und versuchen, uns auszuhungern." Dann fügte er bitter hinzu: „Sie werden ihren Preis nicht beschädigen wollen."

Deirdres Gedanken waren schon weiter. Wenn die Engländer eine Belagerung beabsichtigten, würden Sie nicht zögern, Pagan als Druckmittel einzusetzen in der Hoffnung, dass Rivenloch dann schneller aufgeben würde. Sie könnten alles Mögliche tun – ihm jeden Knochen brechen, seine Finger abschneiden oder ihn als Futter für die Krähen aufhängen. Ihr wurde übel.

Wie durch einen Nebel hörte sie Helena sagen: „Ich bin immer noch der Meinung, dass wir ihr Lager stürmen sollten." Und dann antworte Rauve: „Keiner verlässt die Burg. Wenn Ihr Euch Pagans Befehlen und denen des Königs widersetzt, habe ich keine andere Wahl, als Maßnahmen gegen Euch zu ergreifen."

Als Helena verächtlich schnaubte, verließen die Ritter die Halle und bereiteten sich auf eine unruhige Nacht vor. Aber Deirdre blieb nachdenklich an Ort und Stelle stehen.

Während die Männer hinausgingen, erschien Miriel neben ihr und bückte sich nach Rauves Becher. Sie murmelte ängstlich: „Was, wenn ... wenn es noch einen anderen Weg gibt?"

Deirdre seufzte. Miriel missbilligte natürlich alles, was mit Kämpfen zu tun hatte. Sie hoffte wahrscheinlich, dass sie sich irgendwie mit den Engländern anfreunden und glücklich bis ans Ende ihrer Tage leben und die Burg mit ihnen teilen könnten. Aber Deirdre wusste es besser.

„Sind die Frauen und Kinder in Sicherheit?", fragte Deirdre und sah sich in der großen Halle um, wo die Esstische auf ihre Seiten gekippt waren, um als Bollwerke zu dienen, falls der Feind die Burg an sich erreichte.

Miriel zupfte sie beharrlich am Ärmel. „Hör mir zu, Deirdre."

Deirdre war vielleicht ungeduldiger als sie hätte sein sollen. „Miriel, ich habe dafür keine Zeit." Sie rieb sich mit zitternder Hand über die Stirn. „Ich weiß, was du von Kriegsführung hältst, aber –"

„Nay! Du verstehst nicht."

„Manchmal", brachte sie heraus, „müssen wir Opfer bringen, die wir –"

„Aye! Aber manchmal müssen wir das nicht."

„Was?", schnauzte Deirdre sie an und verlor die Geduld. „Was ist los verdammt? Ich habe dir doch gesagt, dass ich keine –"

Mit untypischer Kühnheit streckte die kleine Miriel die Hand aus und ergriff Deirdres Kinn, wobei sie sie anstarrte, ohne mit der Wimper zu zucken. Deirdre schwieg beeindruckt. „Jetzt hör mir mal zu, du überhebliche, übergroße Tyrannin", sagte sie mit einer Kühnheit, die Deirdre noch nie von ihr gehört hatte, „ich möchte dir etwas zeigen."

KAPITEL 27

Als die Zeit kam, um zu handeln, war die Burg bis auf das Schnarchen von Pagans Rittern still. Sie waren es gewohnt zu schlafen, wenn sich die Gelegenheit dazu bot. Deirdre hingegen hatte kein Auge zu getan.

Miriel hatte ihr eine erstaunliche Alternative präsentiert und sie hatte vor, diese zu nutzen. Wenn alles gut lief, würden die Engländer morgen früh aufwachen und feststellen, dass ihre Geisel weg war.

Nur sie und Miriel wussten von dem waghalsigen Plan, denn hier war List und keine Gewalt gefragt. Außerdem stand er im Gegensatz zu Pagans Befehlen. Ihre Lippen verzogen sich zu einem grimmigen Lächeln. Gott sei Dank hatte sie keine Bedenken, Pagans Befehle zu missachten.

Miriel traf sie an der Tür zu ihrer Kammer mit einem Binsenlicht. „Bist Du sicher, dass Du das alleine machen willst?"

Deirdre nickte. Dann runzelte sie die Stirn. „Wo ist Sung Li?" Sie hatte die alte Frau den ganzen Tag noch nicht gesehen.

„Sie ging weg, als die Engländer ankamen."

„Ging weg?"

„Um Lachanburn zu holen."

„Wie bitte?" Miriel hätte genauso gut behaupten können, dass sie sich auf den Weg zum Mond gemacht hätte. „Warum sollte sie ...?"

„Sie hat gesagt, dass das ihre Bestimmung sei", unterbrach Miriel. „Bist du bereit?"

„Aye." Deirdre wollte mehr über Sung Lis Mission wissen, die sie sich selbst auferlegt hatte, aber sie wollte Miriel an diesem Abend, an dem so viel auf dem Spiel stand, nicht noch ärgern.

„Dann folge mir."

Deirdre folgte Miriel durch den Flur und die Treppe hinunter in einen Lagerraum tief unter der Burg. Deirdre war erstaunt, dass der Raum mit Binsenlicht beleuchtet war. Er war mit Bierfässern, Käse, Getreidesäcken, geräuchertem Fleisch und Gewürzdosen gefüllt und außerdem befanden sich dort ein dreibeiniger Schemel und ein Haushaltsbuch. Deirdre war schon seit Jahren nicht mehr hier gewesen, da dies Miriels Reich war. Aber jetzt wusste sie es zu schätzen, wie ordentlich ihre kleine Schwester ihre Vorräte verwaltet hatte.

Aber was Miriel ihr als nächstes zeigte vergrößerte ihre Wertschätzung und ihren Respekt noch mehr.

Hinten in dem Lagerraum befand sich eine schwere Eichentruhe, die Miriel mit Deirdres Hilfe von der Wand wegzog. Hinter der Truhe war ein kleines quadratisches Loch unten in der Mauer und Deirdre spürte sofort einen kühlen Luftzug.

„Heilige Maria!", keuchte Deirdre. „Und wo führt es hin?"

„Wenn Du einmal auf der anderen Seite der Mauer bist, gibt es einen Tunnel, der hoch genug ist, um darin gebückt zu laufen. Er zieht sich leicht nach links und ist ca. 100

Meter lang. Dann kommt man im Wald an einem Baumstumpf heraus. Dann solltest Du Dich innerhalb von 200 Meter der Zelte befinden."

Deirdre nickte.

„Hör mir zu." Miriel ergriff ihre Schulter mit überraschender Kraft. „Wenn Du in einer Stunde nicht zurück bist, schicke ich die Ritter von Rivenloch durch den Gang hinter Dir her."

Sie schüttelte den Kopf. „Das ist ein zu großes Risiko. Rauve hat Recht. Da sind zu viele Engländer. Wenn ich nicht zurückkomme ..."

Sie beendete den Satz nicht, ignorierte Miriels sorgenvolles Gesicht und überprüfte noch einmal ihre Waffen. In jedem Stiefel steckte ein Dolch und ihr neues Schwert aus Toledo Stahl hing an ihrem Oberschenkel. Auf der Klinge stand *Amor vincit omnia, Liebe besiegt alles*. Sie hoffte inständig, dass das stimmte.

Aber Miriel gab ihr noch eine weitere Waffe, eine Stahlplatte in Form eines Sterns aus ihrer Sammlung. „Sie ist zum Werfen", sagte sie. „Ziele auf den Hals."

Deirdre schaute Miriel, die voller Überraschungen heute Abend gewesen war, noch einmal an. Dutzende Fragen gingen ihr durch den Kopf, aber Deirdre hatte keine Zeit, sie zu stellen. Außerdem beinhaltete der Handel mit Miriel um Zugang zum Geheimgang, dass sie ihr keine weiteren Fragen stellen würde. Sie steckte den Stern in ihr Kettenhemd und ergriff dann Miriels Arm. „Ich bin zum Frühstück zurück."

Miriel lächelte sie reumütig an, als hätte sie gerade den Schlüssel zu Pandoras Büchse weggegeben. Dann tauchte Deirdre in den Gang ab.

Als sie aus dem verrotteten Baumstumpf in der Nähe des Waldes auftauchte, hatte es aufgehört zu regnen und

Sterne leuchteten in der wolkenlosen Nacht wie winzige Mottenlöcher in einem schwarzen Umhang. Der Duft von Moos und Pilzen und heruntergefallenen Blättern hing schwer in der feuchten Luft und wurde von dem beißenden Gestank der englischen Feuer, die am Waldrand brannten, verpestet.

Sie hatte gesehen, in welches Zelt sie Pagan gebracht hatten. Sie hoffte nur, dass er nicht verlegt worden war. Sie ging still durch den Wald und näherte sich dem gestreiften Zelt von hinten, wobei sie nahe am Boden blieb. Sie würde eine der Stoffseiten einschneiden müssen und sie müsste die beste Stelle dafür erraten. Wenn Sie die Aufmerksamkeit der Wachen erregte, würde ihre Rettungsmission zu einem hässlichen Gefecht werden.

Schließlich entschied sie sich für eine Stelle und betete, dass sie als erstes auf Pagan treffen würde, seine Fesseln durchschneiden und ihn nach Rivenloch zurückbringen könnte, ohne dass irgendjemand etwas merkte.

Sie drückte die Spitze ihres Dolchs in den schweren Stoff und zuckte zusammen, als sie das kratzende Geräusch hörte, während sie langsam die Klinge durch den Stoff nach unten führte. Als der Schlitz lang genug war, atmete sie tief durch und zog die Ränder vorsichtig zurück.

Sie hätte keine schlechtere Stelle wählen können. Auf der gegenüberliegenden Seite sah Deirdre Pagan. Einen Augenblick lang war sie bei seinem Anblick wie gelähmt, denn obwohl er hellwach und aufmerksam war, war er geknebelt, seine Wange war mit Blut verkrustet und ein Auge war fast zugeschwollen. Schlimmer noch, als er sie anstarrte, verdunkelte sich sein Gesicht vor Zorn und einen Augenblick lang überlegte sie, ob er sie töten würde, bevor die Engländer Gelegenheit dazu hatten.

Eine gefährliche Braut

Aus dem Augenwinkel bemerkte sie eine Bewegung; eine Wache wartete direkt an dem Riss, den sie gerade geschnitten hatte und starrte sie an wie ein hungriger Wolf, der sich an ihrem Fleisch laben wollte.

Wenn Deirdre vielleicht ein paar weibliche Listen in ihrem Repertoire gehabt hätte, hätte sie ihn überzeugen können, dass sie gekommen war, um sich mit ihm im Heu zu wälzen. Aber ihr erster Instinkt war es immer, zu kämpfen. Sie zögerte nicht, legte den Dolch in die linke Hand, und stieß durch den Schlitz, um dem Mann mit dem Griff ins Gesicht zu schlagen, wobei sie ihm die Nase brach und er sich vor Schmerzen auf dem Boden wälzte.

Aber das weckte die restlichen Zeltbewohner und sie hatte kaum Zeit, sich ganz durch den Schlitz zu drücken und ihr Schwert zu ziehen, bevor ihr mindestens ein Dutzend wilde Feinde gegenüberstanden.

„Was haben wir denn hier?", fragte einer von ihnen.

Ein anderer gluckste. „Oho, das ist das Weib von Rivenloch."

Der erste zog anzüglich an der Vorderseite seiner Hosen. „Seid ihr gekommen, um ein wenig von einer englischen Klinge zu bekommen?"

Pagan schüttelte heftig den Kopf in ihre Richtung und befahl ihr, sich zurückzuziehen. Aber sie blieb stehen, schüttelte verneinend den Kopf und atmete tief durch, um ihre Nerven für den anstehenden Kampf zu beruhigen.

Pagan schaute sie finster an, und bewegte seine Finger in den Fesseln, womit er ihr anzeigen wollte, dass sie ihn zuerst befreien sollte. Aber die Ritter hatten sich ihr bereits wie eine Meute Wölfe genähert. Stattdessen drehte sie ihren Dolch um und warf ihn in seine Richtung. Er landete einen guten Meter vor ihm und im Stillen verfluchte sie ihren verletzten Arm für das schlechte Zielen. Nichtsdestotrotz begann er sofort sich in Richtung Waffe zu bewegen und bemühte sich, sie zu erreichen, bevor es jemand anderes tat.

Deirdre schwang ihr Schwert in einem schnellen, weiten Bogen vor ihr und ließ keine Zweifel an ihrer Absicht. Sie schlug zuerst nach links, dann nach rechts und die Männer sprangen zurück, wobei ihr Gelächter eher nervös als amüsiert war.

Sie blickte zu Pagan. Seine gefesselten Hände waren immer noch einige Zoll vom Dolch entfernt. Er schien frustriert zu sein.

Sie schlug noch zweimal mehr durch die Luft und verletzte einen Mann an der Hand. Jetzt verschwand das Grinsen der Männer völlig und einige von ihnen zogen ihre Messer. Sie musste sie lang genug hinhalten, bis Pagan sich befreit hatte. Aber wie?

Hel hätte jetzt ihre scharfe Zunge angewendet. Indem sie ihre Feinde verhöhnte, hatte sie diese oftmals abgelenkt, um sich einen Vorteil zu verschaffen. Es war ein gefährliches Spiel. Aber dies war ja auch eine prekäre Situation.

Deirdre schüttelte den Kopf wie ihre Schwester. „Vor was habt ihr Angst?", stachelte sie die Männer an. „Nun kommt schon! Selbst schottische Kinder kämpfen mit mehr Mut."

Die List funktionierte. Zwei der Wachen waren von ihren Beleidigungen erzürnt und griffen sie schlecht vorbereitet an, woraufhin sie Verletzungen an ihrem Schwertarm erlitten.

„Ist das alles?", höhnte sie.

Ein anderer Mann schwang seinen Dolch in einem großen Bogen in Richtung ihres Bauches und sie sprang zurück, als die Klinge an ihr vorbeizischte. Sie erwischte ihn auf dem falschen Fuß und schob ihn zu seinen Kameraden, die er mit zu Boden riss.

Unweigerlich entdeckten die Wachen die Vorteile, wenn sie alle auf einmal angriffen. Als sie auf sie zukamen, zog Deirdre den zweiten Dolch aus ihrem Stiefel. Mit dem Schwert in einer Hand und dem Dolch in der anderen schlug sie nach links und rechts, täuschte und sprang vor und wehrte so viele Schläge ab, wie sie konnte. Dabei versuchte sie, ihren Feinden so viele Verletzungen wie möglich beizubringen.

„Pah! Das ist Kinderkram!", krähte sie.

Sie steckte ihren Dolch in den Oberschenkel eines Mannes und er schrie und humpelte dann davon, wobei er die Waffe leider mitnahm. Sie schwang das Schwert mit beiden Händen und schaffte es für den Augenblick, sich ihre Angreifer vom Leib zu halten, konnte aber keinen Boden gutmachen. Ihr Vorteil war fast dahin, da immer mehr Soldaten zu den Waffen griffen.

Hoffnungsvoll blickte sie zu Pagan. Seine Finger waren so weit wie möglich gestreckt und befanden sich nur noch einen Zoll vom Dolch entfernt. Aber eine Wache folgte ihrem Blick, sah was sie vorhatte und hechtete selbst nach der Waffe.

Bei Gott! Wenn sie doch nur ihren zweiten Dolch nicht verloren hätte ...

Plötzlich erinnerte sie sich an den Wurfstern, den sie sich in ihr Kettenhemd gesteckt hatte.

Sie hatte ein solches Ding noch nie benutzt. Sie wusste gar nicht, wie man es richtig einsetzte. Wenn Sie die Wache verfehlte und stattdessen Pagan traf ...

Die Finger der Wache legten sich um ihren Dolch. Jetzt war keine Zeit für Bedenken.

Sie griff in ihr Kettenhemd und nahm den Stern zwischen ihren Daumen und den Finger und aus dem Handgelenk heraus warf sie ihn quer durch das Zelt.

Gott musste ihre Hand geführt haben. Gerade als der Mann seinen Preis triumphierend hochhielt, traf der Stern ihn am Hals; seine Augen weiteten sich und er konnte nicht mehr schreien. Still fiel er nach vorn in Pagans Schoß.

Deirdre schrie, um die Anderen abzulenken. „Ha, Ihr dummen Faulpelze!" Sie hielt ihr Schwert recht tief und zwang die Wachen aus dem Weg zu springen.

Aus dem Augenwinkel sah sie, dass Pagan den blutigen Stern herauszog und das Opfer von seinem Schoß schob. Während sie willkürlich nach vorn gegen die nahenden Engländer stieß, fing er an, den feingeschliffenen Rand der Waffe zu benutzen, um seine Fesseln durchzuschneiden.

Aber im nächsten Augenblick schlug ihr einer der Wachen die Waffe zur Seite und sprang mit seinem Schwert auf sie zu. Sie hatte kaum Zeit, schnell genug zurück zu springen und als sie es tat, verhedderte sich ihr Fuß in einem Haufen Decken und sie fiel auf ihren Hintern gegen die Zeltwand.

Sie schaffte es, ihr Schwert festzuhalten, aber als sie es hob, um sich zu verteidigen, bedrohten bereits ein halbes Dutzend Klingen ihren Hals.

„Fallen lassen", sagte ihr Angreifer.

Sie fluchte leise und kniff die Augen zu kalten, harten Schlitzen zusammen, während sie ihre Waffe langsam senkte.

„Genau", sagte er, „schön langsam."

Noch bevor ihre Waffe auf den Boden fallen konnte, nahm einer der Wachen sie ihr weg. Als sie entwaffnet war, fingen die Männer mit neu gewonnener Arroganz an zu prahlen.

„Jetzt seid ihr wohl nicht mehr so hochmütig?"
„Hat das Kätzchen seine Klauen verloren?"
„Jetzt ist die Kleine genau da, wo sie hingehört."

Der Anführer stieß sie mit der Spitze seiner Waffe und in seinen Augen schwelte Lüsternheit. „Jetzt seid ein gutes Mädchen und legt Euch hin und vielleicht durchbohre ich Euch dann nicht. Zumindest nicht mit meinem Schwert."

Die anderen lachten.

Sie reagierte eisig. Am liebsten hätte sie ihm ins Gesicht gespuckt. Aber wenn sie vorgab, gehorsam zu sein und ihn lang genug hinhielt, könnte Pagan sich befreien. Sie hoffte es inständig, denn es würde nicht mehr lange dauern, und das ganze Lager wäre in Aufruhr. Dann hätten sie keine Chance.

„Seid still", sagte der Anführer und streichelte mit der Spitze seines Schwertes über ihren Hals und zwang sie so zurück auf ihre Ellbogen, „und vielleicht lasse ich Euch am Leben."

Sie konnte kaum widerstehen, nach Pagans Fortschritten zu schauen, aber sie traute sich nicht, die Aufmerksamkeit der Männer darauf zu lenken.

„So ist es richtig, Weib", schmachtete er und legte sein Schwert beiseite. „Wenn ihr nett zu mir seid, bin ich nett zu Euch."

Fälschlicherweise verstanden die Wachen ihr Schweigen als Zustimmung, senkten ihre Waffen und fingen an, anzügliche Bemerkungen zu machen.

Deirdre atmete mehrere Male tief durch und ballte die Hände zu Fäusten, während sie zuschaute, wie der Mann seine Hose aufband und herunterzog, was Schadenfreude bei den anderen auslöste.

Dann erblickte Deirdre hinter der Schulter des Mannes

eine äußerst willkommene Gestalt, die sich wie eine tödliche Gewitterwolke erhob. Pagan. Sie biss die Zähne zusammen, spannte ihre Muskeln an und machte sich bereit zu springen.

In dem Augenblick, als ihr Angreifer in Reichweite war, zog sie ihr Bein zurück und katapultierte es so heftig nach vorn wie ein Trebuchet und trat ihn fest zwischen die Beine. Bevor er vor Schmerzen zu Boden ging, sprang Pagan mit Deirdres Dolch vor. Er zog den Mann herum, um ihn ins Herz zu treffen und ihm so den Schmerz zu nehmen.

„Lauft!" brüllte Pagan sie an.

Er beliebte wohl zu scherzen. Sie hatte nicht vor, ihn jetzt zu verlassen. In dem nachfolgenden Durcheinander ergriff sie ihr Schwert und Pagan nahm das des Toten. Rücken an Rücken kämpften sie gegen die verbliebenen Ritter.

„Ich hatte Befehl gegeben", knurrte er zornig, „dass Ihr in der Burg bleiben solltet."

Sie lächelte grimmig. „Niemand erteilt mir Befehle."

Die Wachen um sie herum näherten sich wie Wölfe ihrer Beute.

„Ihr hättet nicht kommen sollen", zischte er.

„Gern geschehen."

Es waren immer noch zehn Engländer da und acht von ihnen waren nur leicht verletzt. Es war eine Herausforderung, aber mit Pagans Hilfe zu bewältigen.

Aber gerade als sie durchatmete, um den verzweifelten Kampf zu beginnen, erhob sich großes Geschrei außerhalb des Zeltes.

„Scheiße", zischte sie.

Die restlichen Engländer waren gewarnt. Ihr Herz sank. Sie waren verloren.

Kapitel 28

Die Seiten des Zeltes blähten sich nach innen, als mehrere Stahlklingen durch den Stoff schnitten. Die Männer, die ihre Schwerter schwangen, folgten und bahnten sich ihren Weg. Aber zu Deirdres Überraschung waren die Neuankömmlinge nicht noch mehr englische Soldaten. Es waren ihre eigenen Männer.

Miriel hatte ihren Befehl missachtet und die Ritter von Rivenloch geschickt.

Sofort brach Chaos aus. Bei dem Gefecht wurde eine Kerze umgestoßen und die Flamme züngelte hungrig an den feuchten Fetzen des Zeltes. Deirdre kämpfte unablässig an Pagans Rücken, aber schon bald wurde ihre Sicht vom Rauch und der Dunkelheit behindert, während der Krach von klirrendem Stahl und gequälten Schreien immer lauter um sie herum wurde. Es war ein rücksichtsloser Kampf, ein hoffnungsloser Kampf, denn obwohl die Schotten die Wachen sofort hätten töten können, würde ihre Ankunft das ganze Lager in Aufruhr versetzen. Schon bald würde dann eine Horde Engländer über sie hereinbrechen.

Aber Deirdre hatte noch nie einen Kampf gescheut. Und das würde sie jetzt auch nicht tun. Mit ihrem letzten

Atemzug würde sie diejenigen verteidigen, die sie liebte. Und bei Gott, sie liebte Pagan.

Und so kämpfte sie, als würde ihr Seelenheil davon abhängen und zusammen mit ihrem Mann besiegten sie die Soldaten im Zelt und dann folgte sie ihm nach draußen, um so viele wie möglich aus der englischen Armee zu töten.

Die Ritter von Rivenloch setzten die restlichen Zelte nach und nach in Brand und der Feind kam heraus wie Ratten, die das sinkende Schiff verließen. Aber wie bei den Ratten, schien ihre Zahl schier endlos zu sein.

„Ihr wisst, dass wir nicht gewinnen können", knurrte Pagan und erdolchte einen Angreifer.

„Ich weiß." Deirdre duckte sich, um einem Schwerthieb auszuweichen.

Die Männer von Rivenloch hatten keine Chance gegen fast ein hundert englische Ritter. Miriel hätte sie nie schicken sollen. Aber Deirdre konnte ihrer Schwester keinen Vorwurf machen. An Miriels Stelle hätte sie auch so gehandelt. Manchmal war Liebe wichtiger als Logik.

"Ihr hättet mich sterben lassen sollen", sagte Pagan und schlug jemandem mit seinem Schwertgriff ins Gesicht.

„Niemals." Sie schluckte den Kloß, der in ihrem Hals aufstieg, hinunter. „Ich ... ich liebe Euch zu sehr."

„Wenn Ihr mich liebt", knurrte er und warf einen Mann in die Büsche, „dann lauft jetzt weg. Lauft. Flieht, bevor sie Euch finden."

„Das werde ich nicht tun." Sie schlug einem Soldaten auf die Nase und schüttelte ihre mitgenommenen Handknöchel.

„Rivenloch wird fallen."

„Aber nicht kampflos."

Sie stellte sich gerade hin, atmete tief aus und blieb an

der Stelle stehen, von der sie wusste, dass sie dorthin gehörte – Schulter an Schulter mit ihrem geliebten Ehemann. Sie würde so lange neben ihm kämpfen, bis sie keine Kraft mehr hätte, das Schwert zu heben.

Bis sie nicht mehr atmen könnte.

Bis ihr liebeskrankes Herz aufhörte zu schlagen.

Und wenn es an der Zeit war zu sterben, würde sie dies mutig tun und ihren geliebten Mann verteidigen, wohl wissend, dass sie alles in ihrer Macht stehende getan hatte, um ihn zu retten.

Von oben auf der Mauer Rivenlochs spähte Sir Rauve d'Honore in die Dunkelheit. Im feindlichen Lager klirrten Schwerter und Schreie drangen durch die nächtliche Stille. „Was zum Teufel ...?"

„Seht Ihr?" Auf der Mauer neben ihm stand Miriel zitternd vor Kälte und bemerkte zufrieden, dass die Ritter von Rivenloch Chaos im englischen Lager verursacht hatten, indem sie die Zelte in Brand gesetzt hatten und verheerende Schäden anrichteten. „Das sind die Männer von Rivenloch. Werdet Ihr jetzt Verstärkung schicken?"

Aber Rauve war von der Tatsache verwirrt, wie die Schotten irgendwie unter seiner Nase entkommen waren. „Unmöglich! Die Tore sind verschlossen und auf der Mauer stehen Männer Wache. Wie konnten sie ...?"

Sie stampfte mit dem Fuß auf. „Das tut nichts zur Sache! Wir müssen uns beeilen." Sie hoffte, dass Sung Li Recht hatte und dass Lachanburn und seine Männer schon bald kommen würden. Aber am meisten hoffte sie, dass sie den sturen Riesen neben sich davon überzeugen könnte, ihnen zu helfen. Treue war eine großartige Eigenschaft. Blinde

Treue nicht. Sie zog ihn am Ärmel seines Kettenhemds. „Pagan ist da draußen. Deirdre ist dort."

Rauve kniff die Augen zusammen und schaute ernst hinüber zum Hügel. „Nay. Ich habe meine Befehle." Aber seine Stimme klang frustriert, als er hinzufügte: „Sie waren Narren, dass sie nicht gehorcht haben. Narren." Und obwohl er in sturer Verweigerung die Stirn runzelte, zuckte sein Kiefer vor Unentschlossenheit. Er hätte sich offensichtlich über jede Ausrede gefreut, doch in die Schlacht einzugreifen.

Miriel kaute nachdenklich auf ihrer Lippe. Sung Li sagte immer, es gäbe mehr als eine Art und Weise, einen Berg zu bewegen.

Sie hatte keine Zeit für Spitzfindigkeiten. Sie atmete tief durch und brach plötzlich in Tränen aus.

Sir Rauve sprang vor Schreck fast aus seiner Rüstung.

Sie stieß ein lautes, schwermütiges Wehklagen aus und einige der Bogenschützen auf der Mauer wandten sich zu ihr um.

„Pssst", flehte er sie an und schaute unbehaglich zu den Bogenschützen. „Pssst, Mylady."

„Wie könnt Ihr nur?", heulte sie und vergrub ihr Gesicht an seiner Schulter, wobei sie ganz ohne Wirkung mit den Fäusten gegen seine Brust schlug. „Wie könnt Ihr nur?"

Von ihrem Gefühlsausbruch verwirrt, tätschelte er ihr den Rücken. „Ach, weint nicht, Mylady."

„Wie könnt Ihr meine Schwester sterben lassen?"

Sie spürte, wie seine Schultern sanken. „Aber es ist doch nicht meine Schuld", sagte er niedergeschlagen. „Ich befolge nur die Befehle meines Hauptmanns. Eure Schwester ... Eure Schwester hätte sie auch befolgen sollen."

Eine gefährliche Braut

Miriel erstarrte, weil etwas von dem, was er sagte, sie faszinierte. „Wartet. Die Befehle Eures Hauptmanns?"

„Aye."

Sie schnaubte. „Aber Pagan ist hier nicht der Lord. Mein Vater ist der Lord. Er befehligt die Armee von Rivenloch."

Rauve räusperte sich. „Nun, ja, aber ..." Es war ihm offensichtlich unangenehm, über den schwachen Geisteszustand ihres Vaters zu sprechen.

„Und daher ... auch die Ritter von Cameliard."

„Nehme ich an."

„Und wenn er ...", sagte sie und blickte ihn direkt an, wobei ihre Augen wieder trocken waren, „wach wäre ..."

Rauve erwiderte ihren Blick. Zwischen ihnen beiden herrschte Einverständnis und er fluchte leise, als er ihre List bemerkte. Er schüttelte den Kopf in Selbstironie. „Was würde er ... Euer Vater tun, wenn er wach wäre?"

Schalk glitzerte in ihren Augen. Sie hatten keine Zeit zu verlieren. Sie ergriff seine Hand und zog ihn zum Treppenhaus. „Ich bin sicher, dass er den Rittern von Cameliard befehlen würde, einzuschreiten."

Deirdre schlug eine weitere Klinge an Pagans Kopf weg. Sie konnte sehen, dass seine Wunden ihn schwächten. Ihre eigene Kraft ließ auch langsam nach, während sie gegen einen Feind nach dem anderen kämpfte und unzählige Schnitte und Verletzungen erlitt. Aber so lange noch Blut in ihren Adern floss würde sie nicht aufgeben.

„Weg da!", brüllte sie und schlug auf ein halbes Dutzend Ritter um sie herum ein.

Plötzlich wurden zwei der Angreifer wie durch ein Wunder nach hinten gezogen und als sie sich umdrehte, stand Sir Rauve böse grinsend da, mit der Streitaxt in einer Hand und einem zappelnden englischen Ritter in der Anderen.

„Rauve, Ihr Mistkerl!", knurrte Pagan ablehnend und betonte seine Worte mit Schlägen seines Schwertes. „Gehorcht keiner mehr meinen Befehlen?" Sein Gegner rutschte schließlich auf dem Gras aus und Pagan tötete ihn mit dem Schwert.

Rauve benutzte seinen zappelnden Gefangenen als Schild gegen einen weiteren Angreifer. Die beiden stießen mit einem dumpfen Knall zusammen und gingen zu Boden. „Wir sind aufgrund von Lord Gellirs Befehl ... Willen gekommen."

Auch wenn Deirdre merkte, dass Rauve sich ausweichend verhielt, sagte sie doch nichts. Es war nur wichtig, dass ihre Ritter nicht mehr allein kämpfen mussten. Durch die Verstärkung würden sie wieder Hoffnung schöpfen und mit neuer Entschlossenheit kämpfen.

„Für Rivenloch!", rief sie.

„Für Rivenloch!", antwortete Rauve.

„Bei Gott", murrte Pagan, „ich hoffe, Ihr habt jemand zurückgelassen, um die Burg zu bewachen."

„Oh, aye." Rauve erwischte einen Angreifer mit dem Ellbogen auf dessen Nase. „Colin. Und Helena."

Deirdre hätte darüber gelächelt, aber sie war zu beschäftigt, sich unter einem englischen Schwert wegzuducken.

Sie war in der Tat so beschäftigt, sich gegen einen Soldaten mit einem besonders tödlichen Streitkolben zu verteidigen, dass sie die Reihe an Binsenlichtern auf den nördlichen Hügeln gar nicht bemerkte. Erst als sie den

Angreifer entwaffnet hatte und mit seiner eigenen Waffe auf ihn eingeschlagen hatte, hörte sie das laute Geschrei vom Hang oberhalb des Lagers.

Angesichts der Parade von Fackelträgern kniff sie die Augen zusammen.

„Bei Gott!", spuckte Pagan müde und verärgert. "Noch mehr Engländer?"

Deirdre war sich nicht sicher, während sie die Prozession zwischen weiteren Schlägen betrachtete. Dann lächelte sie, als sie sie erkannte. „Nay."

Es war der Lachanburn Clan, der bis an die Zähne bewaffnet war. Und Sung Li marschierte vorne weg, als wenn sie die Armee persönlich befehligen würde.

„Weitere Verbündete", erklärte ihm Deirdre und beobachtete fasziniert, wie die Schotten näher kamen.

Rivenloch hatte immer nur ein unbehagliches Bündnis mit Lachanburn gehabt. Seit Jahren hatten sie einander immer wieder das Vieh gestohlen und die Frauen des anderen gevögelt, aber in harten Wintern hatten sie jedem Clans-Mann, der in schlechtes Wetter geriet, Unterschlupf geboten. Trotzdem hatte sie *das hier* nicht erwartet.

Die Lachanburns waren in erster Linie Kuhhirten und bestenfalls ungeschliffene Kämpfer, aber sie waren Dutzende rothaariger Jungen. Und da sie sonst immer nur Vieh stahlen, musste die Aussicht, einen richtigen Krieg gegen die Engländer zu führen, eine große Versuchung gewesen sein. Und Sung Li hatte es mit ihrer gebieterischen Art geschafft, sie aus ihren Betten zu holen und zur Teilnahme zu überreden. Jetzt würde die Schlacht ausgewogener geschlagen werden.

Mit erneuter Hoffnung kämpften die Ritter von Rivenloch noch heldenhafter. Es gab Verletzungen, aber

Gott und Pagans Elite-Soldaten sei Dank nur wenige Todesfälle. In den nächsten wesentlichen Augenblicken der Schlacht wurde hauptsächlich englisches Blut vergossen, das die Erde um Rivenloch befleckte.

Nachdem sie ein paar weitere feindliche Krieger besiegt hatte, hielt Deirdre inne, um zu Atem zu kommen und den Fortschritt der Kämpfe um sie herum einzuschätzen. Sie wischte sich mit der Rückseite ihres blutigen Arms über die Stirn und schaute zufällig zu dem riesigen Trebuchet, dessen Silhouette sich gegen den Himmel abzeichnete. Es lag still da wie ein Drache im Tiefschlaf, während die Schlacht um ihn herumtobte. Aber jetzt war er irgendwie geweckt worden und hob seinen Kopf.

Ihre Finger hielten das Schwert noch fester.

„Nay", keuchte sie vor Entsetzen, und bemerkte die englischen Soldaten, die ihn umschwärmten, zu spät. „Nay."

Sie hatten beschlossen, ihren Preis doch zu beschädigen.

Die Zeit verging im Schneckentempo, während sie ihren Kopf Rivenloch zuwandte. Bei so vielen Rittern außerhalb der Burg, die mit dem Feind kämpften, war die Festung praktisch schutzlos. Nur Colin, Helena und eine Handvoll Ritter und Bogenschützen befanden sich noch innerhalb der Mauern. Und in der Burg selbst vertrauten Lord Gellir, Miriel und die Frauen und Kinder von Rivenloch auf ihren Schutz.

Wenn das Trebuchet die Mauer durchschlug ...

„Nay!", brüllte sie. Aber ihre Stimme ging im Kriegsgeschrei unter.

Bei Gott! Sie musste sie aufhalten. Noch ein donnernder Schlag würde die Mauer ganz einstürzen lassen.

Eine gefährliche Braut

Verzweifelt machte sie sich auf den Weg zu dem riesigen Ungeheuer. Sie bewegte sich wie im Traum und jeder Schritt fühlte sich an, als würde sie durch Honig waten.

Über ihr auf dem Hügel hoben vier Engländer einen großen Stein vom Gras hoch – ein Geschoss für das Trebuchet.

Sie würde es niemals rechtzeitig schaffen. Ihre Lungen brannten, als sie sich den Hang hinauf durch kämpfende Soldaten mühte.

Der Feind begann, den Stein in Richtung Schlinge zu befördern.

Verdammt! Das Trebuchet war noch fünfzig Meter entfernt. Es hätte ebenso gut eine Meile sein können.

Trotzdem hielt sie durch, lief weiter und verfluchte ihre bleischweren Füße und den schlammigen Boden und die nicht nachlassende Entfernung.

Und dann passierte das Undenkbare...

Sie rutschte auf einem vermoosten Stein aus. Mit einem Schrei ging sie zu Boden und landete schwer auf ihren Händen und Knien, und verdrehte erneut ihre verletzte Schulter. Tränen der Frustration stiegen ihr in die Augen und sie beobachtete, wie das entsetzliche Spektakel über ihr fortgesetzt wurde.

Sie ließen den Stein in die Schlinge fallen.

Es war zu spät. Rivenloch war verloren.

Aber dann, dachte sie, dass sie einen Schatten von etwas an der Seite des hölzernen Bauwerks hochklettern sah, wobei sie nicht wusste, ob ihre tränenden Augen sie nicht täuschten.

Sie blinzelte. Es war nicht möglich. Niemand konnte sich an einer vertikalen Wand so festhalten.

Aber als sie die Augen zusammenkniff, sah sie etwas, das aussah wie ein Mensch, der wie ein Akrobat über die Querbalken des Trebuchets kletterte. Es war eine zierliche, kleine, in schwarz gekleidete Gestalt.

Der *Schatten*.

Nay, das konnte nicht sein. Sie wischte sich mit dem Handrücken über die Augen. Als sie wieder zum Trebuchet schaute, war die Gestalt weg. Aber wo der *Schatten* vorbeigekommen war, schien nun ein seltsamer Lichtpunkt und während sie zuschaute, fing dieser an Funken zu sprühen wie ein Schwert aus Stahl auf einer Schleifscheibe.

Inmitten des Tötens und über die Schreie von Angreifern und Opfern hinweg hörte Pagan Deirdres schwachen Schreckensschrei.

Sein Herz zog sich zusammen.

Er bezwang seinen Gegner, drehte sich auf dem Absatz um und suchte nach ihr.

Da war sie – Gott sei Dank lebendig – und kämpfte sich den Hügel hinauf in Richtung...

Trebuchet.

Verflucht.

Es war geladen und bereit zu feuern.

Während seine Ritter im Nahkampf beschäftigt gewesen waren, hatten die verdammten Engländer es geschafft, ihr Ungeheuer zu bewaffnen.

Was auch immer Deirdre vorhatte, sie würde es nicht rechtzeitig schaffen. Er sah, wie sie am Hang ausrutschte und hinfiel.

Er stieß einen Fluch aus und rannte ihr nach. Vielleicht

könnte er nicht die Burg retten wegen seiner starrköpfigen Frau und seinen ungehorsamen Rittern, aber zumindest würde er Deirdre vor Schaden bewahren.

Er rannte den Hügel hinauf, aber als er näherkam, fiel sein Blick auf eine seltsame Flamme weit oben am Trebuchet. In seinem Licht sah er eine dunkle Gestalt, die über das Bauwerk kletterte. Während er zuschaute, vollführte die Gestalt plötzlich einen gewagten Sprung und schien in die Nacht hinein zu verschwinden.

Dann fing die Flamme an, Funken zu sprühen.

Und Pagan wusste Bescheid.

„Bei Gott!"

Mit erneuter Motivation hechtete er weiter vor.

Plötzlich leuchtete es weiß am Himmel, als wenn die Sonne durch die Nacht brechen würde und er stürzte auf Deirdre und beschützte sie mit seinem Körper.

Ein ohrenbetäubender Knall ließ die Erde beben und sorgte dafür, dass sie flach auf dem Boden liegen blieben. Er bedeckte seinen Kopf und war sich sicher, dass die Erde auseinanderbrechen würde. Vor Überraschung erhoben sich um ihn herum Schreie, während die Splitter des Trebuchets durch die Nacht stachen und wie ein dämonischer Regen herunter prasselten.

„Verflucht!" Deirdre drehte und wand sich ungeduldig unter ihm, um besser sehen zu können. „Was war das?"

„Das", erklärte er ihr ungläubig, „war die Erlösung."

„Heilige …" Sie war sprachlos und blickte auf die grimmigen Überreste des Ungeheuers.

Er reduzierte sein Gewicht auf ihr. „Bei den Heiligen, geht es Euch gut?"

„Aye." Sie drehte sich auf den Rücken, damit sie ihn anschauen konnte. „Und Euch?"

Während er seine wertvolle Kriegerin betrachtete, kämpften seine Gefühle in ihm. Er war noch nie dankbarer gewesen, dass er lebte. Und er war noch nie zorniger wegen ihres Ungehorsams gewesen. Und er hatte sich auch noch nie so erleichtert gefühlt. Und auch nicht einen solchen Zorn gespürt. Er war voller Blut und Verletzungen von den Schlägen; sein Körper war ein Schlachtfeld an Schnittwunden, die brennen und Blutergüssen, die schmerzen würden, wenn das Gefecht vorbei war, aber der Blick in Deirdres bewundernde Augen schien alle seine Verletzungen zu heilen und seinen Zorn verfliegen zu lassen. „Ich werde wieder gesund."

„Haben wir jetzt eine Chance?"

Er sah die jubelnden Ritter weiter unten am Hang. „Ich glaube schon."

„Dann lasst es uns zu Ende bringen."

Tatsächlich wollte Pagan sich gar nicht mehr bewegen. Er wäre viel lieber auf seiner schönen Frau liegen geblieben und hätte sie sicher in seinen Armen bis zum Morgengrauen gehalten. Aber sie hatte ja Recht. Sie mussten die Schlacht erst einmal beenden. Schon bald würden sich die Engländer neu gruppieren und einen weiteren Angriff starten. Der Krieg war noch nicht vorbei.

Und wenn die Vernichtung ihres Trebuchets die Moral der Engländer auch nicht vollständig zerstörte, wurde ihr Schicksal dann doch von einer donnernden Horde rothaariger Wilder besiegelt, die wie wild gewordene Rinder über den Hügel stürmten. Noch vor dem Morgengrauen waren die Anführer des Feindes tot und die Soldaten erschöpft und schließlich in der Unterzahl und sie sammelten ihre Toten ein und flohen.

Als der letzte englische Soldat in Panik über den Hügel

floh, wobei er vom Hohn und Spott der Normannen begleitet wurde, steckte Pagan sein Schwert in die Scheide, ergriff seine Frau und gab ihr einen Siegeskuss, an den sie sich für den Rest ihres Lebens erinnern würde.

Triumphierender Jubel hallte über Hügel und durch die Täler von Rivenloch, als Helena die Burgtore zum Willkommen weit öffnete. Tatsächlich waren noch nie so viele Menschen in der Burg zusammengekommen. Der Clan Lachanburn, die Ritter von Cameliard, die Bauern, Handwerker und Dienerinnen von Rivenloch versammelten sich in der großen Halle. Das Bier floss in Strömen und während die hübschen Mädchen sich um die verwundeten Helden kümmerten, wurden bereits Geschichten erzählt und übertrieben und diese würden zu Legenden werden.

Schon bald spekulierten die Männer über die Vernichtung des Trebuchets. Einige behaupteten, dass ein von Gott geschleuderter Blitz die Maschine außer Gefecht gesetzt hatte. Einige behaupteten, es sei das Werk des Teufels gewesen.

Aber wenn ihre Augen sie nicht trogen, vermutete Deirdre, dass es weder göttliche Einmischung noch dämonische Schalkhaftigkeit gewesen war, sondern dass ihr ortsansässiger Bandit Rivenloch gerettet hatte.

Während die Anwesenden feierten und prahlten und auf ihren Triumph tranken, saß Deirdre erschöpft und überaus zufrieden auf einer Bank und beobachtete das Treiben in der großen Halle. Sie ließ ihre Verletzungen von Boniface behandeln.

„Ich habe schon die ersten Zeilen", vertraute Boniface ihr an, während er einen Kratzer auf ihrem Arm abtupfte.

Er räusperte sich und sang leise: „Heftiger noch als Ariadne, als sie den Minotaurus tötete, mutiger als die furchtlose Athene, als sie ihre Männer in den Krieg führte." Seine Stimme wurde lauter mit übertriebener Hingabe, während er sentimental eine Hand auf sein Herz legte. „Heldenhafter als Nemesis mit ihrem Vergeltungsschwert war Deirdre, Frau von Rivenloch, in der Nacht, als sie ..."

Deirdre ergriff ihn am Hals und würgte sein Lied ab. „Wenn Ihr das singt, Junge", warnte sie ihn mit einem gefährlichen Lächeln, „sorge ich dafür, dass Ihr eine Woche kein Abendessen bekommt." Helena genoss solch hochtrabende Lobeshymnen vielleicht, aber Deirdre waren sie eher peinlich.

Sie ließ ihn los und Boniface schaute vor Enttäuschung finster drein und begab sich wieder daran, ihre Schnittverletzungen zu säubern.

Athene, pah. Deirdre hatte gut gekämpft, aber nicht sie hatte das Blatt zu ihren Gunsten gewendet. Diese Ehre gebührte dem *Schatten*. Wer auch immer es war.

Sie trank einen Schluck Bier und schaute sich interessiert in der Halle um. In einer Ecke unterhielten sich Miriel und Sung Li mit zwei der rothaarigen Lachanburns ... Deirdre musterte die Jungen. Die geheimnisvolle, kletternde Gestalt war mit dem Lachanburn Clan aufgetaucht. Vielleicht hatte ja einer der Lausbuben eine kriminelle Ader, ohne dass sein Vater davon wusste.

Deirdre lächelte und trank wieder von ihrem Bier. Wenn dem so war, würde sie seine Identität sicherlich nicht offenbaren angesichts der guten Tat in dieser Nacht.

In einer Ecke der Halle stritten Helena und Colin, der nun wieder ganz wach war, während sie sich um eine Schnittverletzung auf seiner Wange kümmerte. Deirdre schüttelte den Kopf. Eines Tages, falls die beiden jemals aufhörten, sich zu streiten, würde sie vielleicht die Geschichte über ihre Abenteuer im Wald hören.

Am Feuer tranken der Lord von Lachanburn und ihr Vater zusammen, nickten weise und tauschten tröstliche Worte, die nur verwitwete Krieger verstehen würden. Vielleicht war diese Schlacht ein Segen gewesen. Ihr Bündnis und ihre erneuerte Freundschaft würden vielleicht die Wunden heilen, die beide Männer erlitten hatten.

Und dort im flackernden Kerzenlicht stand ihr Pagan, ihr großartiger Pagan, angeschlagen und blutverschmiert und schön; er lehnte sich gegen die Wand zum Lager, trank sein Bier aus einem Becher und unterhielt sich fröhlich mit ....

Lucy Campbell.

Deirdre hob eine Augenbraue und murmelte: „Denkt noch nicht einmal daran."

„Mylady?" Boniface schaute hoch.

Sie hatte nicht die ganze Nacht gekämpft und englische Soldaten von ihrem Mann ferngehalten, damit eine listige schottische Küchenmagd ihn für sich beanspruchen konnte.

Sie knallte den Becher mit dem Bier auf den Tisch und erhob sich von der Bank.

Boniface stotterte protestierend. „Aber M-Mylady, ich bin noch nicht f ..."

„Später." Sie richtete sich zu voller Größe auf. „Ich muss noch einen Feind besiegen."

Sie durchquerte die Halle und ihre Finger lagen müßig auf dem Griff ihres Dolches und in ihren Augen war eine noch schrecklichere Bedrohung zu sehen.

Als sie das Lager erreichte, drängte sie zwischen die beiden mit einem trügerisch süßen: „Pagan, mein Liebster", und streckte ihren Arm besitzergreifend durch seinen. Aber der Blick, den sie Lucy zuwarf, war vielsagend, als sie ihn fragte: „Begleitet Ihr mich bitte nach oben?"

Lucy schmollte, da ihre Pläne nun vereitelt waren. Deirdre machte sich im Geiste eine Notiz, dass sie das Weib morgen anweisen würde, die Nachttöpfe zu leeren als Strafe für ihre Gemeinheit.

Aber ein Blick auf Pagans Gesicht zeigte Deirdre, dass er keine Dummheiten mit der Magd vorhatte. Seine Augen waren voller Verehrung, als er sie anlächelte – Verehrung und einer Verbindung, die keine Liebelei mit einer Küchenmagd zerstören könnte.

Nicht, dass sie ihm erlauben würde, es auszuprobieren ...

Sie nahm ihm seinen Becher ab und reichte ihn weiter an Lucy, wobei sie die Dienerin entließ. Mit einem schalkhaften Lächeln führte sie Pagan durch die jubelnde Menge.

Obwohl sie versuchten, sie mit Glückwünschen und herzlichen Trinksprüchen aufzuhalten, schafften sie es irgendwie schließlich, die Treppe zu ihrem Schlafzimmer zu erklimmen.

Deirdre blieb vor der Tür stehen. Eine Sache beschäftigte sie noch, nach einer Sache musste sie noch fragen: „Pagan, kurz bevor das Trebuchet auseinanderbrach ... Habt Ihr gesehen ...?"

„Was?"

„Irgendetwas?"

Er grinste. „Ich habe Euch gesehen. Nur Euch." Seine Augen glühten vor Verehrung, während er eine Locke ihres Haares wegschob und sie küsste.

Oh Gott, die Lüsternheit in seinen Augen ließ sie fast die Frage vergessen. Sie schluckte und runzelte dann die Stirn. „Ich meine auf dem Trebuchet."

Sein Blick fiel auf ihre Lippen und sie konnte sein Verlangen nach einem Kuss schon fast spüren. „Ja", sagte er verträumt.

„Habt ihr?"

„Hmm."

Dann hatte sie es sich doch nicht nur vorgestellt. „Eine dunkle Gestalt?"

„Ich nehme es an."

„Dann war es also der *Schatten*. Er musste es sein", sagte sie. „Aber er ist einfach ... verschwunden."

Pagan zuckte mit den Schultern und sein Blick blieb auf ihrem Mund hängen. Offensichtlich dachte er an andere Dinge. „Euer Geächteter scheint die Dunkelheit zu bevorzugen."

Ihr Herz flatterte, während sie versuchte, sich auf das aktuelle Problem zu konzentrieren. „Dann wollen wir sein Geheimnis nicht lüften."

„In Ordnung", sagte er, hob ihre Hand und küsste zärtlich ihre Finger. „Solange ich der Vogt von Rivenloch bin –"

„Der Lord von Rivenloch", berichtigte sie ihn. Nach der Schlacht hatte Lord Gellir seinen Titel freiwillig an Pagan übertragen.

„Solange ich der Lord bin", korrigierte er sich und legte eine Hand auf sein Herz zum Schwur, „soll keiner dem *Schatten* jemals ein Haar krümmen. Wer auch immer er ist." Dann grinste er sie listig an. „Was Euch jedoch betrifft ..."

Sie erwiderte sein Lächeln. Ihr wurde vor Erwartung schon warm. „An die Sieger", flüsterte sie, als sie die Tür öffnete.

Sein Grinsen wurde breiter. „Geht die Beute."

Und was für eine Beute sie erhielten ...

Innerhalb weniger Augenblicke, lagen sie unter den dicken Fellen und ihre nackten Körper waren in einer zärtlichen Umarmung verschlungen.

„Das war ein schreckliches Risiko, dass Ihr auf Euch genommen habt", schimpfte Pagan sie und streichelte ihr Kinn, „als Ihr zur Rettung kamt–"

Sie atmete schnell durch, als er eine schmerzhafte Stelle berührte und er zog seine Hand zurück.

„Das war eine englische Faust", erklärte sie mit einem verlegenen Lächeln. „Und Eure Rettung war das Risiko wert." Sie steckte eine seiner Locken hinter sein Ohr.

Er zuckte zusammen.

Sie schaute ihn fragend an.

„Ein Schnitt mit dem Dolch", sagte er. Dann schüttelte er den Kopf. „Oh Frau", seufzte er, „als ich Euch zuerst in das Zelt stürmen sah ..." Er ergriff ihre Hand in seiner.

Sie keuchte.

Er ließ sie wieder los.

„Da habe ich ein englisches Gesicht erwischt", sagte sie und beugte ihre schmerzenden Handknöchel. Seufzend strich sie mit der Handfläche versuchsweise über seine nackte Schulter. „Ich hätte es nicht ertragen können, Euch mit diesen armseligen Mistkerlen zurückzulassen." Er versuchte, nicht zusammenzuzucken, aber sie konnte sehen, dass es ihm Schmerzen bereitete.

„Verletzung von einem Streitkolben", gab er zu.

„Ooh." Sie erschauderte vor Mitleid. „Gibt es irgendeine Stelle, wo Ihr nicht ..."

Er dachte einen Augenblick nach. Dann verzog sich sein Mund zu einem lüsternen Grinsen.

Eine gefährliche Braut

Müde von der Schlacht und voller Verletzungen liebten sie sich langsam und vorsichtig und flüsterten einander Zärtlichkeiten zu. Als sie sich in ihrer glückseligen Verbindung vereinigten, wurde Deirdre klar, dass dies mehr als alles andere die wahre Natur ihrer Bindung darstellte.

Zuvor hatte sie die Ehe als eine Schlacht zwischen ihnen beiden gesehen, in der einer triumphierte und der andere nachgab, als einen Wettbewerb um Kontrolle und Macht.

Aber sie wusste jetzt, dass die Ehe überhaupt kein Krieg war. Die Ehe bedeutete Mann und Frau, nebeneinander wie sie es jetzt waren, welche die Abenteuer des Lebens teilten und sich zusammen seinen Herausforderungen stellten. Es war ein Bündnis, das aus dem feinsten Stahl geschmiedet war, in Zeiten der Not gemäßigt und von einer mit nichts zu vergleichenden Stärke gesegnet.

Nach und nach gerieten ihre Gliedmaßen und Herzen in ein wunderbares Durcheinander und Deirdre war immer weniger in der Lage, zu denken. Stattdessen wurde sie von einem hirnlosen Nebel an sinnlichem Vergnügen und süßer Erleichterung umhüllt. Und schließlich kamen sie in ihrer Leidenschaft gemeinsam zum Höhepunkt, hielten einander und schrien leise in ihrer Ekstase gerade in dem Augenblick, als Sonnenlicht am Horizont aufstieg und der neue Tag anbrach.

Pagan hatte noch nie eine solche Zufriedenheit gespürt, während er auf seinen schönen Preis schaute, seine schöne schottische Braut. Ihre Augen waren voller Verehrung und schienen so pur und rein wie ein wolkenloser Himmel und die goldene Färbung ihres Haares konkurrierte mit dem Sonnenlicht, das durch das halb geschlossene Fenster schien. Er strich über ihre seidenen Locken, während sich ihre Atmung beruhigte und sich ihre Augen schlossen.

Ihm wurde klar, dass ihre Schönheit viel mehr als ihre blonden Wikinger-Locken, ihre kristallklaren Augen und sinnlichen Kurven umfasste. Deirdre besaß einen reinen Geist. Sie hatte ihm Treue und Loyalität bewiesen. Stärke und Ehre und auch Liebe.

Er lächelte. Es hatte verdammt lang gedauert, bis sie diese Liebe zugeben konnten. Aber das hatten sie jetzt geschafft und er würde sie es nie vergessen lassen. Er überlegte, wie lange Colin und Helena wohl brauchen würden, bis ihnen klar wurde, dass auch sie zusammengehörten.

Deirdre seufzte glücklich und er küsste sie zärtlich auf die Stirn. Von dem Augenblick an, als er sah, dass sie durch den Riss im englischen Zelt mit dem Schwert in der Hand stürmte, um ihn zu retten, wurde ihm klar, dass sie so mutig wie die Ritter von Cameliard war und ebenso starrköpfig. Er nahm an, dass es nun keinen Weg zurückgab. Aber er würde gern jederzeit neben seiner mutigen Kriegerin kämpfen, denn zusammen könnten sie die Welt erobern.

Amor vincit omnia.

Zusammen würden sie die Mauern von Rivenloch verstärken.

Zusammen würden sie eine einmalig berühmte Armee aufstellen.

Zusammen, überlegte er mit einem schalkhaften Lächeln, könnten sie die nächste Generation an Rittern von Cameliard und Kriegerinnen von Rivenloch großziehen.

Auf einmal fielen ihm ihre Worte auf den Zinnen über das Baby wieder ein …

Mit seinen vernarbten Handknöcheln strich er leicht über ihren noch flachen Bauch. „Deirdre", flüsterte er, "was ihr zuvor gesagt habt; seid Ihr....?"

Eine gefährliche Braut

Aber sie schlief bereits mit einem zufriedenen Lächeln auf den Lippen und träumte wahrscheinlich schon von ihren vielen Kindern und ihrer gemeinsamen Zukunft.

Auch er lächelte. Er würde sie träumen lassen und sie später fragen. Schließlich hatten sie noch viele glückliche Jahre vor sich. Ein paar Stunden konnte er warten.

ENDE

VIELEN DANK, DASS SIE MEIN BUCH GELESEN HABEN!

Hat es Ihnen gefallen? Wenn ja, posten Sie bitte eine Bewertung, damit Andere sie sehen können! Sie können einer Autorin kein größeres Geschenk machen, als die Liebe für ihre Bücher weiterzugeben.

Es ist wahrlich eine Freude und ein Privileg, dass ich meine Geschichten mit Ihnen teilen darf. Zu wissen, dass meine Worte sie zum Lachen oder Seufzen gebracht haben oder eine geheime Stelle in Ihrem Herzen berührt haben, ist das Salz in der Suppe und gibt mir den Mut, weiter zu machen. Ich hoffe, dass Sie unsere kurze, gemeinsame Reise genossen haben und dass ALLE Ihre Abenteuer gut ausgehen!

Wenn Sie mit mir in Kontakt bleiben wollen, können Sie sich gern für meinen monatlichen, elektronischen Newsletter unter www.Glynnis.net anmelden und dann erfahren Sie als Erste(r) alles über meine Neuerscheinungen, besondere Rabatte, Preise, verkaufsfördernde Maßnahmen und viel mehr!

Wenn Sie mich im täglichen Leben begleiten wollen ...
Freunden Sie sich mit mir auf Facebook an
Liken Sie meine Autorenseite auf Facebook
Folgen Sie mir auf Twitter
Und wenn Sie ein Super-Fan sind,
werden Sie Mitglied des Campbell – Leser Clans

Vorschau auf ...
Ein Herz in Fesseln
Band 2 der Reihe
Die Kriegerinnen von Rivenloch

helena war betrunken. Betrunkener, als sie je zuvor in ihrem Leben gewesen war. Aus diesem Grund konnte sie sich nicht aus dem Griff des normannischen Ochsen, der sie die Burgtreppe hinunterzog, befreien, so sehr sie es auch versuchte.

„Hört auf, Weib!", zischte ihr Fänger und stolperte auf einer Stufe in der Dunkelheit. „Verdammt, Ihr bringt uns noch beide um."

Sie hätte danach noch mehr gekämpft, wenn ihr rechtes Knie nicht plötzlich wie Pudding nachgegeben hätte. Fürwahr, wenn der Normanne sie nicht gegen seine breite Brust gehalten hätte, wäre sie mit dem Kopf voran die Steintreppe hinuntergestürzt.

„Verdammt", knurrte er ihr ins Ohr und seine riesigen Arme hielten sie eisern fest.

Sie verdrehte die Augen, als der nächste Schwindelanfall kam. Wenn ihre Muskeln nur mitarbeiten würden, dachte sie, könnte sie sich losreißen und den verfluchten Mistkerl die Treppe hinunterstoßen.

Aber sie war völlig betrunken.

Sie hatte gar nicht gemerkt, wie sehr, bis sie im Schlafzimmer des Bräutigams ihrer Schwester mit dem

Dolch in der Hand stand und bereit war, ihn zu töten.

Wenn sie nicht so betrunken gewesen wäre und in der Dunkelheit nicht über seinen Knappen gestolpert wäre, der am Fußende des Bettes wie ein treuer Hund schlief, hätte sie es vielleicht geschafft.

Verdammt, das war ein ernüchternder Gedanke. Helena, die Tochter eines Lords und ehrbare Kriegerin von Rivenloch hätte fast recht unehrenhaft einen Mann im Schlaf erstochen.

Es war nicht allein ihre Schuld, beschloss sie. Sie hatte sich bis in die frühen Morgenstunden mit ihrer älteren Schwester, Deirdre, bei einigen Bechern selbst bedauert und über das Schicksal von Miriel, ihrer kleinen Schwester, geklagt, die gegen ihren Willen mit einem Ausländer verheiratet werden sollte. Und unter dem Einfluss von übermäßig viel Wein hatten sie geschworen, dass sie den Mann töten würden, wenn er Miriel auch nur anrührte.

Zu dem Zeitpunkt erschien es ihnen eine sehr noble Idee zu sein. Aber wie sie von dem betrunkenen Schwur dazu gekommen war, sich tatsächlich in das Zimmer des Bräutigams mit einem Messer in der Hand zu schleichen, wusste Helena nicht.

Eigentlich war sie erstaunt gewesen, den Dolch in der Hand zu haben, allerdings nicht halb so erstaunt wie Colin du Lac, der muskulöse Knappe, über den sie gestolpert war und der sie nun die Treppe halb hinunterschob und halb trug.

Wieder einmal war Helena Opfer ihrer eigenen Unüberlegtheit geworden. Deirdre schimpfte Helena häufig dafür aus, dass sie zuerst handelte und erst danach Fragen stellte. Helenas schnelle Reflexe hatten sie jedoch mehr als einmal vor Missetätern, Mördern und Männern gerettet, die sie für eine hilflose, junge Frau hielten. Während Deirdre die Konsequenzen abwog, wenn sie einen Mann für seine Beleidigung bestrafte, würde Helena einfach ihr Schwert ziehen und seine Wange mit einer Narbe markieren, die er bis zu seinem Tod tragen würde. Die Nachricht war deutlich. Niemand legte sich mit den Kriegerinnen von Rivenloch an.

Aber dieses Mal, fürchtete sie, dass sie zu weit gegangen war.

Pagans Mann knurrte, als er sie über die letzte Stufe trug. Verfluchter Knappe – trotz seines minderwertigen normannischen Bluts war er so stark und entschlossen wie ein Bulle. Mit einer letzten Anstrengung setzte er sie an der Schwelle zur großen Halle ab.

In der Dunkelheit erschien der Raum wie eine riesige Höhle. Bei Tag hingen überall die zerfledderten Fahnen besiegter Feinde. Aber bei Nacht hingen die Fetzen in der Luft wie verlorene Geister.

Eine Katze zischte und huschte am Kamin vorbei, wobei sie einen gespenstischen Schatten warf. In der Ecke regte sich kurz ein Hund bei dieser Störung, knurrte einmal und legte dann seinen Kopf wieder auf seine Pfoten. Aber alle anderen Bewohner der großen Halle – Dutzende schlafender Diener lagen auf Haufen aus Schilf oder schliefen tief und fest gegen die Wand gelehnt.

Helena wehrte sich erneut und hoffte, einen von ihnen zu wecken. Es waren schließlich *ihre* Diener. Jeder, der sehen würde, dass die Burgherrin entführt wurde, würde Alarm schlagen.

Aber es war unmöglich, durch den Knebel, den ihr widerwärtiger Entführer ihr in den Mund gestopft hatte, ein Geräusch von sich zu geben. Und selbst wenn sie es schaffte, bezweifelte sie, dass irgendjemand aufstehen würde. Die Burgbewohner waren erschöpft von den eiligen Vorbereitungen für die Farce einer Hochzeit, die am Morgen stattfinden sollte.

„Hört auf, Weib", schnauzte Sir Colin sie an und stieß ihr in die Rippen, „sonst hänge ich Euch schon jetzt."

Unwillkürlich bekam sie einen Schluckauf.

Sicherlich war dies nur eine leere Drohung. Die Normannen könnten sie nicht hinrichten. Schon gar nicht in ihrer eigenen Burg. Nicht, wenn ihr einziges Verbrechen war, dass sie ihre Schwester beschützen wollte. Außerdem hatte sie Pagan ja nicht getötet. Sie hatte nur *versucht*, ihn zu töten.

Trotzdem musste sie vor Zweifel schlucken.

Diese Normannen waren die Vasallen des Königs von Schottland und der König hatte Pagan befohlen, eine der Töchter von Rivenloch zu heiraten. Wenn Helena es geschafft hätte, den Mann des Königs zu töten, wäre das Hochverrat und würde mit Tod durch den Strang bestraft.

Bei diesem Gedanken wurde ihr schwindelig in Colins Armen.

„Hey. Ruhig, Helena-Höllenfeuer." Sein Flüstern ließ sie erschaudern. „Jetzt werdet mir nicht ohnmächtig."

Sie runzelte die Stirn und bekam einen weiteren Schluckauf. Helena-Höllenfeuer! Er hatte ja keine Ahnung. Und wie konnte er glauben, dass sie ohnmächtig werden würde? Kriegerinnen wurden nicht ohnmächtig. Das waren nur ihre Füße, die sich in der Decke verhedderten, während sie durch das Schilf in der großen Halle schlurften.

Als sie dann über den Steinboden in Richtung Kellertreppe gingen, wurde sie von einem nur allzu vertrauten Gefühl alarmiert.

Scheiße, sie würde sich erbrechen müssen.

Ihr Magen zog sich ein erstes Mal zusammen. Dann noch einmal. Ihre Augen weiteten sich vor Entsetzen.

Ein Blick auf ihre verschwitzte Stirn und ihre blasse Gesichtsfarbe sagte Colin, warum sie stehen geblieben war.

„Scheiße!", zischte er.

Sie würgte erneut und er nahm den Knebel aus ihrem Mund und beugte sie gerade rechtzeitig über seinen Arm und von ihm abgewandt nach vorn.

Glücklicherweise schlief hier niemand.

Er hielt ihr den Kopf, während sie ihr Abendessen erbrach und er konnte nicht anders, als Mitleid mit der elenden, kleinen Mörderin zu haben. Offensichtlich hätte sie nicht versucht, Pagan im Schlaf zu töten, wenn sie nicht so sturzbetrunken gewesen wäre.

Und er hatte mit Sicherheit nicht die Absicht, das Mädchen wegen Hochverrats durch den Strang hinrichten zu lassen, ganz gleich, was er sie glauben machte. Die Schwester von Pagans Braut hinzurichten würde das Bündnis zerstören, das sie mit den Schotten bilden wollten. Was sie getan hatte, hatte sie offensichtlich getan, um ihre kleine Schwester zu beschützen. Außerdem, wer könnte eine Schlinge um einen so schönen Hals legen?

Trotzdem wollte er nicht, dass das Mädchen dachte, sie könnte einen Mann des Königs angreifen, ohne dass dies Konsequenzen hätte.

Es war Colin völlig unverständlich, warum die drei Schwestern von Rivenloch seinen Hauptmann so sehr hassten. Sir Pagan de Cameliard war ein Mann, der eine unvergleichliche Kampftruppe führte. Aber er ging auch freundlich und sanft mit den Damen um. Tatsächlich schwärmten die Weiber oft vom gutaussehenden Gesicht des Hauptmanns und seiner prächtigen Gestalt. Jede nur halbwegs vernünftige Frau wäre erfreut, Pagan als Ehemann zu bekommen. Colin hätte erwartet, dass die drei Schwestern, die schon so lange in der abgelegenen Wildnis Schottlands lebten, sich um das Privileg reißen würden, einen glorreichen Adligen wie Pagan Cameliard zu heiraten.

Stattdessen kämpften sie darüber, wer sich mit ihm belasten müsste. Es war verwirrend.

Die arme Helena hatte aufgehört sich zu erbrechen und jetzt zitterte das hübsche, bemitleidenswerte Mädchen wie ein kleines Kätzchen, das verstoßen worden war. Aber Colin musste trotz seines Mitleids vorsichtig sein. Dieses Kätzchen hatte ihre Krallen gezeigt. Er richtete sie auf und zog sofort seinen Dolch und legte ihn an ihren Hals.

„Ich erspare Euch den Knebel jetzt", flüsterte er im ernsten Ton, „aber ich warne Euch: Schreit nicht, sonst wäre ich gezwungen, Euch die Kehle durchzuschneiden."

Wenn Sie Colin besser gekannt hätte, hätte sie ihm natürlich ins Gesicht gelacht. Es stimmte, dass er ohne zu zögern einen Mann töten und einen feindlichen Ritter mit einem einzigen, fachmännischen Schlag ins Jenseits befördern konnte. Er war stark und schnell mit dem Schwert und er hatte einen untrüglichen Instinkt, beim Gegner die Stelle der größten Verwundbarkeit auszumachen. Aber in Bezug auf schöne Frauen war Colin du Lac ungefähr so gefährlich wie ein Hundebaby.

Glücklicherweise glaubte das Mädchen seiner Drohung. Oder vielleicht war sie einfach zu schwach, um zu kämpfen. So oder so stolperte sie gegen ihn und zitterte, als er die Decke fester um ihre Schultern wickelte und sie weiterführte.

Eine gefährliche Braut

Neben dem Eingang zum Lager gab es eine Schüssel und einen Krug zum Waschen. Dorthin steuerte er sie und lehnte sie an die Wand, damit sie nicht umfiel. Sie schaute ihn immer noch finster und voller Zorn an, aber ihr erbärmlicher Schluckauf ruinierte die Wirkung ihres Blicks völlig. Und glücklicherweise hatte sie nicht mehr die Kraft, ihren Zorn in Taten umzusetzen.

„Öffnet Euren Mund", murmelte er und mit seiner freien Hand hob er den Wasserkrug.

Sie presste die Lippen zusammen wie ein widerspenstiges Kind. Selbst jetzt mit dem Feuer in ihren Augen und ihrem fest geschlossenen Mund war sie wirklich das exquisiteste Wesen, das er jemals gesehen hatte. Ihre Locken fielen über ihre Schultern wie der Schaum eines Wasserfalls in den Highlands und ihre Kurven waren verführerischer als die gewundene Silhouette eines mit Wein gefüllten Kelchs.

Sie schaute ihn zweifelnd an, als wenn sie ihn verdächtigte, dass er das Wasser dazu benutzen würde, um sie an Ort und Stelle zu ertränken.

Er vermutete, dass sie das Recht hatte, Zweifel zu hegen. Noch vor wenigen Augenblicken in Pagans Schlafzimmer hatte er ihr gedroht; mit was war es noch mal? Er würde sie dahin bringen, wo niemand ihre Schreie hören könnte und ihre wilde Art aus ihr herauspeitschen? Er zuckte zusammen, als er sich an seine groben Worte erinnerte.

„Hört", vertraute er ihr an und stellte den Krug ab, „ich habe Euch gesagt, dass ich Euch nicht vor der Hochzeit bestrafen würde. Ich bin ein Mann, der sein Wort hält. Solange ihr mich nicht zwingt, werde ich Euch an diesem Abend keinen Schaden zufügen."

Langsam und zögerlich machte sie den Mund auf. Vorsichtig schüttete er ein wenig Wasser in ihren Mund. Sie wirbelte das Wasser in ihrem Mund herum und er hatte den Eindruck, dass sie sich danach sehnte, es zurück in sein Gesicht zu spucken. Aber mit seiner Klinge an ihrem Hals traute sie sich nicht. Sie beugte sich vor und spuckte in das Schilf.

„Gut. Kommt jetzt."

Als sie zuerst angekommen waren, hatte Pagans Braut ihnen die schottische Burg gezeigt, die ihr neues Zuhause werden würde. Rivenloch war eine beeindruckende Festung, die in ihren besten Tagen wahrscheinlich prächtig gewesen und jetzt ein wenig heruntergekommen war, aber noch zu reparieren lohnte. Die Ringmauer umgab einen riesigen Garten, eine Obstwiese, Ställe, Hundezwinger und einen Taubenschlag. In der Mitte des Burghofs stand eine kleine Kapelle aus Stein und an der inneren Mauer befanden sich ungefähr ein Dutzend Werkstätten. Am hinteren Ende des Besitzes lag der Übungsplatz und die imposante quadratische Burg in der Mitte besaß eine große Halle, mehrere Schlafzimmer, Ankleidezimmer, ein Lager, eine Küche und mehrere Kellerräume. Jetzt brachte er seine Gefangene in einen der Kellerräume unter der Burg.

Er ließ Helena vorangehen und stieg die groben Steinstufen beim Kerzenlicht der Wandleuchten hinab. Unter ihnen huschten kleine Wesen auf ihren nächtlichen Runden herum. Colin verspürte ein wenig Reue und überlegte, ob die Keller wohl von Mäusen befallen waren, ob es grausam war, Helena dort einzusperren und ob sie Angst vor Mäusen hatte. Aber ebenso schnell beschloss er, dass ein Messer schwingendes Weib, das nachts in die Kammer eines Mannes kam und bereit war, ihn im Schlaf zu erdolchen, wahrscheinlich vor sehr wenig Angst hatte.

Sie hatten schon fast das untere Ende der Treppe erreicht, als das Mädchen leicht stöhnte und plötzlich in seinen Armen zusammensackte, als wären ihre Knochen geschmolzen.

Aufgrund des plötzlichen Gewichts an seiner Brust geriet er aus dem Gleichgewicht und schlug mit der Schulter gegen die Steinmauer, wobei er seinen Arm um ihre Taille schlang, damit sie nicht fiel. Um einem unerfreulichen Unfall vorzubeugen, warf er sein Messer weg und es fiel klirrend die Stufen hinab.

Dann fiel sie nach vorn und er wurde von ihr mitgezogen. Nur mit reiner Kraft war er in der Lage, zu verhindern, dass sie mit dem Kopf voran auf den kalten, harten Steinboden unten stürzte. Aber während er sich die letzten paar Stufen hinunter kämpfte, blieb die Decke an seiner Ferse hängen und rutschte von ihrem Körper. Er verlor den Griff an ihrer Taille und versuchte verzweifelt, sie zu ergreifen, während ihre Knie nachgaben.

Seine Hände ergriffen etwas Weiches und Nachgiebiges, während er die letzte Stufe hinunterschlidderte und schließlich wieder Halt am unteren Ende der Treppe fand.

Colin hatte bereits genügend Brüste gestreichelt und er erkannte das weiche Fleisch, das sich lieblich in seine Handfläche drückte, sofort. Aber er traute sich nicht loszulassen, aus Angst, dass sie auf den Boden fallen würde.

Im nächsten Augenblick erhob sie sich wieder mit einem zornigen Keuchen und Colin wusste, dass er in Schwierigkeiten steckte. Da er bereits in der Vergangenheit Ohrfeigen für Griffe an Brüste erhalten hatte, war er glücklicherweise vorbereitet.

Als ihr Arm nicht mit der offenen Handfläche, sondern

mit geballter Faust in seine Richtung kam, ließ er sie los und duckte sich außer Reichweite. Ihr Schwung war so kraftvoll, dass sie sich zur Hälfte drehte, als sie durch die leere Luft zischte.

„Heilige ...", keuchte er. Wenn das Mädchen nicht betrunken gewesen wäre, hätte der Schlag ihn sicherlich umgehauen.

„Ihr Mistkerl", lallte sie. Sie blinzelte und versuchte, sich auf ihn zu fokussieren, während sie ihre Hände zu Fäusten ballte und ihren nächsten Schlag plante. „Nehmt Eure Hände von mir. Sonst trete ich Euch in Euren verfluchten normannischen Arsch. Das schwöre ich."

Ihre Hände fielen runter und ihre Augen verschwammen, während sie erst nach links und dann nach rechts wankte und einen Schritt zurückstolperte. Dann verließ sie ihre letzte Kampfeslust. Er eilte vor und fing sie gerade noch auf, bevor sie zusammenbrach.

Sie lehnte sich an die Seite seines Körpers und ihr ganzer Zorn und Kampfeswille hatte sie verlassen. Nun sah sie weniger wie eine Kriegerin aus und eher wie die unschuldsvolle Helena, die er zum ersten Mal beim Baden im See von Rivenloch gesehen hatte – eine entzückende Sirene mit sonnengebräunter Haut und nicht zu bändigendem Haar, die verführerisch durch seine Träume plätscherte.

War das erst heute Morgen gewesen? So viel war in den letzten paar Wochen passiert.

Vor zwei Wochen hatte Sir Pagan den Befehl von König David von Schottland erhalten, sich nach Norden nach Rivenloch zu begeben und eine von Lord Gellirs Töchtern zu heiraten. Zu jenem Zeitpunkt war der Grund des Königs hierfür ein Geheimnis. Aber jetzt war klar, was er vorhatte.

Eine gefährliche Braut

Nach dem Tod König Heinrichs war England in Aufruhr und Stephen und Mathilda kämpften gegeneinander um den Thron. Der Aufruhr hatte entlang der Grenze eine Gesetzlosigkeit geschürt, in der sich landhungrige englische Barone die Freiheit nahmen, unbewachte schottische Burgen an sich zu reißen.

König David hatte Pagan eine Braut und damit das Amt des Vogts von Rivenloch gewährt und hoffte, dass er die wertvolle Burg gegen die englischen Plünderer beschützen würde.

Trotz der Genehmigung des Königs war Pagan vorsichtig vorgegangen. Er war mit Colin und seinen Rittern vorausgereist, um die Haltung des Rivenloch-Clans auszuloten. Die Normannen waren zwar Verbündete der Schotten, aber er bezweifelte, dass sie eine herzliche Begrüßung bekommen würden, wenn sie mit der ganzen Truppe wie eine Eroberungsarmee ankamen, um die Tochter des Lords zu beanspruchen.

Wie sich herausstellte, hatte er Recht, misstrauisch zu sein. Zumindest von den Töchtern waren sie weit weniger als herzlich empfangen worden. Aber mit der Gnade Gottes würde morgen Mittag, nachdem das Bündnis mit einer Ehe besiegelt worden war, Frieden regieren. Und wenn die Schotten erst einmal wohl gestimmt waren, würden sie sicherlich die Ritter von Cameliard mit Getränken und Feierlichkeiten in Rivenloch willkommen heißen.

Helena schnarchte im Schlaf und Colin lächelte reumütig zu ihr hinab. Sie würde ihn nicht willkommen heißen. Tatsächlich würde sie wahrscheinlich lieber seine Kehle durchschneiden.

Er bückte sich und legte einen Arm unter ihre Knie und hob sie leicht in seine Arme.

Einer der kleinen Lagerräume sah aus, als würde er nur selten benutzt. Darin waren nur kaputte Möbel und Werkzeuge, stapelweise Lumpen und verschiedene leere Behälter. Auf der Außenseite war ein Riegel angebracht und unter der Tür war ein schmaler Spalt, damit Luft hereinkam und wahrscheinlich war dieser Raum einst eine Art Kerker. Es war der ideale Ort, um ein widerspenstiges Weib für die Nacht unterzubringen.

Er legte die Decke auf ein improvisiertes Bett aus Lumpen, damit sie sich hinlegen konnte. Sie war zwar vielleicht eine Attentäterin, aber sie war auch eine Frau. Sie hatte zumindest ein wenig Behaglichkeit verdient.

Nachdem er die Decke an ihren Schultern eingesteckt hatte, konnte er es sich nicht verkneifen, eine Locke ihres üppigen, goldbraunen Haars zurückzuschieben und sie auf die Stirn zu küssen. „Schlaft gut, kleine Helena-Höllenhündin."

Er ging hinaus, schloss und verriegelte die Tür hinter sich und setzte sich dann dagegen, wobei er die Arme über seiner Brust verschränkte und die Augen schloss. Vielleicht konnte er noch eine Stunde vor dem Morgengrauen schlafen.

Wenn alles gut ging, würde die Sache bis zum Nachmittag vorbei sein und der Rest der Cameliard-Gesellschaft würde eintreffen. Sobald Pagan ordnungsgemäß verheiratet war, würde es sicher sein, Helena freizulassen.

Er staunte erneut über das seltsame schottische Mädchen. Sie war wie keine Frau, die er jemals kennengelernt hatte – sie war kühn und selbstbewusst und doch unleugbar weiblich. Beim Abendessen hatte sie geprahlt, wie fachmännisch sie mit dem Schwert umgehen konnte und keiner der Schotten hatte widersprochen. Und sie hatte ihm von einem lokalen Geächteten erzählt und versucht, ihn mit grauenvollen Details zu schockieren, die jeder anderen Frau Angst gemacht hätten. Sie hatte ihr ungezügeltes Temperament gezeigt, als ihr Vater Miriels Hochzeit verkündete und sie hatte geflucht und mit der Faust auf den Tisch geschlagen und nur ihre ältere Schwester hatte sie aufgehalten. Und ihr Appetit ... er schmunzelte, als er sich erinnerte, wie sie das Fett von ihren Fingern geschleckt hatte. Die junge Frau hatte so viel gegessen wie zwei erwachsene Männer.

Und doch hatte sie einen äußerst weiblichen Körper. Seine Lenden spannten sich bei der Erinnerung an ihre nackte Gestalt im Teich – dem kurzen Blick auf ihren Po, als sie untertauchte, das leichte Hüpfen ihrer vollen Brüste, als sie ihre Schwester nass spritzte, ihre schlanken Oberschenkel, die schmale Taille, die strahlend weißen Zähne und das Zurückwerfen ihrer von der Sonne gesprenkelten Haare, während sie im Wasser wie ein junges Fohlen spielte.

Er seufzte. Es brachte nichts, sich wegen eines Mädchens aufzuregen, das volltrunken auf der anderen Seite der Tür schlief.

Trotzdem konnte er nicht aufhören, an sie zu denken. Helena war einzigartig. Faszinierend. Lebhaft. Er hatte noch nie eine so sturköpfige und so ungezähmte Frau kennen gelernt. So frisch und wild wie Schottland selbst. Und ebenso unvorhersehbar.

Tatsächlich hatte Pagan Glück gehabt, dass er die ruhige, liebliche, gehorsame Miriel und nicht Helena als Braut erwählt hatte. Mit diesem Weib hätte er alle Hände voll zu tun gehabt.

Mehr als alle Hände voll, überlegte er mit einem lüsternen Grinsen und erinnerte sich an die versehentliche Liebkosung, die er vor wenigen Augenblicken genießen konnte. Verdammt, sie hatte einen entzückenden Körper. Vielleicht könnte er das Mädchen irgendwann mit seinem Charme so weit bringen, dass sie ihm weitere Freiheiten erlaubte. Bei dem Gedanken kribbelte es in seinen Lenden.

Zuvor, als er ihre Attentatspläne vereitelt hatte und sie in seinem Arm festgesetzt hatte und in einem Anflug von Wut gedroht hatte, sie zu brechen, hatte sie ihn mit einem Blick aus ihren grünen Augen durchbohrt, der so heiß war wie ein eiserner Feuerhaken. Aber sie war verwirrt und verzweifelt gewesen und nicht ganz bei Sinnen.

Wenn Sie morgen früh aufwachte und erkannte, was sie in ihrem trunkenen Zorn getan hatte, würde sie wahrscheinlich vor Scham erröten und vor Reue weinen. Und wenn sie bei Tag erkannte, welche Gnade dieser Normanne ihr gezeigt hatte, seine Geduld, seine Freundlichkeit und sein Mitleid, würde sie ihm vielleicht wohlgesonnener sein. Fürwahr, beschloss er und lächelte zufrieden, als er einschlief, würde sie sich dann über seine Liebkosung freuen.

ÜBER GLYNNIS CAMPBELL

Ich bin eine USA Today Bestsellerautorin von verwegenen, abenteuerlichen, spannenden, historischen Liebesromanen mit über einem halben Dutzend preisgekrönter Bücher, die bereits in sechs Sprachen übersetzt wurden.

Aber bevor ich die Rolle der mittelalterlichen Heiratsvermittlerin übernahm, habe ich in der Mädchen-Band, „The Pinups", auf CBS Records gesungen und meine Stimme den MTV-Animationsserien „The Maxx", „Blizzard's Diablo" und den Starcraft-Videospielen und Star Wars-Hörbüchern geliehen.

Ich bin mit einem Rockstar verheiratet (wenn Sie wissen möchten, mit wem, kontaktieren Sie mich) und habe zwei Kinder. Ich schreibe am Liebsten auf Kreuzfahrtschiffen, in schottischen Schlössern, im Tourbus meines Mannes und zuhause in meinem sonnigen Garten in Südkalifornien.

Ich nehme meine LeserInnen gern mit an Orte, wo kühne Helden liebenswerte Fehler haben und die Frauen stärker sind als sie aussehen, wo das Land üppig und wild ist und Ritterlichkeit an der Tagesordnung ist.

Ich freue mich immer wieder, von meinen LeserInnen zu hören. Schicken Sie mir daher gern eine E-Mail an glynnis@glynnis.net. Und falls sie ein Super-Fan sind und Teil meines inneren Kreises werden wollen, melden Sie sich an, um ein Mitglied des Glynnis Campbell Leser-Clans auf Facebook zu werden. Dort können Sie hinter die Szenen blicken, erhalten Vorschauen auf noch nicht erschienene Bücher und besondere Überraschungen!

Lightning Source UK Ltd.
Milton Keynes UK
UKHW041942060122
396746UK00001B/147